Le sang du Vampire

INTEGRALE

N° ISBN Papier : 978-2-37521-055-0
N°ISBN Numérique : 978-2-37521-056-7

Suivi éditorial et correction : Charlotte Arnaud
Dépôt légal : Avril 2018
Date de parution : Avril 2018
Mix Editions :
Impasse des Mares, 76970 Grémonville
Site Internet : www.mix-editions.fr

Cybelia Chris

Le sang du Vampire

INTEGRALE

GABRIEL – JULIEN ~ SAMAËL

Mix Editions

Table des matières

Gabriel

Chapitre 1

« Watkins ! Dans mon bureau ! Maintenant ! »

La voix du commissaire me fit sursauter et je manquai de peu de renverser mon café. Je sauvegardai le rapport que j'étais en train de taper avant de me lever, la boule au ventre. Je n'avais pas peur de grand-chose. Pourtant, être convoqué dans le bureau du Big Boss n'était jamais bon signe. Tout en avançant d'un pas que je voulais assuré, j'essayais de deviner quelle était la connerie que j'avais faite et qui me valait cet insigne honneur.

Je frappai doucement, espérant presque qu'il ne m'entende pas et qu'il ait oublié jusqu'à mon existence. Manque de chance, sa voix tonna presque aussitôt :

— Entrez !

J'obéis.

Mon regard se posa immédiatement sur l'inconnu qui se tenait près de la fenêtre, me tournant le dos. Grand, les épaules carrées, il portait un élégant costume sombre taillé sur mesure et sa posture laissait deviner un passé militaire. Mon œil entraîné avait également repéré la bosse caractéristique d'un holster d'épaule sous son bras droit, preuve qu'il était gaucher. Ses cheveux châtains étaient coupés très court, dévoilant la peau mate de sa nuque.

Tous ces détails s'étaient imprimés dans mon esprit en un regard. J'avais une excellente mémoire photographique, ce qui me valait le surnom pas vraiment flatteur de « Polaroïd » de la part de mes collègues.

Je reportai mon attention sur le Commissaire Terrence, véritable armoire à glace à la peau ébène et au regard noir qui vous pétrifiait d'effroi. Il m'ordonna de m'asseoir et demanda de sa voix de stentor :

— Connaissez-vous Walter Bowman ?

— Vous vous foutez de moi ?

Il me fusilla du regard et je déglutis difficilement avant de répondre d'un ton un peu moins insolent :

— Qui ne connaît pas le Sire de Londres ?

Terrence désigna l'homme qui n'avait pas bougé :

— Je vous présente Aidan Collins, son chef de la sécurité.

L'inconnu se retourna enfin et je retins instinctivement mon souffle. Son visage se grava immédiatement dans ma mémoire alors que son regard émeraude se fixait sur moi. Ses traits n'étaient pas fins ni parfaits. Je lui donnais entre trente-cinq et quarante ans. Son nez un peu épaté avait été visiblement cassé à plusieurs reprises et en conservait une légère déviation. Ses lèvres étaient pour le moment serrées en une ligne fine et je me pris à espérer de le voir sourire. Il n'était pas beau à proprement parler, mais il dégageait un charme et un charisme qui ne me laissèrent pas indifférent.

Il s'avança vers moi, la main tendue. Je me levai pour le saluer, constatant que malgré mon mètre quatre-vingt, il me dépassait de dix bons centimètres. Sa poigne était ferme, comme je l'imaginais.

— Inspecteur Gabriel Watkins. Ravi de faire votre connaissance.

Il ouvrit la bouche et sa voix fut à la hauteur de mes espérances : chaude, basse et virile.

— Ravi également.

La formule relevait de la pure politesse. Son expression était fermée et son ton neutre. Il reprit place près du bureau du commissaire, toujours debout, les mains derrière le dos tandis que je me rasseyais.

— Je vous laisse exposer la situation, Monsieur Collins, l'invita mon supérieur.

L'homme hocha brièvement la tête, puis prit la parole :

— Comme vous devez vous en douter, de par sa nature, mon employeur reçoit régulièrement des menaces en tous genres. Mon équipe est chargée de déterminer si ces menaces sont à prendre ou non au sérieux. Depuis son Ascension, il a été victime de plusieurs tentatives d'assassinat que nous avons heureusement toutes déjouées à temps.

— Mais quelque chose a changé.

Alors qu'il m'adressait un regard surpris, ce qui était un peu vexant, j'ajoutai :

— Une de ces menaces a dû vous alarmer plus que les autres pour que vous ayez besoin de faire appel aux services de Scotland Yard.

Il fit quelques pas dans la pièce, puis se planta à nouveau en face de moi en soupirant profondément.

— Avant de continuer, je dois m'assurer que tout ce qui se dira dans cette pièce restera entre nous.

— Vous avez ma parole.

Je retins au dernier moment le « de toute façon, vous me tuerez sûrement si j'en parle » qui me brûlait les lèvres. Collins jeta un bref coup d'œil au commissaire qui acquiesça d'un hochement de tête. Il reprit alors :

— Comme vous le savez, au cours des siècles, des tensions ont toujours existé entre les différents Protectorats d'Europe. Peu après son Ascension, il y a trente ans, mon employeur a opéré un rapprochement significatif avec le Sire de Paris, Armand Duvivier, avec lequel il est ami depuis plus d'un siècle. Ils ont le grand projet de parvenir, ensemble, à enfin apaiser les tensions entre tous leurs homologues du Vieux Continent. Et ce projet est sur le point d'atteindre une nouvelle étape. Dans deux semaines se tiendra, dans un lieu gardé secret, un sommet réunissant tous les Sires d'Europe. Enfin, tous ceux qui sont assez ouverts d'esprit pour accepter de discuter d'un éventuel accord de paix.

— Si jamais certains groupuscules anti-vampires apprenaient l'existence de ce sommet, ils verraient là l'occasion de se débarrasser d'un seul coup de la plupart de leurs pires ennemis.

Collins hocha la tête.

— Ce qui plongerait l'Europe dans le chaos. Si un seul Protectorat se retrouvait privé de son Sire, la guerre de succession qui en découlerait serait terrible... Et des centaines, voire des milliers, d'humains en seraient les premières victimes. Mais les anti-vampires ne sont pas les seuls que nous considérons comme une menace importante.

Je soufflai :

— Bien sûr... l'un des Sires opposés à ces accords de paix pourrait en profiter pour se débarrasser d'un dirigeant voisin afin d'annexer son territoire.

— Je vois que vous avez cerné l'étendue de la menace.

Je réfléchis quelques instants à tout ce que j'avais appris, puis demandai :

— Laquelle des deux menaces considérez-vous comme la plus inquiétante ?

— Les deux. C'est la raison pour laquelle mon employeur m'a autorisé à m'adresser à Scotland Yard. Pour le sommet, je dois recruter du personnel afin d'étoffer mon service de sécurité.

Le Commissaire Terrence intervint :

— Et vous, Watkins, vous serez l'un des nouveaux embauchés.

Ce n'était pas la première fois que j'étais envoyé en mission d'infiltration, mais me retrouver au beau milieu d'une tripotée de vampires, ça, c'était nouveau. Et ça ne me rassurait pas vraiment. Je dissimulai du mieux possible mon inquiétude et demandai :

— Pourquoi moi ? Le Yard est rempli d'excellents flics, dont certains ont plus que moi l'habitude d'évoluer parmi les vampires.

Ce fut Collins qui répondit :

— Je vous ai choisi en raison de votre exceptionnelle mémoire photographique. Votre commissaire m'a assuré que vous seriez le plus à même de nous aider à identifier les participants au sommet et ainsi démasquer les éventuels intrus.

Logique.

— Qui sera au courant de ma véritable identité ?

— Uniquement mon employeur et moi-même. Pour tous les autres, vous serez simplement un agent de sécurité embauché pour l'occasion.

— Où doit se dérouler le sommet ?

— Je ne pourrai vous le révéler que lorsque vous aurez accepté la mission.

— Et combien de temps ai-je pour me décider ?

— Je dois avoir votre réponse au plus tard demain midi. J'accompagne mon employeur sur les lieux du sommet pour en superviser son organisation dès demain soir et je souhaite que vous fassiez partie du voyage. Si vous acceptez la mission, bien sûr... ajouta-t-il avec un petit sourire.

Un instant, j'eus l'impression qu'il me défiait de refuser, qu'il me prenait pour un froussard qui allait prendre ses jambes à son cou dès qu'il serait sorti du bureau.

— Vous aurez ma réponse avant midi. Comment puis-je vous contacter ?

Il sortit une carte de visite de sa poche intérieure et me la tendit. Elle ne comportait que ses initiales et un numéro de portable.

— J'attends votre appel.

Sur ces mots, il quitta le bureau. Je le suivis des yeux alors qu'il traversait l'open space d'une démarche assurée. Je sursautai lorsque le Commissaire Terrence lança dans mon dos :

— Rentrez chez vous préparer vos bagages !

Je me retournai vers lui et lançai d'un air narquois :

— Comment pouvez-vous être aussi sûr que je vais accepter ?

Il sourit, visiblement amusé et me répondit par une autre question :

— Avez-vous envisagé une seule seconde de refuser ?

Il me connaissait décidément trop bien. Je me levai et, après l'avoir salué, je quittai à mon tour son bureau. Je récupérai mon blouson en cuir, fourrai mon portable dans sa poche intérieure et ramassai mes clés de voiture. J'avais pas mal de détails à régler avant de donner ma réponse à Collins... Réponse que je comptais bien le laisser attendre jusqu'à la dernière minute.

Je me garai sur mon emplacement réservé, puis grimpai les trois marches du perron. Dès que j'ouvris la porte de mon appartement, je fus accueilli par une tornade rousse et un miaulement retentissant.

— Oui, moi aussi je suis content de te voir, Ginny.

La chatte se frotta à mes jambes, manquant de peu, comme à chaque fois, de me faire trébucher. Lorsque je parvins enfin à atteindre la cuisine, je m'empressai de verser une bonne rasade de croquettes dans son plat. Elle se rua dessus sans attendre. Profitant de ce qu'elle était occupée, je commençai à préparer ma valise.

Au milieu des chemises et des sous-vêtements, je glissai plusieurs boîtes de cartouches et un couteau de chasse. Un vampire ne pouvait pas mourir d'une blessure par balle, mais ça pouvait le ralentir. Et, surtout, ça vous laissait le temps de, au choix, vous enfuir en espérant courir plus vite que lui ou, en général la meilleure option, lui planter un couteau, un pieu ou toute autre chose pointue en plein cœur. Quand on sait que le plus lent des vampires peut courir environ cinq fois plus vite que le plus rapide des humains, le choix est vite fait.

Je finissais juste de fermer ma valise quand Ginny arriva en trombes dans la chambre. Elle me jeta un regard ennuyé, ayant très bien compris que j'allais l'abandonner plusieurs jours, ce qu'elle n'appréciait pas du tout. Elle monta sur le lit et me fixa d'un air désapprobateur. Je la pris dans mes bras et lui caressai la tête. Après avoir boudé quelques secondes, elle frotta son nez contre mon épaule en ronronnant.

— Je suis désolé, mais je n'ai pas le choix. Emy s'occupera de toi pendant mon absence.

Emeline, de dix ans mon aînée, m'avait pratiquement élevé. Nos parents étaient morts dans un accident de voiture alors que j'avais onze ans. Emy étudiait à l'époque à l'École des Beaux Arts à Paris. Elle m'avait accueilli chez elle, dans le petit appartement qu'elle occupait en banlieue, refusant que je sois placé en foyer ou en famille d'accueil. Nous avions hérité de la maison de nos parents, ici à Londres, mais Emeline avait dû la vendre pour payer ses études et pouvoir m'élever. Finalement, nous étions revenus en Angleterre l'année de mes seize ans lorsque ma sœur avait trouvé un poste de restauratrice de tableaux au British Museum. Nous nous étions alors installés dans un petit appartement à Baker Street que je quittai après avoir eu mon examen d'entrée à Scotland Yard. Emeline se maria peu après avec un de ses collègues, mais ils divorcèrent un an plus tard. C'est à ce moment-là que nous décidâmes d'acheter ensemble le petit immeuble où nous vivions à présent. J'occupais l'appartement du rez-de-chaussée et ma sœur celui du dessus. Ce qui lui permettait de s'occuper de Ginny lorsque mon travail m'amenait à m'absenter plusieurs jours.

Je trouvai Emy dans son atelier, une grande véranda installée sur le toit de l'immeuble. En plus de son travail au British Museum, elle peignait. Elle exposait dans plusieurs petites galeries de Londres et vendait quelques toiles par an. Lorsqu'elle m'entendit entrer, elle demanda sans quitter son tableau des yeux :

— Tu ne devrais pas être au boulot à cette heure-ci ?

— Je suis venu faire mes bagages. Je pars en infiltration demain pour une durée indéterminée.

Elle me jeta un regard inquiet.

— C'est quoi cette mission ?

— Tu sais que j'ai trente-quatre ans ? Je ne suis plus un gamin que tu as à protéger.

— Tu ne peux pas m'empêcher de m'en faire pour toi. Alors ?

— C'est une mission de protection... je ne peux pas t'en dire plus.

— Promets-moi d'être prudent.

— Comme toujours.

Elle posa son pinceau et se tourna vers moi, les mains sur les hanches.

— Je suis sérieuse, Gabriel ! La dernière fois que tu es parti en mission d'infiltration, tu as disparu presque trois mois. Et tu es réapparu avec tellement d'os brisés que les médecins ont cru que tu ne remarcherais jamais. Alors, permets-moi de me faire du souci pour toi quand tu m'annonces que tu repars.

Bon, j'avoue... Mon côté casse-cou m'avait valu des blessures plutôt graves au fil des années. J'avais eu beaucoup de chance de m'en sortir sans trop de séquelles, à part quelques douleurs qui se réveillaient par moment.

Je tentai de rassurer Emy :

Je te promets d'être prudent.

Après tout, que pouvait-il bien m'arriver de mal au beau milieu d'une tripotée de vampires ? Elle posa son pinceau, s'essuya les mains et vint me serrer dans ses bras.

— Quel que soit ton âge, tu resteras toujours mon petit frère, Gabe.

— Je sais.

Afin de profiter un maximum de ma dernière soirée de liberté, j'invitai Emy à dîner. Après souper, installés confortablement sur le sofa, nous discutâmes jusque tard dans la nuit, Ginny roulée en boule sur mes genoux. Ma sœur me fit promettre une nouvelle fois d'être prudent avant de rentrer chez elle. Ginny resta collée à moi toute la nuit, véritable bouillotte ronronnante.

Chapitre 2

Le lendemain matin, un peu après onze heures, je pris mon portable et composai le numéro d'Aidan Collins. Lorsque je lui annonçai ma décision d'accepter la mission, il lança d'un ton sec :

— Mon employeur souhaite vous rencontrer avant notre départ. Une voiture viendra vous chercher à midi.

— Je vous donne mon adresse.

— Inutile.

Et il raccrocha. Je ne savais pas si j'étais agacé ou amusé par sa façon de me parler. Collins devait sûrement me considérer comme une nuisance dont il serait ravi de se débarrasser le plus vite possible. Et je sentais que tester ses limites allait très vite devenir mon nouveau passe-temps préféré.

À midi pile, une berline noire se gara devant chez moi. Après une dernière caresse à Ginny, je quittai l'appartement. Un homme en costume sombre et lunettes noires me prit ma valise des mains et me fit signe de monter à l'arrière. J'obéis, intrigué à l'idée d'enfin rencontrer Walter Bowman, le Sire de Londres, le plus puissant vampire du pays. Le trajet dura une vingtaine de minutes. La voiture se gara devant une immense demeure de Kensington Palace Gardens, la rue la plus chère de Londres. Je ne pus retenir un sifflet d'admiration devant l'élégante façade de briques rouges aux fenêtres blanches, typiques du quartier. Un majordome en livrée m'attendait sur le perron et me conduisit à travers plusieurs couloirs jusqu'à une porte close.

— Veuillez attendre ici, Monsieur.

Alors que le majordome s'éclipsait, je détaillai les lieux. Je me trouvais dans une sorte d'antichambre aux murs couverts de boiseries. J'avais pu remarquer que la demeure était meublée avec goût et décorée d'objets anciens qui n'auraient pas déparé à Buckingham. Je reportai mon attention sur la porte devant laquelle on m'avait laissé. Elle était en bois sombre, finement sculptée d'une scène de chasse à courre. J'étais en train d'observer les détails d'un cheval lorsque le battant s'ouvrit sur Aidan Collins, me faisant sursauter.

— Entrez ! lança-t-il de son habituel ton sec.

J'obéis et me retrouvai dans un bureau aux meubles anciens, mais équipé du dernier cri en matière de technologie. Collins me fit signe de m'asseoir en face de lui. Je soufflai :

— Joli petit cottage.

Mon interlocuteur me jeta un regard amusé et répondit :

— Un prince saoudien en a offert cent millions de livres à mon employeur.

— Et je suppose qu'il a refusé, puisque nous sommes là.

— Cette demeure a une valeur sentimentale pour lui. Jamais il ne s'en séparera.

J'étais intrigué. J'aurais aimé interroger Collins à ce sujet, mais il reprit :

— Mon employeur est pour le moment en conférence vidéo avec Armand Duvivier afin de finaliser les derniers détails du sommet. En attendant, voici la liste des participants et de leurs accompagnateurs. J'aimerais que vous mémorisiez leurs visages afin de pouvoir déterminer immédiatement si un intrus se glisse parmi eux. Lorsque vous aurez fini, je vous présenterai mon équipe et nos nouvelles recrues.

— Entendu.

Je pris la tablette qu'il me tendait et parcourus rapidement les photos des vampires et humains qui seraient présents au sommet. Il ne me fallut pas bien longtemps pour graver les visages de tout le monde dans mon esprit.

Ceci fait, Collins m'entraîna vers une grande salle où se trouvait une vingtaine de personnes. Je distinguai immédiatement l'équipe habituelle, composée de douze hommes, des nouveaux venus. Alors que Collins faisait les présentations, j'aperçus un visage familier à l'autre bout de la pièce et me figeai. L'homme ne m'avait pas encore vu, plongé dans une discussion avec l'un de ses collègues.

— Que fait Bennett Parks ici ?

— C'est mon second, répondit Collins dans un souffle, tout près de mon oreille.

— Il me connaît.

— Je sais. C'est même lui qui m'a suggéré votre nom pour cette mission.

Surpris, je fronçai les sourcils.

— Je croyais que seuls votre employeur et vous étiez au courant.

— Je n'étais pas sûr que vous auriez accepté de venir en sachant que Parks faisait partie de mon équipe.

Ainsi, il savait… Je soupirai profondément, puis me décidai enfin à aller saluer mon ancien partenaire.

— Salut Bennett !

— Gabriel, me répondit-il avec un léger signe de tête.

— Tu as l'air en forme.

— Et si nous passions les politesses d'usage ? Ce n'est pas parce que je t'ai recommandé auprès d'Aidan et de notre boss que j'ai oublié ce qui s'est passé. J'ai réussi à mettre ma rancœur de côté parce que tu es le plus qualifié pour cette mission. Mais, il n'est pas garanti que je ne te colle pas une raclée dès que le sommet sera terminé.

— Reçu cinq sur cinq ! lançai-je alors que Collins s'approchait de nous.

— Messieurs. J'espère que tout va bien.

— Tout va très bien, répondit Bennett avant de s'éloigner.

Je soupirai à nouveau. Cette mission risquait de s'avérer pleine de surprises… et pas que des bonnes.

Lorsque les présentations furent terminées, Collins donna ses ordres à chacun. Il m'invita ensuite à le suivre pour aller rejoindre son employeur. Le bureau du Sire de Londres se trouvait au second étage, tout au fond d'un long couloir sans fenêtres. Et, lorsque j'entrai dans la pièce, je constatai que celles qu'elle comportait étaient occultées par des stores hermétiques, ce qui était logique puisque son occupant principal était un vampire.

Contrairement aux légendes, les vampires n'étaient pas victimes de combustion spontanée au soleil. La lumière du jour leur collait juste d'affreuses migraines, du fait de la sensibilité extrême de leurs yeux. La plupart d'entre eux évitaient simplement de sortir le jour, les lunettes de soleil les plus teintées ne suffisant pas à leur épargner des maux de tête atroces.

Au moment où nous entrâmes, Walter Bowman se leva et s'approcha, la main tendue. Je l'avais déjà vu en photo, mais les clichés étaient bien loin de refléter son véritable charisme. Il paraissait être âgé d'une cinquantaine d'années, même si je savais qu'il en avait en fait dix fois plus. Ses cheveux châtain coupés court grisonnaient sur les tempes, vestiges de son ancienne vie d'humain. Ses yeux, rouges comme ceux de tous les vampires, contrastaient avec sa peau diaphane, presque translucide. Il était plus petit que moi et beaucoup plus chétif, mais une aura de pouvoir émanait de lui. Vêtu d'un costume bleu nuit taillé sur mesure, il ressemblait plus à un comptable qu'au plus puissant vampire d'Angleterre. Pourtant, je savais très bien qu'il serait capable de me briser la nuque en un seul geste, avant même que je comprenne ce qui m'arrivait.

— Je suis ravi de vous rencontrer, Inspecteur Watkins.

Je serrai sa main tendue, sous le charme de sa voix basse et posée. Bowman me fit signe de prendre place dans l'un des fauteuils, puis retourna s'asseoir dans le sien. Immédiatement, Collins se plaça à côté de lui, une main sur le dossier de son siège.

— Je vous remercie d'avoir accepté cette mission, Inspecteur.

— Je vous en prie.

Je fus surpris : j'avais prévu de sortir une répartie ironique, comme à mon habitude, mais les mots semblèrent bloqués dans ma gorge. Je compris alors que Bowman était en train d'utiliser son pouvoir hypnotique sur moi. Me souvenant des cours que j'avais suivis au Yard, je luttai et finis par réussir à détourner les yeux, rompant le charme.

— Bravo, vous m'impressionnez ! lança le vampire.

Sans croiser son regard, je soufflai, l'air faussement nonchalant :

— Bof, c'était facile.

Collins intervint :

— En général, il faut plus d'une demi-heure à un humain lambda pour s'extraire de l'hypnose. Lorsqu'il y parvient...

— Tu vois, Aidan ! Je savais que nous avions fait le bon choix.

Tout en prenant garde à ne pas croiser le regard du vampire, je les observai et je remarquai alors que, derrière le respect réciproque, se trouvait quelque chose de plus fort. De l'amitié, oui, voire beaucoup plus. Un court instant, je me demandai si les deux hommes étaient amants mais, par leurs gestes et leurs regards, je compris très vite que ça n'était pas ce genre de relation qui les liait. Et je me promis de découvrir ce que c'était.

***

Je passai plus d'une heure dans le bureau de Bowman qui m'expliqua en détail les enjeux du sommet. Il ne me fallut pas longtemps pour comprendre que s'il se produisait le moindre incident pendant cette rencontre, ça risquait de précipiter l'Europe dans une guerre sans merci entre les différents Protectorats. Et les victimes les plus nombreuses de tels affrontements seraient sans aucun doute nous autres, les humains. Comme à chaque fois que les vampires décidaient de se lancer dans une de leurs guerres de territoires, d'ailleurs.

Pendant que Bowman parlait, j'observai discrètement l'attitude de son chef de la sécurité envers lui, de plus en plus intrigué par leur relation. Et, je l'avoue, également de plus en plus intrigué par Collins lui-même. J'avais côtoyé beaucoup d'hommes, en avais mis un certain nombre dans mon lit, mais quelque chose chez celui-ci me perturbait. Et, bien sûr, je n'arrivais pas à savoir ce que c'était.

Bowman termina son speech en soufflant :

— Si vous avez besoin de quoi que ce soit pour votre enquête, demandez-le à Aidan, il s'en chargera.

— C'est noté. Puis-je vous poser une question ?

— Je vous écoute.

— Puisque vous êtes conscient des risques liés à ce sommet, pourquoi l'avoir organisé malgré tout ?

Bon, ça n'était pas la question qui me brûlait les lèvres depuis un bon moment, mais ma mission passait avant ma curiosité… que j'aurais tout le temps de satisfaire lorsque nous serions sur les lieux du rassemblement vampirique. Bowman prit quelques secondes avant de répondre :

— Armand et moi sommes amis depuis plus d'un siècle. Nous étions tous deux les bras droits de nos Sires respectifs, destinés à leur succéder, lorsque nous avons fait un rêve : unir tous les vampires d'Europe afin d'éviter de nouvelles guerres sanglantes. Et nous nous sommes promis de concrétiser ce rêve après notre Ascension. Le jour de tenir cette promesse est venu, Inspecteur.

La réponse était à peu près celle que je m'attendais à avoir. Je soupirai :

— Bien… Je pense que la tâche ne sera pas aisée, mais je suis prêt à tout mettre en œuvre pour que votre sommet se déroule sans anicroche.

Bowman sourit, puis échangea un regard amusé avec Collins.

— Il me plaît vraiment, Aidan.

Le chef de la sécurité leva les yeux au ciel, mais il avait visiblement l'habitude des excentricités de son patron. Il reporta son attention sur moi et souffla :

— Je suppose que vous n'avez pas déjeuné.

Mon estomac répondit à ma place par un gargouillement sonore qui fit rire le vampire.

— Suivez-moi ! lança Collins en se dirigeant vers la porte.

Je pris congé de Bowman et suivis l'autre homme à travers les couloirs jusqu'à une immense cuisine. L'endroit était désert. Il me fit signe de m'asseoir à table et sortit un plat de lasagnes du frigo avant de le mettre au micro-ondes. Lorsque ce fut chaud, il nous servit deux assiettes avant de prendre place en face de moi. Devant mon regard surpris, il perdit pour la première fois un peu de sa suffisance :

— Je suis tellement pris par mon travail que j'en oublie souvent de manger.

— Je ne sais pas comment vous faites ! Même si ma tête oublie, mon estomac me rappelle à l'ordre.

— J'ai entendu ça, souffla-t-il avec un petit sourire en coin avant d'attaquer ses lasagnes.

Un léger espoir s'insinua en moi. Ainsi, monsieur Aidan Collins n'était pas qu'un type arrogant et coincé… Cela me donna encore plus envie de creuser, de découvrir qui il était vraiment.

Après le repas, nous retournâmes dans son bureau. Je repris la tablette et fis défiler les visages des participants au sommet. Collins pianotait rapidement sur son clavier, comme si je n'étais pas là. Au bout d'un moment, je demandai :

— Où sont les Affiliés de votre boss ? D'après ce truc-là, il en a dix-huit et je n'ai croisé aucun vampire à part lui depuis mon arrivée.

Collins leva les yeux de son écran avant de me répondre :

— Ils n'aiment pas trop se mêler aux humains. Ils ont des appartements qui leur sont réservés où nous n'allons qu'en cas d'extrême nécessité. Vous les verrez lorsque nous prendrons le départ ce soir.

— OK. Vous ne voulez toujours pas me dire où nous allons ?

— Ne vous en faites pas, vous le saurez bien assez tôt.

Il tapa encore quelques mots puis se leva.

— Venez, j'ai quelque chose à vous montrer qui devrait vous intéresser grandement.

Intrigué, je le vis se diriger vers un panneau de bois qu'il fit coulisser, révélant une porte et un digicode. Il tapa le code sans se cacher, preuve de confiance s'il en est, et le battant se déverrouilla avec un claquement. Je le suivis à l'intérieur et me figeai : il y avait là le plus impressionnant arsenal anti-vampires que j'aie jamais vu.

— Ouah !

Adossé au mur, les bras croisés, Collins souriait.

— J'ai amassé ces armes au fil des années, avec l'aide de mon employeur. Faites votre choix, elles sont à votre disposition.

Je parcourus les lieux, émerveillé comme un gamin dans un magasin de jouets la veille de Noël. Mon attention fut attirée par une pièce en particulier : un pistolet arbalète miniature pliable. Collins s'approcha et le sortit de son rangement avant de me le tendre.

— Je me doutais que ceci vous intéresserait. Elle fait partie d'une paire que j'ai acquise en Russie il y a quelques années.

Je me tournai vers lui, souriant.

— Je suppose que vous conservez l'autre pour votre usage personnel.

Il me répondit d'un hochement de tête tout en me tendant un carquois contenant une vingtaine de carreaux.

— Si vous souhaitez l'essayer, nous avons une salle d'entraînement.

— Avec joie. J'ai hâte de voir ce que ce petit bijou sait faire.

Mon attention se tourna ensuite vers un couple de poignards rangés dans des fourreaux d'avant-bras. Collins me les remit, appréciant visiblement mon choix.

— Je vois que nous avons les mêmes goûts, souffla-t-il avant de remonter légèrement une de ses manches, révélant un fourreau semblable.

D'autres armes me paraissaient extraordinaires, mais l'arbalète et les deux poignards me suffisaient. En les ajoutant aux deux revolvers que je portais en permanence sur moi, j'étais déjà à même de me défendre contre bon nombre de menaces.

Collins me conduisit ensuite jusqu'à leur salle d'entraînement où je pus m'exercer au maniement de l'arbalète. Pendant que je l'essayais, le chef de la sécurité m'observait, attentif au moindre de mes mouvements et, surtout, à mes résultats. Lorsque j'eus fini, il soupira :

— Dommage que nous n'ayons pas le temps, j'aurais aimé vous tester au corps à corps.

Je me figeai et plongeai dans son regard vert, intense. Quelque chose dans son intonation me perturbait. Le double sens de ses mots était flagrant. Ou bien je commençais à devenir totalement obsédé par cet homme, au point de déformer le moindre de ses propos pour leur donner une connotation sexuelle. J'étais sur le point de me traiter mentalement d'imbécile lorsqu'il s'approcha, la démarche féline, puis souffla :

— Mais ce n'est que partie remise…

Et il quitta la pièce, me laissant seul avec mon trouble.

À quoi jouait Collins ? Un instant, c'était un abruti arrogant et, celui d'après, il flirtait ouvertement avec moi. Le mystère s'épaississait… mystère que j'étais bien décidé à résoudre avant que cette histoire de sommet vampirique ne soit terminée.

Chapitre 3

Une fois la nuit tombée, tout le monde se regroupa dans le parc, près des véhicules qui allaient nous conduire au lieu où se déroulerait le rassemblement. Je vis pour la première fois les Affiliés de Bowman, ses fidèles, ainsi que leurs « humains de compagnie ». L'un des vampires serrait son humaine d'un peu trop près et je mis quelques secondes à comprendre qu'il était en train de se nourrir d'elle. Je détournai les yeux, gêné, et remarquai le regard de Collins posé sur le couple. Je fus surpris d'y lire un profond dégoût. L'arrivée de Bowman détourna son attention.

— Watkins, vous venez avec moi.

— OK.

Il donna des ordres et les autres s'éparpillèrent dans les différentes voitures et fourgonnettes. Je montai dans la berline du Sire, sur le siège passager, tandis que Collins prenait le volant. Avant de démarrer, il me tendit un bout de tissu noir. Je le fixai, incrédule.

— Vous vous foutez de moi ?

— Personne parmi les nouveaux venus ne doit être au courant de l'endroit où va se dérouler le sommet. Comme notre voiture sera au beau milieu du convoi, je ne peux pas prendre le risque

que l'un de mes hommes voie dans son rétroviseur que vous bénéficiez d'un traitement de faveur.

Je soupirai profondément.

— OK. Mais, vous avez intérêt à me dire où nous allons.

Il jeta un bref regard à son patron dans le rétroviseur puis répondit :

— Mon employeur a acheté un manoir dans le parc national du Peak District, il y a une centaine d'années. Le domaine est dissimulé en plein cœur de la forêt, dans une zone interdite aux randonneurs.

Satisfait de la réponse, je mis le bandeau sur mes yeux. Collins vérifia qu'il était bien en place puis démarra.

Le trajet dura un peu plus de trois heures. Étant donné que Collins restait muet comme une tombe et que je n'avais rien d'autre à faire, je dormis une bonne partie du temps. Nous arrivâmes à destination un peu avant minuit. Une fois que je fus autorisé à enlever mon bandeau et à descendre de voiture, je m'étirai longuement puis examinai les lieux. Le manoir était en fait un petit château entouré par la forêt dense du parc national. Je compris vite le choix de Bowman : la proximité des arbres dissimulait parfaitement le manoir aux regards indiscrets.

Collins donna des ordres à ses hommes et nous entrâmes. Immédiatement, les vampires prirent possession des lieux, suivis par leurs humains qui semblaient n'avoir aucune volonté propre. Bien sûr, j'avais déjà eu l'occasion de voir des hommes et des femmes asservis à des vampires. Ils leur servaient à la fois de nourriture et de jouets sexuels. Pourtant, j'étais toujours surpris de constater que certaines personnes étaient prêtes à sacrifier leur libre arbitre pour quelques instants de plaisir.

J'avais déjà eu plusieurs propositions de vampires. J'avais même failli accepter, une fois. Mais, malgré la beauté de celui qui me l'avait proposé et le désir qu'il m'inspirait, la peur de perdre ma liberté avait été plus forte.

Je reportai mon attention sur Collins qui organisait la surveillance des alentours d'une main de maître. Une nuée de serviteurs, tous humains, montèrent nos bagages au second étage où se trouvaient nos chambres. Puis nous nous retrouvâmes dans une immense salle à manger réservée au personnel. Vu la taille de celle-ci, j'imaginais sans peine que celle du maître de maison devait pouvoir accueillir plus de cent personnes. Pendant le dîner, j'en profitai pour observer mes « collègues ». Parks m'adressa un regard méprisant, comme je m'y attendais. Je reportai mon attention sur les autres, notant dans mon esprit plusieurs détails qui pourraient être utiles pour ma mission. Une fois le repas terminé, la plupart, dont je faisais partie, montèrent se coucher.

La chambre qui m'avait été attribuée était tout simplement somptueuse. Contrairement à ce que je m'attendais à trouver, les meubles étaient modernes et fonctionnels, mais d'un goût raffiné. Une cloison avait été montée dans un coin de cette immense chambre afin de créer une salle de bains, petite, mais bien agencée. Ma valise et le sac contenant les armes prêtées par Collins m'attendaient sur le lit. Je déballai mes vêtements puis décidai qu'une douche me ferait du bien.

J'étais en train de m'essuyer les cheveux lorsqu'on frappa à la porte. Je grognai puis glissai une serviette autour de ma taille avant d'aller ouvrir. Collins eut l'air surpris. Il me détailla longuement, provoquant un frisson dans ma colonne vertébrale. Il sourit légèrement et souffla :

— Puisque vous avez dormi une bonne partie du trajet, je me suis dit que vous n'aviez probablement pas sommeil.

Son ton était clairement ironique, voire un peu provocateur. Légèrement émoustillé, je décidai de jouer le jeu.

— Que proposez-vous ?

Il mit quelques secondes à répondre :

— Je pensais que vous aimeriez visiter les lieux afin de vous faire une idée de l'agencement du manoir avant que les délégations des autres Protectorats n'arrivent demain soir.

Je ne fus pas surpris. Après tout, je me faisais sûrement des idées à son sujet, comme c'était souvent le cas lorsqu'un mec me plaisait. Je lançai en me dirigeant vers l'armoire où j'avais rangé mes vêtements :

— Laissez-moi le temps de m'habiller.

Alors que je pensais qu'il allait sortir de la chambre, il fit le contraire. Il entra, referma la porte derrière lui et s'y adossa, les bras croisés. Je lui jetai un regard interrogateur, mais il se contenta de me fixer sans un mot. Ainsi, je n'étais peut-être pas si cinglé que ça… Puisqu'il avait décidé de rester autant lui en donner pour son argent. Je laissai tomber la serviette sur le sol, faisant semblant d'ignorer sa présence alors que je sentais son regard me brûler la peau. Je lui tournai partiellement le dos, ne voulant pas qu'il s'aperçoive de mon excitation naissante. J'enfilai rapidement un boxer, un jean et un sweat-shirt noir, puis attrapai mon holster d'épaule. Je n'avais aucune raison de le dissimuler puisque ça faisait partie de mon boulot d'être armé. Une fois équipé, je lançai :

— Je vous suis.

Il secoua légèrement la tête, sortant visiblement de profondes réflexions.

— Commençons par l'intérieur.

***

La visite du manoir dura plus d'une heure. Je voulais tout voir, tout mémoriser. J'avais repéré toutes les cachettes possibles, les issues les plus pratiques en cas d'attaque venant de l'intérieur du bâtiment. Nous terminâmes par les appartements de Bowman. Le vampire était installé confortablement dans son impressionnante bibliothèque et semblait plongé dans la lecture d'un ouvrage ancien. Si ancien que je n'aurais même pas osé y toucher de peur qu'il ne tombe en poussière entre mes doigts. Bowman ne leva même pas les yeux à notre entrée, mais j'étais sûr qu'il suivait chacun de nos pas alors que Collins me faisait traverser la pièce. Arrivé devant une porte, il souffla :

— Ce que vous allez voir maintenant doit rester entre nous.

— Compris.

Il fit apparaître un clavier numérique sur lequel il tapa rapidement un code. Comme pour l'armurerie, il ne fit aucun effort pour me dissimuler la combinaison. Le battant s'ouvrit sur un escalier qui semblait plonger dans les entrailles du manoir. Collins appuya sur un interrupteur puis s'engagea dans la descente. Je le suivis, à la fois curieux et un peu inquiet. Il y avait une trentaine de marches. En bas, se trouvait une sorte de sas fermé par une porte blindée. Il composa un nouveau code puis ouvrit. La lumière se fit dans mon esprit.

— Un bunker ?

Collins hocha la tête. Il y entra et je le suivis.

— Mon employeur l'a fait construire lorsqu'il a acheté le manoir. Il n'a jamais eu à l'utiliser, mais vu les menaces qui pèsent sur le sommet, nous avons estimé qu'il était plus prudent qu'il soit prêt à être occupé.

— Donc, si j'ai bien compris, au moindre problème, il vient s'enfermer ici ?

— Exactement. Il peut y tenir plusieurs semaines sans avoir à sortir. L'un des avantages d'être un vampire.

Je fis le tour du bunker, remarquant les boîtes en métal et les livres qui remplissaient les étagères. Je voulus interroger Collins sur le contenu des boîtes, puis l'évidence se fit dans mon esprit, me ramenant à une autre question que je voulais lui poser. Mais tout ça allait attendre que je sois sûr d'être loin de l'ouïe surnaturelle de Bowman. À la place, je demandai :

— Qui connaît l'existence de ce bunker ? Votre équipe ?

— Juste Parks et moi. Et vous, à présent.

Il me fit signe de sortir et je le suivis avec joie dans l'escalier. Cet endroit me fichait la chair de poule, mais je refusais de le lui montrer. Une fois en haut, il lança :

— Si vous n'êtes toujours pas fatigué, j'aimerais vous montrer l'extérieur.

— Je vous suis.

Je ne l'avais pas remarqué à notre arrivée, mais à l'arrière du manoir se trouvait un immense jardin. Collins me conduisit jusqu'à la limite du domaine clôturé par une palissade en bois de trois mètres de haut.

— Cela n'arrêterait pas un vampire qui voudrait entrer. En revanche, ça garde le manoir à l'abri du regard des randonneurs et des curieux.

— Étonnant que le parc national vous ait laissé installer ça.

Collins sourit.

— Le fait que mon employeur ait de très bonnes relations avec la famille royale résout bien des problèmes.

Nous continuâmes notre trajet le long de la palissade. Une interrogation, toujours la même, me brûlait les lèvres, mais j'attendis que nous soyons revenus dans le jardin pour souffler :

— Je peux vous demander quelque chose ?

À la lueur des lampes extérieures, je vis son regard s'assombrir et son expression se fermer. Ce qui voulait dire, au choix : « C'est à vos risques et périls », « Ne vous attendez pas à ce que je vous réponde » ou « Vous risquez de ne pas aimer ce que vous allez entendre ». Je choisis d'ignorer ces trois options et me lançai :

— Je ne comprends pas comment ça se fait que vous méprisiez autant la façon qu'ont les vampires de se nourrir… alors que vous travaillez pour l'un d'entre eux.

Il répondit d'une voix sèche.

— Je ne méprise pas leur mode d'alimentation… ni ce qu'ils sont… La majorité des vampires n'ont pas choisi cette vie. Je méprise en revanche les humains qui sont prêts à tout pour devenir leurs esclaves.

— Donc vous n'avez jamais servi de casse-croûte à un vampire ?

Un voile de douleur obscurcit soudainement son regard. Alors que je m'attendais à une explosion de colère, il me demanda d'une voix posée :

— Vous ne savez pas grand-chose d'eux, n'est-ce pas ?

Je haussai les épaules.

— Seulement ce qu'on nous apprend à l'école… et ce qu'on m'a enseigné pendant mon entraînement au Yard.

Collins soupira profondément.

— Un vampire peut se nourrir de deux façons. Ceux, comme mon employeur, qui se sont élevés à un rang supérieur ne boivent que du sang provenant de donneurs anonymes, traité et conditionné en bouteilles par des sociétés spécialisées. Les autres… la plupart d'entre eux… la majorité des Affiliés que vous avez vus… préfèrent se nourrir directement sur des humains.

— Ils les hypnotisent pour qu'ils restent à leur côté ?

— Au début, oui. Mais après quelques morsures, un humain perd toute volonté de quitter son maître. Et cette dépendance est renforcée par le sexe. Plus la relation entre le vampire et l'humain sera intime, moins ce dernier aura envie de s'éloigner.

Un frisson d'horreur me traversa. Maintenant que je savais ça, j'étais bien content de n'avoir jamais dit oui à un vampire.

Collins reprit la parole, changeant totalement de sujet.

— Venez, j'ai autre chose à vous montrer.

Je le suivis sans poser de question jusqu'à une porte dissimulée sur le côté est du manoir.

— Derrière, vous trouverez un escalier qui mène au couloir du second étage. Il vous sera utile si vous avez besoin de rentrer ou de sortir discrètement. Ou si vous êtes blessé…

Je souris.

— J'imagine que traverser une maison pleine de vampires en pissant le sang est une mauvaise idée.

Il hocha la tête, ignorant mon ton ironique.

— Une trousse de premiers secours est présente dans chaque salle de bain, dans l'armoire de toilette. Bon, je pense que vous avez fait le tour et qu'il est temps que je vous laisse vous reposer.

Il me raccompagna jusqu'à la porte de ma chambre.

— Rendez-vous à huit heures dans la salle à manger du personnel.

— J'y serai. Bonne nuit.

Il parut réfléchir quelques secondes avant de répondre en souriant légèrement.

— Bonne nuit à vous aussi.

***

La journée du lendemain se déroula sans surprise. Tous étaient affairés à préparer l'arrivée des délégations des Protectorats. Même si le manoir était immense, je me demandais tout de même où Bowman pensait caser tout le monde, vampires et accompagnateurs humains. Bon, l'avantage avec les vampires, c'était qu'ils ne dormaient pas. Et, apparemment, partager une chambre et leurs humains « de compagnie » ne les dérangeait pas outre mesure.

Nous passâmes la journée à inspecter le parc, à l'affût d'éventuels intrus qui auraient réussi à pénétrer sur le domaine malgré les mesures de sécurité draconiennes. Collins comptait sur ma mémoire photographique pour vérifier qu'aucun indésirable, vampire ou humain, ne s'était glissé dans l'une des délégations. Je passai donc la nuit à faire le planton près de la porte principale.

L'arrivée des délégations devait s'échelonner sur toute la nuit. Comme prévu, la première fut la française, menée par le Sire de Paris, Armand Duvivier. Celui-ci était un peu plus grand que son hôte. Il avait une silhouette longiligne et des cheveux bruns bouclés, qui cascadaient élégamment sur ses épaules. Bowman l'accueillit chaleureusement, puis invita sa suite à s'installer dans le manoir. Les autres arrivèrent petit à petit. À chaque nouvelle délégation, j'essayais de bien visualiser tous les nouveaux arrivants, guettant le moindre intrus. Vers cinq heures du matin, je fus rejoint par Collins qui me demanda :

— Pas trop fatigué ?

— Ras-le-bol de faire le pied de grue et je commence à avoir mal au crâne à force de scruter tous ces visages, mais à part ça, ça baigne !

Il repartit à l'intérieur et revint quelques minutes plus tard avec un verre d'eau, une aspirine et un sandwich.

— Je me suis dit que vous auriez peut-être faim.

— Merci, soufflai-je, touché par l'attention. Il ne manque plus qu'une seule délégation, n'est-ce pas ?

Collins se tendit.

— Effectivement. Le Sire de Prague, du Protectorat de Bohême, est l'un de ceux qui ne sont pas encore totalement convaincus de l'utilité de ce sommet.

— Vous pensez qu'il pourrait sciemment le saboter ? Lui, ou l'un de ses Affiliés ?

— Je n'en sais rien. Aucun des vampires de sa délégation ne m'inspire confiance…

— Alors je vais les surveiller un peu plus attentivement que les autres. Enfin, si vous êtes d'accord.

Il m'adressa un léger sourire et hocha la tête.

— Je ne vous ai pas remercié d'avoir accepté cette mission.

— Je ne fais que mon travail.

Il s'adossa au mur à côté de moi et croisa les bras, le regard dans le vide.

— Lorsque Parks a suggéré de faire appel à Scotland Yard et à vous en particulier, j'ai tout de suite senti qu'il y avait un contentieux entre vous. Il m'a raconté ce qui s'était passé… L'image que je me suis faite de votre personne n'était pas vraiment flatteuse… et maintenant, je le sais, très loin de la réalité.

Je soupirai profondément.

— Un jour, je vous donnerai ma version de cette histoire.

— Je serais ravi de l'entendre.

Nous restâmes silencieux un long moment jusqu'à ce qu'un bip retentisse dans nos oreillettes. Le garde placé à l'entrée du domaine nous annonçait l'arrivée de la dernière délégation. Collins rentra avertir Bowman qui vint accueillir son homologue tchèque. Lorsque le Sire de Prague, Vadim Havel, serra la main de son hôte, la tension dans l'air était presque palpable. L'air aimable du nouveau venu n'était qu'une façade. Je détaillai ses Affiliés et les humains qui les accompagnaient. Il n'y avait aucun intrus, mais certains vampires me mirent mal à l'aise. Notamment une. Elle était grande, blonde et voluptueuse. À voir son air suffisant, je compris vite qu'elle devait être très proche de Havel. Et, surtout, que j'allais devoir me méfier d'elle comme de la peste. Alors que j'évitais consciencieusement son regard, je croisai celui, inquiet, de Collins. Il suivit Bowman à l'intérieur tandis que je restais près de la porte afin de m'assurer que tout le monde rentrait bien à leur suite.

Quelques minutes plus tard, Collins me rejoignit à nouveau.

— Vous pouvez aller dormir. Les vampires sont en train de s'installer pour la journée, ajouta-t-il en désignant le soleil levant.

Le manoir comportait beaucoup de fenêtres, dont certaines n'avaient pas de rideaux ni de stores intérieurs. Ce qui, je l'avais très vite compris, était prévu pour limiter les allées et venues des vampires à l'intérieur tant que le soleil brillait.

Chaque délégation avait à sa disposition un certain nombre de chambres et de salons aménagés afin qu'ils ne s'ennuient pas durant la journée, les discussions du sommet devant se dérouler la nuit uniquement.

Je me rendis directement dans ma chambre, ne voulant pas prendre le risque de croiser qui que ce soit, vampire ou humain. Je pris une douche rapide, puis m'allongeai et, la fatigue aidant, je m'endormis presque aussitôt.

Chapitre 4

Je ne dormis que quatre heures. Mon estomac criant famine, je décidai de descendre directement en cuisine pour essayer de trouver quelque chose à grignoter. Je dénichai une boîte de céréales au chocolat, mon pêché mignon, et m'en servis un plein bol. J'étais en train de les engloutir lorsque je fus rejoint par Collins.

— Vous avez dormi ? lui demandai-je devant son air fatigué.

— Pas encore. Je devais régler quelques détails avec mon employeur.

Je profitai de l'occasion pour lui poser l'une des questions qui me tourmentaient les neurones.

— Pourquoi l'appelez-vous toujours ainsi ? « Mon employeur ». Ça ne fait pas très naturel…

— J'ai pris l'habitude de le nommer de cette façon lorsque je parle de lui avec une personne extérieure à son entourage.

— Lorsque vous en parlez avec vos hommes, vous l'appelez comment ?

— Sire Bowman.

— Et en privé ?

Il se renfrogna.

— Cela ne vous regarde pas. Je vais aller dormir. Si vous avez besoin de quelque chose, voyez avec Parks.

Je n'eus pas le temps de répondre qu'il était sorti de la cuisine. Apparemment, il n'avait pas apprécié que je mentionne sa relation avec Bowman. J'étais surpris. C'était comme si leur lien était un tabou. Si Parks ne m'avait pas autant haï, je l'aurais interrogé à ce sujet mais, le connaissant, il serait capable de tout balancer à Collins qui me ficherait dehors à coup de pied au cul. Tant pis… Je finirais bien par connaître le fin mot de l'histoire. Je savais me montrer patient quand il le fallait.

Après avoir fini mon petit-déjeuner, je consultai mon planning sur l'agenda de mon Smartphone. Il me restait trois heures de libre avant de prendre mon tour de garde dans le parc. Je décidai alors de remonter me reposer un peu dans ma chambre. Une fois là, j'envoyai un SMS à Emy pour la rassurer et je reçus presque aussitôt une réponse incendiaire, car je l'avais laissée attendre deux jours sans lui donner signe de vie. Je promis d'essayer de la contacter plus souvent, puis me rallongeai sur le lit. Alors que je laissais vagabonder mes pensées en direction d'Aidan Collins, le sommeil me prit par surprise.

Je fus réveillé par l'alerte de mon téléphone, quinze minutes avant le début de mon tour de garde. Je me passai un coup d'eau sur le visage, descendis me préparer un sandwich et rejoignis le jardin. Ce jour-là, je devais faire équipe avec un écossais pur souche nommé Angus McIntosh. Âgé d'une cinquantaine d'années, il bossait sous les ordres de Collins depuis plus de dix ans. Il arborait fièrement une moustache imposante, aussi rousse que ses cheveux bouclés. Alors que nous parcourions le trajet qui nous avait été attribué autour du domaine, il m'interrogea sur mon parcours et sur la façon dont j'étais arrivé ici. Je lui servis donc la petite histoire que j'avais mise au point et qui avait été approuvée par Collins : après de nombreuses années à Scotland Yard, j'avais été contraint de démissionner suite à une bavure. Et, depuis, je bossais dans le privé et vendais mes services au plus offrant. McIntosh parut accepter cette histoire sans sourciller. Il se mit alors à me raconter sa vie, ce qui nous occupa largement le reste de l'après-midi.

Lorsque nous rejoignîmes le manoir, une heure avant le coucher du soleil, Collins attendit que McIntosh se soit éloigné pour me souffler :

— Je suppose que vous connaissez à présent l'intégralité de son arbre généalogique.

— Beaucoup mieux que le mien, c'est sûr ! répondis-je en riant. Du nouveau ?

— Les vampires commencent à se préparer pour la première réunion. Je serai dans la salle auprès de mon… de Sire Bowman. Je veux que vous y soyez aussi, afin d'observer le comportement de chacun.

— Je ne pense pas que l'un d'eux tente quelque chose pendant une réunion, surtout la première, mais ça pourra me donner une idée de qui est une menace potentielle.

La grande salle à manger, comme je l'avais estimé, pouvait bien contenir au moins cent personnes, voire beaucoup plus. Elle était juste immense, au moins dix fois plus grande que mon appartement tout entier. Des tables avaient été disposées en U de façon à ce que tous les invités puissent se voir. Les Sires étaient au nombre de huit et dirigeaient les Protectorats de Londres, Paris, Madrid, Berlin, Amsterdam, Rome, Prague et Zurich. Chacun d'eux était accompagné d'une dizaine de vampires et de quelques humains – secrétaires, assistants ou juste casse-croûtes… Avec cinq des hommes de Collins, nous étions installés à côté des portes de la salle. Il m'avait placé face à la table où se trouvait Vadim

Havel et sa délégation. La blonde était assise à sa droite et, à chaque fois qu'un sujet était abordé, il lui demandait son avis, ce qui confirmait ma première impression la concernant.

Collins se tenait debout, quelques pas derrière le siège de Bowman, prêt à intervenir à tout moment. Son stress se percevait à la façon dont tout son corps était tendu et à son regard qui ne cessait d'aller et venir sur les participants. À un moment, il croisa le mien. Je lui souris ; il se contenta de hocher légèrement la tête en réponse.

Je reportai mon attention sur les vampires. Les discussions étaient intenses, mais personne ne semblait vouloir en arriver à un acte violent… enfin pour l'instant. Dès les premières heures de débat, deux camps se dessinèrent : d'un côté Bowman, Duvivier et les Sires de Madrid, Zurich et Rome, de l'autre Havel suivi par ceux de Berlin et Amsterdam. Et la blonde, qui s'appelait Sophia Petrov, semblait encourager son Sire à contrer tous les arguments en faveur d'un accord de paix. À deux reprises, elle darda son regard sur moi et je me détournai, ne voulant pas prendre le risque qu'elle m'hypnotise, même à cette distance.

C'est alors que je réalisai que Collins ne détournait jamais le regard face aux vampires. Il semblait comme immunisé contre leur pouvoir hypnotique. Encore un mystère de plus à son sujet que j'allais devoir élucider avant la fin du sommet.

La réunion se termina un peu avant l'aube, mais je n'avais pas l'impression que les discussions aient abouti à quelque chose pour l'instant. Lorsque nous fûmes certains que tous les vampires avaient rejoint leurs quartiers respectifs, Collins nous ordonna d'aller dormir pendant que l'équipe de jour prenait le relais. Épuisé par la vigilance dont j'avais dû faire preuve durant toute la nuit, je m'endormis comme une masse dès que ma tête toucha l'oreiller.

***

Les trois jours suivants – et les trois nuits d'ailleurs – se déroulèrent sur le même rythme. Les discussions avançaient lentement en faveur d'un accord de paix, malgré les oppositions incessantes de Vadim Havel et de sa blonde éminence grise. Au cours des réunions, j'étudiais les attitudes de chacun sans y trouver aucun comportement suspect. Je commençais à me dire que, finalement, le sommet allait peut-être se terminer sans aucun incident. Mais, bien sûr, je me trompais lourdement…

Le premier événement inattendu eut lieu à l'aube, juste après la fin de la quatrième réunion. Une fois que Collins eut distribué le planning de la journée et de la nuit suivante, je grimpai jusqu'au deuxième étage, bien décidé à aller me glisser sous la couette. Alors que j'allais pousser la porte de ma chambre, une voix féminine avec un fort accent de l'est m'interpella :

— Vous vous appelez Gabriel, c'est bien ça ?

Je me retournai pour me retrouver face à Sophia Petrova. Comme lors de la réunion, elle portait une longue robe noire, fendue jusqu'en haut des cuisses et extrêmement décolletée, qui aurait mieux convenu à un rendez-vous galant qu'à un sommet politique. Afin de ne pas risquer de me faire hypnotiser, je gardai les yeux fixés sur son menton. Après quelques secondes d'incertitude, je répondis enfin à sa question :

— Oui, Mademoiselle. Puis-je vous aider ?

Elle s'approcha de sa démarche chaloupée et susurra :

— Je pense que c'est plutôt moi qui vais pouvoir vous aider…

Tout à coup, un désir violent m'incendia les reins. Ce qui était totalement incompréhensible quand on savait que je n'avais jamais eu le moindre attrait pour les charmes féminins. Elle s'approcha encore. Je savais que j'aurais dû reculer, battre en retraite dans ma chambre, mais j'étais incapable de bouger. Sa main effleura mon épaule, puis mon torse, me faisant frémir d'envie et de terreur mêlées. Comme dans un rêve, ou plutôt un cauchemar, je la vis pencher son visage vers moi. Incapable de lui résister, je tournai la tête, lui donnant libre accès à ma jugulaire. Sa langue effleura la peau tendre de mon cou. En même temps, elle glissa une main sur mon entrejambe, m'arrachant un gémissement de plaisir. Je ne parvenais pas à m'extirper de son emprise. Elle allait pouvoir me mordre et faire de moi son jouet sans même que je proteste. Je savais même que j'allais apprécier ce moment, malgré la terreur et le dégoût qui me submergeaient. Au moment précis où je sentis ses crocs frôler ma peau, une voix familière retentit dans le couloir.

— Puis-je savoir ce qui se passe ici ?

Collins s'approcha, l'air furieux. Sophia Petrova s'écarta de moi, visiblement à contrecœur, puis lui sourit :

— Gabriel et moi étions juste en train de discuter…

— Vous ne devriez pas être ici, Slečna Petrova. Le jour ne va pas tarder à se lever et cette partie de la maison n'est pas protégée du soleil.

Tout en parlant, Collins s'était approché, s'arrangeant pour se glisser discrètement entre elle et moi. Elle nous dévisagea tour à tour pendant quelques instants avant de soupirer :

— Vous auriez dû me prévenir qu'il vous appartenait, Aidan…

Puis elle quitta le couloir de son pas ultrarapide de vampire. Collins attendit quelques secondes avant de se tourner vers moi.

— Vous allez bien ?

— Je crois… Pourquoi je ne peux pas bouger ?

— Il faut quelques minutes pour que l'effet de son pouvoir se dissipe. Est-ce qu'elle vous a mordu ?

Tout en parlant, il avait glissé sa main dans mon cou, là où j'avais senti les crocs de la vampire juste avant. Un nouveau frisson me traversa mais, cette fois-ci, il n'avait rien à voir avec une quelconque hypnose.

— Non. Vous êtes arrivé juste à temps. J'ai bien cru qu'elle allait faire de moi son casse-croûte, au propre comme au figuré.

Il soupira profondément en laissant retomber sa main. Il avait l'air vraiment désappointé.

— J'aurais dû vous prévenir… Je ne pensais pas qu'elle oserait s'en prendre à un membre de mon équipe.

— Comment… Je suis sûr de ne pas avoir croisé une seule fois son regard…

— Sophia n'utilise pas l'hypnose pour séduire ses proies. C'est une succube.

J'étais abasourdi, mais je n'eus pas le temps de répondre, car Collins souffla en jetant un regard dans la direction où elle était partie :

— Nous ne devrions pas parler de ça ici.

Il ouvrit la porte de ma chambre et m'aida à y entrer. Je retrouvais peu à peu le contrôle de mon corps, mais il était encore bien engourdi et j'étais incapable de marcher seul. Il m'aida à m'asseoir sur le lit et à m'adosser contre les oreillers. Il s'installa à mes pieds et je demandai :

— Vous avez bien dit qu'elle est une succube ?

— Oui. C'est une famille de vampires femelles qui ont le pouvoir de soumettre à leurs désirs les humains mâles grâce à des phéromones.

— J’en avais déjà entendu parler... Je pensais qu’il s’agissait juste d’une légende.

— Elle est totalement fondée. Sophia est la seule que je connaisse, mais elle est redoutable. Elle a essayé de m’avoir il y a quelques années, lorsque j’ai accompagné Sire Bowman à Prague pour une rencontre avec Vadim Havel.

Il se tut, comme embarrassé.

— Essayé… donc ça veut dire qu’elle n’a pas réussi ?

— Non.

Je voulais en savoir plus, mais au moment où j’allais l’interroger, il se leva en lançant :

— Glissez-vous au chaud sous la couette, je vais aller chercher quelque chose pour vous aider à vous reposer.

Il quitta la chambre. Je me débarrassai de mes chaussures et de ma veste. J’étais en train d’essayer d’ôter mon holster d’épaule quand il revint avec une bouteille de Scotch et deux verres. Il les posa sur la table de chevet et souffla :

— Je vais vous aider.

Ses doigts défirent rapidement les attaches, bien plus rapidement que je n’aurais pu le faire avec mes mains encore engourdies. Il posa mon arme et son étui sur le couvre-lit, puis nous servit deux verres. Je dus utiliser mes deux mains pour parvenir à boire le mien sans le renverser. L’alcool me brûla la gorge, mais me réchauffa presque instantanément. Collins me reprit le verre puis m’ordonna d’une voix douce :

— Allongez-vous, vous devriez très vite vous sentir mieux.

— Merci…

Il me sourit. Il reposa son verre, puis sa main hésita une fraction de seconde avant de venir me caresser la joue.

— Je suis vraiment heureux d'être arrivé à temps pour empêcher Sophia de se nourrir de vous… Je n'aurais pas supporté de vous voir devenir son animal de compagnie…

Un long frisson me traversa, sans aucun rapport avec un quelconque effet secondaire du pouvoir de la succube. Collins retira sa main, puis se leva.

— Je vais vous laisser vous reposer.

Alors qu'il s'éloignait, une phrase prononcée par Sophia Petrova me revint en mémoire.

— Ai-je bien compris ce qu'elle a insinué lorsqu'elle a dit : « Vous auriez dû me prévenir qu'il vous appartenait. » ?

Collins s'arrêta, la main sur la poignée de la porte, puis il répondit sans se retourner :

— Oui.

— Et ça n'a pas l'air de vous choquer…

Il se tourna vers moi, plongea son regard émeraude dans le mien et souffla d'une voix rauque :

— Pourquoi ? Ça le devrait ?

Avant que j'aie eu le temps de répliquer, il était sorti. Je restai là comme un idiot à fixer la porte, un sourire niais sur le visage. À moins que je ne devienne totalement cinglé, ce qui venait de se passer prouvait encore une fois que je ne lui étais pas indifférent. Et mon attirance pour cet homme si mystérieux ne faisait que croître de minute en minute.

Chapitre 5

Mon sommeil ne fut pas du tout réparateur. Je fus assailli par des cauchemars tous plus horribles les uns que les autres. Lorsque je ne me faisais pas mordre par Sophia Petrova ou un autre vampire, c'était Aidan Collins leur victime et j'assistais à la scène, impuissant. Lorsque je m'éveillai, mon corps s'était remis de sa rencontre avec le pouvoir de la succube, mais j'étais épuisé. Collins avait laissé la bouteille de Scotch sur ma table de chevet. Je m'en servis une bonne rasade, puis me levai pour aller prendre une douche. Je restai une demi-heure sous l'eau, essayant de chasser les images persistantes de mes cauchemars.

Une fois habillé, je constatai avec ennui que j'étais en retard pour mon tour de garde du côté de la palissade est. Et en plus, c'était justement le jour où je devais faire équipe avec Collins ! Je descendis en trombes, attrapai un morceau de pain dans la cuisine en passant, puis me dirigeai vers le jardin. Je faillis percuter Bennett Parks qui arrivait en sens inverse.

— Tu es en retard ! me sermonna-t-il.

— Je sais ! Panne de réveil ! répondis-je en le contournant.

Alors que je partais rapidement en direction de la palissade est, je l'entendis lancer dans mon dos :

— Toujours aussi fiable, Watkins !

J'ignorai sa remarque désagréable et la réponse cinglante qui m'était venue, n'ayant pas de temps à perdre avec lui.

J'étais presque arrivé à la palissade lorsque j'aperçus la silhouette familière de Collins à une vingtaine de mètres devant moi. Il dut m'entendre arriver, car il se tourna vers moi… et c'est ce qui lui sauva la vie. Il y eut deux chuintements caractéristiques d'un tir de fusil avec silencieux. Collins se figea puis s'effondra au sol, touché à l'épaule et à la tête. Je n'eus pas le temps de réfléchir. Je partis en courant dans la direction d'où provenait le tir, arme en main. Je ne rencontrai que la palissade et compris que le tireur devait se trouver à l'extérieur de l'enceinte. Le temps d'en sortir à mon tour, il serait déjà bien loin. Et Collins avait sûrement besoin de soins urgents.

Je rebroussai chemin et le trouvai toujours étendu sur le sol. Je m'agenouillai à ses côtés. Il était conscient, mais paraissait sonné. L'une des balles avait effleuré sa tempe, l'autre s'était logée dans son omoplate gauche. S'il ne s'était pas tourné vers moi, elle l'aurait sûrement atteint en plein cœur. Il saignait abondamment, ce qui n'était pas vraiment une bonne chose lorsqu'on se trouvait à une centaine de mètres d'une maison remplie de vampires. Alors que je comprimais sa blessure à l'épaule, je jetai un coup d'œil aux alentours. Il n'y avait personne. Bien sûr, j'aurais pu prendre mon talkie pour appeler du renfort… c'était même ce que le bon sens aurait dicté à n'importe qui d'autre. Pourtant, quelque chose m'en empêcha. Appelez ça une intuition si vous voulez, mais j'étais convaincu que ce qui venait de se passer ne devait pas s'ébruiter.

Alors que je comprimais toujours sa plaie, cherchant comment le ramener à l'intérieur en toute discrétion, Collins parut reprendre un peu ses esprits. Je demandai :

— Vous pouvez marcher ?

— Je crois…

J'attrapai sa main droite pour qu'elle remplace la mienne sur le point de compression, puis l'aidai à se lever. Malgré son poids et le peu d'assurance de ses jambes, nous parvinrent sans encombre et plutôt rapidement au passage qui menait directement au deuxième étage. J'amenai Collins dans sa chambre et en verrouillai la porte derrière nous. Après l'avoir aidé à s'allonger sur son lit, je me rendis dans la salle de bains récupérer la trousse de premiers secours et des serviettes humides. Lorsque je revins dans la chambre, Collins s'était assis et avait ôté sa veste qui gisait à présent sur le sol. Sa chemise autrefois blanche était maintenant totalement imbibée de sang. Il essayait de la déboutonner de sa main gauche, la droite étant retournée comprimer sa blessure.

— Laissez-moi faire.

Je m'assis à côté de lui et il se figea. Je crus qu'il allait m'envoyer paître, ce qu'il aurait sûrement fait s'il n'avait pas été aussi affaibli par la perte de sang. Alors que je déboutonnais sa chemise, je vis sous le sang frais d'anciennes cicatrices qui marquaient sa peau, un peu partout sur son torse. Surpris, je levai les yeux vers lui, mais il fixait obstinément la porte de la chambre. Il ne me fallut pas longtemps pour comprendre qu'il s'agissait de morsures de vampires. Elles dataient sûrement de son enfance et avaient été déformées par sa croissance jusqu'à l'âge adulte.

J'étais troublé, mais ça n'était vraiment pas le moment de l'interroger à ce sujet. Je l'aidai à ôter sa chemise puis commençai à nettoyer le sang avec une serviette avant d'examiner sa blessure.

— La balle n'est pas ressortie. Elle s'est logée contre l'omoplate. Il va falloir l'enlever. Je vais…

Je fus interrompu par des coups frappés à la porte. Surpris, j'allai ouvrir et me retrouvai face à un Walter Bowman furieux.

— Laissez-moi passer ! Je dois le voir !

Conscient qu'il pourrait m'hypnotiser pour m'obliger à bouger, je plongeai tout de même mon regard dans le sien.

— Il saigne beaucoup, je ne pense pas que ça soit une bonne idée.

Il se radoucit sensiblement avant de souffler :

— Je ne lui ferai pas de mal, je vous en donne ma parole.

Avant que j'aie pu répondre, Collins intervint d'une voix faible :

— Gabriel, laisse-le entrer…

Surpris par cette soudaine familiarité, j'obéis. Bowman se précipita à l'intérieur et s'agenouilla au pied du lit, face à son chef de la sécurité. Après avoir refermé la porte, je m'approchai, inquiet à l'idée que l'odeur et la vue du sang fasse perdre la tête au vampire.

— Aidan…

— Je vais bien, Père, ne t'inquiète pas…

« Père » ? Je crus avoir eu une hallucination auditive. Car, aux dernières nouvelles, les vampires ne pouvaient pas engendrer d'enfants. Ou alors… Bowman l'avait adopté… Ce qui expliquait parfaitement la relation mystérieuse qui les unissait.

Je me secouai, repoussant toutes mes questions dans un coin de mon esprit, et lançai :

— Je dois extraire la balle de son épaule.

— Que puis-je faire pour vous aider ? demanda le vampire.

Ce fut Collins qui répondit :

— Je ne serais pas contre un verre…

Je souris.

— Sa bouteille de Scotch est dans ma chambre, sur la table de chevet.

Si Bowman fut surpris, il n'en montra rien. Il se releva et se dirigea vers la porte.

— Vous avez besoin d'autre chose ?

Avisant les draps imbibés de sang, je soufflai :

— Il faudrait peut-être l'installer ailleurs après. Histoire de nettoyer tout ça avant que vos invités ne soient attirés par l'odeur.

Je n'étais pas un vampire et je sentais pourtant le goût métallique du sang imprégner ma langue. Bowman hocha la tête et sortit. Il revint à peine deux minutes plus tard avec la bouteille. Il servit un verre à Collins qui le descendit d'une traite avant de lancer :

— Je suis prêt.

Il ne me fallut pas longtemps pour extraire la balle. J'avais déjà eu l'occasion de le faire lors d'une précédente mission. Collins avait été stoïque pendant toute l'opération, n'émettant pas le moindre gémissement. Bowman était resté à côté de lui, lui tenant la main, l'air inquiet. Je soupirai de soulagement : la balle était entière et il n'y avait aucune trace d'un autre corps étranger – un bout de chemise par exemple – dans la plaie. Je la suturai soigneusement, ne voulant pas lui laisser une vilaine cicatrice… enfin, une autre… puis vérifiai sa blessure à la tempe.

— Vous avez eu de la chance. Ce n'est qu'une égratignure.

Bowman l'aida à se rasseoir et lança :

— Je me disais que le lieu le plus sûr pour Aidan en ce moment, c'était votre chambre. Du moins, si vous êtes d'accord.

Je pouvais difficilement refuser. De toute façon, c'était la solution à laquelle j'avais pensé lorsque j'avais suggéré au vampire de déplacer Collins. Et ça allait peut-être me permettre d'obtenir enfin des réponses à certaines des questions qui me tourmentaient.

***

Pendant que Bowman aidait Collins à nettoyer le sang qui le couvrait encore, j'allai dans ma chambre préparer le lit. Je fermai les rideaux et arrangeai la couette. Puis je me rendis compte que j'étais moi-même dans un sale état. Je soupirai et me changeai rapidement dans la salle de bains, me débarrassant de mes vêtements couverts du sang de Collins pour enfiler un jean et un tee-shirt.

Je venais à peine de revenir dans la chambre que la porte s'ouvrait sur les deux hommes. Collins était enveloppé d'un peignoir blanc et Bowman l'aida à s'installer sous la couette.

— Avez-vous besoin de quelque chose ? lui demandai-je.

— Non, merci… Il faut juste que je me repose.

Le vampire soupira et se tourna vers moi :

— Racontez-moi exactement ce qui s'est passé.

Je me laissai tomber dans le fauteuil avant de me lancer dans mon récit. Bowman s'assit en tailleur sur le lit, tout près de Collins. Le vampire m'écouta attentivement, puis demanda :

— Vous pensez qu'il s'agissait d'un sniper ?

— Sûrement. Il faudrait que j'examine les lieux pour en être sûr. Mais, ce dont je suis certain, c'est que la personne qui a fait ça était bien informée. Elle connaissait le planning de nos rondes.

La voix un peu endormie, Collins intervint :

— Notre réseau est protégé, mais n'importe quel hacker un peu doué doit pouvoir s'y infiltrer et trouver ce genre d'informations.

Bowman et lui échangèrent un regard entendu, puis le vampire souffla :

— La personne qui s'en est prise à Aidan sait que sa mort m'affaiblirait. Seuls mes Affiliés connaissent la nature exacte de notre lien.

Collins grogna :

— Tu sais bien que c'est impossible que l'un d'entre eux te trahisse de cette façon… ou puisse me faire du mal…

Cette fois-ci, j'allais vraiment avoir besoin d'explications. Je soupirai :

— Je pourrais mieux vous aider si vous me disiez tout.

Ils échangèrent un nouveau regard avant que Bowman ne souffle :

— Vas-y. Il a le droit de savoir.

Collins hocha la tête et commença :

— J'avais sept ans lorsque mes parents et moi sommes allés en vacances en Écosse. Ce jour-là, nous étions partis en randonnée… Je n'ai pas beaucoup de souvenirs de cette journée. Je sais juste qu'il faisait très sombre, les nuages étaient noirs et bas. Et nous avons été attaqués par des vampires. J'ai perdu connaissance très vite…

Bowman prit la parole :

— J'étais le bras droit de Peter Wallace, mon prédécesseur. Ma mission principale était de chasser et d'annihiler les meutes de vampires renégats sur tout le territoire britannique. J'étais donc chargé de traquer ce groupe de six qui refusait de se soumettre à l'autorité de leur Sire. Je suis arrivé trop tard pour sauver les parents d'Aidan… j'ai cru qu'il était mort lui aussi, mais quand je me suis approché après avoir tué ses agresseurs, je me suis aperçu qu'il respirait, à peine. Il avait encore une chance très mince de s'en sortir. Je l'ai ramené dans le chalet que j'occupais… Il avait de très nombreuses morsures sur le corps. Son sang était contaminé par le venin des vampires. Je me suis alors souvenu de ce que mon Sire m'avait raconté des années plus tôt. Je n'avais pas d'autre choix…

Comme il s'interrompait, j'interrogeai, impatient :

— Qu'avez-vous fait ?

— Je lui ai transfusé un peu de mon sang.

Abasourdi, je les dévisageai l'un après l'autre. Bowman reprit :

— Mon sang a purifié le sien en détruisant le venin des autres vampires. Mais, ça a eu un effet inattendu… Depuis ce jour, nous sommes connectés… Je parviens à sentir lorsqu'il est envahi par des émotions négatives : peur, colère, tristesse. Mais ça va au-delà de nous. Je me suis aperçu très vite que la loyauté viscérale par laquelle mes Affiliés me sont liés s'est étendue à Aidan. Aucun d'entre eux ne peut s'en prendre à lui.

Pendant que je digérais ce qu'il venait de m'apprendre, le vampire continua :

— J'ai ramené Aidan à Londres et je l'ai adopté, avec l'accord de mon Sire. Je n'avais pas encore pris conscience de notre lien, mais j'étais incapable de l'éloigner de moi. Quelques semaines plus tard, Peter Wallace fut victime d'un attentat et mon Ascension eut lieu. À cause de ma nouvelle fonction, je ne pouvais pas m'occuper d'Aidan à plein temps. Alors j'ai engagé une gouvernante, Mary Collins, qui m'a aidé à l'élever. Et nous avons fait en sorte que le monde extérieur pense qu'elle était sa mère adoptive. Ainsi, il était protégé contre ceux qui auraient voulu s'en prendre à moi par son intermédiaire.

Je comprenais mieux à présent pourquoi je n'avais pas réussi à deviner la nature de la relation qui les liait. Et Bowman avait raison : la personne qui s'en était prise à son fils adoptif était au courant de leur secret. Il ou elle savait que si Aidan Collins mourait, il en serait fini du sommet et d'un quelconque accord de paix. Je n'étais pas dupe : Walter Bowman était un Sire, le plus puissant vampire du Royaume-Uni. Si quelqu'un tuait son fils adoptif, il serait capable de mettre le pays à feu et à sang pour se venger.

Alors que j'étais plongé dans mes pensées, Bowman se leva soudain, me faisant sursauter.

— Je vais devoir y aller, les discussions reprennent dans moins d'une heure.

Surpris, je réalisai qu'effectivement, le ciel commençait à s'assombrir. Le vampire se tourna vers moi.

— Je sais que ce n'est pas votre mission, mais pourriez-vous veiller sur Aidan cette nuit ?

L'intéressé grogna :

— Je peux me protéger tout seul !

L'ignorant, Bowman reprit :

— Si la personne qui a tenté de le tuer sait qu'il est toujours vivant, il risque de vouloir réessayer. Et je serais plus tranquille si je vous savais à ses côtés.

J'étais ennuyé. J'aurais aimé aller examiner l'endroit où le sniper s'était installé, mais je ne pouvais décemment pas laisser

Collins seul après ce qui s'était passé. Comme s'il avait lu dans mes pensées, Bowman proposa :

— Pour l'instant, seul Parks est au courant des événements d'aujourd'hui. Il peut se charger des investigations et il vous fera son rapport demain matin.

Je ne pus m'empêcher de sourire. Parks allait être ravi de devoir me rendre des comptes !

— D'accord, je veillerai sur notre blessé.

Ledit blessé grogna à nouveau une phrase que je ne compris pas, mais son père adoptif se pencha vers lui et l'embrassa sur le front.

— Ne fais pas l'enfant, Aidan. Repose-toi, je viendrai te voir dès que la réunion sera terminée.

Alors que le vampire allait quitter la chambre, je lui demandai :

— Vous n'avez pas peur qu'on s'en prenne à vous cette nuit ?

— Je serai entouré de mes Affiliés. Je ne risquerai rien. À demain.

Et il partit.

Chapitre 6

Collins dormait profondément. La seule lumière dans la chambre provenait de mon téléphone alors que je consultais mes mails personnels et professionnels. Il était un peu plus d'une heure du matin et je commençais à avoir faim. Je n'avais pas envie de laisser Collins seul, mais les grognements de mon estomac n'allaient pas tarder à le réveiller. Je soupirai profondément, puis décidai de faire un aller-retour express en cuisine. En quittant la chambre, j'en verrouillai la porte, juste au cas où quelqu'un de mal intentionné passerait par là. Il ne me fallut pas plus de cinq minutes pour revenir avec un sandwich, trois paquets de gâteaux et une grande bouteille d'eau.

Lorsque j'ouvris la porte de la chambre, la lumière s'alluma, me faisant sursauter et manquant de me faire lâcher mes trouvailles.

— Désolé, s'excusa Collins. Je ne voulais pas vous faire peur.

— Ce n'est rien, soufflai-je alors que mon rythme cardiaque se calmait peu à peu.

Je posai les victuailles sur la table de chevet et allai refermer la porte à clé.

— Comment vous sentez-vous ?

— Un peu fatigué, mais ça va mieux que tout à l'heure. Encore merci de votre aide…

— C'est normal. Vous avez faim ?

Il secoua la tête.

— J'ai la nausée. Je ne suis pas sûr que je puisse manger quelque chose.

— Vous devriez vous hydrater par contre. Vous avez perdu pas mal de sang.

Je lui servis un verre d'eau qu'il descendit d'une traite. Il en but un second plus lentement et cala à la moitié du troisième. Il se rallongea ensuite et je lui demandai :

— Est-ce que c'est le sang de Bowman qui vous immunise contre les pouvoirs hypnotiques des vampires… et contre celui des succubes ?

L'idée m'était venue après le départ du Sire, alors que Collins était déjà endormi.

— Effectivement. Je pense que tout est connecté à ce lien qui s'est formé entre nous.

— Sophia Petrova devait être furieuse que vous résistiez à ses charmes !

Il eut un petit rire.

— Oh ça oui ! Je crois qu'elle m'aurait arraché la tête si mon père n'avait pas été là.

Cela me fit bizarre qu'il l'appelle « mon père » devant moi. J'étais l'un des rares humains à connaître leur secret. Je ne pus m'empêcher de demander :

— Les membres de votre équipe sont au courant qu'il est votre père adoptif ?

— Non.

— Pas même Parks ? Comme il est votre bras droit, je pensais qu'il aurait été mis dans la confidence.

— Mon père voulait le lui dire ; j'ai refusé.

— Pourquoi ?

Il haussa les épaules et grimaça de douleur.

— J'imagine que je ne voulais pas que quelqu'un d'autre soit au courant. Pour minimiser les risques de fuites.

Je ne le crus pas.

— C'est un faux prétexte.

— Je sais, sourit-il. En parlant de Parks, et si vous me racontiez votre version de ce qui s'est passé entre vous deux au Yard ?

J'approchai le fauteuil et m'y installai, les bras croisés. Collins me fixait, attendant patiemment que je débute mon récit. Depuis que j'avais revu Bennett Parks, toute cette histoire me tournait dans la tête, en boucle. Je pris une profonde inspiration et me lançai :

— Bennett et moi faisions équipe depuis trois ans lorsqu'il a été envoyé sur une mission d'infiltration de longue durée. J'étais son agent de liaison et je m'assurais que tout se déroulait selon le plan établi avec nos supérieurs. Tout allait très bien jusqu'à ce qu'il tombe amoureux de la fille de l'homme qu'il était censé faire tomber. Il s'était mis en tête de la sauver à tout prix, qu'elle n'était qu'une victime, qu'elle ignorait que son père était un criminel qui n'hésitait pas à éliminer tous ceux qui se mettaient en travers de sa route. Mais, un jour, des preuves sont apparues, indiquant qu'elle participait volontairement aux activités illicites de son père. Lorsque je lui en ai parlé, Bennett est devenu comme fou… Il refusait de me croire, même avec les preuves sous les yeux. En agissant ainsi, il se mettait en danger. J'ai dû en parler à mes supérieurs... Ils avaient assez d'éléments pour arrêter le père et la fille. Juste avant que nos collègues ne l'emmènent, Bennett lui a promis qu'il la sortirait de prison, qu'il la protégerait... Bien sûr, il ne pouvait pas tenir cette promesse ; les preuves contre elle étaient trop accablantes... Elle n'a pas supporté d'être enfermée... Elle s'est suicidée la veille de son procès...

Je soupirai profondément avant de continuer :

— Il m'en a voulu. Il m'a reproché de l'avoir dénoncée à nos supérieurs. Un soir, dans le parking du Yard, il m'a frappé à la tête, par-derrière, avec sa matraque. Je suis tombé à genoux et il a pointé son arme sur moi. Des collègues sont intervenus à temps, mais sa carrière dans la police était terminée. Par égard pour ses états de services, le Commissaire principal l'a obligé à démissionner plutôt que de le renvoyer. Je ne l'avais pas revu depuis ce jour-là...

Collins soupira à son tour. Je demandai :

— Quelle version de l'histoire vous a-t-il servie ?

— Il ne m'a pas donné autant de détails. Il m'a juste dit que la femme qu'il aimait s'était suicidée par votre faute et qu'il avait quitté le Yard, car il ne supportait plus de travailler avec vous.

Je n'étais pas surpris.

— Il n'a jamais admis que cette femme n'était pas du tout innocente. Même lorsque je lui ai mis sous le nez la preuve qu'elle avait fait assassiner son ex-petit ami qui l'avait trompée. Pour lui, j'avais inventé toute cette histoire, manipulé les preuves pour le détourner d'elle... Et vous savez la meilleure ? Il m'a même jeté à la figure que si je faisais ça, c'était parce que j'étais jaloux... parce que j'étais amoureux de lui...

— Et vous l'étiez ?

— Je ne l'ai jamais considéré autrement que comme mon coéquipier.

Collins semblait soulagé par ma réponse. Ou alors, je me faisais encore des idées à son sujet…

— Vous devriez vous rendormir. Vous avez besoin de repos.

Il ne me contredit pas, ce qui prouvait que j'avais au moins raison sur ce point. Il se rallongea et ferma les yeux. Quelques secondes plus tard, il s'était rendormi. Je le contemplai un long moment jusqu'à ce que mon estomac me rappelle à l'ordre. Je mangeai mon sandwich et quelques biscuits avant de me replonger dans la lecture de mes mails.

***

Collins s'éveilla à nouveau un peu moins d'une heure avant l'aube. J'étais en train de repasser dans ma tête tout ce qui s'était déroulé depuis notre arrivée au manoir lorsque je réalisai qu'il me regardait fixement.

— Bonjour, lança-t-il en souriant.

— Bonjour. Comment vous sentez-vous ?

— Bien mieux…

Alors qu'il s'extirpait de la couette, je m'exclamai :

— Où allez-vous ?

— Dans un endroit où vous ne pouvez pas aller pour moi, répondit-il d'un ton ironique.

— Oh.

— Et j'aimerais prendre une douche, si ça ne vous dérange pas que j'utilise votre salle de bains.

— Absolument pas. Je vais aller vous chercher des vêtements propres. À moins que vous ne dissimuliez dans votre armoire quelque chose que je ne dois pas voir.

— Je n'ai aucun secret là-bas, sourit-il. Merci.

Je hochai la tête et quittai la chambre précipitamment, tout en repoussant les images mentales qui se formaient dans mon esprit. Ce n'était pas vraiment le moment de fantasmer sur le très désirable Aidan Collins nu dans ma douche. Une fois dans sa chambre, je récupérai un jean, un tee-shirt blanc et un pull gris. Je pris également des sous-vêtements – ainsi, il portait des boxers – et une paire de baskets noires. Lorsque je revins dans l'autre pièce, j'entendis l'eau couler et soupirai profondément.

Cela faisait bien longtemps que je n'avais pas eu d'aventure. Les coups d'un soir ne m'avaient jamais intéressé, ma main droite étant bien suffisante pour satisfaire mes besoins primaires. Le dernier homme avec qui j'avais eu une relation suivie n'avait pas supporté mon rythme de travail et nous nous étions quittés en bons termes… Cela faisait déjà plus de deux ans… Depuis, même si j'avais déjà été attiré par quelques hommes, j'étais resté seul. Ça ne me dérangeait pas outre mesure. J'avais une vie bien remplie entre le Yard, Emy et Ginny – si si, je vous assure, s'occuper d'une chatte qui passe son temps à vous coller aux basques prend beaucoup de temps ! Sauf qu'à présent, j'avais rencontré Aidan Collins… et je savais que quoi qu'il arrive entre nous, ma vie ne pourrait plus jamais être la même.

Alors que j'étais plongé dans mes pensées, j'entendis un bruit sourd ainsi que des jurons provenant de la salle de bains. Sans réfléchir, je fonçai et ouvris la porte. Je trouvai Collins à genoux dans la cabine de douche, la tête baissée.

— Aidan ? Ça va ?

Il ne répondit pas de suite. Inquiet, je fermai le robinet et m'agenouillai près de lui. Je posai une main sur son épaule humide puis l'appelai à nouveau :

— Aidan ?

— Ça va… Juste un vertige…

Je tendis le bras pour attraper son peignoir et le posai sur son dos. Il tremblait légèrement. Je pris une serviette pour lui essuyer les cheveux. Comme il se laissait faire, je repoussai le peignoir afin de lui sécher le dos et le torse. Il devait retourner s'allonger, mais s'il y allait comme ça, il tremperait le lit, ce qui n'arrangerait absolument pas son état.

— Vous pouvez vous lever ?

Il hocha la tête et je l'aidai à se remettre sur ses pieds. Il s'appuya de tout son poids sur moi. Je nouai la serviette autour de ses reins avant de le faire sortir de la douche. Une fois dans la chambre, je le fis asseoir sur le fauteuil et entrepris de lui sécher les jambes avec une autre serviette. Afin de détourner mes pensées de son corps nu sous mes yeux, je soufflai :

— Vous devriez manger un peu. Et boire. Vous avez vraiment perdu beaucoup de sang. Vous avez besoin de reprendre des forces.

Je terminai de l'essuyer, jetai la serviette au sol et l'aidai à se relever pour aller jusqu'au lit. Il se laissa tomber de tout son poids, manquant de m'entraîner avec lui.

— Je suis désolé… murmura-t-il alors que je remontais la couette jusqu'à son menton.

— De quoi ? De vous être fait tirer dessus ? Ne dites pas de conneries !

Je lui fis boire plusieurs verres d'eau et il mangea trois biscuits chocolatés. Il ne semblait pas capable d'en avaler plus. Alors que j'allais retourner m'asseoir sur le fauteuil, il m'attrapa le poignet.

— Pourquoi faites-vous tout ça ?

Surpris, je ne répondis pas de suite et il reprit :

— Vous n'étiez pas obligé de veiller sur moi cette nuit. Après tout, vous avez été engagé pour vous assurer que personne ne sabote le sommet, pas pour jouer à la nounou.

Un peu agacé, je m'assis sur le lit, face à lui et lançai :

— Mais bien sûr ! J'allais vous laisser tout seul avec le risque que celui qui vous a tiré dessus tente de finir le boulot ! Pour qui me prenez-vous ?

Il me fixa d'un air énigmatique avant de répondre :

— Pour un homme totalement différent de l'image que je m'en étais fait... Vous êtes quelqu'un de bien, Gabriel Watkins...

Il tendit la main et la posa sur la mienne. Je restai indécis quelques secondes avant de retourner ma main de façon à ce que nos paumes se rencontrent. Nos doigts s'entrelacèrent. Ce simple geste provoqua un frisson dans mon échine. Mon regard se fixa sur ses lèvres. Je crevais d'envie de l'embrasser. Pourtant, je ne bougeai pas. Il avait très bien compris qu'il me plaisait. Je voulais qu'il fasse le premier pas... le second en fait... Et il le fit. Il se redressa lentement, puis se pencha vers moi. Je fermai les yeux au moment où ses lèvres touchèrent les miennes. Elles étaient douces, beaucoup plus que je l'imaginais. Alors que nos souffles se mêlaient, il posa sa main libre sur ma nuque. Lorsque sa langue caressa mes lèvres, je les entrouvris et je pus enfin le goûter, comme j'en rêvais depuis des jours. Le baiser était langoureux et un désir presque violent me dévora. J'avais envie de plus. Je voulais sentir sa peau contre la mienne. Je le voulais sur moi… en moi…

Lorsque le manque d'air nous obligea à nous écarter, il se laissa retomber en arrière sur les oreillers. Il avait les joues un peu rouges, comme devaient l'être les miennes. Il avait gardé les yeux clos et sa main était toujours soudée à la mienne. Je lui caressai tendrement la joue avant de souffler d'un air narquois :

— Est-ce que tu t'étais aussi fait une idée de la façon dont j'embrassais ?

Il ouvrit les paupières, dardant sur moi son intense regard émeraude, un peu plus foncé que d'habitude. Il sourit :

— J'avoue que oui… Et là aussi, j'étais bien loin de la réalité… J'ai hâte de reprendre des forces pour pouvoir vérifier si pour tout le reste aussi, tu es beaucoup plus doué que dans mes fantasmes.

Je souris et j'étais sûr d'avoir l'air incroyablement niais. Pourtant, je m'en foutais. Cette fois-ci, j'initiai le baiser. Penché sur lui, je savourais ses lèvres lorsque deux coups frappés à la porte nous firent sursauter. Je grognai, frustré par cette interruption, et soufflai :

— Moi aussi, j'ai hâte que tu ailles mieux…

***

Bien sûr, notre visiteur était Walter Bowman. Lorsqu'il entra, il eut un petit temps d'arrêt, mais ne fit aucun commentaire. Aidan s'empressa de l'interroger :

— Comment s'est déroulée la réunion ?

— Très bien. Nous avons pas mal avancé. Si nous continuons à ce rythme-là, le sommet devrait pouvoir se terminer dans quelques jours.

Ce n'était pas vraiment une bonne nouvelle pour moi. La fin du sommet signifiait la fin de ma mission… et je n'avais aucune envie de m'éloigner d'Aidan tant que je n'aurais pas eu ce que je voulais, à savoir lui.

Bowman s'assit au bord du lit et échangea un regard complice avec son fils adoptif. Le vampire avait sûrement compris ce qui se passait entre nous.

— Tout le monde s'est étonné de ton absence.

— Et que leur avez-vous dit ? demandai-je, curieux de savoir comment il avait géré cette crise.

— J'ai pensé qu'il valait mieux que personne ne soit au courant de ce qui s'est réellement passé pour le moment. Je t'ai inventé une intoxication alimentaire sévère qui t'a contraint à garder la chambre toute la nuit.

— Je suppose que personne ne s'est demandé où j'étais ?

Bowman se tourna vers moi, souriant.

— Si. Sophia Petrova a voulu savoir si vous jouiez les infirmiers auprès d'Aidan.

Je levai les yeux au ciel en soupirant, ce qui fit rire le vampire. Il reprit vite son sérieux et se tourna vers son fils adoptif.

— Tu devrais t'habiller. Parks ne devrait pas tarder à venir te faire son rapport.

Aidan acquiesça d'un hochement de tête. Alors qu'il repoussait la couette pour se lever, je proposai :

— Je vais aller nous chercher le petit-déjeuner.

Je sortis de la chambre avant que mes fantasmes ne recommencent à me tourmenter. Je descendis rapidement à la cuisine où je tombais sur McIntosh et deux autres membres de l'équipe d'Aidan. L'écossais me demanda :

— Tu as vu le boss ? Il va mieux ? Qu'est-ce qui l'a rendu malade ?

— Oui. Oui. Et je ne sais pas. Le Sire Bowman est avec lui. Il doit sûrement lui raconter ce qui s'est passé pendant la réunion de cette nuit. Je suis venu lui chercher quelque chose à manger et lui préparer une tasse de thé.

— Et toi, tu étais passé où cette nuit ? me demanda l'un des deux autres, un dénommé John Chang.

Je lui sortis l'histoire que j'avais inventée pendant que je descendais les deux étages.

— Je ne me sentais pas très bien hier soir… Je pense que j'ai mangé la même chose que Collins, mais en moindre quantité. Du coup, Parks m'a autorisé à me reposer et m'a transféré dans l'équipe de jour.

Je jetai un bref regard à la pendule.

— Je dois d'ailleurs prendre mon service dans moins d'une heure. Il faut que je me dépêche d'apporter tout ça là-haut.

Tout en parlant, j'avais tout préparé sur un plateau. Il ne manquait que l'eau qui était en train de bouillir. Lorsque ce fut prêt, je remontai, évitant ainsi d'autres questions indiscrètes. Alors que j'arrivais devant la porte de ma chambre, je réalisai soudain qu'Aidan allait devoir réintégrer la sienne discrètement si nous ne voulions pas que les autres s'étonnent qu'il ait dormi chez moi.

Lorsque j'entrai dans la chambre, Aidan, habillé et assis sur le lit, discutait avec Bowman et les débats semblaient plutôt houleux.

— Que se passe-t-il ? demandai-je en posant le plateau sur la table de chevet.

— Cette tête de mule refuse de se reposer une journée de plus ! grogna le vampire.

Son fils adoptif avait les bras croisés sur le torse. Il avait l'air de quelqu'un qui a pris une décision et n'en démordrait pas. Je savais qu'essayer de le raisonner serait une perte de temps, alors je tentai :

— Il vaudrait mieux que tu restes auprès de Sire Bowman aujourd'hui… pour le protéger au cas où celui qui a commandité ton meurtre décide de passer à l'action dans la journée.

Aidan ne parut pas convaincu. Je repris :

— Et j'ai pensé à quelque chose cette nuit : est-ce que tu as le moyen de savoir si des appels ont été passés dans la maison depuis des portables ?

Il hocha la tête :

— John Chang est un petit génie de l'informatique. Il a mis en place un système qui récupère les numéros de tous les appels entrants ou sortants qui passent par le relais le plus proche, relais que nous sommes les seuls, ou presque, à utiliser. Et je pense qu'il n'aura aucun mal à retrouver les propriétaires des téléphones correspondants.

— Parfait ! Si le sniper d'hier a communiqué avec quelqu'un dans la maison, nous pourrons savoir de qui il s'agit.

Bowman sourit :

— Excellente idée ! Et puis toi, Aidan, tu pourras étudier tout ça sur mon ordinateur. Comme ça, tu n'auras pas besoin de quitter mes quartiers.

Son fils adoptif soupira profondément.

— OK, vous avez gagné tous les deux !

Bowman s'éclipsa quelques minutes plus tard pour retourner dans ses quartiers juste avant que le soleil ne se lève. Je lui promis d'y accompagner Aidan dès que Parks serait venu nous faire son rapport. À peine le vampire fut-il parti que mon ancien coéquipier arrivait. Il m'ignora sciemment et demanda à son supérieur :

— Comment te sens-tu ?

— Bien mieux, grâce à Gabriel. Qu'as-tu trouvé ?

Parks grimaça à la mention de mon prénom. Il m'adressa un regard noir avant de reporter son attention sur Aidan et de lui répondre.

— Des traces prouvant qu'un homme est monté dans un arbre à une vingtaine de mètres de la palissade est. De là, un bon tireur pouvait aisément viser n'importe qui dans le parc.

— Des douilles ? demandai-je.

— Aucune. Tout ce que nous avons, c'est une empreinte de chaussure de taille 44, pied droit, mais elle n'est pas suffisamment nette pour en tirer un moulage.

Je réfléchis rapidement et finis par demander :

— Comment est-il arrivé là ? Ça ne peut pas être quelqu'un qui était dans le manoir… je suppose que vous contrôlez toutes les entrées et sorties.

— Évidemment ! répondit Parks d'un ton sec. De nuit, il est impossible de voir s'il y a des traces de passage sur la route. Je vais y aller dès que j'aurai terminé ici.

— J'aimerais m'en occuper moi-même, soufflai-je à l'attention d'Aidan.

Mon ancien coéquipier s'énerva et cracha :

— Tu te crois donc tellement meilleur que moi, Watkins ?

Avant que j'aie pu répondre, son supérieur lança :

— Parks, ça suffit ! Si tu n'es pas capable de te contrôler, McIntosh prendra ta place.

Loin de se calmer, Bennett Parks serra les poings et les dents. Je le sentais prêt à exploser. Cependant, Aidan ne se laissait pas impressionner si facilement. Il se leva et se campa face à son second, les bras croisés.

— As-tu quelque chose à ajouter ?

Parks secoua la tête et sortit d'un pas rapide en claquant, bien sûr, la porte de la chambre. Aidan soupira profondément avant de se laisser retomber sur le lit, l'air épuisé et le teint un peu trop pâle.

— Ça va ? demandai-je, inquiet.

— Je suis désolé…

Je m'accroupis face à lui et souris :

— Ne t'en fais pas pour ça… Il en faut plus pour me déstabiliser.

Je posai ma main sur son épaule, puis la fis glisser doucement vers son cou. Il ferma les yeux lorsque mes doigts caressèrent sa nuque.

— Père et toi avez raison, je ne suis pas encore totalement rétabli… Un tel affrontement ne m'aurait pas autant fatigué en temps normal.

— Je peux rester avec toi si tu préfères...

— Non. Je t'ai déjà assez retardé dans ton enquête. Accompagne-moi chez mon père, je pourrai me reposer là-bas. Et je serai en sécurité.

— OK.

Je me penchai pour déposer un léger baiser sur ses lèvres avant de l'aider à se relever.

Chapitre 7

Après avoir laissé Aidan entre les mains de son père adoptif, je quittai le manoir et me dirigeai vers le portail. Je n'eus aucune difficulté à sortir, les gardes ayant reçu des ordres précisant que je devais vérifier qu'aucun randonneur ne traînait dans les alentours de la palissade.

Je commençai par la route, mais il n'avait pas plu depuis des jours et la terre était trop sèche pour que je puisse en tirer quelque chose. Je me rendis alors à l'est. Il me fallut une dizaine de minutes pour trouver l'arbre que le sniper avait utilisé. Après avoir étudié le sol, je grimpai, examinant chaque centimètre carré de l'écorce et des branches, en vain. Parks n'avait pas menti : le tireur n'avait pas laissé la moindre trace de son passage, à part cette empreinte de chaussure qui ne nous aiderait pas à l'identifier. Il s'agissait là d'un professionnel, sûrement payé pour éliminer le chef de la sécurité du Sire de Londres avant de s'en prendre au vampire lui-même. Ou alors… Une idée dérangeante me vint à l'esprit : et si Bowman n'était pas la cible ?

Après avoir fini d'examiner l'arbre, je fis le tour extérieur du domaine, vérifiant qu'il n'y avait là aucun autre sniper embusqué. Après l'échec d'hier, le commanditaire allait devoir finir le travail lui-même s'il se trouvait à l'intérieur du manoir, ce dont j'étais quasiment certain. Il était presque midi lorsque je repassai le portail. Alors que je revenais vers le manoir, mon portable vibra dans ma poche. Surpris, je le sortis et fronçai les sourcils devant le numéro inconnu.

— Watkins.

— Où es-tu ?

Je reconnus la voix d'Aidan où perçait une pointe d'angoisse.

— Je vais bientôt entrer dans le manoir. Pourquoi ?

— Viens directement dans le bureau de mon père.

Il n'en dit pas plus, mais j'avais senti l'urgence dans le ton de sa voix. Je me dépêchai de rejoindre les appartements de Bowman. En poussant la porte du bureau, je trouvai Aidan assis derrière l'ordinateur et son père adoptif qui faisait les cent pas, visiblement furieux. Je refermai soigneusement le battant derrière moi avant de demander :

— Qu'avez-vous trouvé ?

Aidan jeta un bref regard au vampire avant de répondre :

— Un seul portable n'appartenant pas à l'un de nos invités s'est connecté à notre relais.

Il tourna l'écran vers moi et je vis apparaître un visage qui me sembla vaguement familier. Je m'approchai, puis m'exclamai :

— August Malloy ?

Je me laissai tomber sur la chaise la plus proche, abasourdi, puis secouai la tête :

— Impossible ! Ça fait plus de dix ans que le Yard essaye de choper ce type. C'est le tueur à gage le plus dangereux du pays… et il utiliserait un téléphone à son nom pendant une mission ? Impossible !

— Ce n'est pas tout, souffla Aidan en pianotant sur le clavier.

Il fit apparaître un document que je reconnus être un relevé téléphonique.

— Nous avons recoupé tous les appels qui ont transité par le relais en direction ou depuis le portable de Malloy. Et un numéro est ressorti quatre fois.

Sur le document, le titulaire de ce numéro n'apparaissait pas. Je demandai :

— À qui appartient-il ?

Ce fut Bowman qui répondit d'une voix éteinte :

— Ce portable est celui d'Armand Duvivier…

Sous le choc, je me tournai vers lui si vite que mes vertèbres en craquèrent.

— Vous vous foutez de moi ?

Je pouvais lire la douleur dans son regard et je sus qu'il était très sérieux. Je reportai mon attention sur Aidan qui avait l'air anéanti lui aussi. Je me levai et fis le tour du bureau pour pouvoir accéder au clavier de l'ordinateur. Aidan me laissa faire alors que je consultai à nouveau les preuves qu'ils avaient trouvées.

— Je n'arrive pas à croire qu'Armand ait pu… commença Bowman.

— Ce n'est pas lui ! l'interrompis-je.

Le vampire me jeta un regard surpris. Aidan souffla :

— Toutes les preuves sont contre lui.

— Justement ! Vous ne trouvez pas que c'est un peu trop facile ? Tout ça sent le coup monté à plein nez.

Les deux hommes parurent reprendre espoir. Je me redressai et lançai :

— Premièrement, Malloy n'a pas réussi à échapper au Yard pendant aussi longtemps pour bêtement se faire identifier à cause de son téléphone. Deuxièmement, si Duvivier avait voulu vous éliminer, il aurait pu le faire bien plus tôt. Compte tenu de votre amitié, il n'avait pas besoin de toute cette mise en scène s'il voulait se débarrasser de vous. Et j'ai réfléchi tout à l'heure : je pense que c'était toi, Aidan, la cible principale, pas vous, Sire Bowman. La personne qui a orchestré tout ça savait qu'en tuant votre fils et en faisant porter le chapeau à Duvivier, il déclencherait une guerre.

— Quelqu'un qui serait au courant de notre lien ? souffla le vampire. Impossible, aucun de mes Affiliés n'aurait trahi notre secret.

— Peut-être pas consciemment… est-ce que les compagnons humains de vos Affiliés sont au courant ?

Bowman haussa les épaules.

— Peut-être… Je ne me suis jamais posé la question… Vous pensez que…

— L'un d'entre eux a été hypnotisé afin de lui soutirer des informations. C'est la solution la plus probable.

— Si c'est le cas, nous ne pourrons jamais savoir de qui il s'agit. Celui ou celle qui l'a hypnotisé a sûrement fait en sorte que cet événement s'efface de sa mémoire.

— Ce n'est pas le plus important, repris-je. Qui pourrait vouloir déclencher une guerre entre Duvivier et vous ?

Les deux hommes répondirent en même temps :

— Vadim Havel.

Je n'étais pas surpris. Aidan expliqua :

— S'il était certain de ne pas se faire prendre, il en serait capable. Il a toujours été jaloux du pouvoir que vous avez tous les deux. Vos Protectorats sont parmi les plus puissants d'Europe. Si vous entriez en guerre, il aurait un bon prétexte pour rassembler les autres Sires autour de lui. Sous couvert de vouloir protéger la population vampirique et humaine de votre conflit, il pourrait ainsi prendre le contrôle de tout le continent.

Bowman s'assit sur l'un des fauteuils, puis souffla :

— Il faut informer Armand. Il a le droit de savoir.

J'acquiesçai :

— Il va falloir être discrets. Havel ne doit pas savoir que nous avons compris qu'il s'agissait d'une machination. Il a sûrement fait en sorte d'être au courant de tout ce qui se passe dans le manoir. Il a peut-être même l'un des nouveaux membres de votre équipe de sécurité sous sa coupe.

— Ne vous en faites pas pour ça. Je vais expliquer à Armand ce qui se passe et personne ne saura même que nous avons communiqué.

J'ouvris la bouche pour l'interroger, mais il avait déjà quitté la pièce. Aidan me sourit :

— Certains vampires ont des capacités télépathiques. Mon père et Armand Duvivier en font partie.

— Tu veux dire qu'ils peuvent lire dans les pensées ? m'inquiétai-je.

— Ils peuvent seulement communiquer entre eux, ne t'en fais pas. Mon père a juste besoin de s'isoler pour établir la connexion.

Il souffla d'un ton narquois :

— As-tu eu peur que mon père connaisse les pensées impures que tu as à mon égard ?

— Bien sûr !

Il me prit par la taille et m'attira sur ses genoux. Je glissai mes bras autour de son cou. Nos lèvres se retrouvèrent pour un baiser langoureux. Je frissonnai lorsque les mains d'Aidan se glissèrent sous mon pull pour me caresser les côtes. Quand nous fûmes obligés de nous séparer par manque d'air, je me levai vivement. Le désir était trop fort ; la bosse dans mon pantalon en était la preuve. J'avais envie de lui, mais ça n'était vraiment pas le moment… Il m'adressa un sourire contrit.

— Désolé… tu es tellement désirable… J'ai du mal à résister à l'envie de te toucher…

Je me penchai et soufflai contre son oreille :

— Ne t'excuse pas. Dès que toute cette histoire sera terminée, tu pourras me toucher autant que tu le voudras…

J'effleurai ses lèvres des miennes puis me redressai vivement avant de perdre tout sens des réalités et de le supplier me prendre sauvagement sur le bureau de son père.

— Nous devrions réfléchir à un plan…

Aidan sourit. Lorsqu'il parla, sa voix était un peu plus rauque que d'habitude.

— Oui… nous devrions faire ça…

Nous échangeâmes un regard empli de promesses.

***

Bowman revint quelques minutes plus tard, l'air toujours inquiet. Cependant, en entrant dans le bureau, il nous dévisagea tour à tour et une étincelle joyeuse illumina son regard quelques instants. J'étais persuadé qu'il avait parfaitement senti la tension sexuelle presque palpable entre Aidan et moi. Et ça me mettait plutôt mal à l'aise, même s'il n'avait pas l'air de désapprouver. Après s'être assis sur le bord du bureau, il souffla :

— Armand est au courant. Il m'a assuré qu'il n'était pour rien dans cette affaire, mais je le savais déjà. Je lui ai demandé si quelqu'un avait pu utiliser son téléphone à son insu. Il pense qu'il a été piraté, car il garde son portable en permanence sur lui. Et personne, pas même son plus proche collaborateur, n'y a accès.

— C'est également ce que je me suis dit, intervins-je. Celui ou celle qui a engagé Malloy est déterminé à impliquer Duvivier. Il ou elle a donc les moyens techniques de nous fournir toutes les preuves contre lui. Et de dissimuler sa propre implication.

— Ce qui veut dire, soupira Aidan, que nous n'avons aucun moyen de confronter Havel. Qu'allons-nous faire ?

J'avais déjà réfléchi à plusieurs options. Et je leur soumis la seule qui me paraissait viable :

— Rien.

Les deux autres hommes me dévisagèrent avec surprise, me prenant certainement pour un fou. Bowman fronça les sourcils.

— Je ne suis pas policier, Lieutenant Watkins, mais j'ai du mal à comprendre vos méthodes.

Je souris puis me levai et expliquai :

— Nous ne pouvons pas accuser Havel d'avoir tenté de tuer Aidan. Si nous le faisons, on nous demandera des preuves et les seules que nous avons incriminent Armand Duvivier. Comme nous n'avons pas ébruité ce qui s'est passé, le mieux est de faire comme si, justement, il ne s'était rien passé. Faire comme si cette tentative de meurtre n'avait pas eu lieu, comme si nous n'avions pas connaissance de l'implication de Malloy et des preuves contre Duvivier.

Aidan s’exclama :

— C’est une excellente idée !

Bowman lui lança un regard perplexe.

— Père, agir comme si rien ne s’était passé rendra Havel nerveux. Et, avec un peu de chance, il commettra une erreur…

—… en essayant de te tuer à nouveau… Il est hors de question que je mette ta vie en danger, Aidan !

— Père…

Le vampire croisa les bras sur son torse, l’air renfrogné. Son fils adoptif se leva pour venir s’accroupir près de lui et poser sa main sur son épaule.

— Père… Tu sais, au fond de toi, que c’est la meilleure solution.

Je me sentis soudain de trop. Je commençai à me diriger vers la porte, mais Aidan lança :

— Reste, Gabriel.

J’obéis et m’adossai au mur le plus proche, les mains enfoncées dans les poches de mon pantalon. Bowman soupira profondément puis il se pencha en avant, le visage entre ses mains.

— Père ?

— Je ne veux pas te perdre… Tu ne sais pas ce que c’est que d’aimer des gens tout en sachant que tu les verras mourir, que tu devras vivre avec cette douleur. Tu… tu es ce que j’ai de plus précieux, Aidan. Je n’aurais pas pu t’aimer plus si tu avais été mon fils biologique.

— Je le sais, Père. Je te promets d’être prudent… et je ne serai pas seul. Gabriel veillera sur moi.

Bowman hocha la tête puis attira son fils dans ses bras et le serra longuement. Je détournai les yeux, gêné et un peu triste. Cela faisait si longtemps que j'avais perdu mes parents que j'étais incapable de me souvenir de la voix de mon père. Aidan et moi avions finalement ça en commun : nous étions tous deux orphelins de nos parents biologiques. Lui avait trouvé un père en la personne de Bowman ; moi j'avais ma sœur Emeline, ma seule famille. Jusqu'à présent…

Chapitre 8

Bowman se chargea d'informer Parks et Duvivier de mon plan… enfin plutôt, de mon absence de plan. J'avoue que je n'avais pas vraiment réfléchi à ce que Havel allait faire en voyant que nous passerions sous silence l'attaque contre Aidan. Tout ce que j'espérais, c'était que ça le mettrait suffisamment en rogne pour qu'il commette une erreur.

Le soir même, Aidan apparut comme si de rien n'était aux côtés de son père adoptif. Adossé près de l'une des portes, j'observai les visages de Havel et de son entourage. S'il fut surpris, le Sire de Prague n'en montra aucun signe. Son expression était glaciale, comme à son habitude, lorsqu'il posa les yeux sur Aidan et Bowman. Il n'y eut pas plus de réactions révélatrices chez les autres vampires assistant à cette réunion. Je soupirai profondément, me demandant si je n'avais pas sous-estimé notre adversaire.

À la fin de la discussion, l'accord de paix commençait à se dessiner. Bowman chargea l'un de ses Affiliés, un avocat, de rédiger une première version du traité qui serait soumise à tous les Sires dès la nuit suivante. L'aube n'allait pas tarder et les vampires ne traînèrent pas. Malgré sa fatigue visible, Aidan avait passé la réunion à sa place habituelle, debout derrière le fauteuil de son père adoptif. Je savais qu'il ne voulait pas paraître faible aux yeux de leurs invités. Le chef de la sécurité du Sire de Londres devait être infaillible. Et il parvint à maintenir les apparences jusqu'à la fin du briefing avec son équipe. Une fois qu'il eut distribué les plannings de garde à chacun, il les congédia. Parks s'attarda quelques secondes, nous dévisageant tour à tour, puis finit par partir lui aussi.

Ce ne fut que lorsque la porte se fut refermée derrière Parks qu'Aidan laissa enfin sa fatigue prendre le dessus. Il tituba et je me précipitai, entourant instinctivement sa taille de mon bras. Il posa son front sur mon épaule en soupirant.

— Je ne comprends pas pourquoi je suis aussi fatigué, murmura-t-il soudain. J'ai déjà été blessé… plusieurs fois… et j'ai toujours réussi à m'en remettre très vite.

— Tu as perdu du sang, répondis-je. Beaucoup… Sur le coup, je n'y ai pas pensé, mais tu avais peut-être besoin d'une transfusion.

Je m'en voulais. Et Aidan dut l'entendre dans ma voix ou le sentir dans la tension soudaine de mes épaules, car il souffla :

— Tu as fait ce qu'il fallait, Gabriel.

Un frisson me traversa. Son timbre un peu rauque transformait mon prénom en une caresse vocale des plus sensuelles. Afin de détourner mes pensées du désir qui commençait à m'enflammer, je lançai d'un ton que j'espérai neutre :

— Tu dois te reposer. Et il faut que je change ton pansement.

Aidan resta encore quelques secondes contre moi, puis il se dégagea de mon étreinte.

— Allons dans ma chambre…

***

Après avoir fermé sa porte à clé, Aidan se débarrassa de sa veste et de sa chemise. Depuis l'attaque dont il avait fait l'objet, j'avais réussi à le convaincre de porter un gilet pare-balles sous ses vêtements. Il avait accepté à condition que je fasse de même. Il ôta le gilet qu'il portait à même la peau, et s'assit sur le lit, adossé aux oreillers. Je m'installai en face de lui et me concentrai sur ma tâche. Lorsque j'eus fini, je rangeai la trousse de soins puis reportai mon attention sur Aidan. Il me fixait d'un air indéfinissable. Je demandai, un peu inquiet :

— Ça va ?

Son sourire me rassura. Il attrapa ma main et la porta à ses lèvres, effleurant ma paume. Un long frisson me traversa. Avant que je puisse réagir, il se redressa et m'embrassa avec fougue. Le désir m'embrasa une nouvelle fois. À cet instant précis, il aurait été si facile de laisser faire les choses… pourtant, je réussis à me contenir et je le repoussai doucement. Il m'adressa un regard interrogatif.

— J'en crève d'envie, mais tu dois te reposer, Aidan.

Il soupira longuement.

— Tu as raison…

Il se leva afin d'ôter son pantalon. Une fois en sous-vêtement, il se glissa dans le lit. Je ramassai la trousse de soins, bien décidé à retourner dans ma propre chambre, loin de la tentation. Alors que je me dirigeai vers la porte, il m'interpella :

— Gabriel, attends !

Je me retournai, surpris, et le vis ouvrir les draps.

— Dors avec moi… s'il te plaît… je te promets d'être sage…

Je levai les yeux au ciel en répondant :

— Tu veux vraiment me rendre fou ?

Il m'adressa un léger sourire en coin et je rendis les armes. Je me débarrassai rapidement de mes vêtements, ne conservant que mon boxer. À peine étais-je entré dans le lit qu'il m'attira contre lui. Il glissa son visage au creux de mon épaule tandis que nos jambes s'entremêlaient. J'avais terriblement envie de lui et, pourtant, je parvins facilement à calmer mes ardeurs, car il s'endormit presque instantanément. Je lui caressai le dos avec tendresse et fermai les yeux à mon tour, savourant la chaleur de son corps contre le mien.

***

Lorsque je m'éveillai, j'étais seul dans le lit. Je me redressai d'un bond, le cœur battant à tout rompre et me calmai instantanément en voyant Aidan sortir de la salle de bains. Il m'adressa un sourire contrit.

— J'espère que je ne t'ai pas réveillé…

Je me passai une main sur le visage et me laissai retomber sur le dos en soupirant.

— Quelle heure est-il ?

— Presque midi.

Voyant qu'il ne revenait pas se coucher, je demandai :

— Qu'y a-t-il ?

— Je ne peux pas me cacher toute la journée. Tout le monde s'attend à ce que je prenne mon service dans deux heures comme prévu. Si je ne le fais pas, et si, comme tu le penses, l'un des nouveaux embauchés est à la solde de Vadim Havel, ça lui mettra la puce à l'oreille.

Je soupirai. Aidan avait raison.

— Comment te sens-tu ?

— Mieux. Et j'ai un peu faim.

Je souris en me rasseyant.

— Ça, c'est une bonne nouvelle !

— Avant d'aller manger, j'aimerais bien prendre une douche… mais je ne devrais peut-être pas faire ça tout seul… on ne sait jamais… je pourrais avoir un autre malaise…

Sa voix était devenue de plus en plus rauque, éveillant mon désir. Je souris en me levant.

— Effectivement, il vaut mieux que je sois là.

Son regard descendit rapidement sur mon torse, me brûlant la peau. Il ne pouvait ignorer mon excitation comme je ne pouvais ignorer la sienne. Il retourna dans la salle de bains et mit l'eau à couler. Lorsque je le rejoignis, il avait déjà ôté son boxer. Il me tournait le dos, me permettant d'admirer ses fesses musclées et sa chute de reins parfaite. Il se glissa sous l'eau chaude pendant que je me débarrassai de mon sous-vêtement. La cabine de douche n'était pas très grande, d'autant plus que nous n'étions ni l'un ni l'autre des petits gabarits. Aidan s'adossa à la paroi puis referma la porte derrière moi. Nos torses n'étaient qu'à quelques centimètres l'un de l'autre. Sans attendre, il m'embrassa avec ferveur. Notre différence de taille l'obligeait à se pencher, mais ça ne semblait pas le gêner.

Je n'eus pas le temps de reprendre mon souffle qu'Aidan glissait sa main gauche entre nous afin de me caresser. Mon membre tressauta contre sa paume alors qu'un gémissement de surprise s'échappait de mes lèvres. Ses doigts me caressaient habilement, peut-être même un peu trop rapidement, comme s'il avait peur que je change d'avis et que je m'enfuie. Ne voulant pas que tout s'arrête trop vite, je posai ma main sur la sienne. Il m'adressa un regard inquiet et je souris.

— Nous avons tout notre temps, non ?

Il acquiesça d'un hochement de tête, l'air gêné.

— J'ai tellement envie de toi, Gabriel.

Un long frisson me traversa l'échine. Sa bouche glissa dans mon cou, sa langue le léchant, ses dents le mordillant. Sa main sur mon membre à présent douloureux avait cessé tout mouvement. Sentir ses doigts immobiles sur moi était à la fois excitant et frustrant. Je remuai légèrement mon bassin, poussant mon érection entre ses phalanges. Je m'emparai à mon tour de son membre gonflé, légèrement plus imposant que le mien. Alors que je le caressai, je tentai de l'imaginer enfoui en moi. Cette idée décupla mon excitation que je pensais déjà à son maximum.

— Aidan…

Mon gémissement lui fit reprendre ses va-et-vient sur mon érection. Cette fois-ci, ses mouvements étaient lents, mais terriblement précis. Ne voulant pas être en reste, je calquai le rythme de mes doigts sur les siens. J'avais envie de plus, de beaucoup plus, mais cette cabine de douche exiguë ne nous permettrait pas d'aller plus loin. Nos bouches se retrouvèrent, gourmandes, tandis que le plaisir commençait à enfler en moi. J'aurais aimé faire durer ce moment le plus possible. J'en étais tout bonnement incapable. La main libre d'Aidan était posée sur la paroi de la douche près de ma tête. La mienne s'agrippait à son bras, si fort que mes doigts allaient sûrement y laisser une marque.

Nos érections et nos mains se cognaient à présent à chaque mouvement. Nos souffles se faisaient erratiques alors que le plaisir montait inlassablement. Je perdis pied le premier, submergé par un orgasme violent qui me fit m'accrocher encore plus fort à lui.

Tandis que le plaisir me faisait trembler, je resserrai instinctivement mes doigts sur le membre d'Aidan. Il grogna contre ma bouche alors que sa semence se déversait en longs jets sur mon ventre. Nos lèvres se retrouvèrent pour un baiser langoureux qui ne m'aida pas à reprendre mes esprits.

Aidan me serra contre lui, m'enfermant dans l'étreinte de ses bras puissants. Les yeux clos, je savourai cet instant de plénitude. Seul le bruit de l'eau chaude se déversant toujours sur nous troublait le silence. Au bout de quelques minutes, Aidan soupira profondément.

— Nous devrions nous préparer à descendre.

Son absence de mouvement contredisait ses mots. Je ne pus m'empêcher de rire.

— Si tu ne le lâches pas, je vais avoir du mal à m'habiller.

Son étreinte se desserra et je pus me redresser. J'attrapai le gel douche afin de nous nettoyer tout en demandant :

— Comment te sens-tu ?

— Un peu la tête qui tourne… mais je ne sais pas si c'est dû à la perte de sang, à la faim ou à ce que nous venons de faire… Sûrement un peu des trois.

Je n'eus pas le temps de répondre, car mon estomac se manifesta bruyamment. Aidan rit.

— Monsieur le Ventre sur Pattes !

Je lui donnai une petite tape sur le bras.

— Idiot !

Je l'embrassai tendrement, puis coupai l'eau et sortis de la douche. Dix minutes et quelques baisers plus tard, nous étions prêts à descendre déjeuner.

Chapitre 9

Afin de ne pas éveiller les soupçons, nous avions convenu d'arriver séparément dans la salle à manger du personnel. Je laissai Aidan partir le premier et en profitai pour consulter mes mails et mes SMS. Emy m'en avait envoyé trois et je m'en voulus de ne pas lui avoir donné signe de vie depuis deux jours. Lorsque j'entrai dans la salle à manger, celui que je considérais à présent comme mon amant était entouré par quatre de ses hommes avec qui il discutait tout en mangeant. Je préférai ne pas le rejoindre, de peur que mon attitude ne trahisse ce qui s'était passé entre nous un peu plus tôt.

Je me servis copieusement au buffet et fus rejoint par McIntosh, toujours aussi jovial et volubile. Je l'écoutai d'une oreille tout en jetant des regards en biais au groupe dans lequel se trouvait Aidan. Au bout d'un moment, une phrase que l'écossais prononça à voix basse me fit sursauter :

— C'est bien qu'il ait enfin trouvé quelqu'un…

Je me tournai vers lui, abasourdi. Il m'adressa un immense sourire.

— Je le connais depuis plus de vingt ans. Je n'ai pas eu de mal à comprendre qu'il y avait quelque chose entre vous deux.

Je fronçai les sourcils. McIntosh m'avait dit la fois précédente qu'il travaillait pour Aidan depuis une dizaine d'années. Je demandai alors :

— Comment l'avez-vous rencontré ?

— La première fois que je l'ai vu, c'était juste après qu'il se soit engagé dans la Royal Navy. J'étais son instructeur et lui l'un de mes meilleurs élèves officiers.

Je réalisai à cet instant que je ne savais rien du passé d'Aidan dans l'armée. McIntosh me fit signe de le suivre et nous nous installâmes à table. Pour une fois, le fait que l'écossais soit si bavard était une bénédiction. Dès que nous fûmes assis, il reprit :

— Aidan s'est engagé à seize ans. Il était très réservé, ne parlait à personne et surtout, il ne mentionnait jamais sa famille. Lors des permissions, une voiture noire venait le chercher et le ramenait. Personne ne savait qui étaient ses parents et les spéculations allaient bon train. Pour certains, il était le fils caché de l'un des membres de la famille royale. Pour d'autres, un témoin protégé... Oui, je sais, les gens regardent trop la télévision !

Le commentaire me fit sourire. Il continua.

— Son intelligence lui a permis de surpasser bon nombre de ses camarades... ce qui a suscité pas mal de jalousie. Plusieurs fois, il s'est retrouvé impliqué dans des bagarres... mais toujours pour se défendre. Ça lui a tout de même valu quelques séjours en isolement. Il faut dire qu'il ne se laissait pas faire... et que ses adversaires finissaient souvent en piteux état.

Je n'avais aucun mal à l'imaginer.

— Quand les autres ont compris que s'attaquer à lui pouvait les envoyer à l'hôpital, ils ont fini par se calmer. Il a donc pu reprendre tranquillement sa progression au sein de la Navy.

— Il est monté jusqu'à quel grade ? demandai-je, curieux de savoir jusqu'où il était allé.

— Pas aussi haut qu'on s'y attendait, soupira McIntosh. Il a fini Lieutenant, mais je suis sûr qu'il aurait pu devenir Capitaine, voire Amiral s'il l'avait souhaité.

— Et que s'est-il passé ?

— Un jour, il a demandé à quitter le service actif pour passer réserviste. Tout le monde pensait que ça lui serait refusé, mais ça a été accepté. Il faut dire que le Sire de Londres avait appuyé sa demande en indiquant qu'il voulait l'engager en tant que chef de son équipe de sécurité. Sire Bowman a actionné les bons leviers, j'imagine. Toujours est-il qu'à vingt-six ans, Aidan a quitté la Navy. Un an plus tard, j'ai été blessé lors d'une mission en Afghanistan. J'ai été réformé pour des problèmes pulmonaires. Lorsque je suis rentré, j'ai reçu un appel d'Aidan qui voulait m'embaucher dans son équipe. Je n'ai pas hésité une seconde. Il est l'une des rares personnes à qui je confierais ma vie les yeux fermés.

Je hochai la tête. McIntosh reprit en baissant la voix afin que je sois le seul à l'entendre :

— Ça fait des années que je bosse pour Aidan. Et c'est la première fois qu'il montre un intérêt sincère pour quelqu'un…

Mon cœur manqua un battement et je me sentis rougir.

— Vous avez l'air d'être quelqu'un de bien, Watkins. J'espère que vous ne le ferez pas souffrir… parce que si vous le faites, je vous mettrai une raclée… quoique… après que son père se soit occupé de vous, je pense que je n'aurai plus grand-chose à faire…

Je lui adressai un regard ébahi. Il sourit avant de souffler, encore plus bas :

— Je sais que vous savez… mais moi, je ne suis pas censé être au courant… ajouta-t-il avec un clin d'œil avant de se redresser.

Ainsi McIntosh connaissait le lien entre Aidan et Bowman.

— D'autres le savent ?

— Dans l'équipe ? Non, je ne pense pas. Même Parks doit l'ignorer. Mais les autres ne connaissent pas Aidan depuis aussi longtemps que moi.

Je soupirai de soulagement. Étrangement, bien que je le connaisse à peine, j'avais confiance en McIntosh. Et j'étais sûr que je pourrais compter sur lui pour protéger Aidan si besoin.

***

Après le petit-déjeuner, Aidan et moi nous rendîmes dans le parc. Nous devions vérifier le périmètre et j'étais inquiet à l'idée qu'un nouveau sniper ne soit embusqué quelque part, prêt à le descendre. Alors que nous marchions en silence, Aidan me demanda soudain :

— McIntosh t'a parlé de la Royal Navy, n'est-ce pas ?

Surpris, je bredouillai :

— Oui, mais comment…

Il sourit.

— Je l'ai vu prendre un air de comploteur pendant que vous étiez tous les deux à table, tout à l'heure. Et, surtout, il m'a demandé l'autorisation de tout te raconter juste avant que tu n'arrives dans la salle à manger.

Soulagé de ne pas risquer de causer des ennuis à l'Écossais, je soufflai :

— Il sait pour toi et moi.

— Le contraire aurait été étonnant. Mais il sait très bien garder les secrets… ajouta-t-il avec un clin d'œil.

Ainsi, Aidan savait que McIntosh était au courant pour son lien avec Bowman. Et s'il n'avait pas demandé à son père d'effacer la mémoire de l'Écossais, c'était une preuve de plus que cet homme était digne de confiance.

Nous terminâmes notre ronde sans incident, juste à temps pour que nous puissions grignoter quelque chose avant la réunion du soir. Nous étions en train de nous diriger vers la grande salle à manger lorsque Parks nous intercepta. Il m'adressa son habituel regard dédaigneux, que j'ignorai, avant de tendre une tablette numérique à son supérieur.

— Il y a eu quelques changements de planning pour cette nuit et demain.

Pendant qu'Aidan consultait les modifications, je ne pus m'empêcher d'y jeter un coup d'œil, mais rien de particulier n'attira mon attention. Lorsqu'il rendit la tablette à Parks, je voulus tout de même vérifier à nouveau si rien ne m'avait échappé.

— Je peux ?

Mon ancien coéquipier me tendit la tablette à contrecœur.

— Tu as vu quelque chose ? demanda Aidan.

Je n'eus pas le temps de répondre, car les Sires et leurs accompagnateurs arrivaient. De toute façon, ce n'était rien, juste un nom qui avait attiré mon regard et une impression étrange. Me morigénant contre ma paranoïa, je rendis la tablette à Parks et suivis Aidan dans la grande salle.

***

Le premier jet du traité de paix fut discuté durant toute la nuit. La plupart des articles furent remaniés et l'Affilié de Bowman qui l'avait rédigé eut pour mission de mettre tout ça au propre pour la prochaine réunion. Une fois la séance terminée, tous repartirent dans leurs quartiers. Seul Bowman s'attarda. Aidan demeura à ses côtés et je me plaçai dans l'encadrement de la porte, à la fois pour leur laisser un peu d'intimité et pour surveiller les alentours. Lorsqu'ils eurent fini, nous raccompagnâmes le vampire jusqu'à ses appartements puis nous dirigeâmes vers nos chambres.

— Tu viens dormir avec moi ?

— Vais-je parvenir à rester sage une deuxième nuit de suite ? demandai-je, un sourire narquois aux lèvres.

Aidan se pencha pour me murmurer à l'oreille :

— Si tu n'y arrives pas, je ne m'en plaindrai pas…

Une vague de désir m'enflamma et j'eus le plus grand mal à ne pas le plaquer contre le mur du couloir pour l'embrasser sauvagement. Cependant, lorsque nous fûmes dans sa chambre et que la clé eut été tournée dans la serrure, plus rien ne me retint. Le baiser fut sauvage. Nos mains se cherchaient, caressaient nos peaux enfiévrées. Nos langues bataillaient et même si nous manquions d'air, nous étions incapables de nous séparer. Sans nous écarter l'un de l'autre, nous nous débarrassâmes d'une partie de nos vêtements. Nous fûmes obligés de nous éloigner pour ôter les gilets pare-balles et nos pantalons mais, très vite, nos bouches se retrouvèrent. Une fois en boxers, nous basculâmes sur le lit, Aidan sous moi. Mes lèvres finirent par quitter les siennes, mais seulement pour descendre le long de sa mâchoire avant de se perdre dans son cou. Un gémissement m'échappa lorsque mon bassin se frotta contre le sien, provoquant une décharge électrique dans mon membre gonflé. Alors que le désir enflait de plus en plus en moi, je réalisai soudain qu'Aidan s'était figé et ne semblait plus réceptif à mes caresses. Je me redressai sur mes avant-bras et plongeai mon regard dans le sien. Ce que je lus dans ses prunelles émeraude me surprit : un mélange de peur et d'embarras.

— Aidan ?

Il détourna la tête et je roulai sur le côté, le libérant de mon poids. Il soupira alors comme s'il portait le monde entier sur ses épaules.

— Je suis désolé, Gabriel. J'en avais très envie… c'est toujours le cas, mais je n'ai pas l'esprit à ça pour l'instant.

Frustré, mais soulagé qu'il n'ait pas juste décidé qu'il ne voulait plus de moi, je me tournai et posai ma tête sur son épaule. Ma main se glissa sur son ventre, dessinant lentement le contour de ses muscles abdominaux.

— C'est toute cette histoire avec Havel… Je sais depuis longtemps qu'il est dangereux, qu'il est capable du pire pour obtenir ce qu'il veut… Et ça me tue de ne pas être en mesure de prévoir son prochain coup !

— Je comprends. Mais il finira par faire une erreur, j'en suis sûr. Et alors là, nous pourrons enfin mettre un terme à ses agissements.

— Je l'espère…

Il tourna la tête et déposa un baiser sur mon front.

— Je crois que je suis encore un peu fatigué par la perte de sang.

— Alors, dormons. Et peut-être que dans quelques heures, tu te sentiras plus en forme…

Je me redressai pour l'embrasser tendrement avant de me réinstaller confortablement contre lui. Je comprenais qu'il n'ait pas la tête au sexe alors qu'un tueur en voulait à sa vie et pouvait frapper n'importe quand. Je fermai les yeux, espérant m'endormir rapidement.

Mon esprit commençait à s'embrumer. Je plongeai peu à peu dans cet état entre l'éveil et le sommeil dans lequel nous ne pouvons distinguer le rêve de la réalité. Des images défilaient dans mon esprit… des visages familiers… des noms inscrits sur un planning… Alors que le sommeil m'engourdissait, je sentis que j'étais proche… que quelque chose d'important était là, juste à ma portée… et je m'endormis profondément.

Chapitre 10

Une douleur intense irradia dans mon torse et mon bras gauche, me tirant brutalement du sommeil. J'ouvris les yeux pour trouver un vampire penché sur moi, ses crocs profondément plantés dans la chair de mon épaule. Je hurlai, tentant désespérément de le repousser. Il se redressa une fraction de seconde avant de plonger droit sur ma jugulaire. D'instinct, mon bras se plaça entre ses canines et mon cou. Il mordit dans mon avant-bras avec tellement de force que je crus qu'il allait me l'arracher. Ma main libre fouilla sous l'oreiller d'Aidan où je savais trouver un poignard. Au moment où mes doigts l'effleuraient, le vampire s'effondra sur moi, un couteau planté dans le dos, au niveau du cœur. Aidan se tenait debout derrière lui, sa main encore crispée sur le manche.

— Gabriel ? Ça va ?

Je n'eus pas le temps de répondre, car un autre vampire se jeta sur Aidan, l'envoyant valser à travers la pièce. Je repoussai le corps sans vie de mon assaillant, bien décidé à aller prêter main-forte à mon amant. C'était sans compter un troisième suceur de sang qui me plaqua sur le lit, ses crocs à quelques millimètres de mon cou. Sa force surhumaine m'empêchait de le repousser, pourtant je parvins à me débattre suffisamment pour qu'il ne parvienne pas à me mordre. Je savais que s'il atteignait la jugulaire, je serais mort en quelques secondes. Le bras que l'autre vampire avait mordu était en feu, comme si on l'avait plongé dans un brasier. Mais l'adrénaline, mon entraînement et la peur me permirent de tendre ce bras vers le haut et d'enfin attraper le poignard sous l'oreiller. Je refermai mes doigts dessus et le plongeai dans le cou du vampire. Sous le choc, sa poigne fut affaiblie et je parvins à me dégager un peu, éloignant ma jugulaire de ses crocs qu'il planta à la place dans mon bras déjà endommagé par son congénère.

Au moment où le vampire se jetait à nouveau sur moi, un rayon de soleil apparut soudain dans la chambre, l'inondant de lumière. Mon assaillant hurla de douleur alors que les UV brûlaient ses yeux ultra-sensibles. Attrapant le poignard de l'autre main, j'en profitai alors pour le lui plonger en plein cœur. Il s'effondra, glissant du lit et finissant sa course sur le sol. Sans attendre, je reportai mon attention sur Aidan, prêt à aller l'aider, mais il s'était déjà débarrassé de son agresseur. Le vampire gisait contre le mur, le manche du couteau de mon amant dépassant de son torse. Aidan était debout près de la fenêtre. Il tenait encore dans sa main le lourd rideau en velours qu'il avait arraché pour faire entrer le soleil dans la chambre. Son regard empli de colère s'adoucit soudain lorsqu'il se posa sur moi.

— Gabriel ! Tu es blessé !

Je ramenai mon bras contre mon torse, la douleur se faisant de plus en plus intense. Ma vision commençait à être floue, puis elle s'assombrit rapidement jusqu'à ce que je m'effondre sur le lit, inconscient.

***

J'entendais des voix. Elles paraissaient à la fois lointaines et proches. Je n'avais plus mal, je me sentais comme flottant dans un océan de coton. Je tentai de me concentrer sur les voix.

— Père, s'il te plaît !

— Aidan… Je le ferai, mais seulement s'il me donne son accord.

Les sensations physiques me revenaient peu à peu. Et, avec elles, une douleur sourde qui pulsait dans mon torse et mes bras. Je voulus bouger… et j'en fus incapable. La panique finit de me tirer de l'inconscience. J'écarquillai les yeux brusquement, la bouche ouverte dans un cri muet.

— Gabriel, calme-toi…

La voix d'Aidan était douce et apaisante. Sa main caressait tendrement mon front. Je voulus me redresser, mais j'étais toujours incapable de bouger.

— Reste tranquille. Nous avons dû t'immobiliser.

Je réalisai alors que j'étais attaché sur une sorte de lit d'hôpital. Je ne portais que mon boxer et une couverture était remontée sur mon torse. Mon bras droit et mon épaule gauche étaient bandés. Et une perfusion était plantée dans mon bras indemne.

— Pourquoi ? demandai-je d'une voix que je ne reconnus pas.

Ce fut Bowman qui me répondit :

— Ça ralentit la progression du venin dans votre organisme.

Je lui adressai un regard surpris, puis l'attaque me revint en mémoire. Je jetai un regard inquiet à Aidan :

— Tu es blessé ?

Il sourit et caressa ma joue avant de souffler d'une voix tremblante :

— Non, je vais bien… Ils t'ont mordu, Gabriel…

Je mis quelques secondes à comprendre ce que ces mots impliquaient. Je me tournai vers Bowman :

— Je vais mourir ?

Aidan et lui échangèrent un bref regard. J'avais du mal à réfléchir à cause de la douleur, pourtant je compris immédiatement de quoi ils parlaient avant mon réveil. Je refermai les yeux, totalement perdu. La voix inquiète d'Aidan m'appela :

— Gabriel ?

— Vous voulez me transfuser votre sang, soufflai-je à l'attention de Bowman. Quelles sont mes autres options ?

Je gardai les yeux clos, attendant sa réponse même si j'étais à peu près certain de la connaître. Le vampire soupira profondément avant de lancer :

— Le venin va finir par vous tuer… ou par vous transformer…

Surpris, je rouvris les paupières et fronçai les sourcils.

— Je croyais qu'il fallait boire du sang de vampire pour en devenir un !

— Au vu du carnage dans la chambre, il y a une infime possibilité qu'une goutte de sang de l'un de vos agresseurs soit entrée dans votre bouche.

Je frissonnai et cela provoqua une vague de douleur dans toute la partie haute de mon corps. Je n'avais jamais voulu devenir un vampire. Je préférais encore mourir… sauf que je n'avais aucune envie de partir comme ça, surtout maintenant qu'Aidan et moi nous étions trouvés. Donc, je n'avais pas vraiment le choix… Je demandai :

— Si j'accepte votre proposition, est-ce que je vais être lié à vous ? Comme Aidan l'est ?

— Je le suppose, répondit Bowman en haussant les épaules. Je ne sais pas s'il y a d'autres cas comme le nôtre. Je ne sais pas non plus si les effets seront les mêmes sur vous. Je suis juste certain que cela vous sauvera la vie.

— Et si jamais… si ce lien se crée… je vais devoir quitter le Yard ?

— Votre vie sera la même qu'avant… à part que vous serez dans l'impossibilité de vous en prendre à moi.

Je ne pus m'empêcher de plaisanter, essayant ainsi d'occulter la douleur.

— Donc même si vous devenez un tueur en série, je ne pourrai pas vous arrêter.

Il sourit.

— Vous devrez confier ça à vos collègues. Mais je vous promets d'essayer de ne jamais en devenir un.

Reprenant son sérieux, il ajouta :

— Et, en cas de besoin, vous pourrez vous placer sous ma protection. Vous ainsi que vos proches.

Je soupirai en fermant à nouveau les yeux.

— OK. Faites-le.

— Êtes-vous sûr ?

— Je le suis.

Je l'entendis se déplacer dans la pièce. Lorsque je rouvris les paupières, une nouvelle poche à perfusion remplie d'un liquide sombre, presque noir, était installée sur la perche. Je me tournai vers Aidan :

— Vous aviez déjà prévu que j'accepte ?

— Disons que je n'avais aucune envie de te voir mourir. Et je n'ai pas eu de mal à convaincre mon père de préparer ça, juste au cas où…

— Merci.

Bowman vérifia que le goutte-à-goutte fonctionne correctement et expliqua :

— Vous devriez très vite vous sentir mieux. Et je pense que d'ici une heure ou deux, votre sang sera totalement purgé du venin.

Je hochai la tête puis jetai un bref coup d'œil autour de moi. Je reconnus l'intérieur du bunker et soufflai :

— Les vampires qui nous ont attaqués…

— Ils sont morts, grogna le Sire. Et si vous ne les aviez pas tués, je m'en serai chargé.

— Je n'ai pas eu le temps de bien voir leurs visages, mais je suis à peu près sûr qu'ils ne font pas partie de l'une des délégations… ni de vos Affiliés.

Bowman approcha une chaise et s'assit en soupirant.

— Ce sont sûrement des renégats. Comme ils ne sont affiliés à aucun Sire, ils peuvent vendre leurs services au plus offrant.

Aidan, qui était resté silencieux depuis quelques minutes, intervint :

— Ils ont dû être payés pour me tuer. Ils ne pouvaient pas savoir que je ne serais pas seul dans ma chambre. Quand ils t'ont vu dans le lit, ils ont pensé que tu étais leur cible. Et c'est sûrement pour ça que le premier est rentré tout seul. Il a dû se dire que ça serait un travail facile. J'étais dans la salle de bains quand je t'ai entendu crier. Et lorsque je suis intervenu, les deux autres ont dû réaliser qu'ils allaient devoir nous tuer tous les deux.

Alors que la douleur refluait rapidement, je parvenais de mieux en mieux à réfléchir. Je demandai :

— Quelqu'un est au courant ?

— Non, répondit Bowman. Quand j'ai senti la peur d'Aidan, j'ai foncé dans sa chambre. Vous étiez déjà évanoui alors nous vous avons amené ici, où vous étiez le plus en sécurité le temps de vous soigner. Et j'ai scellé la porte de façon à ce que personne ne puisse y entrer.

— L'odeur de sang va sûrement alerter l'un des membres de l'équipe, soufflai-je.

Le vampire eut un petit sourire en coin.

— Ne vous en faites pas pour ça, personne ne remarquera rien.

J'avais envie d'en savoir plus, mais je savais déjà à son expression qu'il éluderait mes questions. À la place, je lançai :

— Dès que je serai sur pieds, on y retournera. Je prendrai ces types en photo et j'enverrai ça au Yard. Nous avons un fichier des vampires criminels et des renégats connus. Nous pourrons peut-être les identifier et découvrir qui les a engagés.

— Je crois que nous savons déjà tous les trois de qui il s'agit… soupira Bowman. Vous pensez qu'il a encore laissé de fausses traces qui mèneraient à Armand ?

— Possible…

Je ne pus retenir un bâillement. Aidan et son père adoptif échangèrent un regard, puis le vampire souffla :

— Reposez-vous un peu, le temps que vous soyez totalement rétabli. Je vais aller m'assurer que tout se passe bien là-haut.

Aidan attendit que Bowman soit sorti du bunker pour se pencher et m'embrasser tendrement. Puis, il se réinstalla confortablement dans son fauteuil tandis que sa main prenait la mienne. Nos doigts s'entrelacèrent et nous échangeâmes un sourire avant que je ferme les yeux. Très vite, je plongeai dans le sommeil.

***

Lorsque je m'éveillai, j'eus l'impression que tout ce qui était arrivé plus tôt n'était qu'un cauchemar. Je n'avais plus du tout mal à l'endroit où les vampires m'avaient mordu et je me sentais dans une forme olympique. Je me rendis tout de suite compte que je n'étais plus entravé. Aidan avait dû me détacher pendant que je dormais. Je m'assis, le faisant sursauter. Il passa une main sur son visage avant de demander :

— Comment te sens-tu ?

— Bien mieux ! Je n'ai jamais été en aussi grande forme ! Du moins, pas depuis très longtemps...

Il sourit, puis m'ôta la perfusion et commença à défaire mes bandages. Malgré l'absence de douleur, je fus surpris de voir que les morsures étaient totalement guéries. Seules de fines cicatrices blanches prouvaient que l'attaque par les renégats avait bien eu lieu.

— Et… tu as l'impression que quelque chose a changé en toi ?

Je pris quelques secondes pour réfléchir et fus surpris de constater que la réponse était négative. Je me sentais moi-même, comme avant. Peut-être que le lien avec Bowman allait mettre du temps à se tisser… ou qu'il n'apparaîtrait pas du tout. Je répondis à la question d'Aidan qui se contenta de hocher la tête.

— Mon père t'a ramené des vêtements, lança-t-il en désignant une pile de tissu posée sur une chaise. Et il nous rejoindra dans ma chambre dès que tu seras prêt à y aller.

— Juste le temps de m'habiller et on y va.

Moins de cinq minutes plus tard, nous étions devant la porte de la chambre d'Aidan. Et, comme Bowman nous l'avait dit, aucune odeur ne s'en dégageait. Voyant que mon amant ne semblait pas vouloir entrer, je l'interrogeai du regard.

— Les mesures de sécurité mises en place par mon père pour empêcher quiconque d'entrer s'appliquent aussi à moi.

Surpris, je vérifiai que Bowman n'était pas dans les parages pour demander à voix basse :

— Il utilise la magie ?

Après avoir appris qu'il avait des aptitudes télépathiques, j'étais prêt à admettre qu'il avait aussi des pouvoirs magiques. Aidan éclata de rire. Les poings sur les hanches, je le fixai, un peu vexé. Son hilarité redoubla face à mon air outré et je ne pus m'empêcher de rire à mon tour. Cela me fit un bien fou de relâcher la tension accumulée depuis notre arrivée au manoir.

Lorsque Bowman nous rejoignit, nous avions à peine retrouvé notre sérieux. Il nous dévisagea tour à tour puis haussa les épaules avant de poser ses doigts sur la porte de la chambre, juste au-dessus de la poignée. J'entendis un déclic et le battant s'ouvrit. Lorsqu'il ôta sa main, je vis qu'une serrure était apparue au-dessus de l'autre, puis je remarquai le petit panneau de bois coulissant qui la dissimulait habituellement.

— Pas de magie, souffla Aidan avec un sourire en coin. Juste une serrure dont mon père conserve en permanence la seule clé… au cas où…

Je me demandai quelles pouvaient être les raisons derrière ce « au cas où », puis oubliai mes interrogations alors que nous entrions dans la pièce. L'odeur du sang était omniprésente. Encore une fois, je fus surpris qu'elle ne se sente pas depuis l'extérieur. Bowman répondit à ma question muette :

— Il existe un produit utilisé par les vampires pour dissimuler l'odeur du sang de leurs victimes. Ils s'en servent surtout lorsqu'ils partagent un territoire et qu'ils ont peur qu'un de leurs congénères ne leur vole leur nourriture. J'en ai dans toutes mes résidences, juste au cas où.

À présent, je comprenais mieux comment ils avaient réussi à cacher la première attaque contre Aidan aux vampires présents pour le sommet.

Alors que nous entrions dans la chambre inondée par la lumière du jour, Bowman resta contre le mur, dans la zone d'ombre. Le rideau arraché de sa tringle gisait sur le sol, près de l'un des renégats. Je m'approchai de mon premier assaillant et le retournai. Contrairement à l'une des croyances populaires, les vampires ne se désintégraient pas quand on les tuait. Leurs corps se décomposaient juste plus rapidement que ceux des humains. Nous allions donc devoir les sortir de la chambre avant que l'odeur de la putréfaction ne surpasse celle du sang. Aidan et moi fouillâmes les poches des vampires, en vain. Ils portaient tous trois des vêtements noirs, jean et pull, et n'avaient aucun signe distinctif, tatouage ou cicatrice, par exemple. Je pris en photo les trois visages, puis envoyai les clichés à l'un de mes collègues du Yard pour qu'il tente de les identifier.

— Nous n'aurons peut-être pas de réponse avant demain, informai-je les deux autres hommes. Et tant que nous n'aurons pas leurs identités, il va être difficile de remonter jusqu'à leur commanditaire.

— Le traité est sur le point d'être signé, intervint Bowman. Cette nuit, nous devons discuter des derniers détails et, si tout le monde est d'accord, la signature se fera lors de la réunion suivante.

— Donc, nous avons un peu plus de vingt-quatre heures pour trouver des preuves contre Havel… ou toute autre personne qui les aurait engagés.

Aidan jeta un bref coup d'œil aux trois cadavres.

— Il va falloir se débarrasser d'eux discrètement.

— Je peux m'en occuper cette nuit pendant la réunion suggérai-je.

Bowman refusa.

— Vous devez être tous les deux présents ce soir. Toi, Aidan, pour que celui qui veut à tout prix te tuer sache qu'il a encore raté son coup. Et vous, Inspecteur Watkins, pour observer les réactions de Havel et des autres quand Aidan apparaîtra à mes côtés. Qui que soit la personne qui veut saboter le traité de paix, il risque de se trouver mal en se rendant compte qu'il a échoué… et qu'il ne lui reste plus qu'une journée avant qu'il ne soit trop tard.

— Je demanderai à Parks de se débarrasser des corps cette nuit, proposa Aidan. Et, si vous êtes d'accord, j'aimerais mettre Angus McIntosh dans la confidence. J'ai une entière confiance en lui. Et je pense que son aide nous serait précieuse.

— Je suis d'accord, approuva Bowman. Fais-le venir dans mon bureau une heure avant la réunion, je l'informerai de la situation. J'espère vraiment que vos collègues de Scotland Yard vont pouvoir identifier ces renégats. Si celui qui veut saboter le sommet manque de temps, nous aussi…

Chapitre 11

Lorsque les premiers vampires entrèrent dans la salle, je pris place à l'endroit habituel, pile en face du siège de Vadim Havel. Le Sire de Prague arriva peu après, suivi par Sophia Petrova et ses accompagnateurs habituels. Bowman fut le dernier à se présenter. Au moment où Aidan entra à sa suite, Havel perdit un très court instant son masque impénétrable. Cela ne dura qu'une fraction de seconde durant laquelle son visage exprima très clairement à la fois la surprise et la colère. Juste après, son expression redevint celle qu'il arborait d'habitude, supérieure et méprisante. Je croisai le regard d'Aidan et je compris qu'il avait lui aussi remarqué la réaction d'Havel. Nous ne nous étions donc pas trompés… et il nous restait moins d'une journée pour trouver un moyen de le démasquer.

Pendant que les détails du traité étaient discutés, je rassemblai tous les éléments de cette affaire. Je sentais que j'étais passé à côté de quelque chose d'essentiel et ça m'agaçait de ne pas parvenir à mettre le doigt dessus. Je me remémorai tout ce qui était advenu depuis notre arrivée et qui pourrait avoir un lien avec Havel et les tentatives de meurtre sur Aidan. Il fallut plusieurs heures pour qu'une idée émerge dans mon esprit. Une idée plus que dérangeante, mais tellement évidente que je m'en voulus de ne pas l'avoir eue plus tôt. Je soupirai : Aidan n'allait sûrement pas apprécier le fruit de mes réflexions.

***

La réunion se termina juste avant l'aube. Le traité était prêt. Il ne restait plus qu'à le rédiger une dernière fois et il pourrait être signé la nuit suivante. Bowman et Duvivier quittèrent la salle ensemble, apparemment ravis du travail effectué lors de ce sommet. Aidan et moi les accompagnâmes jusqu'aux appartements du maître des lieux puis reprîmes le chemin vers le second étage. Sans nous concerter, nous nous dirigeâmes vers ma chambre. Au moment où je fermai la porte à double tour, Aidan lança :

— Je crois savoir qui Havel a hypnotisé…

Surpris, je répondis :

— J'ai eu moi aussi une idée à ce sujet pendant la réunion.

Il se tourna vers moi et m'adressa un regard interrogatif. Je pris une profonde inspiration avant d'expliquer :

— Une seule personne est au courant de ton lien avec Bowman, a accès au planning des rondes de sécurité et connaît assez bien les lieux pour faire entrer des renégats discrètement… Angus McIntosh.

Aidan se laissa tomber sur le lit en soupirant profondément.

— Je suis parvenu à la même conclusion.

Il se passa une main sur le visage, l'air anéanti.

— Qu'allons-nous faire ? Si c'est vraiment lui, le fait que mon père l'ait mis au courant de ce que nous savons risque de nous compliquer la tâche.

Je m'assis à côté de lui et posai une main sur sa cuisse.

— Pas sûr… Est-ce que ton père a un moyen vampirique pour savoir si McIntosh a effectivement été hypnotisé ?

— Peut-être. Mais ce n'est pas sûr qu'il parvienne à obtenir une réponse claire.

— Où se trouve McIntosh en ce moment ?

Aidan consulta le planning sur son portable avant de répondre :

— Il est de garde au portail jusqu'à midi. Avec Baker et Chang.

— Donc, nous sommes tranquilles pour quelques heures. Havel ne prendra pas le risque de sortir en plein jour et encore moins de se faire remarquer par d'autres membres de ton équipe.

Il étouffa un bâillement.

— Nous devrions nous reposer, suggérai-je.

Je n'avais pas du tout sommeil, sûrement un effet du sang de Bowman. Mais Aidan avait vraiment l'air épuisé et j'avais très envie de sentir la chaleur de son corps contre le mien, de le tenir dans mes bras pendant qu'il dormait.

— Et puis, après, nous pourrons peut-être prendre une douche ensemble…

Ma proposition fit naître une lueur de désir dans les yeux d'Aidan.

— Enlève-le « peut-être » de ta phrase et je suis ton homme, souffla-t-il dans un sourire avant de se pencher pour m'embrasser.

Sa langue s'insinua entre mes lèvres et je grognai de frustration lorsqu'il la retira presque aussitôt.

— D'abord, on se repose ! Et ensuite…

Je levai les yeux au ciel. Cet homme avait le don pour mettre mes sens en ébullition par un simple regard ou avec quelques mots.

Aidan ôta rapidement ses vêtements et s'allongea sur le côté. Une fois en boxer, je pris place derrière lui, un bras sous ma tête, l'autre enroulé autour de sa taille. Nos corps s'emboîtèrent parfaitement malgré notre différence de taille. J'embrassai son épaule, ravi de le voir frissonner, et me serrai un peu plus contre son dos puissant. Je n'avais pas l'intention de dormir. Pourtant, au bout de quelques minutes, je calquai instinctivement ma respiration sur le rythme lent de la sienne et me laissai glisser au pays des songes.

***

Je rêvais. Des lèvres embrassaient mon torse, des mains caressaient mes flancs. Une langue câline s'attardait sur mes pectoraux, goûtant mes tétons qui durcissaient rapidement. Des doigts se glissaient dans mon boxer, se refermant sur mon érection palpitante.

Et soudain, je réalisai qu'il ne s'agissait pas d'un rêve. J'entrouvris les yeux, juste assez pour voir le regard d'Aidan posé sur moi. L'esprit encore un peu embrumé, je soufflai :

— Serais-tu en train d'abuser de moi ?

Il m'adressa un sourire contrit, pas du tout crédible. Puis il remonta m'embrasser. Cette fois-ci, sa langue partit à la rencontre de la mienne. Alors que le baiser se faisait de plus en plus passionné, la main d'Aidan posée sur mon membre se retira. Frustré, je tendis les hanches vers lui. Je le sentis sourire contre ma bouche. Il délaissa subitement mes lèvres et, avant que j'aie pu réagir, il glissa vers le pied du lit. Il s'agenouilla entre mes cuisses avant de se pencher pour m'ôter mon boxer. Baissant les yeux, je remarquai qu'il s'était déjà débarrassé du sien. J'avais envie de le toucher, mais il s'était mis hors de portée. Il recula un peu plus et je retins mon souffle alors qu'il se penchait sur moi. Sa langue effleura à peine mon gland, provoquant un frisson dans mes reins. Instinctivement, je me cambrai, en voulant plus. Il posa ses mains sur mes hanches afin de m'immobiliser, puis plongea son regard dans le mien. Adossé aux oreillers, j'avais une vue parfaite sur mon membre et sur sa bouche prête à le dévorer. Je frémissais d'anticipation. Je croisai les mains derrière la tête, me forçant ainsi à ne pas agripper ses cheveux pour l'obliger à me satisfaire plus vite.

Un long gémissement s'échappa de ma gorge quand il se mit à déposer de petits baisers sur toute la longueur de ma verge. Il me rendait totalement fou. Ses mains me tenaient toujours aussi fermement, m'empêchant d'aller à la rencontre de sa bouche. Au bout d'un long moment de cette douce torture, il se redressa et plongea à nouveau son regard dans le mien.

— Dis-moi ce que tu veux, Gabriel…

Son timbre rauque me fit frissonner. J'ouvris la bouche pour parler, mais je ne réussis qu'à émettre un gargouillis pitoyable. Il sourit, visiblement amusé de mon trouble. Il resta toutefois immobile, attendant ma réponse. Je déglutis difficilement et parvins enfin à bredouiller :

— Prends-moi dans ta bouche, Aidan…

— Tes désirs sont des ordres.

À peine avait-il fini sa phrase qu'il entourait mon gland de ses lèvres avant de descendre rapidement. Il ne s'arrêta que lorsque mon érection fut totalement enfouie en lui. La sensation était indescriptible. Ce n'était pas la première fellation que je recevais. Pourtant, cette fois, il y avait quelque chose de différent. Quelque chose de plus intense. Comme si tout était décuplé. Je n'eus pas le temps de m'interroger sur cette nouveauté, car Aidan commença rapidement à enrouler sa langue autour de mon érection. Chacun de ses mouvements générait comme une décharge électrique dans mes reins. Il remonta lentement en serrant les lèvres. Je frissonnai alors que ses dents effleuraient ma peau brûlante et si sensible. Je n'étais pas loin du point de rupture. Mes gémissements emplissaient la chambre.

Je ne voulais pas que tout finisse trop vite alors je pris plusieurs inspirations profondes, essayant de retarder au maximum ma jouissance. Sans que ses lèvres ne quittent ma verge, Aidan m'adressa un regard à la fois amusé et impatient. Sa main gauche quitta mes reins et se glissa entre mes cuisses. Un nouveau frisson d'envie me parcourut lorsque je sentis ses doigts s'insinuer entre mes fesses. Il caressa doucement avec son index le petit anneau de chair. J'étais si excité qu'il n'eut aucun mal à y faire entrer sa phalange. Cette nouvelle stimulation allait avoir raison de moi. Je gémis :

— Aidan… Je vais…

Il se redressa juste au moment où un tsunami de plaisir déferlait en moi. Sa main libre s'empara de mon membre, le caressant rapidement, accompagnant ma jouissance. Vidé – au sens propre comme au figuré –, je me laissai retomber sur le lit en soupirant de plaisir. Aidan retira enfin son index qui était toujours enfoui en moi. Il se redressa, agenouillé entre mes cuisses. Son membre était tendu à l'extrême. Je voulus m'asseoir pour lui rendre la pareille, mais il posa une main à plat sur mon torse pour m'empêcher de bouger. De l'autre, il se masturba rapidement. Il ne fallut que quelques secondes pour que tout son corps se crispe, submergé par le plaisir. Il ferma les yeux et rejeta la tête en arrière alors que son sperme se mélangeait au mien sur mon ventre.

Le souffle court, Aidan se laissa tomber sur le dos à côté de moi. Au bout d'un moment durant lequel nous n'entendîmes que nos respirations erratiques, il lança :

— Désolé de t'avoir réveillé…

Son ton était réellement ennuyé.

— C'est le genre de réveil que j'aime, souris-je pour le rassurer.

— Je ne voulais pas te forcer à…

— Si je n'avais pas voulu que tu ailles plus loin, je t'aurais arrêté.

Il soupira profondément, apparemment soulagé que je ne lui en veuille pas.

— J'ai rêvé de cette scène… et quand je me suis réveillé, je me suis demandé si ça serait aussi agréable dans la réalité.

— Verdict ?

— C'était encore mieux, sourit-il avant de se redresser pour m'embrasser tendrement. Je n'ai jamais ressenti quelque chose d'aussi intense, ajouta-t-il, l'air un peu perplexe.

Réalisant que j'avais eu la même impression, je lui en fis part.

— Tu crois que ça a un rapport avec le sang de Bowman ? demandai-je.

Aidan passa la main dans ses cheveux en riant.

— Je pensais que ça nous lierait comme des frères… mais je ne crois pas que des frères auraient ce type de relation…

— Qui sait !

Il leva les yeux au ciel puis jeta un bref regard à mon ventre souillé.

— Tu as besoin d'une douche…

— Je n'y vais que si tu m'accompagnes.

— Il est hors de question que je te laisse y aller seul.

***

Après une douche beaucoup plus sage que prévu, nous nous habillâmes et descendîmes à la cuisine afin de manger quelque chose avant de rejoindre Bowman dans son bureau. Avant de quitter la chambre, Aidan l'avait appelé pour lui faire part de nos réflexions concernant McIntosh. Le Sire fut d'accord avec nous et il se chargea de convoquer l'Écossais afin d'essayer de savoir s'il avait ou non été hypnotisé par Havel.

En début d'après-midi, nous nous retrouvâmes tous les quatre dans le bureau du vampire. Celui-ci était assis dans son fauteuil, les bras croisés. Aidan avait pris place sur le bord du bureau et semblait chercher comment aborder le sujet qui nous avait rassemblés. Le regard de McIntosh allait de l'un à l'autre tandis qu'il s'asseyait dans l'une des chaises d'invités. Quant à moi, je m'installai dans le sofa, ne souhaitant pas intervenir dans la discussion. Après avoir échangé un bref regard avec son père adoptif, Aidan se lança. Il exposa à McIntosh nos réflexions et leur résultat. Lorsqu'il eut fini, l'Écossais semblait anéanti.

— Je… je ne sais pas… vous pensez vraiment… pourtant j'arrive plutôt bien à résister à l'hypnose…

Bowman intervint :

— Havel est très puissant. Il doit être extrêmement difficile de se défendre contre son pouvoir de suggestion. Me laisseriez-vous tenter quelque chose ? Pour savoir s'il vous a ou non utilisé.

McIntosh accepta d'un hochement de tête. Aidan vint s'asseoir près de moi, laissant son père agir. Le vampire se leva et fit signe à l'Écossais de faire de même. Lorsqu'ils furent debout, face à face, Bowman plongea son regard écarlate dans celui de l'autre homme. Quelques secondes plus tard, il demanda :

— Avez-vous parlé à Vadim Havel depuis son arrivée ?

— Je… ne sais pas…

Je sentis Aidan se tendre à côté de moi. Je posai ma main sur la sienne. Sans quitter son père et McIntosh des yeux, il entrelaça nos doigts.

— Avez-vous aidé des vampires renégats à entrer dans le manoir ?

— Je ne sais pas.

Hypnotisé par Bowman, l'Écossais ne pouvait pas mentir. S'il n'avait pas été manipulé par Havel, il aurait répondu à ces questions par « oui » ou « non ». Ce qui voulait dire que le Sire de Prague avait bloqué certains de ses souvenirs pour qu'il ne puisse pas en parler… ce qui confirmait notre théorie.

Lorsque Bowman libéra McIntosh de son hypnose, l'Écossais s'effondra sur sa chaise. Il leva un regard implorant vers le vampire.

— Pardonnez-moi, Sire Bowman. Je n'ai jamais voulu vous nuire, à vous ou à Aidan.

— Nous le savons, lança mon amant en se levant et en s'approchant de son ancien instructeur.

Il lui posa une main sur l'épaule pour tenter de le rassurer, mais McIntosh paraissait réellement dévasté par cette révélation.

— Qu'allons-nous faire maintenant ? demanda Bowman en se tournant vers moi.

Je répondis par une autre question :

— Que se passerait-il pour le traité de paix si l'implication de Havel était révélée ?

— Il pourrait tout de même être signé entre les autres Sires. Mais le Protectorat de Prague en serait exclu pour le moment.

— Cela ne mettrait pas en danger tout le travail que vous avez effectué ici ? m'assurai-je alors qu'un plan germait dans mon esprit.

— Non. À quoi pensez-vous ?

Je me tournai vers McIntosh.

— Je crois que vous allez pouvoir vous racheter très rapidement…

Alors que j'allais exposer mon idée aux deux humains et au vampire qui me dévisageaient, je sentis mon portable vibrer dans ma poche de pantalon. Je consultai rapidement le message que je venais de recevoir.

— Le Yard n'a aucune trace des trois renégats dans nos fichiers.

Bowman soupira.

— Je n'en suis pas surpris.

Je rangeai l'appareil, puis lançai :

— J'ai eu une idée… risquée… et peut-être impossible à mettre en œuvre…

— Quelle est-elle ? m'interrogea le vampire.

Je lui demandai :

— Êtes-vous capable d'hypnotiser un humain pour qu'il soit immunisé contre le pouvoir d'un autre vampire ?

Bowman prit quelques instants pour réfléchir avant de répondre :

— En théorie, c'est possible. En pratique… je ne l'ai jamais essayé.

Une pensée me traversa l'esprit :

— Vous auriez pu, avant le sommet, hypnotiser toute votre équipe de sécurité pour être sûr que personne d'autre ne le fasse.

— J'y ai songé, bien sûr. Cependant, si hypnotiser un humain est plutôt aisé, en soumettre plusieurs en même temps requiert une énergie considérable. De plus, pour être réellement efficace, l'hypnose doit être renouvelée régulièrement… et au bout de quelques jours, elle ne fonctionne que si le vampire se nourrit de l'humain, l'asservissant totalement à son bon vouloir. Comme vous devez vous en douter, cette solution ne me plaisait pas du tout.

Il ajouta avec un petit sourire en coin :

— Et il aurait été dommage que nous ne fassions pas appel à vos services, n'est-ce pas, Aidan ?

L'intéressé leva les yeux au ciel en rougissant. Je souris, puis reportai mon attention sur Bowman :

— Puisque c'est faisable, j'ai un plan...

Chapitre 12

J'étais nerveux. Mon plan avait semblé une excellente idée quand il tournait dans mon esprit et quand je l'avais exposé aux autres. Mais, à présent qu'il était en cours d'exécution, je le trouvais légèrement bancal. Il comportait beaucoup trop de failles. Ce serait une chance terrible si aucun des multiples rouages ne se grippait pendant son exécution. Et si aucun de nous ne se faisait tuer avant la fin de la nuit.

Il restait deux heures avant la dernière réunion. Aidan et moi étions restés dans le bureau de Bowman tandis que McIntosh reprenait son poste. Assis sur le sofa, je me tordais les doigts, inquiet. Je sursautai presque lorsque la main d'Aidan se posa sur les miennes.

— Calme-toi, Gabriel. Tout va bien se passer.

— Je tente de m'en convaincre depuis tout à l'heure… et plus les minutes passent, moins j'y parviens.

Aidan me sourit avant de se pencher pour m'embrasser. J'avais du mal à savourer le moment jusqu'à ce que sa langue ne force le barrage de mes lèvres. Une vague de désir m'enflamma et je ne pus retenir un petit gémissement. Lorsque nous nous séparâmes, j'avais les joues rouges, à la fois de gêne et d'excitation. Je jetai machinalement un regard à Bowman, assis à son bureau, le nez plongé dans la relecture du traité de paix. Je fus soulagé de voir qu'il ne nous prêtait aucune attention, même si j'étais certain qu'il ne perdait pas une miette de ce qui se passait entre son fils et moi. Je reportai mon attention sur Aidan qui me souriait toujours.

— Ton plan est génial, Gabriel.

— Il comporte beaucoup d'éléments sur lesquels nous n'avons pas le contrôle. À commencer par McIntosh. Rien ne nous prouve que Vadim Havel va vouloir à nouveau se servir de lui.

Ce fut Bowman qui répondit :

— Toutes ses tentatives ayant été jusque-là des échecs, je ne pense pas qu'il prendra le risque d'impliquer une nouvelle personne pour son dernier essai.

— Peut-être qu'il ne va rien faire… peut-être qu'il va se dire que tout ça n'en vaut plus le coup…

— Et signer le traité ? Non. Ce n'est pas dans son tempérament d'accepter l'échec. Et quoi de mieux que d'utiliser l'un des membres de mon équipe de sécurité pour détruire ce que j'ai mis tant d'efforts à construire ?

Je soupirai profondément et me renfonçai dans le sofa. Aidan me prit la main, entrelaçant nos doigts.

— Nous serons fixés dans quelques heures, souffla-t-il.

Extérieurement, il paraissait serein. Pourtant, je parvenais à ressentir l'angoisse qu'il tentait de dissimuler. Encore une fois, je m'interrogeai : était-ce en rapport avec le sang de Bowman ? Est-ce qu'un lien inconnu s'était tissé entre Aidan et moi par le biais de son père adoptif ?

***

Je n'étais plus nerveux, j'étais tout simplement terrifié. La réunion de signature du traité allait débuter dans moins de cinq minutes. Et je n'arrêtais pas de ressasser tous les détails qui pouvaient faire échouer mon plan. Tous les scénarios qui traversaient mon esprit se terminaient de façon horrible, avec la mort de certains d'entre nous… ou carrément dans un bain de sang.

Aidan et moi étions déjà dans la salle en compagnie de Bowman et de quelques-uns de ses Affiliés. Pour ne pas faire les cent pas et user le plancher, je m'étais assis à ma place habituelle, en face du siège réservé à Vadim Havel. Pourtant, ça ne m'empêchait pas de me ronger les sangs. Franchement, je préférais de loin mes précédentes missions d'infiltration qui n'impliquaient pas de vampires. Au moins, avec les humains, je savais à quoi m'en tenir. Et il n'y avait pas de mauvaise surprise du genre : pouvoirs hypnotiques ou force surhumaine. Pourtant, même si cette mission risquait de se terminer de la pire des façons, je ne regrettais pas de l'avoir acceptée.

Mon regard dériva vers Aidan qui discutait avec Parks et deux autres membres de son équipe à côté de la porte principale. J'avais vraiment du mal à croire que nous nous connaissions depuis si peu de temps. Plus les minutes passaient et plus j'étais persuadé que le sang de Bowman nous avait effectivement reliés d'une manière totalement improbable. Toujours est-il que je n'étais plus seulement attiré par Aidan – qui se rapprochait dangereusement de ma vision de l'homme idéal –, mais j'étais en train de tomber amoureux de lui. J'étais incapable de dire si ces sentiments étaient ou non le fruit de notre nouveau lien. Ni s'ils étaient réciproques. À l'angoisse des événements imminents s'ajoutait l'incertitude concernant mon avenir avec lui. Je le voulais… et je ne savais pas quelle serait ma réaction s'il s'avérait que je n'étais qu'un amant de passage pour lui.

Mon cœur se serra et je soupirai. Ce n'était pas le moment de penser à ça. Pour l'instant, le plus important était de parvenir à confondre Vadim Havel ou, au minimum, de nous sortir tous vivants du merdier dans lequel nous étions fourrés.

***

La réunion débuta enfin. Les Sires et leurs accompagnateurs étaient installés à leurs places habituelles. Bowman attendit que le silence s'installe pour se lever et entamer son discours d'une voix assurée :

— Mes très chers amis et invités, cette nuit est historique. Pour la première fois, huit Protectorats d'Europe vont signer un accord de paix et d'entraide, unissant ainsi les destinées de millions de vampires et d'êtres humains.

Mon regard se posa sur Havel. Son habituelle expression hautaine avait fait part à quelque chose que j'identifiai comme de l'impatience. Était-il pressé que le traité soit signé ou, au contraire, qu'une catastrophe arrive ? À ses côtés, Sophia Petrova semblait s'ennuyer ferme. Elle contemplait ses ongles en retenant à peine ses soupirs. Si elle était au courant des projets de son Sire, elle n'en montrait rien. Je jetai un bref regard aux autres vampires qui étaient tous pendus aux lèvres de Bowman. Quelques-uns semblaient pressés d'en finir, mais la plupart arboraient d'immenses sourires.

Une fois le discours de Bowman terminé, son avocat entra, portant le précieux traité de paix. Une table et une chaise avaient été placées au centre de la pièce avant l'arrivée des vampires. L'avocat déposa sur la table le document et plusieurs stylos-plumes, puis il quitta la pièce. J'étais amusé de la façon dont tous se redressaient sur leurs sièges pour tenter de lire ce qui était inscrit. Il avait été convenu entre les Sires que Bowman signerait le document en dernier puisque nous nous trouvions dans son Protectorat. Les autres allaient le parapher dans l'ordre alphabétique de leurs noms. Les Sires de Madrid et de Berlin, dont les noms commençaient par A et C, furent les deux premiers. Puis, ce fut au tour d'Armand Duvivier.

Le Français se leva et s'avança vers la table. Il prit place sur la chaise sans se presser. J'échangeai un regard avec Aidan alors que mon cœur battait la chamade. Duvivier s'empara de l'un des stylos. Il allait l'apposer sur la page lorsque la porte principale s'ouvrit brusquement. McIntosh, le regard vide, se rua sur le Français et, avant que quiconque ait pu réagir, il lui planta un pieu en plein cœur. Il y eut des hurlements, des murmures affolés tandis qu'Armand Duvivier s'effondrait sur le sol, une tache de sang s'élargissant rapidement sur sa coûteuse chemise blanche. Bowman se précipita vers lui et s'agenouilla à ses côtés, empêchant les autres de voir le Français. Personne d'autre ne bougea, la plupart semblant en état de choc.

Mon regard ne quittait pas Havel. Derrière son habituelle expression dédaigneuse, je pus voir qu'il était très satisfait de la tournure des événements. Du moins, il l'était jusqu'à ce que McIntosh se plante devant lui et lance assez fort pour que tout le monde l'entende.

— Vos ordres sont exécutés, Sire Havel. Le Sire Duvivier est mort.

L'intéressé le fusilla du regard avant de s'exclamer :

— Cet humain est fou ! Je ne l'ai jamais vu de ma vie avant ce soir !

Aidan avait rejoint son père adoptif aux côtés de Duvivier tandis que Parks menottait McIntosh. Celui-ci se laissa faire, son rôle étant terminé pour le moment. Bowman se releva et se tourna vers le Sire de Prague.

— Il semble plutôt que cet humain qui fait partie de mon équipe de sécurité soit sous l'influence d'une puissante hypnose.

Havel attrapa la perche que lui tendait Bowman.

— Vous avouez qu'il travaille pour vous ! Vous avez fait assassiner votre soi-disant meilleur ami !

— Pourquoi voudrais-je sa mort ?

Le Sire de Prague était bien en peine de répondre à cette question. Il l'éluda et lança aux autres vampires :

— C'est ma parole contre celle de cet humain ! Vous n'allez tout de même pas le croire ! N'importe qui aurait pu l'hypnotiser en lui disant qu'il devait tuer Duvivier ! Et vous me croyez assez bête pour lui ordonner de se présenter devant moi, ici, pour m'en rendre compte ?

Tandis que tous étaient focalisés sur Havel, je m'approchai de McIntosh et Parks. J'échangeai un regard avec l'Écossais qui hocha la tête. Je glissai discrètement une main dans sa veste, retirant de sa poche intérieure son téléphone portable qui était toujours en mode « enregistreur vocal ». Puis, j'amenai l'appareil à Bowman. Il m'adressa un signe de tête et je rejoignis Aidan auprès de Duvivier.

***

Havel continuait à vociférer, furieux. Il semblait ne plus trop avoir d'arguments pour se défendre. Pourtant, les autres Sires ne paraissaient pas encore décidés à le considérer coupable d'avoir commandité le meurtre d'Armand Duvivier. Bowman jeta un rapide coup d'œil au téléphone que je lui avais passé puis il leva les mains afin de réclamer le silence.

— Mes amis. J'ai un aveu à vous faire... Tout ce que vous venez de voir n'est en fait qu'une mise en scène destinée à confondre la personne qui, par deux fois, a tenté de tuer mon chef de la sécurité, Aidan Collins. Outre saboter le sommet, cette personne voulait me dresser contre Armand Duvivier dans le but supposé de déclencher une guerre et d'en profiter pour prendre le pouvoir en Europe.

— Mais... nous venons de voir cet homme tuer Duvivier ! lança le Sire de Madrid.

Aidan et moi nous écartâmes, dévoilant le Français, bien vivant. Il se releva d'un bond et lança à Bowman d'un ton amusé :

— C'était l'une de mes chemises préférées !

— Je t'en rachèterai dix, lui répondit son ami sur le même ton.

Puis, il reprit à l'intention des autres Sires :

— Comme vous le voyez, Armand va bien.

Il raconta les deux tentatives de meurtre contre Aidan, puis expliqua :

— Nous avions des soupçons sur l'identité de celui qui avait commandité ces actes. Des soupçons, mais aucune preuve. Lorsque j'ai découvert que cet homme, Angus McIntosh, avait été hypnotisé par celui que nous suspections, j'ai décidé de lui tendre un piège.

Je me retins de sourire. J'avais insisté pour que Bowman taise mon implication dans le plan. Après tout, pour tout le monde, je n'étais qu'un employé. Et je préférais que cela reste ainsi.

— J'ai moi-même hypnotisé McIntosh afin qu'il ne puisse pas l'être par un autre vampire. Et nous avons fait en sorte qu'il soit affecté à la garde du couloir menant aux quartiers de la délégation tchèque durant toute l'après-midi, jusqu'à l'heure du sommet.

Ainsi, si notre « suspect » décidait d'agir, cela ne pouvait se passer que ce soir, pendant la dernière réunion. McIntosh a été approché par Vadim Havel qui a tenté de l'hypnotiser et lui a ordonné de tuer Armand Duvivier au moment où il signerait le traité. Le fait que l'un de mes agents de sécurité assassine le Sire de Paris aurait bien sûr provoqué un scandale et, peut-être même une guerre.

— Vous n'avez aucune preuve ! vociféra Havel, le visage rouge de colère.

Je remarquai que Sophia Petrova s'était levée et éloignée de son Sire. Elle semblait aussi surprise que les autres personnes présentes dans la salle. Soit elle jouait très bien la comédie, soit Havel ne lui avait pas fait part de ses projets meurtriers. Je reportai mon attention sur Bowman qui montrait à ses invités le portable de McIntosh.

— Voici la preuve ! lança-t-il avant d'appuyer sur le bouton « lecture ».

L'Écossais avait calé l'enregistrement juste avant son entrevue avec Havel. Tous purent entendre distinctement le Sire de Prague lui ordonner de tuer Armand Duvivier au moment où le français signerait le traité.

— C'est un faux !

Les Sires de Madrid et Berlin échangèrent quelques mots, puis le second lança :

— Cette preuve nous suffit. Vadim Havel, vous n'êtes plus digne de représenter le Protectorat de Prague. Vous serez placé en détention jusqu'à votre procès qui se déroulera la nuit prochaine. Comme stipulé dans le traité que nous allons à présent terminer de signer, vous serez jugé par vos pairs. Si vous êtes reconnu coupable, la sentence de mort sera appliquée immédiatement.

L'Ascension de votre successeur aura alors lieu et il sera libre de signer, ou non, l'accord de paix.

Le regard de Vadim Havel passa sur tous les autres Sires, tour à tour. Il s'arrêta finalement sur Bowman. Son visage était contracté par la colère et ses yeux rougeoyaient d'un éclat malsain. Un mauvais pressentiment me traversa soudain. Je n'eus pas le temps de mettre en garde Bowman que Havel se jetait sur lui, tous crocs sortis. La suite se déroula tellement vite qu'en une fraction de seconde, tout était fini. Duvivier s'était interposé entre son ami et l'autre Sire. Il avait encore à la main le pieu – un vrai pieu en bois – que McIntosh était supposé lui avoir enfoncé en plein cœur. À présent, ce pieu se trouvait planté dans la cage thoracique de Havel. Et, cette fois-ci, il ne s'agissait pas d'une mise en scène. Vadim Havel, le Sire de Prague, l'homme qui avait tenté de tuer Aidan et Armand Duvivier, était mort.

***

Ce fut le chaos pendant quelques minutes dans la salle, le temps que tout le monde se remette du choc et que le corps de Havel soit évacué. Puis, les Sires restants finirent de signer le traité avant que soit installé le buffet prévu pour le célébrer. Malgré cette avancée historique, personne n'avait le moral à la fête. À part Sophia Petrova dont le sourire ne cessait de s'élargir au cours de la soirée. Au bout d'un moment, je demandai à Bowman :

— Est-il possible qu'un Sire soit une femme ?

Il acquiesça.

— Il y en a peu. Le Protectorat du Canada, par exemple, est gouverné par une femme, Dame Catherine Royal.

Comme je ne quittai pas Sophia des yeux, il souffla :

— Oui, vous avez vu juste. Elle va subir l'Ascension et devenir la Dame de Prague d'ici quelques heures.

Aidan soupira profondément :

— Je ne suis pas sûr que ça soit une bonne chose… enfin, au moins, nous sommes débarrassés à tout jamais de Vadim Havel.

Armand Duvivier, qui était parti se changer, revint et Bowman alla le rejoindre. Aidan se pencha alors vers moi :

— Maintenant que toute cette histoire est finie, où en étions-nous, toi et moi ?

— Je te dirai ça quand nous pourrons enfin nous éclipser discrètement de cette réception sinistre.

Nous échangeâmes un regard empli de promesses.

***

L'Ascension de Sophia Petrova eut lieu beaucoup plus vite que ce que tout le monde pensait. En plein milieu de la nuit, à peine quatre heures après la mort de Vadim Havel, tous les vampires se figèrent soudain et se tournèrent vers elle. Surpris, je jetai un regard interrogatif à Aidan qui me souffla à l'oreille :

— Ils ont senti que son Ascension a débuté.

Je les observai tour à tour, puis reportai mon attention sur celle qui était en train de devenir la Dame de Prague. Tous les anciens Affiliés de Havel s'agenouillèrent devant elle, un par un, lui jurant allégeance.

— Lorsqu'elle sera rentrée chez elle, m'expliqua Aidan, tous les vampires de son Protectorat vont lui rendre visite pour prêter serment.

— Ça va en faire du monde !

Mon compagnon sourit.

— Effectivement. Mon père m'a dit que pour lui, ça avait duré presque six mois.

— Et ils sont tous obligés de le faire ?

— Oui. Sinon, ils deviennent des renégats.

Je fronçai le nez.

— Je suis bien content de ne pas être un vampire.

Les Affiliés de Dame Petrova se levèrent et la réception reprit comme si de rien n'était.

— C'est tout ? Déjà fini ?

Aidan sourit.

— Tu t'attendais à des effets pyrotechniques ?

— Au moins… C'est un peu déconcertant que ça soit aussi rapide… et aussi… invisible…

Je suivis des yeux Sophia qui s'approchait de Bowman et Duvivier. Ils échangèrent quelques mots, puis le Sire de Londres lança à l'intention de ses invités :

— Dame Petrova vient de m'annoncer qu'elle est prête à signer le traité de paix dès à présent.

Aidan et moi échangeâmes un regard surpris, puis il haussa les épaules. Je décidai que ça ne servait à rien d'essayer de comprendre quelque chose à ce qui venait de se passer. Après tout, ma mission était terminée et tout ce qui comptait maintenant pour moi, c'était l'avenir de ma relation avec Aidan.

Chapitre 13

À présent que le traité était signé et que la menace représentée par Havel était écartée, je pensais que la journée qui s'annonçait serait des plus tranquilles. J'avais tort. Aidan fut tellement pris par ses obligations professionnelles qu'il ne put me rejoindre dans ma chambre que quelques minutes avant le début de mon tour de garde. Il se laissa tomber sur le lit en soupirant profondément.

— Je suis désolé, Gabriel. J'ai dû commencer à préparer le départ des délégations… et le rapatriement du corps de Vadim Havel à Prague. Mais, je te promets que lorsque nous serons rentrés à Londres, nous pourrons enfin nous rattraper.

— Ne t'en fais pas, le rassurai-je, nous avons tout notre temps, non ?

Alors que je passais près de lui pour récupérer mon holster et mon arme, il m'attrapa le poignet et m'attira vers lui. Je ne résistai pas, me retrouvant pratiquement affalé sur lui. Nos lèvres se joignirent, gourmandes. J'avais envie de plus, mais McIntosh m'attendait pour notre ronde. Quittant à regret la bouche de mon amant, je lui soufflai :

— Ce n'est que partie remise…

Je me relevai et enfilai mon holster. Il se redressa sur ses coudes pour me regarder en souriant.

— J'y compte bien !

***

Le reste de la journée se déroula sans incident. McIntosh semblait soulagé que le plan contre Havel ait fonctionné. Je sentais qu'il s'en voulait encore de s'être fait utiliser de la sorte. Je savais par expérience que rien de ce que je pourrais lui dire ne lui ferait du bien alors j'évitai consciencieusement le sujet tout l'après-midi.

Le soir, les premières délégations commencèrent à quitter le manoir. Aidan n'avait pas besoin de moi, mais je tenais à être présent. Bowman salua cordialement ses invités alors qu'ils prenaient place dans leurs véhicules. La délégation tchèque fut la seconde à partir, après celle de Madrid. Dame Petrova semblait pressée de rentrer chez elle et de recevoir les honneurs de tous ses nouveaux Affiliés. Au petit matin, seule la délégation française était encore présente. Bowman avait proposé à Armand Duvivier de rester une journée de plus au manoir, ce que le Sire de Paris avait accepté avec empressement.

Peu après l'aube, j'étais en train de ranger mes affaires dans mon sac lorsqu'Aidan me rejoignit. Il jeta un bref regard au fatras étalé sur mon lit, puis soupira :

— Je pensais que tu allais rester un peu plus longtemps…

L'idée même de m'éloigner de lui m'était insupportable. J'avais le cœur comprimé comme dans un étau. Pourtant, j'avais décidé d'écouter la voix de la raison et de protéger ma couverture. Après tout, elle pourrait m'être utile à l'avenir. Et comme les membres temporaires de l'équipe allaient bientôt quitter le manoir, j'allais devoir faire de même.

— Dans combien de temps part la voiture ?

— Vingt minutes.

Je pouvais entendre dans sa voix que mon départ le tourmentait autant que moi. Je continuai à préparer mes bagages en lui tournant le dos, incapable de soutenir son regard. Au bout d'un long moment de silence, je l'entendis approcher. Il colla son torse contre mon dos et entoura ma taille de ses bras. Son visage vint se nicher dans le creux de mon cou. Son souffle chaud contre ma peau réveilla mon envie de lui.

— Aidan…

— Est-ce que ça sera toujours comme ça à présent ? Est-ce que je vais avoir en permanence envie de te toucher ? De te caresser ?

Je ressentais exactement la même chose. Peut-être que ce lien entre nous était artificiel, uniquement présent à cause du sang de Bowman qui coulait dans nos veines. Cependant, il était bel et bien réel. Je fermai les yeux, savourant la chaleur du corps d'Aidan contre le mien. Tentant de faire taire mes envies, je demandai :

— Ton père et toi, vous rentrez quand ?

— Demain soir.

— Ça me laissera le temps d'écrire mon rapport pour le Commissaire Terrence et de reprendre des forces.

Aidan rit.

— Tu as intérêt. J'ai bien l'intention de te faire passer quelques nuits blanches…

Au moment où une nouvelle vague de désir me submergeait, Aidan me libéra de son étreinte et s'éloigna d'un pas. J'en profitai pour me tourner vers lui.

— Je t'appellerai dès que nous serons rentrés à Londres, souffla-t-il avant de m'embrasser.

Nous échangeâmes un baiser passionné, empli de promesses.

***

Nous fûmes autorisés à ôter nos bandeaux dès que nous arrivâmes à l'entrée de Londres. Pendant tout le trajet, j'avais essayé de me reposer, mais je ne cessais de penser à Aidan. Nous n'étions séparés que depuis quelques heures et il me manquait déjà atrocement. Alors que nous entrions en ville, j'envoyai un SMS à Emy pour l'informer de mon arrivée prochaine. Nous étions vendredi et ma sœur était au travail, mais je savais qu'elle gardait toujours son portable sur elle, surtout lorsque j'étais en mission.

La voiture me déposa devant chez moi juste après onze heures. Au moment où j'entrai dans l'appartement, Ginny fonça dans mes jambes, puis miaula son mécontentement. Elle n'avait visiblement pas apprécié que je l'aie abandonnée si longtemps. Je la pris dans mes bras et enfouis mon visage contre sa fourrure rousse. Elle se tortilla quelques instants avant de finir par accepter mon câlin.

— Toi aussi, tu m'as manqué, ma belle.

Elle se mit à ronronner et je souris. J'allai vérifier qu'elle avait encore à manger dans sa gamelle avant de me rendre dans ma chambre. J'étais épuisé, à la fois physiquement et nerveusement. Et l'absence d'Aidan se faisait ressentir à chaque instant. J'avais envie de l'appeler, d'entendre sa voix, mais il était sûrement occupé et je ne voulus pas le déranger. Je rangeai mes affaires puis allai prendre une longue douche chaude. Lorsque je revins dans la chambre, Ginny était assise sur le lit et me fixait.

— Ça te dirait une petite sieste ?

La chatte pencha la tête, me suivant du regard alors que j'enfilai un boxer et me glissai dans le lit. Après quelques secondes d'hésitation, elle vint se blottir roulée en boule contre mon torse.

Je fermai les yeux, les doigts enfouis dans sa fourrure rousse. Je me laissai bercer par son ronronnement et m'endormis.

Lorsque je m'éveillai, je constatai avec surprise qu'il faisait presque nuit. J'avais oublié de tirer les rideaux, pourtant la lumière du jour ne m'avait pas empêché de dormir plus de sept heures. Ginny était toujours là, faisant sa toilette au pied du lit. Je la caressai un long moment avant de m'habiller. En arrivant dans la cuisine, je vis un mot posé sur le plan de travail.

Monte me voir quand tu seras réveillé.

Une pizza maison t'attend.

Emy

PS : Vous êtes trop mignons, Ginny et toi, quand vous dormez !

Je levai les yeux au ciel puis grimpai les marches quatre à quatre. Cette longue sieste m'avait totalement requinqué. Et, ayant sauté le déjeuner, je mourrais de faim. Je trouvai ma sœur en train de mettre la table. Elle me serra longuement dans ses bras en soufflant :

— Je suis heureuse que tu sois sain et sauf.

Elle me fit signe de m'asseoir avant de poser une bière devant moi.

— Je suppose que tu ne peux rien me dire de ta mission ? lança-t-elle en s'adossant à son frigo, les bras croisés.

— Non, désolé…

Après avoir bu une gorgée, je remarquai qu'elle fixait mon bras nu avec insistance. Je me maudis alors de ne pas avoir pensé à mettre des manches longues.

— D'où vient cette cicatrice ? On dirait… une morsure…

— Ce n'est rien, Emy.

— Gabe !

— Je te jure que je vais très bien. Plus que bien même.

Elle me dévisagea un long moment, puis fronça les sourcils.

— Comment s'appelle-t-il ?

Je sursautai. Je n'avais pas réfléchi à comment j'allais aborder l'existence d'Aidan avec elle. Et le fait qu'elle ait deviné que j'avais rencontré quelqu'un me prenait vraiment de court.

— Que… comment…

— Je te connais, Gabe. Tu as ce regard… Je ne l'ai pas vu souvent… mais à chaque fois, tu étais très amoureux. Alors, comment s'appelle-t-il ?

Je soupirai profondément.

— Aidan.

— Je suppose que tu l'as rencontré pendant cette mission dont tu ne peux pas me parler.

— Effectivement.

— Et il est du bon côté ? Du côté des gentils ?

— Bien sûr ! Pour qui tu me prends ?

Elle m'adressa un sourire narquois.

— Pour quelqu'un qui a tendance à craquer sur le mauvais mec… mais je ne te juge pas, c'est de famille !

Je souris à mon tour. C'était vrai qu'Emy et moi avions tendance à attirer les tocards jusque-là… Mais c'était fini maintenant pour moi. J'avais Aidan… et plus aucun autre homme ne comptait à mes yeux.

Emy me tira de mes pensées avec une autre question.

— C'est réciproque ?

— Oui.

— Vous avez couché ensemble ?

Je grimaçai.

— Tu ne veux quand même pas des détails ?

— Non. Je veux juste être sûre que tu ne vas pas encore souffrir. Tu es mon petit frère. Et je t'ai assez de fois ramassé à la petite cuillère pour me soucier de tes amours autant que de ta santé.

— Ne t'en fais pas pour ça. Avec Aidan, c'est… différent…

Elle m'adressa un regard interrogateur, mais je ne pouvais lui en dire plus sans trahir le secret de Bowman. Mon ventre vint alors à ma rescousse en grognant bruyamment. Je lançai en riant :

— Tu vas me laisser m'autodigérer ou tu vas enfin me servir une part de cette pizza maison promise ?

Après un dernier coup d'œil inquiet, elle répondit :

— Ton estomac va devoir patienter quelques minutes. Elle n'est pas encore tout à fait prête, ajouta-t-elle en vérifiant le four. En attendant, si tu venais voir ma dernière toile ?

***

Après dîner, Emy redescendit avec moi pour regarder un film, ma dvdthèque étant plus fournie que la sienne. Ginny profita de l'occasion pour squatter mes genoux, comme à son habitude. Même si j'adorais le film que ma sœur avait choisi, mon esprit ne cessait de partir en direction d'Aidan. Au bout de dix minutes de visionnage, Emy lança :

— Tu devrais l'appeler.

— Qui ? demandai-je innocemment, tout en connaissant déjà la réponse.

— Tu sais très bien de qui je parle, répondit-elle en me donnant un petit coup de poing dans le ventre.

— Il est sûrement très occupé. Je ne veux pas le déranger.

— Idiot !

Et elle reporta son attention sur le film. Je tentai d'en faire autant, en vain. Toutes mes pensées étaient tournées vers Aidan. Je me demandai ce qu'il faisait et, surtout, si lui aussi ressentait ce manque viscéral. Finalement, vaincu, j'abandonnai le film et me levai, faisant râler Ginny sous le regard amusé de ma sœur. Une fois dans ma chambre, je m'assis sur le lit et fis défiler mes contacts jusqu'à afficher le numéro d'Aidan. Je fus déçu de tomber directement sur sa messagerie. Je faillis raccrocher, mais décidai finalement de lui laisser un message.

— Bonsoir, c'est moi… Gabriel… Je… En fait, je ne sais pas trop pourquoi je t'appelle… Tu vas sûrement trouver ça idiot… Enfin… tu peux me rappeler quand tu voudras.

Je raccrochai en soupirant. Je me serais frappé de ne pas être capable d'enchaîner trois phrases cohérentes. On aurait dit une adolescente de quinze ans énamourée. Agacé, je me retins à grand-peine d'envoyer valdinguer mon téléphone qui, le pauvre, n'y était pour rien. Je le rangeai dans ma poche de jean, espérant qu'Aidan ne me prenne pas pour un débile quand il écouterait mon message, puis je rejoignis Emy dans le salon. Dès que je fus installé sur le sofa, elle se blottit contre moi et Ginny revint se lover sur mes genoux. Leur présence me réconfortait un peu. Je parvins à me concentrer quelques minutes sur le film avant que mon esprit ne reparte en direction d'Aidan. J'avais vraiment hâte qu'il rentre à

Londres pour que nous puissions reprendre où nous nous étions arrêtés.

Chapitre 14

Cette nuit-là, je dormis peu. Ma longue sieste m'avait requinqué et, du coup, je n'avais pas vraiment sommeil. Le lendemain matin, j'entrai dans les locaux de New Scotland Yard peu après six heures. L'open space était désert à cette heure matinale. Je m'installai à mon bureau et commençai à taper mon rapport concernant les événements survenus au sommet. Il était difficile de tout retranscrire sans faire mention du lien entre le Sire de Londres et son chef de la sécurité, mais j'y parvins tout de même. Ne pas parler de ma relation personnelle avec Aidan fut plus facile. Je pianotais rapidement sur mon clavier lorsque la voix de stentor du Commissaire Terrence me fit sursauter.

— Watkins ! Qu'est-ce que vous foutez ici ?

Je levai les yeux de mon écran et fit volte-face. Il se tenait derrière moi, les bras croisés. Avant que j'aie eu le temps de parler, il reprit sur un ton adouci :

— J'ai reçu un appel de Walter Bowman. Il m'a raconté succinctement ce qui s'est passé. Vous devriez vous reposer.

— Je vais bien, Monsieur. Je…

Il m'interrompit :

— Rentrez chez vous ! Vous avez accumulé trop de jours de congé à prendre. Je vous mets en repos forcé pour deux semaines à compter d'aujourd'hui.

— Mais…

— Pas de discussion !

Il partit à grands pas vers son bureau sous les regards un peu effrayés de mes collègues qui venaient d'arriver. Je soupirai, puis sauvegardai mon rapport inachevé, tout en me promettant de le terminer chez moi. Je pris mon blouson et mes clés, réfléchissant à ce que j'allais faire du reste de ma journée. Bien sûr, je n'arrêtai pas de penser à Aidan. Et, une fois assis dans ma voiture, j'eus envie de l'appeler. Je tombai une fois encore sur sa messagerie. Ne voulant pas encore passer pour un idiot, je raccrochai immédiatement. Après un profond soupir, je décidai enfin de rentrer.

Alors que j'approchais de chez moi, je me sentis bizarrement fébrile, impatient. Mettant ça sur le compte de la fatigue ou du manque d'Aidan, je tentai de repousser cette sensation étrange. Au moment où je me garai devant l'immeuble, mon instinct professionnel me fit remarquer l'élégante berline grise qui était stationnée deux places plus loin. Je descendis de voiture et me figeai. Je clignai des yeux plusieurs fois, me demandant si je rêvais ou non. Mes pas me conduisirent jusqu'au perron sur lequel m'attendait la plus belle des surprises.

— Aidan ?

— Bonjour, Gabriel.

Je détaillai instantanément sa tenue décontractée : jean et pull gris clair qui mettaient en valeur son regard émeraude. Il avait les yeux cernés et une barbe de deux jours assombrissait ses joues. Mon cœur battait la chamade alors qu'il me souriait tendrement.

Sans même réfléchir, je franchis les quelques mètres qui nous séparaient. Lorsque nos lèvres se retrouvèrent, j'eus la certitude que je ne pourrais plus jamais me passer de ses baisers. Il nous fut difficile de ne pas nous laisser emporter par notre envie. Délaissant sa bouche, je posai mon front contre le sien en demandant :

— Tu ne devais pas rentrer la nuit prochaine ?

— Il y a eu un changement de plan. Tu ne m'en veux pas ?

Je lui donnai une petite tape sur le bras en riant.

— Bien sûr que non, idiot. Rentrons, nous serons plus tranquilles.

J'étais tellement heureux de le voir que mes mains tremblaient et je dus m'y prendre à deux fois pour parvenir à ouvrir la porte de l'immeuble. Après avoir pris une profonde inspiration, j'eus moins de mal avec celle de mon appartement. J'ouvris et m'effaçai pour laisser entrer Aidan. Un miaulement affamé retentit.

— Aidan, je te présente Ginny, alias Miss Morfale !

La chatte le dévisagea un instant. Il s'accroupit et elle s'approcha, méfiante. Quand il tendit la main vers lui, elle renifla ses doigts, puis s'y frotta.

— Elle t'a adopté, lançai-je en me dirigeant vers la cuisine.

Aidan m'y rejoignit, la chatte dans ses bras, pendant que je versais des croquettes dans la gamelle vide. Ginny hésita un instant entre le câlin et la nourriture, mais l'appel du ventre fut le plus fort. Elle se tortilla dans les bras d'Aidan qui la posa juste devant sa gamelle. Elle se précipita sur ses croquettes, ne faisant plus aucun cas de notre présence.

— Maintenant que mademoiselle est servie, je vais te faire visiter.

***

Le tour de l'appartement fut plutôt rapide – je n'habitais pas un manoir immense comme Bowman. Aidan parut très intéressé par ma chambre. Si je m'étais écouté, je l'y aurais enfermé et aurais joyeusement abusé de son corps de rêve. Pourtant, je parvins à être raisonnable et nous finîmes notre visite dans le salon. Aidan s'installa sur le sofa pendant que j'allais nous chercher à boire. Lorsque je revins, Ginny avait élu domicile sur ses genoux et elle ronronnait tandis qu'il lui caressait la tête. Attendri, je soufflai :

— C'est la première fois qu'elle fait ça… se laisser câliner par un inconnu. À croire qu'elle a compris combien je tiens à toi.

Je me sentis rougir sous le regard intense d'Aidan. Je toussotai, puis vins m'asseoir près de lui. Après avoir bu une gorgée de bière, je demandai :

— Donc… pourquoi ce changement de plan soudain ?

— Mon père en a eu marre de me voir me morfondre… alors il a décidé qu'il était temps pour nous de rentrer à Londres. Nous sommes arrivés à l'aube. Le temps de m'assurer qu'il n'aurait pas besoin de moi et de donner mes consignes à Parks et McIntosh, puis de passer me changer chez moi et me voilà.

Surpris, je soufflai :

— Chez toi ?

— Oui. Tu ne croyais pas que je vivais encore chez mon père ?

Embarrassé, je bredouillai :

— Eh bien… euh…

— Lorsque j'ai quitté l'armée, il m'a offert un appartement à trois rues de chez lui. Pour que je puisse avoir mon indépendance tout en étant à proximité, juste au cas où.

— J'espère que tu me le feras visiter.

— Avec plaisir… Il y a surtout une pièce que j'aimerais te montrer…

— L'armurerie ? le taquinai-je.

— Plutôt la salle d'entraînement au corps à corps, répondit-il en entrant dans mon jeu. Tu te souviens ? Je voulais te tester quand on s'est rencontrés.

— Comment aurais-je pu l'oublier ?

Je sentais le désir bouillonner dans mes veines. Pourtant, je voulais prendre mon temps. Le sentir si près de moi était à la fois frustrant et agréable. Même si je crevais de sentir sa peau contre la mienne, je voulais savourer chaque seconde de sa présence, profiter du fait que nous étions enfin seuls, sans vampire ni danger à proximité. En parlant de vampire…

— Duvivier est reparti à Paris ?

— Oui, il a quitté le manoir hier soir. Tant que j'y pense, il organise dans deux mois une grande fête pour célébrer le cinquantenaire de son Ascension. Et nous sommes invités.

— Nous ?

— Mon père, toi et moi.

Je réalisai alors que j'ignorais si le Français était au courant pour le lien entre Bowman et Aidan. C'était le moment de poser la question.

— Armand Duvivier est au courant de tous les secrets de mon père. Ils sont très proches, comme des frères.

Je ne pus m'empêcher de sourire.

— Des frères ?

Aidan rit à nouveau.

— Oui, des frères. Tu as vraiment l'esprit mal tourné, Gabriel !

Je haussai les épaules, prenant l'air innocent, du moins l'espérai je.

— Je posais juste la question.

— Bien sûr… Pour info, mon père n'aime que les femmes, belles et raffinées de préférence.

— Il a quelqu'un dans sa vie ?

Aidan soupira, soudain sérieux.

— Si seulement… La dernière femme qu'il a aimée était humaine… et lorsqu'elle est morte, il s'est juré de ne plus jamais tomber amoureux. Il ne supporte plus la souffrance générée par la perte d'un être cher.

Je compris ce qui était caché derrière ses mots.

— C'est pour ça qu'il est aussi inquiet pour toi.

Il acquiesça d'un hochement de tête.

— Je suis humain. Même si son sang me rend plus résistant aux maladies, il sait que ma vie est fragile en comparaison de la sienne. Et il redoute à chaque instant de me perdre.

— Ça a dû être une véritable torture pour lui quand tu es parti à l'armée.

— Ça l'était… Je ne voulais pas lui faire de peine, mais je ne supportais plus d'être étouffé par son instinct protecteur. J'avais besoin d'air… de m'éloigner pour lui prouver que j'étais capable de m'en sortir sans lui. Quand je suis revenu d'une mission en Afghanistan, nous avons eu une très longue discussion… Cet éloignement nous a finalement rapprochés. Et c'est là qu'il m'a proposé de devenir son chef de la sécurité. Il m'a avoué qu'il n'avait confiance qu'en moi pour assurer sa protection.

— Tu devais être fier.

— À un point que tu n'imagines même pas ! Personne n'avait jamais autant cru en moi.

Une multitude de questions me venait en même temps. Je voulais tout savoir de lui, mais nous avions tout notre temps et je n'avais pas envie de lui faire subir un interrogatoire. Je décidai alors de poser au moins celle qui me titillait depuis un moment.

— Tu n'as jamais voulu devenir un vampire ?

Aidan prit quelques secondes de réflexion avant de répondre.

— L'idée que mon père n'aurait pas à pleurer ma mort est le seul argument qui aurait pu me pousser à lui demander de me transformer. Lorsque j'ai quitté l'armée, il me l'a proposé, mais j'ai refusé. Je tiens trop à mon humanité… La vie est courte… raison de plus pour profiter de chaque instant comme si c'était le dernier.

Tout en parlant, il avait entrelacé les doigts de sa main libre avec les miens.

— Je n'aurais pas pu me passer de mon libre arbitre. Je crois que je n'aurais pas supporté de devoir obéir aveuglément à un autre vampire, même s'il s'agissait de mon père. Et puis… être humain signifie pouvoir vieillir aux côtés de celui qu'on aime…

Son regard plongea dans le mien, provoquant un long frisson dans ma colonne vertébrale. Sans rompre le contact visuel, nous nous penchâmes l'un vers l'autre, mais avant que nos lèvres n'aient pu se retrouver, un miaulement de protestation s'éleva entre nous. Ginny se leva, visiblement contrariée qu'Aidan ait bougé. Elle sauta sur la table basse, s'y étira longuement, puis disparut dans la cuisine. J'éclatai de rire.

— Je crois que mademoiselle est vexée que tu me préfères à elle ! lançai-je en riant.

Je finissais à peine ma phrase qu'Aidan glissa son bras autour de ma taille et m'attira contre lui avant de capturer mes lèvres pour un baiser langoureux. Nous finîmes par nous séparer, à bout de souffle. Un désir violent m'avait submergé. Pourtant, je parvins à me contenir, car, cette fois-ci, nous avions tout notre temps. Et j'avais bien l'intention de profiter au maximum de la présence d'Aidan à mes côtés.

***

Nous restâmes un long moment assis l'un près de l'autre sur le sofa, échangeant de doux baisers et quelques caresses plutôt sages. Mon estomac finit par me rappeler à l'ordre et je demandai :

— Tu aimes la nourriture chinoise ?

— J'adore ça.

— Il y a un traiteur pas loin d'ici qui prépare toutes sortes de plats absolument savoureux.

Aidan rit.

— Toi, tu as encore faim !

— Toujours… répondis-je avec un petit sourire entendu.

Une vingtaine de minutes plus tard, je déposais sur la table basse plusieurs boîtes en carton contenant des nems, des nouilles et autres délices. J'avais également commandé deux bouteilles d'une bière chinoise que j'adorais. Attirée par l'odeur, Ginny vint renifler les boîtes, mais décida que cela ne lui convenait pas. Sans un regard pour nous autres, pauvres humains, elle grimpa sur son perchoir favori – la plus haute étagère de ma bibliothèque – et s'y roula en boule pour dormir. Nous commençâmes le repas assis sur le sofa. Mais, au bout de quelques minutes à nous pencher régulièrement vers la table basse, nous finîmes par jeter les coussins sur le sol pour nous y asseoir en tailleur et être ainsi plus près de la nourriture.

Entre deux bouchées, je jetai un regard à la chatte et soufflai :

— Je suis encore épaté de la façon dont elle t'a accepté. Elle ne s'est jamais comportée comme ça avec les autres mecs que j'ai amenés ici.

Aidan leva les yeux de ses baguettes et demanda d'un ton sérieux :

— Et il y en a eu beaucoup ?

Je décidai de le taquiner.

— Pourquoi ? Tu es jaloux ?

— Très.

Voyant qu'il ne plaisantait pas, je fronçai les sourcils, un peu inquiet, et finis par me détendre quand il sourit :

— Je suis vraiment jaloux… mais pas au point d'avoir envie de trucider tes anciens amants. Et ça serait vraiment hypocrite de ma part puisque j'en ai eu quelques-uns avant de te rencontrer. Tu as d'ailleurs le droit d'être jaloux, toi aussi.

— Merci, j'en prends note ! Tu veux goûter ces bouchées au crabe ? Elles sont succulentes.

Un peu décontenancé par mon changement de sujet soudain, il mit quelques secondes à répondre.

— Oui, je veux bien.

Il m’adressa un regard amusé avant d’enrouler sensuellement sa langue autour de mes baguettes et de la bouchée coincée entre elles. Une vague de chaleur m'enflamma subitement.

— Effectivement, c’est délicieux.

Je n’avais plus faim. Du moins, plus de nourriture chinoise. Je posai ma boîte sur la table basse, puis soufflai :

— Est-ce que ça te dirait de prendre le dessert dans ma chambre ?

Une lueur d’envie éclaira le regard d’Aidan lorsqu’il répondit :

— Avec plaisir…

Chapitre 15

Une fois dans ma chambre, je refermai soigneusement la porte, histoire d'être sûr que Ginny ne déboulerait pas au mauvais moment. Je m'adossai au battant et Aidan vint se coller à moi. Nos lèvres se retrouvèrent, impatientes et gourmandes. Mes mains se glissèrent sous son pull et je fus satisfait de sentir la peau douce de son dos sous mes doigts. Le désir qui m'embrasait décupla lorsqu'il délaissa ma bouche pour mordiller la zone sensible située juste sous mon oreille. Il se redressa afin que je puisse lui ôter son pull. Il n'eut pas la patience de défaire les boutons de ma chemise qui sautèrent lorsqu'il en écarta violemment les pans.

Alors qu'il descendait lentement sur mon torse frissonnant, goûtant, léchant et mordillant chaque parcelle de peau, ses mains ne restèrent pas inactives. Ses doigts habiles ouvrirent ma braguette et se glissèrent dans mon jean. Je rejetai la tête en arrière en gémissant. J'étais déjà dur et je n'étais pas certain de pouvoir tenir bien longtemps.

Aidan termina sa descente à genoux, sa bouche chaude titillant mon nombril. Il fit glisser mon jean sur mes cuisses, dévoilant mon boxer tendu. Décidé à me torturer, il tira légèrement sur mon sous-vêtement de façon à ce que seul mon gland soit libéré. Puis il se pencha et y posa les lèvres. Je gémis.

— Aidan…

Sa bouche se referma autour de mon extrémité et il commença à la suçoter. C'était à la fois délicieusement agréable et horriblement frustrant. Je tendis les reins vers lui, mais il attrapa mes hanches et me contraignit à l'immobilité. Un sanglot étouffé m'échappa lorsqu'il glissa sa langue sur mon gland sensible à l'extrême.

— Aidan, je t'en prie…

Je ne sus s'il m'avait entendu, car il continua à exercer cette douce torture sur moi. Les vagues de plaisir étaient de plus en plus intenses. Je haletai et j'étais incapable de penser de façon cohérente. Je fus presque surpris par la soudaineté et la violence de l'orgasme qui me terrassa. Aidan ne me lâcha pas, avalant chaque goutte de ma semence.

J'avais la tête qui tournait et si je n'avais pas eu le dos collé à la porte, je me serais sûrement effondré. Aidan se releva en souriant. Il prit ma main et m'entraîna vers le lit. Je me laissai faire, toujours incapable de réfléchir. Il m'aida à ôter mon pantalon et mon boxer, puis il finit lui aussi de déshabiller. Reprenant un peu mes esprits, je m'allongeai sur le ventre, les bras croisés sous la tête, et écartai les cuisses de façon indécente. Je crevai d'envie de le sentir en moi. Cependant, il n'avait pas encore fini de me torturer. Il s'étendit de tout son long sur moi. Je sentais son érection contre mes fesses. Frémissant d'anticipation, je soufflai :

— Il y a ce qu'il faut dans le tiroir…

Aidan se redressa le temps d'attraper préservatif et lubrifiant. Puis il se rallongea et sa langue partit à nouveau à la découverte de ma peau. Il parcourut mes épaules, mon dos. Il évita soigneusement mes fesses, m'arrachant un grognement de frustration. Il lécha mes jambes, des pieds jusqu'en haut des cuisses. Il attrapa le lubrifiant et en enduisit généreusement ses doigts. Assis entre mes cuisses, il glissa son index en moi. Je soupirai de satisfaction, mais c'était encore trop peu à mon goût. Je tendis mes reins vers lui et il insinua un second doigt. Un grognement bestial s'échappa de ma gorge lorsqu'il effleura ma prostate. Il recommença plusieurs fois et je sentis mon excitation s'éveiller à nouveau. Un troisième doigt vint rejoindre les deux premiers.

— Tu veux vraiment me rendre fou ?

Je ne reconnus pas ma voix, beaucoup plus rauque qu'en temps normal. Aidan se pencha sur moi pour murmurer à mon oreille :

— C'est exactement ce que je veux… mais pas comme ça…

Je grognai de frustration lorsqu'il ôta ses doigts. Son autre main agrippa mon épaule et il me fit basculer sur le dos. Il enfila un préservatif, l'enduisit de lubrifiant, puis s'étendit à nouveau sur moi. Je gémis longuement dans sa bouche lorsqu'il commença à s'enfoncer dans mon intimité. Il allait doucement, mais j'en voulais plus, beaucoup plus. Je nouai mes jambes autour de sa taille et serrai, l'attirant au plus profond. Lorsqu'il fut enfoui jusqu'à la garde, il resta immobile un instant. Nos mains se retrouvèrent et nos doigts s'entrelacèrent alors qu'il amorçait de longs mouvements de va-et-vient. Ma verge à nouveau dressée était massée par le frottement de nos ventres. Le rythme de ses coups de reins augmenta subitement. Nos baisers se faisaient de plus en plus maladroits alors que nos corps fusionnaient, ne faisaient enfin plus qu'un. Je le sentais, au plus profond de moi, et j'avais l'impression que je n'avais vécu que pour cet instant. Je voulais le garder là, pour toujours. Il m'était aussi indispensable que l'air que je respirais.

Nos mains se crispaient sur les draps alors que le plaisir montait inexorablement. Je ne voulais pas que ce moment se termine. Et, sans même que nous parlions, je savais qu'Aidan ressentait la même chose. Pourtant, nous fûmes incapables de retenir la lave en fusion qui nous brûlait les veines. Je criai presque son prénom au moment où un nouvel orgasme, encore plus puissant que le premier, me submergea. Aidan donna encore deux coups de reins et se tendit à son tour avant de retomber sur moi, à bout de souffle.

Aidan resta enfoui en moi aussi longtemps qu'il le put. Lorsqu'il se retira, je ressentis pour la première fois une sensation de manque. J'avais toujours eu ce rôle avec mes amants, mais jamais aucun ne m'avait comblé, dans tous les sens du terme, à ce point. Après s'être débarrassé du préservatif, Aidan se rallongea sur moi et m'embrassa tendrement en me caressant les cheveux. Puis il se redressa sur ses coudes et m'adressa un regard inquiet.

— Je t'ai fait mal ?

Surpris, je fronçai les sourcils. Il glissa sa main sur ma joue. Je me rendis alors compte qu'elle était humide… et qu'il ne s'agissait pas de sueur. Je souris et le rassurai.

— Non, tu ne m'as pas fait mal. Tout va bien. Plus que bien, même. Je n'ai jamais été aussi heureux...

Visiblement soulagé, il glissa à côté de moi et posa sa tête sur mon épaule tandis que sa jambe s'insinuait entre les miennes. Sa main me caressait tendrement les côtes et il souffla :

— C'est pareil pour moi. Je suppose que c'est à cause du lien qui s'est formé entre nous.

Une idée dérangeante me traversa soudain.

— Tu regrettes ?

Il se redressa et plongea son regard émeraude dans le mien.

— Regretter quoi ?

— Qu'il y ait ce lien ? Après tout, c'est un peu comme si ça nous enlevait une partie de notre libre arbitre, non ?

Il se rallongea avant de répondre.

— Si cette attirance pour toi n'avait pas existé avant la transfusion, j'aurais été ennuyé… mais dès que j'ai posé les yeux sur toi, j'ai eu envie de te mettre dans mon lit… ou de partager le tien...

Je ris.

— Tu as pensé à ça dans le bureau du commissaire ?

— Disons que j'ai pensé que tu étais sacrément sexy. Et que tu étais exactement mon type d'homme. Le reste est venu un peu plus tard.

Il soupira.

— C'est quand même bizarre de se dire que si Havel n'avait pas voulu me tuer pour saboter le sommet, tout serait sûrement différent entre nous.

Je grognai.

— Mouais… ce n'est pas pour ça que je vais lui en être reconnaissant ! Il a failli nous tuer tous les deux… Bon débarras ! Maintenant, on pourrait arrêter de parler de lui ?

— De quoi veux-tu parler alors ?

Je réfléchis un court instant, puis soufflai :

— On peut se raconter un peu nos vies… À commencer par : à quel âge on a réalisé qu'on préférait les garçons ?

— Bonne idée. Je commence ?

— Si tu veux.

Il prit quelques secondes avant de se lancer :

— Il faut d'abord que tu saches que mon père reçoit régulièrement des demandes d'humains qui veulent devenir des vampires. On les appelle les Postulants. En général, ils font leurs demandes par courrier, mais certains viennent directement se présenter au manoir. J'avais juste quinze ans lorsqu'un jeune homme a sollicité un rendez-vous. J'étais présent quand mon père l'a reçu. Il s'appelait Henry et il avait dix-sept ans. Mon père l'a tout de suite prévenu qu'il ne transformait pas les mineurs, mais Henry n'était pas là pour lui. Il venait pour sa mère qui était atteinte d'un cancer généralisé. Les médecins ne lui donnaient plus que quelques semaines à vivre. Elle était trop faible pour se déplacer, raison pour laquelle son fils était venu à sa place. Henry n'avait plus aucune famille à part sa mère. Il semblait réellement désespéré.

— Ton père a accepté de la transformer ?

— Il a d'abord voulu la rencontrer. Il s'est rendu à l'hôpital et il a discuté avec elle pendant une heure. Henry et moi attendions dans le couloir, silencieux au début. Et puis il m'a interrogé… Il m'a demandé comment c'était de vivre avec des vampires et comment j'avais atterri là. J'étais gêné de ne pas pouvoir lui dire que Bowman était mon père adoptif. Quelque chose en lui m'inspirait une confiance absolue… Finalement, mon père est sorti de la chambre en disant qu'il allait demander à ce que la Postulante soit transférée au manoir pour qu'il puisse la transformer.

— Ce n'est pas instantané ? m'étonnai-je.

Aidan secoua légèrement la tête, ses cheveux chatouillant mon torse.

— Non, pas si tu es malade. Pour que la transformation puisse s'accomplir, les cellules de l'humain doivent être saines. Le venin doit donc d'abord guérir la personne avant de la faire muter. Selon la gravité du mal, cela peut prendre plusieurs jours, voire plusieurs semaines. La mère d'Henry a mis presque deux mois à devenir un vampire. Pendant ce temps, lui et moi avons appris à nous connaître… Il passait une partie de ses journées au chevet de sa mère mais, dès que je rentrais du lycée, il me rejoignait pour m'aider à faire mes devoirs et pour discuter. Nous sommes devenus de plus en plus proches… J'ai vite compris que j'avais envie d'être plus que son ami. Et c'était réciproque. Mais son inquiétude pour sa mère l'empêchait de se laisser totalement aller. Enfin, la transformation de sa mère fut achevée. Comme pour chacun de ses nouveaux Affiliés, mon père organisa un dîner afin de la présenter aux autres. Henry passa la soirée auprès de sa mère. Il rayonnait… Je ne l'avais jamais vu aussi heureux… et j'étais plus amoureux que jamais. Après le dîner, il m'a rejoint dans ma chambre. Il m'a embrassé et j'ai eu l'impression d'être au septième ciel.

Tout en parlant, Aidan passa ses doigts sur ses lèvres d'un air rêveur. Je ressentis malgré moi un petit pincement de jalousie.

— Nous avons passé la nuit ensemble à nous embrasser et à nous caresser, mais ça restait très chaste. Nous n'étions pas pressés… vu que sa mère était devenue une Affiliée de mon père, nous savions que nous avions tout notre temps.

Une idée me traversa.

— Si elle est une Affiliée, je la connais, non ?

— C'est Victoria Subblings.

Immédiatement, l'image d'une belle femme aux courts cheveux bruns et aux yeux noisette apparut dans mon esprit.

— La comptable de ton père ?

— Exactement. Henry a été mon premier amour et mon premier amant. Notre relation a duré presque un an. Une fois sa mère sauvée, il a repris ses études et il a fini par être admis à Oxford. Lorsqu'il est parti, j'ai compris que je ne pouvais pas rester là, chez moi, à me morfondre de son absence.

— Et tu t'es engagé dans l'armée.

— Oui. J'avais besoin à la fois de m'éloigner de mon père et de tout ce qui me rappelait Henry.

— Tu l'as revu ?

— Il vit à New York maintenant, mais il rend visite à sa mère de temps en temps. Nous sommes devenus amis. Il est l'un des rares humains à être au courant que Walter Bowman est mon père adoptif. À ton tour !

Je souris.

— Mon histoire est bien plus banale que la tienne. J'ai toujours su que j'étais attiré par les garçons mais au lycée, j'étais plus intéressé par le sport que par les relations amoureuses. J'avais onze ans quand mes parents sont morts et c'est l'athlétisme qui m'a permis de ne pas sombrer. Comme j'étais doué dans un peu tous les domaines, mon coach m'a orienté vers le décathlon. Tous les jours, après l'école, je m'entraînais. Et aussi les week-ends et pendant les vacances. J'ai participé à plusieurs compétitions internationales en tant que junior. J'avais un bel avenir… certains disaient même que j'avais le niveau pour participer aux Jeux olympiques.

— Que s'est-il passé ?

— Ce qui met fin la plupart du temps aux carrières des sportifs : une blessure grave. À seize ans, je me suis pété le genou lors d'une mauvaise réception de saut en longueur. J'ai été opéré du ménisque droit… Avec de la rééducation et du temps, j'aurais pu reprendre la compétition de haut niveau… mais je crois que cette blessure m'a plus anéanti moralement que physiquement. Je n'avais plus envie de rien. Je ne suivais même pas sérieusement mes séances de rééducation. Le kiné avait beau m'engueuler devant ses autres patients, je m'en foutais. Et puis j'ai rencontré Aymeric. C'était un policier du Yard qui avait eu la cheville fracturée lors d'une chute dans un escalier pendant une interpellation. Dès son arrivée aux séances, il a commencé à nous raconter des anecdotes sur son métier. Au début, je l'écoutais distraitement et, peu à peu, j'ai fini par m'intéresser à ses histoires.

— Je parie que c'est lui qui t'a donné envie de devenir policier.

— Gagné ! Emy n'était pas particulièrement ravie quand elle l'a su, mais elle était tellement soulagée que j'aie un nouveau but dans la vie qu'elle n'a pas tenté de m'en dissuader.

— Et cet Aymeric, c'était lui ton premier amour ?

J'éclatai de rire.

— Absolument pas ! Il avait l'âge d'être mon père… ou presque… Et c'est comme ça que je le voyais : une figure paternelle. C'est tout de même grâce à lui que j'ai eu mon premier rencard.

Aidan se redressa, le menton posé sur ses mains croisées sur mon torse et plongea son regard dans le mien. Il semblait captivé par mon histoire. Je repris :

— Un jour, le jeune frère d'Aymeric est venu le chercher après sa séance. Et j'ai découvert que nous nous connaissions. Il s'appelait Ethan et il était dans ma classe depuis deux ans. J'étais tellement obnubilé par le sport que je ne l'avais jamais remarqué jusqu'à ce jour-là. Ethan était timide, mal dans sa peau. Il était un peu en surpoids et tout le monde se moquait de lui à cause de ça. Mais c'était un mec adorable et beaucoup plus intelligent que la plupart des autres. Je le revois encore rougir jusqu'à la racine des cheveux juste parce que je lui avais dit « bonjour » ! À chaque fois qu'il venait chercher son frère, nous discutions… Et petit à petit, on est devenus amis. Au lycée, des rumeurs ont commencé à circuler… Certains ont tenté de s'en prendre à Ethan… Ils l'ont regretté…

Je me souvenais parfaitement de la colère que j'avais ressentie à l'époque. Si Ethan ne m'avait pas arrêté… Je soupirai profondément.

— Il y avait quelque chose de fort entre nous, mais aucun n'osait faire le premier pas. Et puis, un soir, il m'a appelé. Il voulait passer me voir. Il avait quelque chose à me dire de très important. Quand il est arrivé, il avait les joues rouges, mais il était très calme. Nous sommes allés dans ma chambre. On s'est assis et il s'est tourné vers moi. Il m'a dit : « Gabriel, je vais peut-être détruire notre amitié ce soir, mais je ne peux plus me taire. Je t'aime. » Sous le choc, je n'ai pas répondu et il s'est instantanément renfermé sur lui-même. C'est en voyant son air anéanti que les mots sont sortis de ma bouche. Je lui ai dit que je l'aimais moi aussi et je l'ai embrassé.

Les yeux clos, je revoyais le sourire béat d'Ethan après notre baiser.

— Après le lycée, il a commencé des études de médecine et moi, je suis rentré à l'école de police de Scotland Yard. Nous étions toujours en couple, même si nous nous voyions très peu. Et puis, un jour, je me suis aperçu que je tenais toujours à lui, mais que je n'étais plus vraiment amoureux. J'ai voulu être honnête avec lui. Je lui en ai parlé dès que nous nous sommes revus. Il m'a avoué qu'il ressentait la même chose et qu'il avait eu peur de me le dire, car il ne voulait pas me faire souffrir. Nous sommes restés amis, d'autant plus qu'Aymeric est devenu mon premier coéquipier au Yard. Mais Ethan et moi avons perdu peu à peu le contact. La dernière fois que j'ai eu de ses nouvelles, l'an dernier, il était installé près de Bristol avec son compagnon. Au final, nous sommes restés ensemble presque cinq ans. C'est ma plus longue relation à ce jour.

Aidan m'embrassa tendrement, puis souffla :

— Tu appelles ça une histoire banale ?

Je haussai les épaules.

— Cinq ans, tu dis ? C'est un record à battre alors…

— Tu crois que tu seras capable de me supporter aussi longtemps ?

Il rit et m'embrassa à nouveau.

— Je suis prêt à tenter le coup.

— Moi aussi, répondis-je en le serrant un peu plus contre moi.

Je me sentais bien et une douce torpeur m'envahit peu à peu. Nous finîmes par nous endormir enlacés alors que la chambre était baignée dans la lueur de l'après-midi déclinant.

***

Je fus réveillé en sursaut par un cri provenant de la cuisine. Mon instinct professionnel me permit d'avoir instantanément les idées claires et je souris en levant les yeux au ciel. Ma sœur et mon amant venaient de faire connaissance… Constatant que les vêtements d'Aidan étaient toujours éparpillés dans la chambre, je me levai et enfilai rapidement mon boxer avant de les rejoindre. Je ne pus m'empêcher de rire devant la scène qui m'apparut au moment où je passais la porte de la cuisine. Aidan, qui avait heureusement remis son sous-vêtement, était tenu en respect par Emy, armée de ce qui ressemblait à un morceau de viande surgelé. Je pouffai.

— Je n'imaginais pas votre rencontre comme ça.

Tous deux se tournèrent vers moi et m'adressèrent le même regard noir, ce qui redoubla mon hilarité. Emy posa enfin son arme improvisée en soupirant.

— Désolée… j'ai été surprise. Je suppose que vous êtes Aidan. Je suis Emy, la sœur de cet imbécile.

Mon compagnon lui adressa un sourire contrit et serra sa main tendue. Puis, il bredouilla :

— Vais aller… m'habiller…

Il disparut rapidement dans la chambre. Emeline attendit qu'il ait refermé la porte pour souffler d'un air de conspirateur :

— Tu ne m'avais pas dit qu'il était aussi canon ! Il n'aurait pas un jumeau hétéro, par hasard ?

— Non, pas à ma connaissance. Et j'espère que tu vas bien te tenir. Je n'ai pas envie que tu le fasses fuir en courant.

— Aucun risque… vu la façon dont il te regarde…

Je me sentis rougir et son sourire passa d'ironique à tendre.

— Je suis heureuse pour toi, Gabe.

— Merci.

Elle commença à ranger dans le frigo et les placards le contenu de deux sacs en papier.

— Ne me dis pas que tu es encore allée me faire des courses ! Je suis assez grand pour m'acheter à manger tout seul.

Elle jeta un bref regard aux boîtes du traiteur chinois qui gisaient dans l'évier. Je soupirai.

— OK, tu as raison. Et merci… mais dorénavant, évite d'entrer ici sans prévenir… ça pourrait être gênant… enfin… encore plus que tout à l'heure…

Ce fut à son tour de rougir et elle souffla :

— Promis !

Elle termina de ranger les courses, puis demanda :

— Tu crois qu'il va fuir en courant si je vous invite à dîner chez moi ce soir ? J'aimerais vraiment faire plus ample connaissance avec lui.

La voix d'Aidan répondit derrière moi :

— J'en serai ravi.

Il s'était rhabillé et semblait beaucoup plus détendu que quelques minutes plus tôt.

— Alors c'est d'accord ! lança Emy. Montez à vingt heures. À toute !

Avant que j'aie pu répondre, elle était sortie de l'appartement. Je me tournai vers Aidan qui s'était assis sur l'un des tabourets.

— Désolé… Emy a la clé et elle a tendance à entrer ici quand elle le veut.

— Ce n'est rien. J'ai juste été surpris. J'avais soif et on a tous les deux eu peur quand on s'est retrouvés nez à nez.

— Heureusement que tu avais mis ton boxer !

Aidan sourit.

— Je ne voulais pas choquer Ginny en me promenant nu devant elle.

La chatte, qui était en train de manger ses croquettes, leva les yeux vers lui en entendant son nom. Puis elle reporta son attention sur la nourriture, beaucoup plus intéressante que le nouvel ami de son maître. Je soupirai.

— Bon, puisque tu es habillé, je vais aller faire de même.

— Pendant ce temps, je vais appeler mon père pour voir s'il n'a pas besoin de moi au manoir.

— OK.

Lorsque je revins, Aidan était assis sur le sofa et discutait encore au téléphone avec Bowman. J'en profitai pour aller nettoyer les restes de notre repas. Je l'entendis approcher derrière moi et soufflai :

— Je vais devoir tout dire à Emy.

Je n'avais pas besoin de préciser de quoi je parlais. Aidan souda son corps au mien et referma ses bras sur mon torse. Nos doigts s'entrelacèrent sur mon ventre alors qu'il répondait :

— J'en ai justement discuté avec mon père à l'instant. Et il a donné son accord du moment que ta sœur accepte de garder le secret.

— Elle sera muette comme une tombe. Je te le promets.

— Est-ce que tu as peur de sa réaction ?

Il desserra légèrement son étreinte pour que je puisse me retourner dans ses bras. Nos regards se soudèrent.

— Non. La connaissant, elle va juste te faire jurer de prendre soin de moi. Et te promettre de te trucider dans le cas contraire.

Aidan sourit.

— Eh bien… entre les menaces de mon père, de McIntosh et de ta sœur, je pense que nous n'avons pas d'autre choix que de rester ensemble et de faire en sorte d'être heureux !

— Oh là, ça va être trop trop difficile ! répondis-je, narquois.

Il me donna une petite tape à l'arrière de la tête avant de m'embrasser fougueusement. Ainsi blotti entre ses bras, je me sentais plus vivant que jamais. Il était mon ami, mon amant, mon amour, mon âme sœur… Nous étions unis par un lien plus fort que la vie elle-même… le sang du vampire.

Épilogue

Assise sur le lit, Ginny me fixait d'un air désapprobateur tandis que je préparais mes bagages.

— Arrête de me regarder comme ça. Je sais que tu n'apprécies pas que je m'absente, mais tu vas devoir t'y faire.

La chatte ne bougea pas d'un millimètre. Je levai les yeux au ciel puis fermai ma valise. Je vérifiais une dernière fois que je n'avais rien oublié lorsque j'entendis la porte de l'appartement s'ouvrir. Aidan me rejoignit dans la chambre quelques secondes plus tard et colla son torse à mon dos, ses bras m'enfermant dans une étreinte possessive. Il déposa un baiser dans mon cou avant de demander :

— Tu es prêt ?

— Presque. Il ne me manque plus que mes armes.

— J'espère que tu n'auras pas à t'en servir.

— Je l'espère aussi… mais je préfère quand même être paré à toute éventualité. Surtout que je vais me retrouver à nouveau au milieu d'une assemblée de vampires.

— Je serai là pour te protéger.

— Oui, mais qui te protégera toi de tous ces beaux mâles qui voudront s'en prendre à ta vertu ?

Aidan éclata de rire.

— Je suis sûr qu'ils sentiront instinctivement qu'ils ne doivent pas s'approcher de moi… ou de toi…

Je me dégageai afin de pouvoir me tourner vers lui et soufflai en souriant :

— J'aime quand tu es jaloux.

Ses lèvres capturèrent les miennes si passionnément qu'une vague de désir m'incendia les veines en une fraction de seconde. La sonnerie de son portable nous fit sursauter violemment. Les joues rouges, Aidan s'écarta de moi pour répondre.

— Oui, Angus ?… OK, on sera là dans vingt minutes.

Il raccrocha et je soufflai :

— Parks doit être furieux que ton père ait choisi McIntosh pour nous accompagner à Paris.

— Sa rancune à ton égard est franchement agaçante. Père n'avait aucune envie de l'entendre manifester son mécontentement durant tout notre séjour. Après tout, nous y allons pour nous amuser. Et connaissant Armand Duvivier, je sens que les célébrations vont être grandioses.

Aidan m'aida à attacher l'un des fourreaux d'avant-bras qu'il m'avait offerts puis déposa un léger baiser sur mes lèvres avant de demander :

— Tu es prêt pour tout ça ?

— Que veux-tu dire ?

— Ça fait bientôt deux mois qu'on est ensemble, mais presque personne n'est au courant… Là, on va se retrouver au beau milieu d'un événement médiatique… Si tu préfères que nous cachions notre relation réelle pendant notre séjour à Paris, ça ne me dérange pas.

— Je dois t'avouer que j'y pensais justement tout à l'heure, avant ton arrivée…

— Et ?

Je l'enlaçai avant de répondre.

— Et je veux que le monde entier sache que tu es à moi… et que je suis à toi… pour toujours…

Il sourit largement.

— Voilà la réponse que j'espérais…

Il m'embrassa à nouveau, puis nous quittâmes l'appartement. Une fois dans le hall, je lançai dans la cage d'escalier :

— Emy ! On y va !

Ma sœur dévala les marches en trombes et manqua de s'étaler. Elle ne dut son salut qu'aux réflexes d'Aidan qui la rattrapa au vol. Je levai les yeux au ciel en soupirant.

— Je ne sais pas si c'est une bonne idée que je m'absente à nouveau...

Emy me donna un coup de poing dans le bras en râlant.

— Abruti ! Heureusement que ton homme est plus galant que toi.

Elle se tourna vers Aidan avec un air de conspirateur.

— Tu es sûr de ne pas être hétéro ?

Je glissai mon bras autour de la taille de mon amant, l'air faussement jaloux.

— Eh, pas touche ! Il est à moi !

Aidan intervint :

— Désolé, Emy... mais je te promets que si un jour, je deviens hétéro, tu seras la seule femme que je regarderai.

Nous échangeâmes tous les trois un regard amusé et éclatâmes de rire. Il nous fallut quelques minutes pour reprendre notre sérieux. Aidan lança en consultant sa montre :

— On va finir par être en retard. Connaissant mon père, il serait capable de partir sans nous.

Nous embrassâmes Emy qui me fit promettre de lui donner des nouvelles régulièrement et quittâmes l'immeuble. Alors que nous montions en voiture, je ne pus m'empêcher de sourire en repensant à la dernière fois où je m'étais absenté pour plusieurs jours. J'étais parti remplir une mission dangereuse et j'étais revenu chez moi amoureux d'un homme formidable, plus heureux que je ne l'avais jamais été. Je n'avais bien sûr aucune idée de ce que le destin nous réservait, mais j'étais prêt à traverser n'importe quelle épreuve, tant que j'avais Aidan à mes côtés.

Fin.

Julien

Chapitre 1

J'ouvris les yeux dans une chambre qui n'était pas la mienne. Il faisait encore nuit noire. Me redressant sur un coude, je jetai un bref regard au réveil qui indiquait cinq heures douze. En me dépêchant, j'avais le temps de passer chez moi prendre une douche et me changer avant de partir au travail. Je me levai en prenant garde à ne pas réveiller mon amant d'une nuit, puis ramassai mes vêtements à tâtons. Je sortis de la chambre et m'habillai rapidement dans l'entrée. Je vérifiai que je n'avais rien oublié avant de quitter l'appartement, sachant avec certitude que je n'y remettrais jamais les pieds.

Alors que ma moto traversait les rues pratiquement désertes de Paris, je repensai à la soirée de la veille. Comme à chaque fois que je me sentais seul, j'étais allé prendre un verre dans un bar où je savais trouver de la compagnie. Il n'avait fallu qu'une vingtaine de minutes pour qu'un mec m'accoste. Après quelques échanges de banalités, il m'avait proposé d'aller « continuer la conversation » chez lui. Ça avait été une nuit de sexe sans sentiments, comme tant d'autres avant elle. Cela faisait maintenant quelques années que j'accumulais les coups d'un soir. Et cela m'allait très bien. Les relations de longue durée n'étaient pas faites pour moi… plus depuis que j'avais eu le cœur brisé, bien des années plus tôt.

J'arrivai enfin devant mon immeuble, à Gennevilliers. Je montai jusqu'au neuvième étage où se trouvait le petit appartement que je louais depuis que j'avais pris mon indépendance et quitté la maison de mes parents à Orléans. Je vérifiai rapidement que je n'avais pas de message sur mon répondeur, puis consultai le SMS que j'avais reçu pendant le trajet.

« Réunion éditoriale avancée à huit heures »

Bon, ça me laissait tout de même le temps de me rendre présentable. Je restais presque une demi-heure sous la douche, savourant la caresse de l'eau brûlante sur ma peau, avant de fouiller dans mon armoire à la recherche de vêtements propres. Je n'étais pas de ces mecs qui passent des heures à se contempler dans la glace et à soigner leur apparence. Mes cheveux blonds, héritage de ma grand-mère maternelle scandinave, étaient un peu trop longs. Je les coiffai en passant simplement la main dedans, les ébouriffant un peu plus, ce qui était beaucoup plus rapide que d'essayer de les dompter à coup de laque. Et j'omettais régulièrement de me raser depuis que l'on m'avait plusieurs fois affirmé que j'étais plus sexy avec une barbe de quelques jours. J'enfilai un jean et un pull tous deux noirs, puis ramassai mon blouson et mes clés avant de quitter l'appartement.

Il était presque sept heures quarante-cinq lorsque je poussai la porte des bureaux abritant la rédaction du site d'informations « Vivre en France ». Cela faisait maintenant six ans que j'y travaillais en tant que photographe et rédacteur de la rubrique « Faits divers ». Ce n'était pas vraiment le boulot le plus palpitant du monde, mais ça remplissait le frigo et payait le loyer. Et, surtout, c'était beaucoup plus calme que mon précédent job. Alors que j'ôtais mon blouson, je fus rejoint par Mathilde, l'assistante du rédacteur en chef et l'une de mes rares amies. Jolie rousse aux yeux verts, elle avait beaucoup de succès auprès des hommes, mais était toujours à la recherche de son prince charmant. Elle s'assit sur le coin de mon bureau avant de lancer en souriant :

— On dirait que quelqu'un n'a pas beaucoup dormi cette nuit.

— Occupe-toi de tes fesses, marmonnai-je, faussement agacé.

— Mes fesses vont très bien, merci.

Elle me tira la langue avant de désigner d'un signe de tête le bureau du boss.

— Granger n'a pas arrêté de s'agiter depuis qu'il est là. Je me demande ce qui lui arrive...

— Il s'est peut-être levé du mauvais pied. On va vite le savoir.

Je pris mon bloc-notes et suivis Mathilde dans la salle de réunion. Tous les autres journalistes étaient déjà présents. Ne manquait que notre patron, Sébastien Granger, le rédacteur en chef. Il déboula soudain dans la pièce, claqua presque la porte vitrée et se laissa tomber dans son fauteuil en soupirant profondément. Il consulta la tablette que Mathilde posa devant lui, puis nous dévisagea tour à tour avant de se lancer dans l'attribution des prochains sujets « brûlants ». Au moment où je pensais qu'il en avait terminé et que j'allais encore une fois devoir me contenter d'attendre à mon bureau qu'un fait divers se déroule, il m'interpella :

— Fournier, tu couvriras les festivités du cinquantenaire de l'Ascension d'Armand Duvivier.

Je sursautai et m'exclamai :

— Quoi ? Mais… C'est Dupuis le spécialiste des événements mondains !

— Il est toujours à Prague. Les hommages à Dame Sophia risquent de durer encore plusieurs semaines et il ne sera pas revenu à temps pour le Gala d'Ouverture.

— Mais…

Granger m'interrompit :

— Je croyais que tu voulais enfin écrire « de vrais articles », lança-t-il en mimant les guillemets avec ses doigts. Et ne me dis pas qu'après avoir été photographe dans des pays en guerre pendant plus de deux ans, tu as peur de quelques vampires !

— Je n'ai pas peur.

— Y a-t-il quelque chose que je devrais savoir ?

Je fermai les yeux une seconde en me pinçant l'arête du nez entre le pouce et l'index. Oui, il y avait quelque chose… mais je ne pouvais pas en parler… Je n'avais donc pas d'autre choix que d'accepter.

— OK, j'irai.

Granger donna une tape sur la table en souriant.

— Parfait ! Tu as rendez-vous avec l'assistante personnelle du Sire Duvivier à dix heures. Regarde ta boîte mail, tu trouveras tous les détails dont tu auras besoin.

Sans un mot de plus, il quitta la salle, apparemment de meilleure humeur qu'à son arrivée. Les autres s'éparpillèrent rapidement. Je restai donc seul avec Mathilde qui me fixait d'un air interrogatif. Au bout d'un moment de silence, elle demanda :

— Julien, ça va ? On dirait que tu as vu un fantôme.

Je me forçai à lui sourire.

— Ne t'en fais pas pour moi, je vais bien.

Elle ne paraissait pas convaincue. Alors qu'elle ouvrait la bouche, sûrement pour tenter de me tirer les vers du nez, la voix tonitruante de Granger l'appela depuis son bureau. Elle soupira profondément et, après un dernier regard dans ma direction, elle rejoignit notre patron.

***

Encore sous le choc, j'éprouvai un besoin impérieux de sortir de là. Je me précipitai à mon bureau, récupérai mon blouson et me dirigeai vers les escaliers. Je grimpai jusqu'au toit-terrasse quatre à quatre. Depuis l'interdiction de fumer dans les lieux publics, les amateurs de nicotine s'y retrouvaient pour s'adonner à leur vice, mais à cette heure matinale, les lieux étaient encore déserts. Je me réfugiai tout de même à mon endroit favori : un coin du toit d'où on avait une vue imprenable sur la capitale. Je ne fumais pas, mais j'avais parfois un irrépressible besoin d'air, comme si rester à l'intérieur menaçait de me faire suffoquer. Adossé à une cheminée, les mains enfoncées dans les poches de mon blouson, je laissai mon regard errer sur la ville.

Et je me permis enfin de penser à celui que je n'avais pas revu depuis plus de dix ans. Lors de notre dernière rencontre, j'avais tenu des propos horribles qu'il ne pouvait avoir oubliés. Je me souvenais encore du voile de tristesse et de déception qui avait obscurci son regard. Il n'avait rien dit, n'avait pas tenté de me retenir alors que je l'accusais de m'avoir trahi de la pire des façons. Depuis ce jour-là, je n'avais cessé de repousser ces souvenirs au plus profond de ma mémoire. J'avais refusé d'y repenser parce que je savais que j'avais eu tort. La douleur avait obscurci mon jugement. Et je savais que j'avais été terriblement injuste avec lui. Avec le recul, j'étais conscient qu'il ne méritait aucunement mes reproches et ma haine tels que je les lui avais jetés au visage ce jour-là.

Je fermai les yeux en soupirant profondément, me demandant si finalement, il ne vaudrait mieux pas que j'avoue à Granger que je ne pouvais pas m'occuper de ce reportage. Mais, quelque chose au fond de moi, la petite voix de ma conscience peut-être, me poussait à prendre mes responsabilités. Après tout, ça pourrait être l'occasion pour moi d'enfin m'excuser pour ces paroles terribles que je n'avais jamais réellement pensées. Et qui sait… C'était peut-être aussi ce qu'il me fallait pour pouvoir enfin refermer cette blessure qui n'avait jamais totalement guéri.

Plongé dans mes pensées, je sursautai lorsque j'entendis des voix non loin. Certains de mes collègues venaient d'arriver pour s'adonner à leur vice et je me rendis compte que j'avais perdu la notion du temps. Il était déjà presque neuf heures trente. Je redescendis rapidement jusqu'à mon bureau et, sans ôter mon blouson, je consultai mes mails. La personne que je devais rencontrer se nommait Carine Verbois et le lieu de rendez-vous était une galerie d'art située rue Champollion, à deux pas de la Sorbonne. Je n'étais pas surpris : Armand Duvivier était à la fois un collectionneur et un mécène. Il possédait une dizaine de galeries réparties dans toute la ville. Et sa collection privée était réputée pour être l'une des plus importantes de France. Il en était si fier qu'il n'hésitait pas à faire visiter l'hôtel particulier du 16e arrondissement qui l'abritait. Il ne craignait pas les voleurs : il faudrait vraiment être suicidaire pour oser s'introduire par effraction chez le plus puissant vampire de France. Et si un fou s'y essayait, les œuvres appartenant à Duvivier étaient connues de tous les marchands d'art du pays et même d'Europe. Aucun d'entre eux ne se risquerait à acheter ou revendre un bien qui lui aurait été volé.

Au moment où j'allais quitter mon bureau, je vis Mathilde approcher. N'ayant aucune envie de lui parler de ce qui me perturbait, je lui lançai de loin :

— Je suis en retard ! À plus !

Avant qu'elle ait eu le temps de réagir, j'avais quitté les locaux du site. Je rejoignis le parking et grimpai sur ma moto. J'arrivai rue Champollion dix minutes avant l'heure du rendez-vous. Lorsque j'entrai dans la galerie, une jeune femme aux courts cheveux bruns et aux yeux noisette, vêtue d'un tailleur gris, s'approcha en faisant claquer ses talons sur le sol en marbre. Elle me dévisagea des pieds à la tête, puis m'adressa un sourire sincère.

— Monsieur Fournier ? Je suis Carine Verbois.

— Ravi de vous rencontrer, répondis-je en lui serrant la main.

Elle me fit signe de la suivre et je lui emboîtai le pas alors que nous traversions la galerie.

— Messire Duvivier m'a chargée de vous remettre le planning des festivités et de répondre à vos questions.

Nous entrâmes dans un bureau spacieux et meublé avec un goût certain. Mon interlocutrice me désigna un fauteuil et prit place en face de moi. Puis, elle pianota sur une tablette qu'elle me tendit.

— Voici le détail des différents événements prévus durant les quatre semaines que durera le Cinquantenaire.

Je jetai un regard distrait au planning. Avant de pouvoir me concentrer sur quoi que ce soit, j'avais besoin d'une réponse à la question qui tournait en boucle dans ma tête.

— Quand vais-je rencontrer Messire Duvivier ?

Mlle Verbois pencha légèrement la tête, un sourire amusé aux lèvres.

— Il devrait nous rejoindre dans une demi-heure, environ. Il est actuellement en vidéoconférence avec Messire Bowman, au sujet de son arrivée prochaine.

Je connaissais Walter Bowman, le Sire de Londres. J'avais eu l'occasion de le rencontrer bien des années plus tôt. Armand Duvivier et lui étaient amis depuis des décennies. Les deux Sires étaient à l'origine d'un traité vampirique qui venait d'être signé avec d'autres Protectorats d'Europe et qui assurait une paix durable sur le continent. La presse et le grand public avaient eu peu de détails à propos du sommet durant lequel cet accord avait été signé. La principale information qui avait été divulguée était la mort du Sire de Prague, Vadim Havel, et l'Ascension de sa remplaçante, Dame Sophia Petrova. Raison pour laquelle mon collègue Pascal Dupuis se trouvait actuellement en République tchèque et que j'avais de couvrir les célébrations du Cinquantenaire.

Je parvins enfin à me concentrer sur la liste des festivités que Mlle Verbois était en train de me détailler. Le premier gala aurait lieu deux semaines plus tard et se déroulerait dans la somptueuse salle de réception située dans l'hôtel particulier du vampire.

— Vous trouverez sur la tablette la liste des invités de chaque événement, m'expliqua la jeune femme.

Plusieurs autres soirées étaient prévues, ainsi que des repas privés et, pour terminer, un bal masqué qui aurait lieu dans le parc du

Château de Fontainebleau, quatre semaines après le gala d'ouverture. Certains événements étaient gratuits, d'autres payants au bénéfice d'œuvres de charité diverses et variées. Duvivier comptait apparemment sur la générosité de ses amis vampires et humains.

En consultant la liste des invités, je remarquai qu'elle comportait nombre de politiciens – dont notre Premier ministre et plusieurs membres du gouvernement – d'hommes d'affaires et de personnalités du show-biz, mais fus surpris de l'absence d'un nom que je m'attendais à y trouver. Je m'étonnai :

— Le Président de la République n'est pas indiqué.

Mlle Verbois eut un petit sourire en coin.

— Il a décliné l'invitation. Officiellement pour des raisons de sécurité. Officieusement...

Je compris le sous-entendu. Le Président actuel n'appréciait guère Armand et ne s'en cachait pas. Depuis des siècles, dès qu'une décision du gouvernement humain concernait de près ou de loin la communauté vampirique, le chef d'État devait en aviser le Sire de Paris, voire obtenir son approbation. Cela avait mené parfois à des tensions, mais la plupart du temps, les dirigeants des deux peuples s'entendaient plutôt bien, ce qui simplifiait la vie de tout le monde. Depuis son élection, il était flagrant que notre Président était tout simplement frustré de ne pas pouvoir gouverner tous les Français, qu'ils soient humains ou vampires. Ce qui expliquait parfaitement qu'il n'ait pas souhaité être présent pour cette célébration.

Au moment où je reportais mon attention sur la liste, Mlle Verbois lança :

— Au cas où vous vous poseriez la question, vous devrez avoir une tenue adaptée pour chacun des événements que vous couvrirez.

— Je vais donc devoir louer un smoking… ou plusieurs…

Je souriais intérieurement en imaginant la tête de Granger devant la note de frais que j'allais lui présenter à l'issue de ce reportage. Mlle Verbois me détrompa rapidement.

— Messire Duvivier se charge de vous fournir les tenues qu'il vous faudra pour la durée de votre présence parmi nous. Il vous a pris rendez-vous avez son tailleur, Monsieur Fabbri, pour demain après-midi.

Elle me tendit une carte de visite où était inscrit à la main un horaire au-dessus de l'adresse de l'un des artisans-tailleurs les plus réputés de la capitale. Je soupirai profondément en rangeant le bristol dans ma poche. J'aurais dû me douter qu'il n'avait rien laissé au hasard.

J'étais encore en train d'étudier la liste des invités lorsque Carine Verbois se leva. Je lui jetai un regard surpris et me levai à mon tour.

— Je vais vous conduire au bureau de Messire Duvivier.

Le cœur battant à tout rompre, je voulus lui rendre la tablette.

— Gardez-la. Elle est à vous.

— Euh… Ah ? Merci.

Elle m'adressa un sourire entendu, puis me fit signe de la suivre. Nous empruntâmes un petit couloir et montâmes à l'étage. Arrivés devant une porte, elle l'ouvrit sans frapper. Mes palpitations se calmèrent quelque peu lorsque je vis que le bureau était désert.

— Asseyez-vous, Messire Duvivier ne va pas tarder.

J'obéis, mes jambes refusant de toute façon de me porter plus longtemps. Elle referma la porte derrière elle et je me retrouvai seul dans cette pièce sans fenêtre. L'endroit était meublé avec sobriété : juste un bureau en chêne massif, un fauteuil directorial et deux pour les invités. Une bibliothèque couvrait le mur à ma droite. Sur celui de gauche se trouvait la toile d'un paysage de campagne qui s'accordait parfaitement avec le côté chaleureux de la pièce. Sans s'y connaître en décoration d'intérieur, on comprenait immédiatement que tout était prévu pour que les visiteurs se sentent bien. Ce n'était pas vraiment efficace pour moi ; j'étais beaucoup trop nerveux. J'étais tendu, à la fois impatient et effrayé par la suite des événements. Quelles allaient être ma réaction et la sienne, lorsque nous nous retrouverions face à face après tant d'années ?

Chapitre 2

Je sursautai lorsque la porte s'ouvrit dans mon dos. Les poings serrés sur les genoux, je ne bougeai pas jusqu'à ce que le battant ne soit refermé. J'avais l'impression que mon cœur allait bondir hors de ma poitrine tant il cognait fort contre mes côtes. Je savais que celui qui se trouvait derrière moi pouvait percevoir les pulsations trop rapides du sang dans mes veines. Je tentais de rassembler mon courage lorsque sa voix grave, douloureusement familière, s'éleva dans la pièce.

— Bonjour, Julien.

Je me fis violence et me levai, me tournant enfin vers lui. Immédiatement, je plongeai dans son regard rubis, si caractéristique des vampires. Sans y penser, je le détaillai : il n'avait pas du tout changé, bien évidemment. Il était grand, mais un petit peu moins que moi. Ses cheveux bruns, que je savais longs et bouclés, étaient tirés en arrière. Son costume bordeaux mettait en valeur sa silhouette longiligne. Il avait été transformé à l'âge de trente-deux ans – mon âge aujourd'hui – et sa nature vampirique conférait à ses traits fins une beauté quasi surnaturelle. Seul vestige de sa vie d'humain : une fine cicatrice qui descendait le long de sa joue, du coin du sourcil à l'angle de la mâchoire, quasiment invisible lorsqu'il laissait ses cheveux détachés.

Son visage trahissait une certaine tension et je réalisai que je ne lui avais pas répondu. Rougissant de mon impolitesse, je soufflai :

— Bonjour, Armand.

Il parut se détendre, s'autorisant même à m'adresser un léger sourire.

— Je te remercie d'avoir accepté de couvrir les festivités.

Un doute s'insinua en moi.

— Tu veux dire que… c'est toi qui as demandé à ce que l'on me confie ce reportage ?

Il me fit signe de me rasseoir et alla prendre place de l'autre côté du bureau. Une fois assis, il sembla se détendre un peu. Et il répondit enfin à ma question :

— Oui. J'ai suivi ta carrière, Julien. Et j'ai trouvé dommage que tu n'aies pas eu l'occasion de montrer tes talents depuis que tu es chez « Vivre en France ».

— Donc, tu as demandé à mon rédac' chef de me donner cette opportunité.

Il acquiesça d'un mouvement de tête.

— Et si j'avais refusé ?

— J'aurais fait appel à un autre journaliste d'un autre média.

— Tu as fait du chantage à Granger ? demandai-je, amusé malgré moi.

Armand haussa les épaules. Maintenant, je comprenais mieux pourquoi mon boss avait été au bord de la crise de nerfs le matin même. Il devait juste être paniqué à l'idée de décevoir le Sire de Paris et de perdre l'énorme opportunité d'envoyer l'un de ses reporters couvrir le Cinquantenaire.

— Si j'ai bien compris, je serai le seul journaliste présent ?

— Oui, tu as l'exclusivité. Mais tout sera enregistré. Tu te souviens de Vanessa Marty ?

Je fronçai les sourcils, cherchant dans ma mémoire. Au bout de quelques secondes, j'eus le vague souvenir d'une femme rousse d'une cinquantaine d'années.

— C'est l'une de tes Affiliées.

— Elle est réalisatrice de documentaires. Je lui ai demandé de tout filmer afin d'en conserver une trace. Si tu as besoin de quoi que ce soit pour illustrer ton reportage, elle est à ta disposition. Même si je préférerais que tu utilises tes propres photos.

Armand avait toujours adoré ma façon de travailler. Quand je l'avais rencontré, je n'étais qu'un petit photographe amateur et il m'avait permis d'exposer certaines de mes œuvres dans l'une de ses galeries. J'en avais vendu quelques-unes à l'époque. J'aurais peut-être pu continuer dans cette voie si le destin ne s'était pas amusé à jouer avec nos vies de la plus cruelle des façons.

Il me tira de mes pensées lorsqu'il reprit :

— J'ai un aveu à te faire... Si j'ai demandé à t'engager, ce n'est pas seulement pour que tu fasses un reportage sur le Cinquantenaire. J'ai eu l'idée d'offrir à mes invités, lors du gala de clôture, un souvenir des festivités. Et quoi de mieux qu'un portfolio réalisé par le plus talentueux photographe que je connaisse !

Je me sentis bêtement rougir devant le compliment. Armand parut amusé par mon trouble.

— Bien entendu, cette prestation supplémentaire te sera payée en dehors de ton cachet pour le reportage.

Il sortit une enveloppe d'un tiroir de son bureau et me la tendit. Elle contenait un contrat concernant la réalisation des cadeaux pour les invités. La somme proposée pour cette prestation était bien au-delà de mon salaire ou même de ce qui devrait être normalement offert pour un tel travail.

— Prends le temps de le lire tranquillement chez toi. Tu n'auras qu'à me le ramener signé la prochaine fois.

Il me connaissait assez bien pour ne pas douter que j'allais accepter cette tâche supplémentaire. C'était pour moi l'occasion de concilier mon travail et ma passion pour la photographie, ce qui ne m'était jamais arrivé jusque-là.

— D'accord, répondis-je simplement.

Je sursautai presque lorsqu'un téléphone sonna soudain dans la pièce. Armand m'adressa un regard d'excuse et répondit à son portable. Lorsqu'il raccrocha, il soupira profondément.

— Je suis désolé, je vais devoir écourter notre entretien. Je tiens à superviser tous les aspects des préparatifs… et ça me prend énormément de temps.

Je me levai un peu trop vite et bredouillai :

— Pas de problème… Je… Je vais…

Il me rejoignit et me tendit la main. Je la considérai un long moment sans bouger avant de finalement la serrer.

— Je suis vraiment heureux que tu sois là, Julien.

— Moi aussi.

La réponse m'était venue sans que j'y pense, mais c'était la vérité. Sur le visage d'Armand, la surprise laissa la place à une joie sincère. Bien sûr, ce qui s'était passé entre nous ne pourrait jamais être effacé. Mais je me rendis compte que nous étions tous deux capables de mettre de côté nos différends pour nous comporter en êtres civilisés. Je me pris même à espérer, un infime instant, que nous pourrions redevenir amis.

Une fois Armand parti, je restai quelques secondes debout au milieu du bureau, un peu groggy. Je finis par me secouer et récupérai la tablette que son assistante m'avait remise avant de quitter les lieux. Je croisai la jeune femme dans la galerie, en pleine discussion téléphonique. Elle m'adressa un signe de la main et un sourire que je lui rendis. Une fois dans la rue, je pris un moment pour respirer longuement l'air frais de cette fin avril. J'avais vraiment appréhendé mes retrouvailles avec Armand, mais, au final, tout s'était déroulé très professionnellement. Même si je sentais encore mon cœur battre un peu trop vite en pensant à lui.

***

À peine avais-je mis un pied dans la salle de rédaction que je fus alpagué par Granger. On aurait dit un chasseur aux aguets. Il me conduisit dans son bureau dont il referma la porte avant de demander :

— Comment ça s'est passé ? Vous l'avez vu ?

— Très bien, et oui. Je vais avoir beaucoup de boulot ces prochains jours. Il faut que je prépare la biographie de chacun des invités pour mes articles.

Granger parut déçu que je ne lui raconte pas ma rencontre avec Armand. Il ouvrit la bouche pour m'interroger plus avant, mais je fus sauvé par la sonnerie de son portable. Il leva les yeux au ciel et soupira en me faisant signe de sortir de son bureau. Je me précipitai dehors avant qu'il ne change d'avis. Je venais juste de m'asseoir et de rallumer la tablette que Carine Verbois m'avait remise lorsque Mathilde se percha à sa place habituelle, sur le coin de ma table de travail.

— Alors, il est comment ?

— Bien, répondis-je simplement en lui jetant un bref regard.

Elle croisa les bras sur sa poitrine et fronça les sourcils en grognant.

— Bien ? C'est tout ? Tu as rencontré le Sire de Paris, un vampire qui fait fantasmer hommes et femmes depuis des décennies et tout ce que tu as à me dire, c'est qu'il est « bien » ? Tu pourrais au moins penser à moi, pauvre petite assistante de rédaction qui n'aura jamais l'insigne honneur de me trouver en sa présence.

Je levai les yeux au ciel devant son numéro, puis me renfonçai dans mon siège et demandai :

— Que veux-tu savoir ?

— Il est vraiment aussi beau que sur les rares photos qu'on a pu voir de lui ?

— Oui.

— Tu ne vas me répondre que par monosyllabes ?

Je lui adressai un sourire en coin.

— Oui.

Elle me donna un coup de poing sur le biceps.

— Abruti ! Allez, dis-m'en plus ! En tant que gay, tu dois bien avoir quelque chose à dire sur lui s'il est si beau que ça.

Je levai les mains et abdiquai.

— OK ! Oui, il est beau comme un dieu, élégant, raffiné, l'archétype du mec idéal.

— Et ce n'est un secret pour personne qu'il aime les hommes, lança Mathilde en souriant d'un air entendu.

— Je ne vois pas ce que ça change.

— Mais bien sûr… Tu vas me faire croire que tu vas arriver à le côtoyer pendant des semaines et que, pas une seule fois, tu ne vas l'imaginer dans ton lit…

— Je n'ai pas dit ça. Seulement, on ne joue pas dans la même catégorie. Et je suis sûr qu'il a déjà bien mieux à se mettre sous la dent. Au propre comme au figuré…

Mon jeu de mots involontaire ne reflétait pas la réalité. Armand Duvivier, comme la plupart des vampires de haut rang, ne se nourrissait pas directement sur des humains. Il faisait appel aux services d'une société spécialisée qui conditionnait le sang de donneurs volontaires. C'était une information qui n'avait jamais été divulguée au grand public. En effet, le sang étant la seule source d'alimentation des vampires, c'était également l'un de leurs rares points faibles. J'ignorais si c'était possible d'empoisonner du sang pour qu'il ne puisse plus être bu, mais c'était un risque qu'aucun Sire ne prendrait jamais. Les employés de cette société étaient donc soumis à un accord de confidentialité draconien. De ce fait, pour le grand public, les Sires, comme leurs Affiliés, se nourrissaient des humains qui vivaient dans leur entourage.

Mathilde me tira de mes pensées.

— Tu n'es jamais sorti avec un vampire ?

On avançait sur un terrain glissant. Personne dans mon entourage, pas même mes parents, ne savait que j'avais eu une histoire avec Armand. Et il était le seul vampire qui avait un jour partagé mon lit et ma vie. Je décidai d'éluder la vérité.

— Pas depuis très longtemps. Je préfère les amants qui ne risquent pas de sucer mon sang pendant mon sommeil.

Elle m'adressa un sourire en coin, puis se pencha pour me souffler à l'oreille.

— Je comprends… tu préfères qu'ils sucent autre chose…

Faussement outré, je la grondai :

— Mathilde ! Est-ce là une façon convenable de parler pour une demoiselle ?

— Ça fait bien longtemps que personne ne m'a qualifiée de « demoiselle », pouffa-t-elle.

— Vu tes manières, ce n'est pas étonnant !

Cette remarque me valut un second coup de poing sur le bras, exactement au même endroit que le premier. J'allais sûrement avoir un joli bleu…

— Aïe ! Tu es vraiment une brute, tu sais ?

Elle haussa les épaules en souriant.

— Ça fait partie de mon charme.

— Euh non… pas vraiment, répondis-je en massant mon bras meurtri. Au fait, tu n'as pas du boulot ?

— Et toi ? C'est quoi cette tablette ?

Je lui relatai ma conversation avec Carine Verbois. Lorsque je mentionnai le tailleur, Mathilde siffla.

— Il te paye même des fringues ! Tu es sûr qu'il ne veut pas te mettre dans son lit ?

— Certain !

J'avais répondu un peu trop vite et un peu trop sèchement. Elle m'adressa un regard surpris. Je me détournai, cherchant une échappatoire. Je fus sauvé par Granger qui traversait la salle de rédaction d'un pas vif et interpella mon amie :

— Mathilde, suivez-moi !

Elle n'eut pas d'autre choix que d'obéir. Mais juste avant de s'éloigner, elle lança :

— Cette conversation n'est pas terminée !

Je la suivis du regard jusqu'à ce qu'elle ait disparu dans l'une des salles de réunion. Une fois seul, je m'autorisai enfin à me détendre. Les questions de Mathilde m'avaient mis mal à l'aise. Ne voulant pas laisser à mes souvenirs la chance de venir me perturber un peu plus, je décidai de faire le point sur le matériel dont j'aurais besoin pendant le Cinquantenaire. Une fois ma liste établie, je repris mon blouson afin de me rendre chez mon fournisseur habituel dont la boutique se trouvait dans une rue proche de la rédaction.

Lorsque je poussai la porte du magasin, le patron, Pierre, était en train de discuter avec une dame âgée d'une soixantaine d'années qui lui demandait des conseils pour le choix d'un appareil photo qu'elle souhaitait offrir à son petit-fils. Il m'adressa un sourire et me fit signe d'attendre. Je me mis à déambuler jusqu'à m'arrêter devant l'une des vitrines, admirant les nouveaux modèles d'objectifs qu'il venait de recevoir. Nous nous connaissions depuis presque dix ans. J'étais un jour entré par hasard dans son magasin pour acheter une batterie de rechange et nous avions immédiatement sympathisé, partageant tous deux la même passion pour la photographie. Et, six ans plus tôt, lorsque j'avais eu besoin de travail, c'était Pierre qui m'avait envoyé chez « Vivre en France » après avoir entendu dire qu'ils embauchaient. Il tenait la boutique avec son épouse, Agathe, qui s'occupait pour le moment de leur petit Paul, poupon de deux mois aussi brun que son père.

Pierre me rejoignit après en avoir terminé avec sa cliente. Je lui expliquai ce qui m'amenait et il me sortit son catalogue. Tout en le feuilletant, je lui demandai des nouvelles d'Agathe et du bébé.

— Ils vont très bien, merci, répondit-il, son sourire lui mangeant le visage. Tu devrais venir dîner un de ces soirs.

— J'aimerais bien, mais je vais être submergé de travail ces prochaines semaines. Je te tiendrai au courant dès que j'aurai terminé.

— Vendu ! En parlant de vendre…

Il se mit à me vanter les qualités de l'un de ses nouveaux modèles de reflex, reçu la veille. J'étais tenté, mais mes finances ne me permettaient pas, pour le moment, de l'acquérir. Et puis j'étais attaché à mon vieux Pentax, cadeau de mes parents pour mes vingt-cinq ans. À ce sujet, Pierre me comprenait parfaitement. Lui-même possédait quelques anciens modèles dont il prenait grand soin et dont il ne se serait séparé pour rien au monde. Toutefois, il ne manquait jamais de me vanter les mérites de ses nouveaux arrivés, ce qui faisait partie de son travail, après tout.

Après lui avoir laissé ma liste de fournitures et lui avoir promis une seconde fois que je viendrais dîner dès que j'en aurais le temps, je quittai la boutique. Je m'achetai un sandwich et rejoignis mon bureau, bien décidé à me plonger dans le travail. Très vite, je réalisai que la création des cadeaux pour les invités d'Armand était bien plus importante à mes yeux que les articles pour « Vivre en France », et pas seulement pour une question financière. Il m'avait choisi, car il aimait mon style photographique et j'étais bien décidé à ne pas le décevoir.

Chapitre 3

Le lendemain, en fin d'après-midi, je garai ma moto devant un immeuble raffiné situé dans une petite rue près du Boulevard Haussmann. Après avoir rangé mon casque, je levai les yeux vers l'enseigne indiquant « Maison Fabbri – Artisans-Tailleurs de père en fils depuis 1876 ». Je savais qu'Armand y faisait confectionner tous ses costumes depuis des décennies. Je ne pus m'empêcher de sourire en me disant qu'il avait peut-être même connu le fondateur de cette maison.

À peine avais-je poussé la porte de la boutique que je fus accueilli par un jeune homme brun aux yeux sombres, âgé d'une vingtaine d'années. Aussi grand que moi, il avait la silhouette d'un top-modèle. Il n'en avait cependant pas la beauté de papier glacé, mais il possédait un charme indéniable. Il me détailla des pieds à la tête d'un air désapprobateur avant de demander d'une voix aussi désagréable que son expression :

— Que puis-je pour vous, Monsieur ?

L'emphase sur le dernier mot était, je crois, encore plus insultante que le reste de son attitude. Toute attirance que j'aurais pu ressentir pour lui en voyant son beau visage s'était envolée instantanément. Avant que j'aie eu le temps de répondre et de le remettre à sa place, nous fûmes rejoints par un homme à la chevelure argentée qui ne devait pas avoir moins de quatre-vingts ans. Il me tendit la main en souriant largement, sans même jeter un regard à l'individu désagréable qui m'avait accueilli.

— Monsieur Fournier ? Je suis Victor Fabbri. Bienvenue dans notre modeste établissement.

Alors que je lui serrais la main, il ajouta :

— J'ai promis à Messire Duvivier de m'occuper personnellement de vous.

À la mention du vampire, l'expression du jeune brun changea complètement. Il me regarda d'abord avec surprise, puis il fit de son mieux pour paraître aimable. Cependant, après un tel accueil, il en faudrait plus pour m'amadouer. Fabbri parut se souvenir de sa présence et lança d'un ton sec :

— Olivier, va préparer le petit salon !

Sans un mot, l'intéressé s'éloigna d'un pas rapide vers le fond de la boutique. Fabbri reporta son attention sur moi :

— Veuillez excuser l'attitude de mon petit-fils. Il a grandi dans un cocon de soie et il a tendance à être un peu trop snob.

— Ce n'est rien, répondis-je avec un haussement d'épaules.

— Voulez-vous boire quelque chose ? Café, thé ?

— Rien merci.

— Alors, suivez-moi. Nous allons commencer par définir le style de costume que vous souhaitez.

Nous entrâmes dans une petite pièce à l'allure chaleureuse. Un canapé et deux fauteuils étaient disposés sur la gauche, autour d'une table basse sur laquelle étaient déjà posés plusieurs catalogues ouverts. Au fond, dans le coin droit, se trouvait un rideau qui devait sûrement abriter une cabine d'essayage. Le reste de la pièce était tapissé d'immenses miroirs. Fabbri me fit signe de prendre place sur le canapé et s'assit à côté de moi en expliquant :

— Avant de prendre vos mesures, nous devons choisir coupes, matières et couleurs de vos futurs costumes.

J'étais un peu perdu.

— Euh… d'accord… mais je… je ne sais même pas combien je dois en prendre…

— Ne vous en faites pas pour ça. Messire Duvivier m'a déjà donné des indications sur ce qu'il souhaiterait vous voir porter. Si vous le désirez, je peux vous faire quelques propositions et vous me direz si elles vous conviennent ou non.

— D'accord.

L'heure suivante passa dans le choix des quatre costumes dont Armand avait eu l'idée. Le premier était facile à trouver, c'était le classique smoking noir avec chemise blanche. Le vampire avait aussi demandé à ce que j'aie un costume intégralement blanc, en vue du bal masqué qui aurait pour thème « Rouge et Blanc ». Pour les deux autres, Fabbri me montra tellement de modèles que je finis par tous les confondre. Au final, ce fut quasiment lui qui en choisit les couleurs : un gris perle avec une chemise azur – assortie à mes yeux – et un marron clair avec un gilet une teinte plus claire et une chemise blanche.

Après avoir déterminé quels costumes il allait me concevoir, il rappela son petit-fils pour qu'il note mes mensurations. Debout au milieu des miroirs, un peu mal à l'aise, je suivis Fabbri du regard alors qu'il me mesurait sous toutes les coutures. Seuls les chiffres qu'il lançait à l'attention de l'autre homme troublaient le silence de la pièce. Du coup, je sursautai presque lorsqu'il me demanda soudain :

— Vous portez toujours à gauche ?

— Pardon ?

Il eut un petit sourire amusé avant de souffler :

— Je vois que vous portez à gauche aujourd'hui. Est-ce toujours le cas ?

Les joues rouges, je répondis :

— Euh… hum… oui…

— C'est très important de le savoir avant de commencer à tailler vos costumes. Vous ne voudriez pas être gêné à cet endroit-là, n'est-ce pas ?

— Non, bien sûr.

Je vis mon reflet dans le miroir en face : j'étais écarlate. Fabbri, quant à lui, reprit son travail comme si de rien n'était. Je me forçai à inspirer calmement et la rougeur finit par disparaître de mes joues. Une vingtaine de minutes plus tard, il posa les mains sur ses hanches et lança :

— C'est terminé !

Je soupirai de soulagement, ce qui lui arracha un nouveau sourire. Une fois que son petit-fils fut ressorti de la pièce, le tailleur se pencha pour me murmurer à l'oreille :

— Ne vous en faites pas, tout le monde réagit comme vous la première fois.

Son clin d'œil complice me le rendit encore plus sympathique.

***

J'avais rendez-vous une semaine plus tard avec Fabbri pour le premier essayage. Ce fut le tailleur qui m'accueillit cette fois-ci. Il me conduisit dans ce qu'il appelait « le petit salon » où nous fûmes rejoints par Olivier, son si désagréable petit-fils. Celui-ci poussait un portant sur lequel se trouvaient plusieurs chemises et costumes. Il m'adressa un bref regard, mais s'enfuit rapidement devant le mien, glacial. Fabbri ne sembla pas remarquer notre manège, toute son attention tournée vers les vêtements qu'il avait confectionnés. Il me tendit une première tenue et me désigna le rideau au fond de la pièce.

— Vous pouvez vous changer là. Prenez votre temps.

J'acquiesçai d'un hochement de tête. Le premier smoking à essayer était le noir. Je l'enfilai et me regardai dans le miroir. Je n'avais jamais porté de vêtements d'une telle qualité et cela m'intimidait un peu. Je n'osais pas bouger de peur de l'abîmer. Au bout de quelques minutes, je me décidai enfin à sortir de là. Fabbri m'attendait patiemment près d'un petit marchepied en bois. Il m'y fit monter tout en me détaillant de son œil professionnel.

— Je vais devoir raccourcir un petit peu la veste et les jambes, mais à part ça, il tombe parfaitement.

Tentant de faire abstraction du tailleur qui s'agitait autour de moi, je pris le temps de me regarder un peu plus attentivement dans la glace et je dus admettre que cette tenue me mettait plutôt en valeur. Lorsque Fabbri eut terminé, il alla chercher un second costume et m'invita à me changer. Il fallut plus d'une heure pour que j'essaye les quatre smokings et qu'il note les retouches à effectuer. Après avoir remis mes vêtements habituels, qui me parurent bien ternes tout à coup, je rejoignis le tailleur dans la boutique. Il avait ouvert son carnet de rendez-vous – papier bien sûr, tout se faisait à l'ancienne chez lui – et le consultait rapidement.

— Êtes-vous disponible après-demain, à dix-huit heures ?

Je fus un peu surpris par l'horaire, mais avant que j'aie eu le temps d'ajouter quelque chose, Fabbri reprit :

— Je dois effectuer des retouches sur certains des costumes de Messire Duvivier et il m'a proposé de m'occuper de vous en même temps.

— Vous… vous voulez dire… chez lui ?

Le tailleur leva les yeux de son agenda et m'adressa un sourire complice.

— Je pense qu'il souhaite voir mes créations vous concernant…

J'étais perplexe, mais je n'avais pas le choix. Si je refusais, alors que c'était Armand qui payait pour ces costumes, il aurait fallu en expliquer les raisons à Fabbri, ce qui était tout simplement impossible.

— D'accord, je serai là.

— Je vais vous communiquer l'adresse.

— Je l'ai déjà, répondis-je en essayant de paraître le plus naturel possible.

— Alors c'est parfait !

Il me raccompagna jusque sur le trottoir. Une fois dehors, je pris plusieurs profondes inspirations. Je n'avais pas revu Armand depuis la galerie et, pendant les quelques jours qui s'étaient écoulés, j'avais tenté de ne pas trop penser à lui. Enfin… surtout de ne pas trop laisser la nostalgie me submerger. Bien sûr, je savais que j'allais devoir le revoir très vite, mais j'avais espéré que ça ne serait pas avant le gala d'ouverture. L'idée de me retrouver en sa présence, chez lui, dans cet endroit si familier et si rempli de souvenirs, me troublait profondément.

***

Le surlendemain, j'arrivai devant l'hôtel particulier d'Armand avec quelques minutes d'avance. La grille était ouverte, ce qui était plutôt rare, mais j'en compris très vite la raison en voyant le nombre de véhicules en tous genres garés dans l'immense cour. Des gens entraient et sortaient par la porte latérale, réservée au personnel et aux livraisons, les bras chargés de meubles, de vaisselle et de diverses décorations pour le gala d'ouverture. Je garai ma moto dans la partie prévue pour les deux-roues, puis me dirigeai vers la porte principale. À peine eus-je sonné qu'elle s'ouvrît sur un visage familier.

— Monsieur Julien ! Quelle joie de vous revoir !

— Amélie ?

J'étais surpris. La gouvernante d'Armand, qui gérait toute la maison depuis des décennies, était déjà âgée lorsque j'avais quitté cet endroit, des années plus tôt. Elle semblait encore plus vieille et fragile qu'avant, mais ce n'était qu'une apparence, du moins en ce qui concernait la fragilité. Elle me serra longuement dans ses bras avec force et je ne pus m'empêcher de lui rendre son étreinte. Amélie était la seule personne capable de réprimander Armand et de s'en tirer avec un grand sourire et un « Oui, Madame » de la part du vampire le plus puissant de France.

— Monsieur Fabbri vous attend au premier étage. Suivez-moi.

Bien que je me souvienne parfaitement de la disposition des lieux et que je devine où le tailleur s'était installé, j'obéis. Elle me conduisit jusqu'à une pièce que je connaissais bien : le dressing d'Armand. L'endroit était rempli de vêtements de tous styles, principalement des costumes, mais aussi des jeans et des pulls. Si, en public, le Sire de Paris se montrait toujours tiré à quatre épingles, en privé, il aimait pouvoir se détendre dans des tenues plus confortables.

Quand nous entrâmes, Fabbri était en train de contempler la garde-robe du vampire, l'œil brillant. Je le soupçonnais d'avoir confectionné une bonne partie des costumes présents. Amélie s'éclipsa, nous laissant seuls. Après les salutations d'usage, nous commençâmes le dernier essayage. Le dressing comportait une petite salle d'eau où je pouvais me changer en toute intimité.

Alors que le tailleur se mettait à inspecter ses dernières retouches, une question d'ordre pratique me vint à l'esprit.

— Je suis venu en moto. Je ne vais pas pouvoir remporter les costumes avec moi ce soir.

— Ne vous en faites pas pour ça, répondit Fabbri sans lever les yeux de son travail. Messire Armand a prévu de les garder ici. Ainsi, vous pourrez profiter de son personnel pour les entretenir.

— Oh… D'accord… Il faudra que je le remercie pour ça aussi.

Quelques minutes plus tard, Fabbri était en train de vérifier que le costume gris tombait bien lorsque j'entendis la porte de la pièce s'ouvrir derrière moi. Je levai machinalement les yeux afin de regarder dans le miroir qui venait d'entrer. Je me figeai lorsque je rencontrai les prunelles rubis d'Armand dans le reflet. Son regard me détailla lentement, puis il souffla :

— Tu es magnifique…

Comme si le son de sa propre voix l'avait ramené à la réalité, il se détourna soudain, l'air embarrassé. J'avais les joues rouges, autant à cause du compliment que de sa réaction. Comme si je n'étais pas là, il lança à Fabbri :

— Vous avez trouvé une couleur parfaite pour la chemise. On la dirait du même bleu que ses yeux.

— J'ai fait mon possible pour que cela vous plaise… à tous les deux.

— Eh bien, mon ami, vous avez réussi. Comme toujours.

J'étais mal à l'aise de les entendre parler de moi sans tenir compte de ma présence. Je ne pus m'empêcher de toussoter. Armand se tourna à nouveau vers moi et sourit, mais je le connaissais assez bien pour savoir qu'il était perturbé. Ce qui n'arrangeait en rien mon propre trouble. Nos regards se soudèrent à nouveau et, l'espace d'un bref instant, ce fut comme si toutes ces années s'étaient envolées, comme si j'étais encore ce jeune homme amoureux qui n'aurait jamais pu imaginer la tragédie qui allait s'abattre sur nous et nous détruire aussi sûrement qu'une bombe. Plongé dans la beauté de son regard flamboyant, j'avais perdu la notion du temps et de l'espace. Et soudain, tout fut terminé. Armand soupira profondément avant de quitter la pièce. Sous le choc de cet instant magique, j'entendais la voix de Fabbri sans comprendre ce qu'il disait. Ce ne fut que lorsqu'il posa sa main sur mon bras que je sursautai et me rendis compte qu'il me parlait.

— Vous devriez vous asseoir, je crois.

Je le laissai me conduire jusqu'à l'unique fauteuil de la pièce sans broncher. J'avais l'impression d'être parti loin, hors de mon corps. Il me fallut quelques minutes pour reprendre mes esprits. Je me tournai vers le tailleur qui me fixait d'un air inquiet.

— Je vais mieux, merci. C'était juste un étourdissement.

Il m'adressa un sourire complice.

— Ce n'est pas la première fois que je vois l'effet que produit Monsieur Duvivier auprès de jeunes gens comme vous.

Je rougis à nouveau, embarrassé. Je changeai de sujet :

— Nous devrions terminer, je ne veux pas monopoliser votre temps.

— Nous pouvons reporter…

— Non, ça ira. Allons-y.

J'étais encore perturbé, mais plus vite Fabbri en aurait fini avec mes costumes, plus vite je pourrais quitter cette maison et m'éloigner d'Armand et du trouble violent qu'il provoquait en moi.

Chapitre 4

J'avais prévu de rentrer directement chez moi après ce qui s'était passé avec Armand, mais j'étais trop perturbé. Je décidai alors de me rendre dans mon bar préféré. Je n'avais pas vraiment envie de compagnie, juste de me changer les idées.

Accoudé au comptoir, je savourais une bière lorsqu'une voix familière attira mon attention. Surpris, je tournai la tête et croisai le regard d'Olivier, le petit-fils de Fabbri. Le brun semblait aussi étonné que moi. Après une courte hésitation, il prit son verre de vin et s'approcha.

— Puis-je ? demanda-t-il en désignant le tabouret à côté du mien.

Je répondis d'un signe de tête. Il s'assit et se mit à faire tourner son verre entre ses mains, visiblement mal à l'aise. Après l'accueil dont il m'avait gratifié à la boutique de son grand-père, je n'avais aucune envie de l'aider. Je gardai donc le silence, attendant qu'il se décide à parler. Après quelques minutes, il se lança enfin.

— J'aimerais vous présenter mes excuses pour mon comportement de l'autre jour.

Je n'étais pas vraiment surpris par son changement d'attitude à mon égard. Après tout, le nom d'Armand Duvivier ouvrait pas mal de portes. Et j'avais bien l'intention de lui faire comprendre que je voyais clair dans son jeu.

— Si votre grand-père ne vous avait pas dit que je venais de la part du Sire de Paris, je suis sûr que vous ne m'auriez même pas adressé un regard aujourd'hui.

Les joues rouges, il plongea le nez dans son verre et toussota.

— Je sais… je suis un peu trop… snob, comme il dit. Ce n'est pas la première fois qu'il me fait des remontrances sur mon comportement… Je suis sincèrement désolé… Mais...

Il soupira profondément, puis me jeta un regard en coin avant de souffler :

— Tu ne te souviens vraiment pas de moi, n'est-ce pas ?

Surpris par le tutoiement et la question, je fronçai les sourcils, essayant de me rappeler où j'avais pu le rencontrer. Comme rien ne me venait, je répondis sincèrement :

— Non, je ne vois pas.

Il eut un petit rire narquois. Il n'était visiblement pas pressé de m'aider à me rappeler. Il but une longue gorgée de vin et passa lentement sa langue sur ses lèvres. Et là, tout me revint ! Ce ne fut pas mon cerveau qui se souvint en premier de lui, mais la partie de mon anatomie située bien plus au sud. Je n'avais aucune idée d'où ou quand ça s'était passé, pourtant j'étais à présent certain d'avoir reçu de la part d'Olivier l'une des meilleures fellations de toute ma vie. Si mon esprit l'avait oubliée, mon sexe, lui, s'en souvenait parfaitement. Et au vu de l'étroitesse soudaine de mon jean, ce traître aurait bien aimé remettre ça immédiatement. Mal à l'aise, je détournai les yeux, les fixant sur ma bière, essayant de calmer mon érection malvenue.

— Ah… on dirait que tu as retrouvé la mémoire…

Autant pour tenter de me distraire que pour avoir le fin mot de l'histoire, je demandai :

— Ton grand-père ne sait pas, c'est pour ça que tu m'as accueilli aussi froidement l'autre jour ?

Il haussa les épaules.

— Si, il sait que je suis gay… seulement… il est un peu vieux jeu. Je ne suis pas sûr qu'il apprécierait de savoir que je… m'amuse… avec des inconnus dans les toilettes des bars. Mes parents sont morts quand j'étais tout gamin et c'est lui qui m'a élevé. Il rêve de me voir heureux, en couple avec un gentil garçon… Mais je n'ai que vingt-quatre ans et je ne suis pas encore prêt à me caser. Du coup, j'évite de lui parler de mes coups d'un soir. Quand je t'ai vu dans la boutique, je ne sais pas… j'ai cru bêtement que tu étais là pour moi… que tu allais parler de ce que nous avions fait…

Il se passa une main dans les cheveux et sur la nuque, embarrassé.

— C'est con, n'est-ce pas ?

Son histoire me l'avait rendu plus sympathique. Ce fut alors très sincèrement que je répondis :

— Pas du tout. Tu as eu peur de le décevoir, c'est tout.

Il eut un faible sourire.

— Oui, c'est ça…

Je bus une autre gorgée de bière en repensant à ce qu'il m'avait dit lorsque je sentis sa main se poser sur ma cuisse. Je me crispai instantanément, mais il ne la retira pas.

— Si tu le veux, je connais une façon rapide de me faire pardonner mon attitude…

J'avais à peine réussi à calmer mon érection qu'elle se réveilla soudain, très intéressée par la proposition d'Olivier. Je serrai les lèvres pour ne pas gémir lorsque ses doigts glissèrent un peu plus haut. Il aurait été facile de tout arrêter là, de le repousser, de lui dire que je n'étais pas intéressé… pourtant, je ne le fis pas. Il se pencha et souffla à mon oreille :

— J'habite à deux pâtés de maisons… et je ne vis pas avec mon grand-père…

Alors que j'ouvrais la bouche pour accepter son invitation, ce ne fut pas la réponse prévue qui franchit mes lèvres.

— Non, il ne vaut mieux pas.

J'étais peut-être plus surpris que lui. Il m'adressa un sourire, puis hocha la tête.

— OK. Dommage… Si jamais tu changes d'avis, tu sais où me trouver…

Je le suivis des yeux alors qu'il s'éloignait pour aller s'asseoir à une table au fond de la salle où se trouvait un châtain qui le dévorait des yeux. Je me détournai et soupirai profondément.

J'entendais la voix moqueuse de Mathilde dans ma tête : « Alors comme ça, tu laisses filer une occasion de t'envoyer en l'air avec un beau mec ? » Ce n'était effectivement pas dans mes habitudes. Le pire, c'était que je n'avais même pas besoin de me demander pourquoi j'avais refusé l'offre d'Olivier. Je le savais… Un visage beaucoup trop familier et son regard flamboyant ne quittaient pas mes pensées. Après tant d'années, j'aurais cru que mes sentiments pour lui s'étaient totalement éteints… Apparemment, ça n'était pas le cas. Et, si je n'y prenais pas garde, j'allais à nouveau me brûler les ailes. J'avais déjà tellement souffert la première fois, je n'étais pas sûr d'être capable de supporter une nouvelle fois d'avoir le cœur déchiré.

Abattu par les pensées qui tournaient à toute vitesse dans mon esprit, je finis par quitter le bar, mais je n'avais toujours pas envie de rentrer chez moi. Il n'était pas très tard alors je décidai de faire une balade. Pour éviter de trop cogiter, je mis mes écouteurs et lançai ma playlist préférée. Je me laissai engloutir par les mélodies et les paroles tout en marchant le long des quais de Seine.

Il faisait nuit noire lorsque je décidai d'enfin rentrer chez moi. Mon estomac me rappela à l'ordre et j'ouvris un paquet de chips que je grignotai en consultant mes mails. Puis, je m'affalai sur le sofa devant un film si insipide que je m'endormis en moins de vingt minutes.

***

Le lendemain matin, je m'éveillai à l'aube dans mes vêtements froissés. Surpris d'avoir aussi bien dormi, je pris une longue douche bien chaude, puis me préparai un café noir pour finir de connecter mes neurones. Tout en buvant le breuvage brûlant, je consultai mes mails. Nous étions vendredi et le gala d'ouverture aurait lieu le lendemain soir. Je ne fus donc pas surpris de voir que j'avais reçu un message de Carine Verbois. Elle me demandait si je pouvais venir la rencontrer le jour même à dix heures chez Armand sans m'en préciser la raison. J'acceptai et vérifiai que j'avais bien signé le contrat pour le travail supplémentaire que le vampire m'avait demandé. J'avais dans l'intention de le remettre à la jeune femme quand je la verrais, espérant ainsi pouvoir limiter mes rencontres avec son employeur.

J'arrivai devant l'hôtel particulier d'Armand une dizaine de minutes en avance. Après avoir ôté mon casque, je vis Carine Verbois à l'autre bout de la cour, en grande discussion avec un homme en uniforme de livreur. Même si j'étais trop loin pour entendre ce qu'ils disaient, je compris vite qu'il y avait un souci, car la jeune femme semblait passablement agacée. Elle finit par s'éloigner de l'homme, une ride de contrariété barrant son front. Alors que le livreur remontait dans sa fourgonnette blanche, mon regard se posa sur le logo qui l'ornait. Pour une personne lambda, c'était un dessin abstrait, un peu comme si quelqu'un avait donné de grands coups de pinceau couverts de peinture noire sur une toile blanche. Cependant, pour ceux admis dans le secret des dieux, il s'agissait du symbole distinguant les camions livrant le sang conditionné aux vampires de la capitale, dont Armand bien sûr. Un mauvais pressentiment me saisit. Je n'eus pas le temps d'y réfléchir, car Carine Verbois venait d'arriver à ma hauteur. Malgré son sourire, je pouvais toujours lire l'agacement dans son regard. Après l'avoir saluée, je demandai :

— Un problème ?

— Ce n'est rien, répondit-elle, évasive. Venez !

Je la suivis, frustré de ne pouvoir l'interroger plus. Après tout, je n'étais pas censé être au courant pour le sang conditionné.

Elle me conduisit au premier étage et me fit traverser tout le couloir. J'étais surpris de me retrouver là, à quelques pas des appartements privés d'Armand. Avant que je puisse m'en étonner auprès d'elle, nous arrivâmes devant une porte qu'elle ouvrit en lançant :

— Nous y sommes !

Elle s'effaça pour que je puisse entrer et je me retrouvai dans l'une des suites habituellement réservées aux invités les plus importants. Ne comprenant pas ce que je faisais là, je me retournai vers la jeune femme qui m'expliqua :

— Messire Duvivier a tenu à ce que vous ayez un endroit pour vous reposer et travailler durant toute la durée du Cinquantenaire.

Elle me désigna le bureau situé sur la gauche sur lequel trônaient un ordinateur et une imprimante dernier cri.

— Ce matériel est à votre disposition. Messire Duvivier a fait en sorte que l'on vous installe les meilleurs logiciels de retouche photo. Vous avez bien sûr une connexion WiFi sécurisée.

Puis, elle me conduisit jusqu'à une porte située au fond de la pièce menant à une petite chambre et à une salle de bains.

— Vos costumes se trouvent dans l'armoire. Ainsi, vous pourrez vous préparer ici avant les différents événements.

Nous revînmes dans l'autre pièce et elle me tendit un badge plastifié.

— Voici votre pass de sécurité. Il vous permettra de circuler dans certains endroits non accessibles aux visiteurs habituellement, dont cette suite. Pensez à toujours l'avoir sur vous, même pendant les réceptions.

— D'accord.

Elle consulta la tablette qui ne la quittait jamais avant de lancer :

— Je dois vous laisser, on m'attend. Vous pouvez rester ici si vous le souhaitez, pour vous familiariser avec votre matériel, ajouta-t-elle en désignant l'ordinateur. Et si vous avez besoin de quoi que ce soit, n'hésitez pas à me contacter.

Une fois seul, je m'installai au bureau et allumai le PC. Armand n'avait pas lésiné sur les moyens. L'ordinateur qu'il avait mis à ma disposition était au moins dix fois plus puissant que celui que j'avais à la rédaction, qui s'était pourtant équipée quelques mois plus tôt des meilleures machines disponibles. Les logiciels installés étaient eux aussi hallucinants. Ce matériel allait grandement me simplifier la tâche. Alors que j'étais en train de tester la connexion internet, j'entendis des pas approcher et une voix lança :

— J'espère que ça te plaît.

Je levai les yeux de l'écran. Armand se tenait dans l'encadrement de la porte, l'épaule contre le montant, les bras croisés. Il avait revêtu ce qui était pour lui une tenue décontractée : pantalon de velours noir et épais pull beige à col roulé. Ses cheveux étaient détachés, ses longues boucles brunes tombant élégamment sur ses épaules, dissimulant presque totalement sa cicatrice. Mon cœur me serra. Je déglutis avec difficulté avant de répondre :

— Ça a dû te coûter une fortune !

Il haussa les épaules.

— Tu sais bien que l'argent n'est pas un problème.

Je souris. Avoir une conversation normale avec lui me permit de me détendre un peu.

— Et depuis quand tu t'y connais en informatique ?

— J'avoue avoir eu de l'aide… Mon plus récent Affilié est un expert dans ce domaine. C'est lui qui a tout choisi.

Je fronçai les sourcils. Avant que j'aie pu ouvrir la bouche, il reprit d'un ton grave :

— Je n'ai pas changé d'avis, Julien. Je ne l'ai pas transformé. Benedict est un ancien Affilié de Walter Bowman. J'ai passé quelques jours à Londres après le sommet avec certains membres de mon équipe. Benedict a rencontré Martin, l'un de mes assistants, et ça a été le coup de foudre. Comme ils ne se voyaient pas être séparés, Walter a accordé à son Affilié le droit de changer d'allégeance et il nous a accompagnés quand nous sommes rentrés. Voilà toute l'histoire.

Embarrassé, je baissai les yeux sur mon écran. Je m'en voulais d'avoir douté de lui, alors qu'il avait promis, bien des années plus tôt, de ne plus jamais transformer d'humain en vampire.

— Toi, plus que quiconque au monde, devrais savoir que je ne trahis jamais une promesse, même si cela doit me faire perdre tout ce à quoi je tiens...

Sa voix était triste et je ne pus m'empêcher de lever le regard. Il me fixa un long moment en silence, le visage fermé, puis soupira.

— Je dois aller superviser les derniers préparatifs pour demain. Tu peux utiliser cette suite à ton gré.

Il fit volte-face, mais avant de s'éloigner, il lança :

— Je te vois demain soir au gala.

— Oui. À demain.

J'attendis que le bruit de ses pas se soit éteint pour relâcher mon souffle. Je me renfonçai dans le fauteuil, encore honteux d'avoir osé douter de lui. Soudain, sans même réfléchir, je bondis sur mes pieds et me précipitai à sa suite. Il venait d'atteindre l'escalier lorsque je l'interpellai :

— Armand !

Il se figea et je crus un court instant qu'il allait reprendre son chemin comme si de rien n'était. Cependant, après quelques secondes, il se tourna très lentement vers moi. Lorsqu'il me fit face, son expression était neutre, mais je le connaissais assez pour lire la déception dans son regard. Je le rejoignis en quelques enjambées avant de souffler :

— Je voudrais te présenter mes excuses. Je suis vraiment désolé d'avoir douté de ta parole.

Il me jaugea en silence si longuement que je finis par me sentir rougir sous son regard inquisiteur.

— C'est oublié, répondit-il d'une voix lasse. Je n'aurais pas dû me vexer pour si peu. À présent, je dois vraiment te laisser, j'ai encore pas mal de choses à organiser pour le gala de demain.

— Oui… bien sûr, bredouillai-je en passant une main sur ma nuque, embarrassé.

Il m'adressa un léger sourire qui n'atteignit pas ses yeux et reprit son chemin. Je restai immobile tandis qu'il descendait l'escalier. Je finis par soupirer profondément, puis retournai dans la suite qui m'avait été attribuée. Une fois là, je me laissai tomber dans le fauteuil et repensai à l'attitude d'Armand. Quelque chose dans son comportement était étrange. Même si nous n'étions plus aussi proches que nous l'avions été, je le connaissais suffisamment pour savoir qu'il y avait un problème quelque part. Je secouai la tête, me morigénant : peut-être Armand était-il simplement stressé par les préparatifs du Cinquantenaire ? De toute façon, ça n'était pas mes affaires. Je n'étais là que pour accomplir un travail que l'on m'avait confié et je comptais bien m'en acquitter du mieux possible.

Chapitre 5

Le grand jour était enfin arrivé : celui du gala d'ouverture du cinquantenaire de l'Ascension du Sire de Paris. J'avais passé une bonne partie de la journée de la veille à travailler sur l'ordinateur qu'Armand avait mis à ma disposition. Après avoir quitté les lieux vers dix-sept heures, je m'étais rendu au magasin de Pierre pour récupérer une partie du matériel que je lui avais commandé. Une fois rentré chez moi, j'avais mangé tout en consultant mes mails, puis j'avais préparé ce dont j'aurais besoin pour le gala. Une fois au lit, j'eus toutes les peines du monde à m'endormir et mon sommeil fut agité, peuplé de rêves dont je ne me souvins pas, mais qui me laissèrent une désagréable impression à mon réveil.

Il était un peu plus de dix heures le samedi matin lorsque j'arrivai chez Armand. Le portail était ouvert, mais un homme en noir, bâti comme une armoire à glace et, bien sûr, armé, me fit signe de m'arrêter. J'obéis et m'empressai de lui présenter mon badge d'accès. Il m'indiqua un coin de la cour qui avait été aménagé pour y garer les deux roues. Il y avait une multitude de véhicules et de personnes qui allaient et venaient en tous sens. Je m'empressai d'entrer par la porte principale, dus montrer à nouveau mon passe à un autre gorille et pus enfin monter m'enfermer au calme dans ma suite. Après avoir refermé la porte, je posai mon sac sur le lit et commençai à en sortir les quelques vêtements que j'avais amenés, juste au cas où je doive rester une nuit sur place. J'étais en train de déballer mon nécessaire de toilette dans la salle de bains lorsque mon portable sonna. Je souris en voyant le nom de Mathilde affiché sur l'écran.

— Salut Miss !

— Salut Julien ! Alors ?

— Alors quoi ?

Je l'entendis soupirer à l'autre bout du fil avant de reprendre :

— Je crois t'avoir aperçu au bureau trois fois depuis que Granger t'a confié ce reportage. Et tu ne réponds à mes SMS que par un ou deux mots à chaque fois. Donc, je venais aux nouvelles. Comment ça se passe ?

— Le gala n'est que ce soir.

— Je ne parlais pas du gala, nigaud ! Je parlais du beau vampire qui te prête une suite pour que tu sois plus près de lui pour bosser.

Je levai les yeux au ciel en regrettant de lui en avoir parlé.

— Il n'a pas fait ça pour que je sois plus près de lui. Il a fait ça pour que je puisse travailler plus efficacement.

— Oui, et moi, je suis la Reine d'Angleterre !

— Si tu l'étais, tu aurais été invitée, répondis-je en riant.

Mathilde resta silencieuse quelques secondes, puis demanda sur un ton de conspirateur :

— Elle sera là ?

— Qui ?

— Ben la Reine !

— Non. Elle a décliné l'invitation à cause d'un léger problème de santé. En revanche, nous aurons quelques Lords et Ladies dont certains lui sont sûrement apparentés.

— Et il y aura qui d'autre ? demanda-t-elle, curieuse.

— Tu le sauras demain en lisant mon article.

Je souris en l'imaginant fulminer. Si j'avais été à côté d'elle, je me serais sûrement pris un coup de poing dans l'épaule.

— Si tu es sage, je te l'enverrai en exclusivité, avant de le transmettre à la rédaction.

— Mouais... Dis plutôt que tu as besoin d'une correctrice pour t'assurer que ton travail est bon avant que Granger ne le lise.

— C'est vrai. Mais tu seras tout de même la première à en profiter. Marché conclu ?

Elle ne répondit pas de suite. Je savais qu'elle allait accepter, elle adorait juste me faire mariner.

— À une condition.

— Laquelle ?

— Je veux que tu me rapportes tous les potins people que tu n'auras pas mis dans ton article.

Je savais que Mathilde était friande de cancans. Je ne prenais pas grand risque à accepter.

— C'est d'accord.

— Alors, marché conclu !

***

La grande salle de réception se remplissait peu à peu. Debout près de l'estrade, je vérifiai une dernière fois mon matériel avant de commencer à prendre des clichés des premiers invités présents. De nombreuses tables étaient disposées autour de la piste de danse. Sur la petite scène, un quatuor à cordes préparait ses instruments tandis que les serveurs commençaient à virevolter entre les convives avec leurs plateaux chargés de coupes de champagne et de petits fours.

La décoration de la salle était plutôt sobre, compte tenu de l'importance de l'événement. Du fait que les vampires supportent mal la lumière du jour, ils évitaient au maximum d'avoir des fenêtres dans leurs demeures. Ou alors, ils les condamnaient. Pourtant, cette salle était garnie de huit immenses portes-fenêtres qui s'ouvraient jusqu'au plafond, à plus de trois mètres de hauteur. La première fois que je l'avais vue, je m'en étais étonné auprès d'Armand qui m'avait expliqué que les vitres étaient traitées de façon à filtrer presque totalement les rayons ultra-violets. Et, de toute façon, cette salle était le plus souvent utilisée de nuit.

Pour l'occasion, chacune des fenêtres avait été parée de lourds rideaux de velours bordeaux. Les trois immenses lustres en cristal, datant du 18e siècle, brillaient de mille feux. Autour de chaque table étaient disposées entre quatre et dix chaises à dossier couvertes du même tissu que les tentures.

Les premiers invités commençaient à se regrouper selon leurs affinités et leurs classes sociales. Les hommes portaient pratiquement tous un smoking noir, à quelques exceptions près. Les femmes, quant à elles, rivalisaient de beauté dans leurs robes de soirée de grands couturiers. Elles étaient parées de leurs plus beaux bijoux et, l'espace d'un instant, j'eus la pensée que l'endroit serait le paradis pour un voleur.

J'étais en train de prendre un cliché d'un groupe d'hommes d'affaires lorsque j'aperçus du coin de l'œil un visage familier. Je laissai tomber un instant mon travail pour aller saluer le nouveau venu et les deux hommes qui l'accompagnaient.

— Bonsoir, Messire Bowman.

Le vampire me sourit alors que son regard écarlate me détaillait. Pour quelqu'un qui ne le connaissait pas, il ressemblait à un homme d'affaires lambda. Cependant, derrière son air inoffensif se cachait l'un des vampires les plus puissants au monde. J'avais été une fois témoin de sa colère et, ce jour-là, j'avais remercié le ciel de ne pas en être la cause.

— Bonsoir, Julien, répondit le Sire de Londres en me serrant la main. Je suis ravi de vous revoir.

— Moi de même.

Je me tournai vers son chef de la sécurité, Aidan Collins, que je saluai à son tour. Puis mon regard se porta sur celui qui les accompagnait et dont le visage très agréable m'était totalement inconnu. Un peu plus grand que moi, mais moins que Collins, brun aux yeux noisette, il semblait plutôt perdu au milieu de tout ce beau monde.

— Voici Gabriel Watkins. Mon compagnon, ajouta Collins en glissant subrepticement un bras autour de la taille de l'autre homme.

Je souris et serrai la main de Gabriel qui me rendit mon sourire, toujours un peu mal à l'aise. Je le dévisageai quelques secondes, curieux d'en savoir plus sur celui qui avait réussi à dégeler le très glacial Aidan Collins. Celui-ci m'adressa un regard assassin lorsqu'il constata que je fixais un peu trop longtemps son ami. Je lui souris d'un air innocent, puis reportai mon attention sur Bowman qui parcourait l'assemblée des yeux.

— Avez-vous vu Armand ? me demanda-t-il.

— Pas encore. Je suppose qu'il fera son entrée lorsque tout le monde sera arrivé et installé.

— Sûrement.

Il se tourna vers Collins.

— Quand tu croiseras Angus, dis-lui qu'il peut aussi profiter de la fête. Je sais que je l'ai « prêté » pour aider à la sécurité de la soirée, mais ça ne doit pas l'empêcher de s'amuser un peu.

— Je le ferai.

Je m'excusai et m'éloignai, devant reprendre mon travail. Peu après, je croisai Angus McIntosh, l'autre membre de l'équipe de sécurité de Bowman, un grand rouquin écossais qui avait l'air engoncé dans un smoking un peu trop petit pour lui. Je le saluai d'un signe de tête, l'ayant déjà rencontré bien des années plus tôt, puis repartis en direction de l'estrade. Les tables commençaient à se remplir, preuve que le gala allait bientôt pouvoir débuter.

Quelques minutes plus tard, Carine Verbois, somptueuse dans une robe-fourreau vert d'eau, monta sur la scène et tapota sur le micro pour attirer l'attention de la foule. Tous, ou presque, étaient assis à leurs tables et sirotaient une coupe de champagne en attendant l'arrivée de leur hôte. Je m'installai près de l'estrade, dans un coin où je ne gênerais personne, mais d'où je pourrais prendre de belles photos d'Armand durant son discours.

— Mesdames et Messieurs, il est temps pour nous d'accueillir notre hôte, le Sire de Paris, Armand Duvivier !

Tous se levèrent et applaudirent alors que le vampire entrait dans la salle et montait sur scène. Durant quelques secondes, j'eus le souffle coupé par la beauté et le charisme qui émanaient de lui. Vêtu d'un smoking bordeaux et d'une chemise blanche, il avait laissé ses cheveux libres. Ses longues boucles brunes ondulaient sur ses épaules et son dos. Il s'arrêta derrière le micro et ses prunelles rubis parcoururent la salle, se posant une fraction de seconde sur chacun de ses invités. Lorsque ses yeux m'atteignirent, je sentis un frisson agréable me traverser et je dus me secouer pour reprendre mes esprits. Il fit signe à ses invités de s'asseoir avant de débuter son discours.

— Mesdames et Messieurs, Vampires et Humains, je vous souhaite la bienvenue dans mon humble demeure. Je tiens tout d'abord à vous remercier d'avoir accepté mon invitation à venir partager ce grand moment de ma vie, le cinquantenaire de mon Ascension. Comme vous le savez tous, les populations humaines et vampiriques se côtoient depuis la nuit des temps. La cohabitation entre nos deux espèces n'a pas toujours été de tout repos, nous nous sommes fait la guerre, mais nous avons également eu de longues périodes de paix. Et depuis quelques siècles, les Protectorats ont signé des accords de non-ingérence avec les différents gouvernements, assurant ainsi une cohabitation totalement pacifique entre Humains et Vampires.

Tout en parlant, Armand continuait de faire glisser son regard de l'un à l'autre. De mon côté, je pris quelques clichés, mais j'étais tellement sous le charme de son discours que je préférais l'écouter tranquillement.

— Comme certains le savent, je suis né il y a fort longtemps, en 1782 pour être précis. Fils illégitime du Marquis d'Excideuil et d'une femme de chambre, j'étais destiné à vivre dans la servitude. Passant outre mon statut de bâtard, mon père m'offrit la chance de m'élever au-dessus de ma condition en me donnant une éducation du même niveau que celle de ses fils légitimes. J'appris donc les secrets des lettres et des chiffres, et par soif de découverte, je me pris de passion pour l'histoire, les sciences et la politique. Malgré ceci, je restais simplement le fils d'une servante. Je dus le revirement total de ma destinée à un homme – ou plutôt un vampire – Gustave Valpeyroux. Il n'était alors pas encore le Sire de Paris, seulement son exécuteur, traquant les renégats à travers le pays. Lorsqu'il fit une halte au château de mon père, qui était l'un de ses amis, il me remarqua immédiatement pour mon éducation…

Je connaissais l'histoire depuis longtemps, ce qui ne m'empêchait pas d'être pendu à ses lèvres.

— Gustave venait de perdre son précédent valet humain, tué par un renégat lors d'une chasse. Mon père ne vit dans la proposition de son ami que l'opportunité de m'offrir une vie meilleure que celle à laquelle j'étais destiné. J'avais alors seulement dix-sept ans et je peux vous l'avouer maintenant, j'étais très impressionné par ce mystérieux gentilhomme qui souhaitait me prendre à son service.

Ce qu'il taisait, mais qui était de notoriété publique, c'était que Valpeyroux l'avait choisi non seulement pour son éducation, mais aussi parce qu'il était tombé sous le charme du jeune Armand, à qui il avait très vite fait découvrir les plaisirs de la chair. La plupart des invités présents étaient au courant de la nature exacte de leur relation, ce qui provoqua à plusieurs moments de son discours de petits rires et toussotements plus ou moins discrets.

— Nous passâmes de nombreuses années ensemble, à sillonner les routes de France afin de mettre fin aux massacres perpétrés par les renégats. Je venais d'avoir trente ans lorsque le Sire de l'époque, Eugène de Villeneuve, ordonna à Gustave de rentrer à Paris. Je ne l'avais rencontré qu'une seule fois et il ne m'avait pas laissé une impression agréable. Il avait en lui quelque chose de malsain. Pour ceux qui connaissent l'histoire de mon peuple, vous savez déjà qu'il était atteint d'une dégénérescence mentale que les années, et les rumeurs de coups d'État contre lui, ne firent qu'aggraver. Persuadé que tous ses Affiliés ne souhaitaient que sa mort, il en fit exécuter plusieurs. Seul Gustave trouvait encore grâce à ses yeux. Pourtant, il fut celui qui dut prendre des mesures radicales le jour où son Sire finit par perdre totalement l'esprit et par brûler une dizaine de ses Affiliés, après les avoir séquestrés pendant une semaine dans la cave de son manoir. Ce ne fut pas de gaieté de cœur que Gustave dut mettre fin aux jours de son Sire… et je sais qu'il eut beaucoup de mal à accepter le fait que le destin l'ait choisi pour le remplacer.

Alors qu'Armand continuait son discours, je fus touché par la chaleur qui transparaissait dans sa voix lorsqu'il parlait de son ancien Sire… et amant. Leur amour avait été sincère… et avait duré plusieurs générations humaines.

— Après être devenu le Sire de Paris, Gustave insista auprès de moi pour que je subisse la transformation vampirique. Il avait peur que ses opposants, ceux qui lui reprochaient la mort de son prédécesseur, ne s'en prennent à moi pour l'atteindre. Après tout, j'étais son point faible, son compagnon humain, incapable de se défendre contre une attaque de vampires. Il lui fallut plus d'un an d'insistance pour que j'accepte finalement la transformation. Ce fut donc en 1814 que je devins enfin un vampire. Le siècle et demi suivant, je le passai à ses côtés, de façon plus ou moins proche, mais restant toujours son plus fidèle collaborateur.

Il fit une courte pause. Son visage ne trahissait aucune émotion, pourtant je savais qu'il allait bientôt évoquer ce qui avait été pour lui l'un des moments les plus difficiles de sa vie.

— En 1965, le 9 mai à onze heures douze précisément, une bombe explosa dans le manoir qu'habitait Gustave Valpeyroux, le tuant ainsi que vingt-huit autres vampires et douze humains.

La douleur s'entendait dans sa voix. Il tentait de ne pas la laisser le submerger, mais je le connaissais assez bien pour savoir qu'il souffrait toujours de cette perte.

— J'aurais moi aussi fait partie des victimes si, la veille, Gustave et moi ne nous étions pas violemment disputés. Je me trouvais à deux rues de là, dans un petit appartement où je m'isolais parfois lorsque nous ne supportions plus notre présence réciproque. Immédiatement, je sus qu'il n'était plus… et que j'allais bientôt devoir faire face à de grandes responsabilités. Depuis ce jour, j'ai tenté au mieux de continuer son œuvre, de maintenir cette cohabitation pacifique entre Humains et Vampires. Et, c'est pour cette raison que ce soir, c'est également en son nom que je vous remercie de votre présence. Je lui dédie ce gala.

Il prit la coupe de champagne qu'un serveur lui tendait, puis la leva.

— À Gustave Valpeyroux !

Tous l'imitèrent. Après avoir bu une gorgée, il reposa le verre et sourit à l'assistance.

— Merci encore de votre présence, mes amis ! Je vous souhaite une excellente soirée ! Profitez du repas, de la musique et surtout, amusez-vous !

La fin du discours avait un peu plombé l'ambiance, mais ces derniers mots remirent des sourires sur les lèvres. Tous applaudirent puis les conversations débutèrent, ou reprirent, de tous côtés. Au moment où je récupérais mon appareil, je croisai le regard d'Armand qui m'adressa un léger signe de tête avant de se diriger vers la foule. Je le suivis des yeux quelques instants, puis me remis au travail.

Chapitre 6

Le gala battait son plein. Les serveurs virevoltaient avec grâce entre les tables, portant à bout de bras des plateaux chargés de victuailles toutes plus savoureuses les unes que les autres. Les petits fours au foie gras étaient délicieux et je dus me retenir pour ne pas aller en voler quelques-uns en cuisine avant qu'il n'y en ait plus. La plupart des invités étaient installés à table, mais quelques-uns avaient décidé de profiter des airs joyeux joués par l'orchestre pour se dégourdir un peu les jambes sur la piste. Alors que je prenais quelques clichés des danseurs, je vis avec amusement un Aidan Collins pas du tout enthousiaste se faire traîner sur la piste par son compagnon, dont le visage était mangé par un immense sourire. Le quatuor entama juste à ce moment-là un air plus lent, plus propice aux rapprochements. Collins sembla soudainement plus intéressé, collant son corps contre celui de Gabriel Watkins d'une façon qui ne laissait aucune place au doute concernant leur relation.

Appuyé d'une hanche contre un rebord de table, je les contemplai un long moment, d'abord amusé, puis envieux. Il était évident que ces deux-là partageaient un amour pratiquement fusionnel. Un peu plus tôt, je les avais surpris s'échangeant des regards si intenses qu'ils en auraient fait rougir un régiment. Et, à les voir maintenant évoluer l'un contre l'autre sur la piste, je ressentis comme un grand vide en moi. Cela faisait longtemps, trop longtemps… Depuis des années, je croyais que les coups d'un soir me suffisaient… Mais s'ils apaisaient mon corps, ils n'arrangeaient en rien mon cœur meurtri. Je les connaissais à peine, pourtant je pouvais sentir combien Aidan et Gabriel étaient complices alors que, si j'avais bien compris un échange que j'avais intercepté entre eux et Bowman un peu plus tôt, ils n'étaient ensemble que depuis quelques mois.

Voilà que j'étais jaloux d'un bonheur que j'avais moi-même soigneusement fui depuis des années ! Quelle ironie !

— Je ne suis pas sûr qu'Aidan apprécie que tu testes ton charme sur son compagnon.

La voix sensuelle d'Armand dans mon dos provoqua de délicieux frissons dans ma colonne vertébrale. Je me fis violence pour ne pas me retourner et répondis d'un ton que j'espérais moqueur :

— Dommage… il est très appétissant… Ils le sont tous les deux.

— C'est vrai qu'ils forment un très beau couple.

Armand se tut, mais je pouvais sentir son souffle dans ma nuque. Les vampires n'avaient pas besoin de respirer, pas plus que d'un autre besoin vital pour un humain. Ils le faisaient seulement pour que leurs interlocuteurs mortels ne soient pas mal à l'aise en leur présence. Ou, parfois, pour le côté sensuel du geste lors de certains moments intimes. La présence d'Armand derrière moi, précisément à cet instant, me troubla encore plus. Je luttai pour ne pas me remémorer nos bonheurs passés. J'avais trop souffert et je refusais de ressentir une nouvelle fois cette douleur qui m'avait déchiré de part en part. Je serrai les poings, puis lançai d'un ton un peu sec :

— Tu devrais t'occuper de tes invités.

— Ils peuvent se passer de moi quelques minutes.

Je frémis en sentant ses doigts fins se glisser dans ma nuque. Puis, tout aussi subitement, il les retira.

— Pardonne-moi… Je ne… Je n'ai aucun droit…

Avant que j'aie eu le temps de réagir, il me dépassa et se dirigea vers sa table. Je le suivis du regard lorsqu'il s'assit entre Bowman et le Premier ministre. J'étais sous le choc de ses mots et de ses gestes. Je ne parvins à sortir de ma transe que lorsqu'un serveur me percuta par accident avec un plateau. J'entendis à peine ses excuses, mais cet incident me permit de reprendre mes esprits.

***

Le gala se termina aux alentours de deux heures du matin. J'avais pris plusieurs centaines de photos et je décidai de me mettre au travail immédiatement, tant que la soirée était encore fraîche dans mon esprit.

Je parvins à occulter assez facilement ce qui s'était passé avec Armand, car alors que mon article prenait forme, je stressais à l'idée qu'il ne soit pas à la hauteur des attentes de mon rédacteur en chef. Après tout, je n'étais pas réellement journaliste et je n'avais jamais signé de vrais reportages écrits avant celui-ci.

Concentré sur mon travail, je ne parvins à le terminer qu'au bout de plusieurs heures. Lorsque je pus enfin lever les yeux de mon écran, je me massai l'arête du nez, pris d'une migraine subite et consultai l'heure : cinq heures quarante-deux. Le soleil n'allait pas tarder à se lever et j'avais grand besoin de repos. J'hésitai entrer rentrer chez moi et rester là. Ce fut la seconde option qui gagna la partie. Mais, tout d'abord, j'avais soif et comme j'avais vidé les quelques bouteilles d'eau qui avaient été mises à ma disposition pendant que j'écrivais mon article, je décidai de descendre en chercher une à la cuisine. Je sauvegardai mon travail sur le serveur du journal et j'en envoyai une copie à Mathilde pour qu'elle puisse me donner son avis, puis je quittai la suite. Il ne me fallut que quelques minutes pour me rendre en bas et me faufiler discrètement jusqu'au réfrigérateur. Avisant des petites bouteilles de jus d'orange, j'en subtilisai une ainsi qu'une d'eau minérale, puis rebroussai chemin jusqu'à ma suite. J'y étais presque arrivé lorsque je vis que l'une des portes du couloir, habituellement fermée, était grande ouverte. Poussé par la curiosité, je m'avançai dans l'intention de jeter juste un coup d'œil.

Je me figeai, tétanisé, alors que mon regard se posait sur le corps à moitié dévêtu d'Armand. Torse nu, il était en train de ranger ses boutons de manchette dans le meuble prévu à cet effet. Il me tournait partiellement le dos et je fixai, fasciné, les muscles qui roulaient sous sa peau diaphane. Mon regard glissa sur la cambrure de ses reins alors qu'un violent désir s'emparait de moi. Mon érection douloureusement serrée dans mon pantalon m'arracha un léger gémissement. Armand se redressa et se tourna vers moi, visiblement surpris. Son mouvement me tira de ma léthargie. Je pris mes jambes à mon cou, fuyant m'enfermer dans ma suite. Je me mis à faire les cent pas, ne parvenant pas à calmer mon excitation. Le plus raisonnable aurait été de prendre une douche glacée et d'aller me coucher en oubliant cet incident.

Pourtant, je fus incapable de rester une minute de plus dans cette maison. Je pris mon blouson, mon casque et mes clés et, tout en priant pour ne pas croiser le vampire dans le couloir, je quittai les lieux. Une fois sur ma moto, je fus obligé de me concentrer sur ma conduite, car il commençait à y avoir de la circulation. Lorsque j'arrivai chez moi, mon excitation avait totalement disparu… et je me sentais épuisé. N'ayant même pas la force de me doucher, je me débarrassai rapidement de mes vêtements, ne gardant que mon boxer, et m'affalai sur mon lit, le nez dans l'oreiller. Quelques minutes plus tard, je sombrai dans un sommeil profond.

***

J'ignorais combien de temps j'avais dormi lorsque je m'éveillai en sursaut et en nage, pourvu d'une formidable érection. Dans mon sommeil, des rêves plus qu'érotiques m'avaient assailli, faisant renaître le désir que j'avais éprouvé un peu plus tôt. Roulant sur le dos, je fis glisser machinalement ma main sur mon ventre puis dans mon boxer. Dès le premier effleurement, je retrouvai la raison. Je me levai en soupirant, puis me dirigeai vers la salle de bains. Je me déshabillai et me glissai dans la douche, bien décidé cette fois à ce que l'eau glacée calme mes ardeurs.

Seulement voilà, en cet instant précis, ce n'était pas ma raison qui commandait… Au lieu d'ouvrir le robinet d'eau froide, ma main se posa sur celui d'eau chaude. L'onde brûlante détendit peu à peu mes muscles contractés, sans pour autant apaiser le feu intérieur qui me dévorait. J'appuyai mes épaules contre la paroi de la cabine, puis fermai les yeux, laissant les images de mes rêves réapparaître dans mon esprit. Ma main droite descendit lentement le long de mon torse pour aller se perdre dans ma toison pubienne. J'avais à peine effleuré mon érection que je gémis. Alors que je refermais les doigts sur mon membre, j'imaginais une autre main que la mienne, plus fine et délicate. Les mouvements furent d'abord lents, frustrants. Les images se succédaient dans mon esprit alors que je me caressais avec un peu plus de vigueur. J'étais si excité par les réminiscences de mon rêve qu'il ne me fallut pas bien longtemps pour atteindre l'orgasme. Je me mordis les lèvres, refusant de prononcer son prénom dans de telles circonstances.

L'eau de la douche nettoya instantanément les traces de ma jouissance, mais elle ne pouvait effacer la honte que j'éprouvais. Je m'en voulais d'avoir cédé à un tel instant de faiblesse. D'autant plus qu'il ne s'agissait pas que d'une pulsion sexuelle. Cela aurait été beaucoup plus simple si mon cœur n'avait pas décidé de se mêler de la partie…

Après m'être habillé, je constatai qu'il était presque midi. Je grignotai quelques chips avant d'allumer mon ordinateur et de consulter mes mails. J'avais bien besoin de me changer les idées et le travail était la seule méthode efficace que je connaissais pour ça. J'avais reçu un mail de Mathilde qui me demandait de la contacter dès que possible. Je vérifiai mon téléphone, elle avait tenté de me joindre trois fois depuis que je lui avais envoyé mon article. Un peu inquiet, je l'appelai.

— Ah enfin ! lança-t-elle en guise de salutation.

— Bonjour ! répondis-je d'une voix que j'espérais confiante.

— Tu en as mis du temps !

— Je dormais, j'ai le droit non ?

Elle soupira, puis reprit :

— Bon, j'ai lu ton article.

— Je m'en doute bien. Alors ?

— Il est génial ! Pourquoi tu m'as caché tes talents d'auteur ?

Je haussai les épaules puis me rappelai qu'elle ne pouvait pas me voir.

— Je n'en sais rien. Il est vraiment bien ?

— Parfait ! Il n'y a rien à jeter ! En parlant de « rien à jeter »…

Son ton me fit tout de suite comprendre qu'elle allait s'aventurer sur le terrain glissant dont je venais à peine de m'extirper.

— C'est qui les deux canons qui dansent sur l'une des photos ? Les deux mecs en costards ?

Je retins à grand-peine un soupir de soulagement. Mais je connaissais trop bien Mathilde pour savoir qu'elle n'avait pas oublié notre discussion au sujet d'Armand.

— Aidan Collins et Gabriel Watkins. Ils font partie de l'entourage de Walter Bowman.

Me souvenant de ma promesse de partager les potins avec elle, je lui racontai quelques anecdotes croustillantes sur les invités présents au gala, espérant ainsi qu'elle en oublierait l'autre sujet qui l'intéressait. Lorsque j'eus fini, elle souffla :

— C'est bien joli tout ça, mais, et toi ?

Je levai les yeux au ciel.

— Quoi moi ?

— Tu ne t'es pas dégoté un joli minois cette nuit ? Un beau mec… humain ou vampire…

— Je bossais, Mathilde ! Je n'étais pas là pour draguer, je te rappelle !

— Mouais… J'espère au moins que tu t'es bien rincé l'œil…

Sa phrase ramena à ma mémoire la vision d'Armand torse nu. Je secouai la tête pour la chasser et changeai de sujet.

— Est-ce que je peux envoyer mon article à Granger tel quel ou faut-il que je corrige quelque chose ?

— Tu peux l'envoyer comme ça, il est parfait.

— Merci. Je vais le faire de suite pour qu'il puisse être mis en ligne dans l'après-midi.

Alors que j'allais prendre congé, mon amie reprit d'une voix inquiète :

— Julien, tout va bien ?

— Oui, pourquoi ?

— Je ne sais pas… tu as l'air…

— Crevé ! Je n'ai pas dormi beaucoup. Et le prochain événement a lieu dans deux jours donc je vais en profiter pour me reposer un peu, histoire d'être en forme.

Elle resta silencieuse quelques secondes avant de reprendre :

— OK. Si tu as besoin de discuter, n'oublie pas que je suis là.

— Merci, mais tout va très bien.

Je la remerciai une nouvelle fois d'avoir lu mon article, puis raccrochai. J'aurais vraiment aimé pouvoir lui confier mes tourments. Cela me tuait parfois de n'avoir personne à qui parler, surtout à cet instant où les pensées les plus folles tournaient dans ma tête sans discontinuer. Cependant, lui avouer ce que je ressentais m'obligerait à lui raconter mon passé… et je n'étais pas encore prêt à me remémorer les plus douloureux instants de ma vie.

Chapitre 7

Deux semaines passèrent. J'avais couvert deux dîners et le vernissage d'une exposition, mais, à mon grand soulagement, j'avais très peu croisé Armand, et jamais seul à seul. Il passait, semble-t-il, tout son temps entre l'organisation des différents événements et des réunions interminables avec ses collaborateurs. Mes articles semblaient attirer beaucoup de visites sur le site de « Vivre en France », à la grande joie de Sébastien Granger qui ne s'attendait pas, lorsqu'il m'avait confié cette tâche, à une telle réussite. Lors de l'une de nos conversations téléphoniques, Mathilde m'avait même laissé entendre qu'une augmentation m'attendrait à mon retour à la rédaction.

Nous étions lundi matin et je préparais mon article sur le dîner qui avait eu lieu la veille, composé uniquement des Chefs d'État et des Sires – ou de leurs représentants. J'étais en train de sélectionner les clichés qui allaient illustrer mon article lorsqu'on frappa à la porte de ma suite.

— Entrez !

Je fus surpris de l'identité de mon visiteur : Gabriel Watkins. Je l'avais croisé plusieurs fois dans la maison, toujours accompagné d'Aidan, et nous n'avions échangé que des salutations polies. Bowman et son entourage étaient installés à l'étage supérieur, comme à chacune des visites du Sire de Londres. C'était la première fois que je voyais Watkins sans son compagnon.

— Puis-je vous déranger quelques minutes ?

J'étais un peu surpris, autant par le fait qu'il soit seul que par son français presque impeccable. Bowman et Collins étaient tous deux parfaitement bilingues, mais j'ignorais que Watkins l'était lui aussi.

— Bien sûr, asseyez-vous !

Il jeta un bref regard autour de lui avant de faire quelques pas à l'intérieur. Je l'avais déjà remarqué lors du gala d'ouverture, mais son attitude confirma ma première impression : il faisait soit partie de la police, soit de l'armée. Je l'étudiai alors qu'il prenait place en face de moi et j'optai pour la première hypothèse. Avant qu'il ait pu parler, je demandai :

— Scotland Yard ?

Il sursauta presque et plongea son regard noisette dans le mien.

— Comment le savez-vous ? demanda-t-il d'un ton soupçonneux.

— Je l'ai deviné à votre façon de tout analyser autour de vous quand vous entrez dans une pièce.

Il me dévisagea une dizaine de secondes en silence, puis se détendit.

— Seules quelques personnes sont au courant de mon métier réel.

— Ne vous en faites pas, je ne dirai rien.

J'étais très intrigué, mais je respectais assez les amis d'Armand pour me taire. Ce qui ne m'empêcherait pas de fouiner un peu, juste pour satisfaire ma curiosité personnelle.

— Vous parlez très bien français, lançai-je pour changer de sujet.

Watkins sourit.

— J'ai vécu longtemps en France avec ma sœur, Emy. Et ces deux derniers mois, Aidan m'a obligé à parler français régulièrement en prévision de ce séjour.

Je hochai la tête avant de demander :

— Alors… que puis-je pour vous, Monsieur Watkins ?

— Appelez-moi, Gabriel, s'il vous plaît. J'aimerais… C'est au sujet des photos que vous prenez…

— Si c'est pour demander à ce que je ne publie aucun cliché de vous sur le net, c'est trop tard.

— Non, non, au contraire ! J'ai lu votre article sur le gala d'ouverture et j'ai trouvé magnifique la photo que vous avez prise d'Aidan et moi. Comme son anniversaire est le mois prochain, j'ai pensé que j'aurais pu lui offrir un agrandissement encadré de l'une de vos photos.

Je souris, attendri par le côté romantique de l'idée.

— Je vous aiderai avec joie.

Je pris une clé USB et y transférai toutes les photos que j'avais prises du couple avant de la donner à Gabriel.

— Voici tout ce que j'ai sur vous deux. Ainsi, vous pourrez choisir le cliché que vous préférez.

— Merci, c'est très gentil.

— Je vous demanderai juste de ne pas les publier sur le net. Après tout, c'est mon gagne-pain !

— Je vous le promets.

— Vous savez, j'ai encore du mal à croire que quelqu'un ait réussi à faire fondre le cœur de glace d'Aidan Collins.

Gabriel sourit largement.

— Ce n'était pas gagné, je vous assure. Mais les circonstances nous ont rapprochés… Et, quand on le connaît bien, Aidan est un amour.

— Je vous crois sur parole.

Il se leva et se dirigea vers la porte, puis se retourna juste avant de sortir.

— Je… hum…

Il parut subitement embarrassé.

— Aidan m'a dit que vous et Armand… vous vous connaissiez depuis longtemps.

— C'est vrai.

— Je ne l'ai pas beaucoup côtoyé, mais j'ai l'impression que quelque chose ne va pas chez lui en ce moment.

Mon cœur se mit à battre la chamade.

— Comment ça ?

— Il semble… distant… Je sais que Walter et lui sont des amis très proches, mais ils n'ont pas passé plus de quelques minutes ensemble depuis notre arrivée.

Surpris, je fronçai les sourcils.

— Je n'ai rien remarqué… Il faut dire que je passe pratiquement mes journées ici. Et je suppose qu'Armand doit être débordé avec les préparatifs de tous ces événements.

— Sûrement… souffla Gabriel, l'air pensif. Je ne vais pas vous ennuyer plus longtemps. Encore merci pour les photos.

— De rien.

Lorsqu'il eut refermé la porte, je repensai à ce qu'il venait de me dire au sujet d'Armand. Tout à mes tourments, je n'avais rien remarqué. Et malgré ce que j'avais dit à Gabriel, je ne pouvais m'empêcher d'être inquiet. Je décidai qu'il était temps pour moi de quitter mon antre et de fureter par-ci par-là, histoire de m'assurer que tout allait bien.

***

Trois jours supplémentaires passèrent. J'avais aperçu Armand lors d'un déjeuner avec ses associés d'affaires. Il m'avait paru aller bien, même s'il m'avait semblé un peu plus pâle que d'habitude. Je n'avais pas cherché à l'approcher plus, encore perturbé par ce que je ressentais pour lui. Malgré mon acharnement à vouloir repousser mes sentiments, ceux-ci étaient toujours là, à me tourmenter encore et encore.

Ce soir-là, après avoir terminé mon article, je décidai de rentrer me reposer chez moi. Le prochain événement n'aurait lieu que deux jours plus tard, je n'avais donc aucun besoin de rester là. Alors que je quittais ma suite, je tombai nez à nez avec Olivier Fabbri. Si je fus surpris de le trouver là, lui sembla plutôt ravi.

— Bonsoir Julien !

— Bonsoir ! Qu'est-ce que tu fais ici ?

Mon grand-père m'a envoyé retoucher l'un des costumes de Walter Bowman. Et j'ai su que tu t'étais installé ici pour bosser alors je suis venu te saluer avant de repartir.

Avant que j'aie pu répondre, il s'approcha un peu plus. Je reculai machinalement, me retrouvant bien vite le dos au mur, littéralement.

— Je suis vraiment très content de te voir, Julien…

Son regard et sa voix ne laissaient aucun doute quant à ses intentions. Je ne comptais pas le laisser faire, cependant, il fut plus rapide que moi. Il plaqua ses lèvres sur les miennes avec violence, soudant son corps au mien. En sentant son sexe dur contre ma cuisse, j'agrippai ses épaules et le repoussai de toutes mes forces. Cela ne le refroidit pas, bien au contraire. Il repartit à l'assaut de plus belle, m'attrapant les poignets pour m'empêcher de me débattre. Je lui mordis la lèvre inférieure, mais ça ne fit que l'encourager un peu plus. Il n'était pas plus grand que moi, ni plus fort, mais sa détermination semblait sans limites.

Soudain, une porte claqua violemment près de nous. Olivier sursauta et me lâcha, reculant d'un bond, me libérant enfin de son étreinte. Alors qu'il se tournait vers celui qui nous avait ainsi dérangés, je sentis mon cœur se flétrir subitement. Le regard rouge sang d'Armand passa plusieurs fois d'Olivier à moi, jusqu'à ce qu'il se détourne enfin en lançant d'une voix sèche :

— Monsieur Fabbri, je pense que votre grand-père vous attend !

Olivier ne demanda pas son reste. Il partit à grandes enjambées, non sans m'avoir lancé au préalable un regard lubrique. Je restai figé, incapable de bouger ou de parler. Je ne pus réagir que lorsque le vampire plongea à nouveau son regard dans le mien et m'apostropha d'un ton glacial :

— Je te prierai de ne pas utiliser la suite que j'ai mise à ta disposition pour recevoir ton amant ! Je te rappelle que tu es ici pour travailler et non pour batifoler !

Sur ces mots, il fit volte-face, se dirigeant rapidement vers sa chambre. Piqué au vif, je le suivis. Il fallait que je me défende. Je refusais qu'il croie qu'Olivier et moi étions amants, et, surtout, je voulais effacer ce sentiment de trahison que j'avais lu dans son regard.

Il entra dans sa chambre et, au moment où il allait refermer la porte, je poussai contre le battant pour l'en empêcher.

— Attends ! Il faut qu'on parle !

Il resta figé quelques secondes avant de reculer, me laissant ainsi entrer. Je refermai derrière moi, ne voulant pas que quelqu'un puisse entendre notre conversation. Armand fit quelques pas à l'intérieur, sans se soucier de ma présence derrière lui.

— Armand… laisse-moi t'ex…

Il m'interrompit d'un ton sec.

— Tu n'as pas à t'expliquer, Julien. Que tu aies un amant ou non n'est pas mon affaire. Cela fait bien longtemps que je n'ai plus aucun droit sur toi.

Il se retourna, mais refusa de croiser mon regard.

— J'aimerais juste que tu fasses preuve d'un peu de respect en n'amenant pas celui qui partage ton lit chez moi.

— Olivier n'est pas…

— Je sais que tu me détestes. Si tu fais ça pour…

Cette fois-ci, ce fut mon tour de l'interrompre.

— Si tu me laissais en placer une, tu saurais qu'Olivier n'est pas mon amant ! Et que... je ne te déteste pas…

Il leva le regard, me sondant de ses iris rubis. Je baissai les yeux, cherchant mes mots. Cela faisait longtemps que j'avais compris ce qui s'était passé en moi lors de notre séparation. Mais j'avais toujours refusé de l'admettre. Jusqu'à ce jour…

— Je ne t'ai jamais détesté, Armand. Pas même après ce que tu as fait…

— Ce n'est pas l'impression que tu as donnée à l'époque… Et tu avais toutes les raisons du monde de me haïr.

Sa voix était calme et je pouvais y sentir une pointe de tristesse.

— Je sais. Pendant les premiers jours, j'ai vraiment cru que la haine avait remplacé l'amour dans mon cœur. Et puis, j'ai fini par comprendre que tous ces sentiments négatifs n'étaient pas tournés vers toi.

Je pris mon courage à deux mains et plongeai mon regard dans le sien.

— Je me détestais, Armand, parce que malgré ce qui s'était passé, j'étais toujours amoureux de toi. Mes sentiments pour toi étaient plus forts que tout… et ça me rendait malade. J'aurais voulu te haïr, souhaiter ta mort, seulement, j'en étais incapable… Je le suis toujours…

Il semblait hésiter à me croire. Je soupirai profondément.

— Olivier a été mon amant une nuit, il y a quelque temps, mais c'est tout. Personne ne t'a jamais remplacé dans ma vie. Je voulais juste que tu le saches.

Incapable de soutenir plus longtemps son regard, je me détournai, prêt à quitter les lieux. Je frissonnai lorsque sa main se posa sur mon bras et qu'il souffla :

— Attends…

Je me figeai, à moitié tourné, les yeux fixés sur le mur, dans l'attente de la suite. Comme il restait silencieux, je repris :

— Je suis désolé pour toutes les horreurs que je t'ai dites ce jour-là… C'était la douleur et le chagrin qui parlaient…

À peine avais-je fini ma phrase qu'il m'attira à lui. J'enfouis mon visage dans son cou alors qu'il m'enlaçait en murmurant :

— Je ne t'en ai jamais voulu… Et je n'ai jamais cessé de t'aimer.

Mon cœur n'avait pas besoin de plus pour exploser de bonheur. Ma raison me hurlait de fuir avant de faire une bêtise, mais tout mon être savourait trop ce moment pour qu'elle puisse gagner. Nous restâmes enlacés de longues minutes, silencieux. Puis, Armand me repoussa doucement et glissa sa main sur ma joue. Un léger sourire ourla ses lèvres juste avant qu'il ne les pose sur les miennes. C'était à peine un effleurement, mais il provoqua un long frisson de désir dans tout mon corps. Je sentis mon cœur se gonfler de tendresse alors que je lui rendais son baiser, entrouvrant la bouche pour que nos langues puissent se retrouver. Sans me lâcher, il me fit reculer jusqu'à la porte contre laquelle il me plaqua de son corps souple. La scène ressemblait étrangement à ce qui s'était passé avec Olivier un peu plus tôt, sauf que là, j'étais totalement consentant. Il glissa un genou entre les miens, soudant un peu plus nos bassins, me faisant sentir que je n'étais pas le seul à être excité par notre baiser.

Lorsque ses lèvres délaissèrent les miennes, elles glissèrent lentement le long de ma mâchoire, puis dans mon cou. C'est alors que quelque chose d'inattendu se produisit : Armand recula subitement, mettant d'un seul bond plus d'un mètre entre nous. Son visage était impassible, mais j'avais eu le temps d'apercevoir quelque chose dans son regard qui éveilla mon inquiétude. Avant que j'aie eu le temps de le formuler, il souffla :

— Tu devrais rentrer chez toi.

Son ton était neutre, comme s'il ne s'était rien passé entre nous quelques secondes plus tôt.

— Armand ? Tu vas bien ?

— J'ai beaucoup à faire pour préparer la vente aux enchères de demain.

Comprenant qu'il ne m'en dirait pas plus, je soupirai.

— D'accord…

Je sondai son regard et son visage, mais il s'était totalement ressaisi, plus rien ne transparaissait du trouble qui semblait l'avoir traversé. Je sortis de la chambre le cœur en vrac. Une fois dans le couloir, je restai quelques instants à contempler la porte qu'il avait refermée derrière moi, perplexe. J'étais à peu près certain d'avoir vu dans son regard quelque chose d'à la fois familier et terrifiant : la soif de sang du vampire.

Chapitre 8

Le lendemain après-midi avait lieu, dans la grande salle, une vente aux enchères d'œuvres d'art au profit de trois associations caritatives parrainées par Armand. Une heure avant, je montai me changer dans ma suite. Alors que je passais devant la porte ouverte du bureau du Sire, mon regard fut attiré par un objet à l'intérieur. Comme l'endroit était désert, je me permis d'entrer. Ce qui avait accaparé mon attention était une immense photo en noir et blanc d'Armand que j'avais prise lorsque nous étions ensemble. Sur le cliché, il était nu, alangui sur son lit, le visage dissimulé par ses longs cheveux bouclés. Étendu sur le ventre, un drap noir recouvrait à peine ses fesses, dévoilant la cambrure magnifique de ses reins. Plus que la photo en elle-même, ce fut le fait de la voir là, dans son bureau, qui me toucha.

Je ne me retournai pas en entendant des pas derrière moi, car j'avais deviné qui se trouvait là.

— Tu l'as gardée, soufflai-je…

— Pourquoi ne l'aurais-je pas fait ? Tu es un formidable photographe.

Armand avait toujours aimé ce que je faisais. C'était lui qui m'avait donné ma chance alors que je n'étais qu'un jeune amateur qui rêvait d'exposer dans ses galeries. Grâce à lui, j'avais vendu plusieurs photos, ce qui m'avait permis de financer mes études et l'achat de matériel plus perfectionné.

— Le modèle n'est pas mal non plus, répondis-je d'un ton amusé.

Armand se plaça à côté de moi et je le vis hausser les épaules.

— Que veux-tu, je n'y peux rien si je suis irrésistible !

Je dévisageai son profil quelques minutes. Il semblait aller bien, sans aucune trace de la soif de sang que j'avais aperçue la veille au soir. Je voulais l'interroger, mais j'avais peur qu'il ne se braque alors je repris :

— Tu vas vraiment te séparer de toutes les œuvres que tu as mises au catalogue ?

Il se tourna vers moi, souriant.

— Aucune n'a de valeur à mes yeux… La seule que je ne vendrai jamais, c'est justement celle-ci, ajouta-t-il en désignant ma photo d'un geste de la main.

— Elle ne te rapporterait sûrement pas grand-chose, de toute façon.

— Je vois que tu es toujours aussi modeste en ce qui concerne ton travail.

Je haussai les épaules à mon tour et il ajouta :

— J'ai déjà eu plusieurs offres pour ce tableau, certaines très alléchantes. J'ai toujours refusé de m'en séparer et ça ne changera pas. Et puis, comme tu le sais, l'argent n'a jamais été l'une de mes motivations.

Avant que j'aie pu répondre, il reprit :

— Je dois y aller, la vente ne va pas tarder.

Et il quitta le bureau. Je restai quelques secondes à contempler la photographie avant de sortir à mon tour, un peu perturbé par son attitude, certes amicale, mais finalement distante si l'on prenait en considération notre baiser de la veille.

***

La vente aux enchères fut un franc succès. Plusieurs millions d'euros furent récoltés et partagés entre les trois associations caritatives. Le soir même une réception était prévue pour remercier les généreux acheteurs et les quelques donateurs qui n'avaient pas hésité à débourser d'énormes sommes sans contrepartie.

La grande salle fut vite débarrassée de ses sièges superflus, des tables furent disséminées sur l'estrade, le même quatuor à cordes que pour le premier gala vint s'installer. Armand prononça un court discours de remerciement au nom des trois œuvres de charité qui bénéficieraient dès le lendemain des sommes récoltées. Il rejoignit ensuite ses invités, passant de l'un à l'autre, un grand sourire aux lèvres. Je pris à nouveau des centaines de clichés. J'avais déjà commencé à trier les photos en vue des portfolios qu'il me faudrait réaliser avant la cérémonie de clôture, douze jours plus tard, et j'allais pouvoir en ajouter certaines de cette soirée dès qu'elle serait terminée.

La réception prit un tour inattendu lorsque, soudain, l'un des serveurs glissa sur une serviette en papier, renversant le contenu de son plateau sur le sol. Il n'y avait heureusement personne à proximité pour être arrosé par le vin et le champagne. Le serveur s'agenouilla pour ramasser les morceaux de verre qui s'étaient éparpillés un peu partout autour de lui. Ce faisant, il s'entailla profondément la main. Aussitôt, je vis les narines de tous les vampires présents dans la salle frémir. Le service de sécurité se précipita pour évacuer le malheureux jeune homme et deux de ses collègues nettoyèrent rapidement le sang avec une solution prévue pour en faire disparaître toute trace olfactive, même pour l'odorat surdéveloppé des vampires.

J'allais me remettre au travail lorsque je remarquai Armand qui quittait la salle à grands pas en direction de ses appartements. Surpris, et un peu inquiet, je le suivis. Une fois à l'étage, je constatai que la porte de sa chambre était grande ouverte et qu'il y tournait en rond, le visage dissimulé par ses cheveux détachés. Ses mains ne cessaient de se tordre l'une contre l'autre, comme s'il était en proie à une grande souffrance.

— Armand ? Ça va ?

— Va-t'en !

Sa voix était rauque. De plus en plus inquiet, j'ignorai son ordre et m'approchai un peu plus.

— Armand, qu'est-ce qui se passe ?

Lorsque je fis un pas de plus vers lui, il releva soudain la tête, un air féroce sur le visage. Je reculai machinalement et, très vite, il me plaqua violemment contre le mur, un bras sous la gorge. Il dévoila ses crocs alors qu'une soif intense brillait dans son regard. J'aurais dû être terrorisé. Pourtant, malgré la fureur qui semblait s'être emparée de lui, je savais qu'il ne me ferait aucun mal. Et je devais avouer que j'étais même légèrement excité par la situation. Il pencha la tête, glissant son visage contre mon cou. Je sentais ses canines pointues effleurer ma peau. Je fermai les yeux, anticipant la douleur de la morsure lorsqu'une voix forte retentit :

— Lâche-le !

Armand grogna contre mon cou, mais ne bougea pas. Je croisai le regard inquiet de Gabriel qui se tenait derrière Bowman avec son compagnon. Le Sire de Londres avança d'un pas en grondant :

— Lâche-le immédiatement ! Ne m'oblige pas à intervenir !

Armand gémit, puis recula brusquement. Avant que j'aie pu reprendre mon souffle, il s'était réfugié tout au fond de la chambre, assis par terre, recroquevillé dans un angle de la pièce. Sans le quitter des yeux, Bowman me demanda :

— Julien, vous a-t-il mordu ?

Il me fallut quelques secondes pour reprendre mes esprits et répondre :

— Non. Ça va.

— Vous devriez sortir.

Je refusai et demandai :

— Que se passe-t-il ?

Puis, je reportai mon attention sur Armand.

— Depuis quand ne t'es-tu pas nourri ?

Sans lever la tête, il répondit, la voix toujours cassée.

— Dix-huit jours...

Je me tournai vers Bowman qui le fixait en fronçant les sourcils. Je savais qu'un vampire lambda pouvait tenir plusieurs jours sans boire de sang, mais que le manque finissait par le rendre fou et lui faire attaquer n'importe quel humain, même son plus proche ami. Cependant, les Sires pouvaient jeûner bien plus longtemps. J'avais entendu parler de l'un d'entre eux qui était resté près d'un mois sans boire avant de perdre l'esprit. Armand aurait facilement pu tenir plus de trois semaines… s'il n'avait senti l'odeur du sang du serveur.

Alors que je m'avançais d'un pas vers lui, la voix de Bowman retentit dans mon dos.

— Ne l'approchez pas !

— Il ne me fera pas de mal.

Je m'agenouillai à un mètre d'Armand, ne voulant pas le tenter outre mesure.

— Que s'est-il passé ? Pourquoi tu ne te nourris plus ?

— Je n'y arrive plus…

Un nouveau coup d'œil à Bowman me confirma qu'il était aussi surpris que moi.

— Je ne… supporte plus… le sang conditionné… Dès que je le bois, je le vomis aussitôt… J'ai… essayé plusieurs fois… sans succès…

— Est-ce possible ? demanda la voix de Gabriel.

Bowman ignora la question. Il s'adressa à Aidan :

— Vous deux, allez interroger Carine Verbois. C'est elle qui s'occupe de l'approvisionnement en sang conditionné. Et empêchez quiconque de venir à cet étage. Personne ne doit l'approcher tant qu'il n'aura pas bu, surtout pas des humains. Prévenez Angus de ce qui se passe, qu'il se charge de faire sortir tout le monde du manoir le plus vite et le plus calmement possible. Ne dites rien pour l'instant à l'équipe de sécurité d'Armand ; nous aviserons quand nous en saurons plus.

Il me fixa en silence et je lui rendis son regard, bien résolu à ne pas bouger de là. Il sembla le comprendre, car il n'insista pas. J'entendis Aidan et Gabriel quitter la chambre.

— Est-ce que le sang que tu utilises est différent de celui que tu donnes à tes invités ? interrogea Bowman.

— Non. Il provient du même lot. J'ai vérifié.

— Je suppose que vous n'avez pas eu de soucis avec ce sang ? intervins-je.

— Aucun.

— Avez-vous une idée de ce qui s'est passé ?

— J'en ai une… mais elle est très improbable… Pour l'instant, tout ce qui importe, c'est de trouver le moyen de le faire boire.

Armand secoua la tête.

— Vous devriez… m'enfermer… Je suis trop dangereux…

— Hors de question. Nous allons trouver une solution.

Sans le quitter des yeux, Bowman s'éloigna légèrement. Puis, il demanda :

— As-tu tenté de boire… à la source ?

Armand releva la tête vers lui, le foudroyant du regard.

— Non ! Tu sais très bien que je me refuse à mordre qui que ce soit, et ça depuis que le sang conditionné a été inventé.

— Tu ne vas peut-être pas avoir le choix.

— Tu ne pourras pas m'y obliger.

Bowman leva les yeux au ciel. Il connaissait assez Armand pour savoir que lorsqu'il avait une idée en tête, il était extrêmement difficile de l'en faire démordre.

— Tu préfères t'assoiffer au risque d'attaquer l'un de tes invités ? Ça risque de faire un peu désordre, tu ne trouves pas ?

— Mes invités…

Armand parut se ressaisir. Il se tourna vers moi et s'exclama :

— Il faut annuler le reste des festivités !

Au moment où Bowman allait répondre, la porte se rouvrit sur Gabriel et son compagnon. Aidan lança :

— Carine Verbois s'occupe de clôturer la soirée. Personne ne semble avoir remarqué le départ précipité d'Armand. Elle va trouver une excuse pour expliquer son absence et congédiera tout le monde. Elle nous a dit qu'elle avait eu un souci avec l'un des livreurs qui avait, semble-t-il, oublié de présenter son accréditation lors de sa livraison. Mais à part ça, rien à signaler.

Pendant qu'il parlait, l'incident dont j'avais été témoin entre la jeune femme et le livreur me revint en mémoire. Je demandai :

— Est-il possible qu'elle retrouve les numéros des lots reçus ce jour-là ?

Je leur racontai ce que j'avais vu et ajoutai :

— Peut-être qu'il y a eu une contamination de l'un des lots de sang. Ce qui expliquerait pourquoi Armand ne peut plus le boire.

— Oui, mais pourquoi il est le seul que ça touche ? souffla Aidan.

C'était effectivement perturbant. Bowman resta un long moment silencieux, l'air songeur. Puis, il reporta son attention sur Armand qui n'avait pas bougé, toujours recroquevillé dans le coin de la chambre.

— Tu dois te nourrir. Et vite !

Pendant que les deux vampires s'affrontaient du regard, je m'approchai d'Armand et lui tendis mon bras. Il m'adressa un regard effaré.

— Bois !

— Non !

— Il le faut !

— Je refuse !

— Tu préfères rester faible ? Et si tout ceci n'était qu'une manigance pour te destituer ? Tu y as pensé ? Si quelqu'un en profitait pour t'attaquer ? Tu n'es pas en mesure de refuser, alors mords-moi et bois !

Il fronça les sourcils et secoua la tête.

— Je préfère encore mourir plutôt que te mordre.

J'étais partagé entre la colère et la frustration. Je connaissais assez Armand pour savoir qu'il était plus borné qu'un troupeau de mulets. Lorsqu'il décidait quelque chose, il était pratiquement impossible de le faire changer d'avis. Pourtant, il n'avait jamais joué avec sa santé, et sa vie, d'une telle façon.

Je soupirai profondément. Je refusai de le laisser gagner. Je grognai :

— Si tu ne me mords pas, je te jure que je m'entaille le poignet et je te force à boire mon sang en te le collant sous le nez !

— Même si je dois en mourir, jamais je ne te mordrai… et jamais je ne boirai ton sang. Je l'ai promis...

Ma colère se transforma en fureur. Je m'énervai :

— Mais au nom de quelle putain de promesse tu oses mettre ta vie en danger ?

Il m'adressa un regard triste avant de répondre :

— Au nom de la parole que j'ai donnée un jour de ne jamais te mordre…

Surpris, je sifflai :

— Tu ne me l'as jamais promis !

— Pas à toi…

— À qui donc alors ?

— À Philippe…

Le choc me frappa en plein cœur. Je tombai sur les fesses, puis me relevai d'un bond. Je sortis de la chambre en courant, incapable de rester plus longtemps enfermé dans cette pièce, en sa présence. J'avais besoin d'air ; j'avais l'impression d'étouffer. Je finis par m'arrêter sur l'un des balcons déserts. Là, je m'adossai à un mur et me laissai glisser au sol, le cœur et l'esprit en vrac.

Chapitre 9

Je restai un long moment seul, à contempler les étoiles, essayant de remettre de l'ordre dans mes idées et mes sentiments. Lorsque j'entendis des pas approcher, je levai brièvement les yeux, le temps de voir de qui il s'agissait. Gabriel s'assit à côté de moi et demanda sans préambule :

— Qui est Philippe ?

Cela faisait si longtemps que je gardais tout ça au fond de mon cœur, que ça me rongeait de l'intérieur. Étrangement, je ne connaissais Gabriel que depuis quelques jours, pourtant je sentais que je pouvais me confier à lui sans crainte. Alors, je vidai mon cœur.

— C'était mon frère, de quatre ans mon aîné. Depuis tout petit, il voulait devenir un vampire. Mes parents étaient ravis. Pour eux, la transformation était le prélude à un grand avenir. Moi, je n'avais pas plus que ça envie de perdre mon humanité, même si Philippe était mon modèle. Dès qu'il fut majeur, il monta s'installer à Paris et déposa une demande officielle pour devenir un Postulant. Armand le trouvait trop jeune, mais ne voulait pas rejeter totalement sa demande. Il lui proposa de travailler pour lui pendant quelques années, puis de réexaminer son dossier. Philippe accepta, trop heureux d'évoluer dans l'entourage du Sire de Paris. Il poursuivit ses études de comptabilité tout en bossant à temps partiel pour le cabinet qui gérait les finances d'Armand.

Les souvenirs défilaient devant mes yeux comme un film.

— À dix-neuf ans, j'ai quitté Orléans pour venir m'installer moi aussi à Paris. J'avais l'ambition d'entrer aux Beaux-Arts, mais ma candidature fut refusée. Philippe m'hébergeait et il me proposa de me présenter à Armand, qui était déjà propriétaire de plusieurs galeries de la capitale. Je doutais que mes clichés soient assez bien pour le Sire de Paris… pourtant, dès qu'il les vit, Armand fut sous le charme.

— Pas seulement des photos, je suppose...

Je hochai la tête.

— Je ne sais pas si vous croyez au coup de foudre. Pour moi, c'était des idioties, juste bonnes à faire frémir les midinettes qui attendent impatiemment leur preux chevalier sur son destrier blanc. Jusqu'au jour où mon regard croisa celui d'Armand Duvivier… Ce fut comme si une décharge électrique m'avait traversé le corps. Bien sûr, je savais depuis longtemps que j'étais gay, mais c'était la première fois que je ressentais quelque chose d'aussi fort, aussi bien physiquement qu'émotionnellement. Malgré ça, notre relation ne débuta qu'un an plus tard. Pendant trois ans, tout fut idyllique. Je partageais mon temps entre ici et mon appartement, refusant de me faire entretenir. Grâce aux ventes de certains de mes tableaux, exposés par Armand dans l'une de ses galeries, je pouvais vivre et étudier le journalisme et la photo sans avoir à me soucier de travailler en plus. Mes parents ignoraient que j'étais en couple avec Armand. Ils savaient que j'avais quelqu'un dans ma vie, mais j'avais toujours refusé de leur dire de qui il s'agissait. Ils n'avaient pas vraiment insisté : j'avais toujours été très secret sur mes relations amoureuses et ils respectaient mes choix, du moment que j'étais heureux.

— Mais Armand est un homme public, intervint Gabriel. Comment avez-vous fait pour que votre relation ne filtre pas dans les médias ? Vous vous cachiez ?

Un petit sourire étira mes lèvres.

— Vous vous souvenez du discours d'Armand, de ce qu'il a dit au sujet de Gustave Valpeyroux ? J'étais pour Armand ce qu'il était pour Gustave avant sa transformation : son compagnon humain… son point faible. Peu de personnes étaient au courant de notre relation : certains de ses Affiliés et de ses employés humains, comme Amélie, sa gouvernante, ou les membres de son équipe de sécurité. Philippe le savait aussi… Il était mon confident… le premier à avoir compris ce qui se passait entre Armand et moi, bien avant que nous soyons ensemble. Souvent, il tentait de me convaincre de postuler moi aussi, arguant que si je devenais un vampire, je pourrais vivre éternellement avec l'élu de mon cœur… J'y pensais sérieusement, même si le fait de perdre mon humanité me terrifiait. Je me disais alors que j'étais encore jeune et que j'avais quelques années devant moi avant de devoir prendre une décision à ce sujet.

Je m'interrompis alors que les souvenirs heureux faisaient place à ceux auxquels je refusais de penser depuis si longtemps.

— Ma vie était parfaite… et ça aurait pu durer encore longtemps s'il n'y avait pas eu le drame…

Gabriel écoutait en silence, patient.

— J'avais vingt-deux ans lorsque la demande de Postulant de Philippe fut réexaminée. Pendant des mois, on lui fit passer des tests psychologiques et physiques, puis son dossier fut accepté. La tradition veut que la transformation se déroule en privé. Seuls les proches du Postulant peuvent y assister. Mes parents, fous de joie à l'idée d'avoir enfin un vampire dans la famille, s'étaient empressés de venir y assister. Deux Affiliés d'Armand étaient présents également, servant à la fois de témoins et d'assistants à leur Sire. Juste au cas où… quelque chose tournerait mal...

Je me levai et m'appuyai à la rambarde, le regard fixé sur les lumières de la ville qui s'étendait loin devant moi.

— Pour la plupart des Postulants, la transformation en vampire se déroule en quelques minutes à peine, le temps que toutes les cellules de leurs corps mutent. Dès les premières secondes, je compris que quelque chose n'allait pas en voyant l'air inquiet d'Armand.

Les larmes ruisselaient à présent sur mes joues.

— Philippe semblait aller bien. Il se tenait debout face à nous et souriait. Puis, tout à coup, son corps s'est mis à trembler violemment. Il s'est effondré sur le sol, pris de convulsions. J'ai voulu me précipiter à ses côtés, mais les deux Affiliés nous retenaient, mes parents et moi, tandis qu'Armand s'agenouillait près de lui. Il tenta de faire boire une nouvelle fois son sang à Philippe, pour renforcer la transformation… Mais il était trop tard… Les convulsions cessèrent aussi vite qu'elles étaient arrivées. Et… après avoir chuchoté quelque chose à Armand, il est resté étendu là… sans vie…

Je m'interrompis à nouveau, tentant de repousser la boule de chagrin qui commençait à m'obstruer la gorge.

— J'ai blâmé Armand… Je l'ai accusé d'avoir tué mon frère… Je savais, tout au fond de moi, que ce n'était pas de sa faute, qu'il arrivait parfois que le corps d'un Postulant rejette la mutation et qu'il n'y survive pas. Mais, à cet instant précis, j'étais incapable de réfléchir posément. J'étais en colère contre la Terre entière, contre mes parents… mais principalement contre Armand. Je ne pouvais pas rester une seconde de plus en sa présence. Il fallait que je mette le plus de distance possible entre nous. Quelques jours plus tard, j'ai trouvé une petite annonce. Un journal cherchait un photographe pour accompagner l'un de leurs reporters sur des zones à haut risque. J'ai sauté sur l'occasion. J'aurais donné n'importe quoi pour quitter la France.

— Vous êtes parti longtemps ?

— Deux ans. J'ai été blessé lors d'un reportage en Afrique. Une balle m'a traversé la cuisse et j'ai failli mourir de l'hémorragie. On m'a rapatrié en France et mes parents m'ont convaincu de rester. Ils avaient déjà perdu un de leurs fils, ils ne voulaient pas perdre le second. J'ai trouvé mon travail actuel à « Vivre en France » grâce à l'un de mes amis, Pierre, qui tient un magasin de matériel photo. Je n'aurais jamais cru qu'un jour, ma route croiserait à nouveau celle d'Armand...

Gabriel me rejoignit près de la rambarde, s'y adossant, les bras croisés.

— Je comprends mieux votre réaction. Pourtant…

Je me tournai vers lui, attendant la suite de sa phrase.

— Vous l'aimez toujours, n'est-ce pas ?

Je soupirai et essuyai mes joues trempées d'un revers de manche.

— Mon cœur lui appartient. Et je refuse de le voir mourir sous prétexte qu'il a promis à mon frère de ne jamais me mordre !

***

Lorsque je revins dans la chambre, suivi par Gabriel, la situation semblait n'avoir pas bougé d'un pouce. Armand était toujours recroquevillé dans un coin de la pièce et, de l'autre côté, Bowman discutait avec Aidan. Sans hésiter, je m'approchai de mon ancien amant et lui tendis mon bras.

— Je te délivre de ta promesse envers Philippe. Bois !

Comme je m'y attendais, il secoua la tête. Je me relevai et allai récupérer le couteau que je gardais toujours dans mon sac. Je pris également un verre puis m'assis à côté d'Armand qui me fixait, les yeux écarquillés.

— Puisque tu refuses de me mordre, on va essayer autrement.

Je m'entaillai le bras assez profondément, puis fis couler le sang dans le verre avant de le tendre au vampire. Il le prit d'une main hésitante tandis qu'Aidan s'agenouillait près de moi afin de comprimer ma coupure avec un linge propre. Armand me dévisagea un instant en silence, puis trempa enfin ses lèvres dans mon sang. Il avala une gorgée, une deuxième… et recracha le tout sur le sol, le corps secoué de spasmes violents. Alors que j'allais le supplier de revenir sur sa décision, Bowman intercéda en ma faveur.

— Tu dois boire son sang à la source.

Armand était affaibli. Il essuya son menton d'un revers de la manche et je vis très nettement sa main trembler.

— Tu n'as plus le choix maintenant !

— Et si… si ça ne marche pas ?

— Il faut essayer.

Je crus qu'il allait à nouveau protester, mais il se contenta de soupirer profondément. J'ôtai alors la serviette qui comprimait ma blessure et lui tendis mon bras. La coupure saignait encore un peu. Il la fixa un long moment sans bouger. Je l'approchai un peu plus de ses lèvres et il réagit enfin. Il se jeta sur moi, plantant ses crocs dans mon avant-bras. Fasciné, j'étais incapable de détourner le regard alors qu'il aspirait goulûment mon sang à même mes veines. La douleur était supportable, moins intense que je ne l'aurais cru. Il but longtemps et avec avidité. Je commençais à avoir des vertiges lorsque la voix de Bowman retentit tout près de moi.

— Ça suffit !

Armand ne bougea pas, continuant à aspirer mon sang. Son ami lui donna un léger coup sur la gorge qui le fit hoqueter et l'obligea à me lâcher. Je reculai en rampant à moitié, incapable de me relever. Je sentis des mains puissantes me soulever du sol et me porter sur le lit. Puis, je vis apparaître un verre d'eau devant mes yeux troublés.

— Buvez ! ordonna la voix de Gabriel.

J'obéis, de toute façon pas en mesure de protester. Lorsque j'eus vidé le verre, un second apparut, mais je le repoussai en demandant :

— Armand ? Ça a marché ?

Ce fut la voix de Bowman qui me répondit depuis le coin de la chambre.

— Oui. Il reprend des forces.

Je tournai alors la tête vers Gabriel qui s'était assis au bord du lit et me tendait à nouveau le verre.

— Vous avez perdu beaucoup de sang. Il faut boire. Et manger.

L'eau me fit du bien. Et les gâteaux qu'Aidan m'apporta peu après m'aidèrent à me requinquer. Les deux hommes s'occupèrent également de soigner mon bras et de l'enserrer dans un épais bandage. Lorsque je fus certain que mes vertiges n'étaient plus qu'un souvenir, je me déplaçai jusqu'au bord du lit afin de pouvoir regarder Armand. Il était toujours assis par terre à la même place, mais semblait avoir retrouvé ses forces.

— Il faut nettoyer tout ça, suggéra Bowman.

— Je m'en occupe, proposa Aidan.

Le Sire de Londres aida son homologue français à se lever et le conduisit jusqu'à un fauteuil. Armand gardait le regard baissé et je savais qu'il s'en voulait de m'avoir ainsi vidé d'une grande quantité de sang.

— Au moins, maintenant, on sait que boire à la source est la solution.

— Je refuse de recommencer ! lança Armand d'une voix déterminée. J'aurais pu te tuer !

— Mais tu ne l'as pas fait.

Bowman intervint.

— Avec la quantité que tu as bue ce soir, tu devrais pouvoir tenir une bonne semaine. D'ici là, j'espère bien que nous aurons trouvé le fin mot de cette histoire. Mais la prochaine fois qu'il t'arrivera quelque chose comme ça, parle-m'en avant qu'il soit trop tard, espèce d'idiot !

Le vampire était l'une des rares personnes à pouvoir parler ainsi à Armand sans risquer de se prendre un coup de poing en pleine face. Je ne pus m'empêcher de sourire devant leur échange.

— Nous avons tous besoin de repos, lança soudain Gabriel.

Tout le monde fut d'accord avec lui. Il m'aida à me lever et m'emmena dans ma chambre alors que Bowman entraînait Armand dans la sienne, refusant de le laisser seul.

— Voulez-vous que je reste un peu ? demanda Gabriel après m'avoir aidé à m'allonger sur mon lit.

— Je ne crois pas qu'Aidan apprécierait que nous soyons seuls tous les deux trop longtemps.

— Oh… c'est vrai qu'il est jaloux, mais il a confiance en moi.

Je le dévisageai un long moment en silence. Il finit par demander, mal à l'aise :

— Quoi ?

— Vous savez, n'est-ce pas ?

— Savoir quoi ?

— Pour le lien entre Aidan et Bowman.

Il fronça les sourcils, puis souffla :

— Oui, mais vous…

— Je l'ai appris par hasard lors d'une visite qu'Armand et moi leur avions faite à Londres il y a bien longtemps. Aidan n'a pas apprécié que je sois au courant, mais il a eu confiance en ma parole quand j'ai promis de ne jamais divulguer la vérité.

Gabriel leva les yeux au ciel.

— Plus ça va, plus j'ai l'impression que c'est le secret le moins bien gardé au monde !

Je ris.

— Ça n'est pas trop gênant d'avoir comme beau-père l'un des vampires les plus puissants d'Europe ?

— Absolument pas. Je crois qu'il est ravi que son fils ait enfin trouvé quelqu'un avec qui partager sa vie.

— Il a raison. Le véritable amour est tellement rare qu'il faut s'y accrocher quand on le trouve.

— Et vous ? Vous allez vous y accrocher ?

Sa question me prit au dépourvu.

— Vous aussi, vous méritez d'être heureux. Et je suis sûr que lorsque toute cette histoire sera finie, Armand sera ravi de vous voir revenir dans sa vie.

Sur ces mots, Gabriel se dirigea vers la porte.

— Bonne nuit, Julien.

— Bonne nuit.

Lorsqu'il fut sorti, je restai de longues minutes à contempler le plafond, tournant ses paroles dans ma tête. Depuis que j'avais échangé ce baiser avec Armand, quelques jours plus tôt, je m'étais pris à rêver… Je nous imaginais ensemble à nouveau, comme si rien n'avait changé, comme si le destin ne s'était pas amusé à nous torturer en faisant de lui l'homme que je rendais responsable de la mort de mon frère. À cette pensée, les larmes se mirent à couler sur mes joues et je me recroquevillai dans le lit, abattu. La fatigue finit par avoir raison de moi, me plongeant dans un sommeil agité par des rêves ressemblant étrangement à des souvenirs.

Chapitre 10

Le lendemain matin, je m'éveillai un peu vaseux. Après avoir pris une longue douche brûlante, je descendis à la cuisine, affamé. J'y trouvai Gabriel et Aidan en pleine conversation avec Angus McIntosh et Carine Verbois. La jeune femme semblait épuisée et, à vrai dire, les trois hommes n'avaient pas l'air beaucoup plus frais. En me voyant entrer, Gabriel m'adressa un immense sourire :

— Bonjour Julien ! Vous avez bien dormi ?

— Pas assez, mais la faim m'a réveillé et j'ai préféré venir manger avant de commencer à m'autodigérer. Comment va Armand ? demandai-je en me servant une tasse de café.

— Il se repose, répondit Aidan. Mon père est avec lui.

Je jetai un bref coup d'œil à Carine, mais elle ne sembla pas surprise. Je compris donc qu'elle était également dans la confidence. McIntosh tapota le banc à côté de lui et je m'y installai. Sur la table se trouvaient des tonnes de victuailles parmi lesquelles je reconnus certains restes du buffet de la veille. Je m'emparai de quelques petits-fours sucrés avant de demander :

— Que va-t-il se passer maintenant ?

Sans surprise, ce fut Aidan qui répondit. Visiblement, il avait pris les choses en main.

— Carine va nous fournir tous les renseignements concernant le lot de sang qui semble être à l'origine du problème. Gabriel et moi allons nous rendre dans les bureaux de la société de conditionnement, voir si nous pouvons apprendre quelque chose de plus. Angus restera ici pour veiller sur vous.

— Le service de sécurité d'Armand a été informé ?

— Ils savent juste qu'aujourd'hui, personne à part nous n'est autorisé à entrer et sortir du bâtiment. Ils n'en connaissent pas la raison. Mon père estime que moins de personnes seront au courant de la vérité, moins nous prenons de risques pour la sécurité d'Armand et de ses Affiliés.

— J'ai annulé les deux réunions auxquelles il était censé assister aujourd'hui, intervint la jeune femme. Certains des invités m'ont demandé ce qui se passait et j'ai répondu qu'ils le sauraient bientôt. Mais je vais devoir trouver très vite quelque chose de crédible si je ne veux pas me retrouver assaillie par la presse.

— Mon père y réfléchit avec Armand, souffla Aidan, l'air soucieux. Pour l'instant, ce qui me préoccupe le plus, c'est de savoir ce qui s'est exactement passé… et de trouver les coupables… si coupables il y a…

***

Nous terminâmes de manger, puis les autres s'éparpillèrent en fonction des tâches qu'Aidan leur avait assignées. Je restai seul dans la cuisine un long moment, jusqu'à ce que deux employées de maison viennent nettoyer les restes de notre petit-déjeuner. Je remontai rapidement à l'étage, bien décidé à me plonger dans l'écriture de mon article, mais mes pensées étaient immanquablement tournées vers Armand. Malgré ce que les autres m'avaient dit, j'étais encore inquiet pour lui. Je décidai alors de m'assurer de son état de santé par moi-même.

Au moment où je pénétrais dans le couloir du second étage, l'une des portes s'ouvrit sur Walter Bowman. Le vampire me considéra quelques instants en silence, puis me fit signe de le suivre. Il me fit entrer dans une chambre déserte avant de refermer la porte derrière nous.

— Comment va-t-il ? demandai-je.

— Mieux physiquement. Mais il est très perturbé par tout ce qui s'est passé hier soir.

— C'est pour ça que vous m'avez amené là ? Pour me dire qu'il vaudrait mieux pour tout le monde qu'il garde ses distances avec moi ?

— Au contraire.

Bowman se laissa tomber sur un fauteuil en soupirant.

— Je suppose que vous ne savez rien de ce qui s'est passé ici après votre départ… après la mort de votre frère…

Je ne m'attendais pas à ce qu'il aborde ce sujet. Je m'assis au bord du lit, face à lui, et répondis :

— Non.

— Armand était dévasté. Comme vous le savez, lui et moi partageons un lien télépathique très puissant, qui nous permet de communiquer sans avoir à passer par les outils traditionnels. Lorsque votre frère est mort, il était tellement mal que j'ai senti sa douleur à travers notre lien. J'ai pris l'avion immédiatement, inquiet pour sa santé mentale. Il m'a tout raconté en détail. Il souffrait terriblement d'avoir perdu la personne qu'il aimait plus qu'il n'avait jamais aimé avant.

Plus Bowman parlait et plus je me sentais mal. Jamais auparavant je n'avais réfléchi à ce que mon compagnon avait pu ressentir lors de ce drame. J'étais tellement pris par ma propre douleur que je n'avais même pas imaginé qu'il puisse lui aussi souffrir.

— Le temps a passé et il s'en est peu à peu remis. Enfin presque…

— Presque ?

Le vampire plongea son regard intense dans le mien et je détournai les yeux, accablé par le remords.

— Armand n'a eu aucun amant depuis ce jour-là.

Abasourdi, je relevai les yeux. Bowman avait l'air très sérieux, pourtant j'avais le plus grand mal à le croire.

— Après ce qui s'était passé entre vous, il a refusé de prendre le risque de souffrir à nouveau… ou de faire souffrir quelqu'un d'autre. Du moins, c'était ce qu'il disait à ceux qui tentaient de l'approcher. Mais moi, je connaissais la vérité : il vous aimait toujours et semblait prêt à en être tourmenté jusqu'à la fin des temps. Je vous en ai longtemps voulu. Pour moi, tout était de votre faute. Armand est mon ami, mon frère. J'ai passé plus de temps avec lui qu'avec quiconque d'autre sur cette Terre. Je suis prêt à tout pour lui…

Il s'interrompit un instant, se releva et fit quelques pas dans la pièce. Puis, il se planta devant moi, les bras croisés, me dominant de toute sa hauteur.

— Gabriel m'a rapporté votre conversation d'hier soir. Il m'a dit que vous aimiez toujours Armand. Et, en ce moment, il a un grand besoin de votre présence à ses côtés. Mais si vous vous avisez une nouvelle fois de le faire souffrir, je vous jure que je vous tuerai de mes propres mains. Est-ce bien clair ?

Un long frisson de terreur pure me traversa. Bowman était tout à fait capable de mettre sa menace à exécution et de me faire disparaître si efficacement que personne ne saurait ce qui m'était arrivé. Je déglutis difficilement avant de souffler :

— Limpide…

***

Quelques minutes plus tard, Bowman me fit entrer dans sa propre chambre où Armand se reposait depuis la veille. Je m'attendais à ce qu'il reste avec nous, mais après avoir échangé un regard avec son ami, il ressortit en fermant la porte derrière lui. Je m'adossai au battant, un peu incertain quant à la conduite à tenir. Armand était assis en tailleur sur le lit. Il avait troqué son smoking contre un pyjama de soie noire qui rehaussait la pâleur de son teint.

— Bonjour, soufflai-je sans bouger de ma place.

— Tu as peur de moi ?

Surpris, je répondis :

— Bien sûr que non.

— Tu devrais peut-être…

Son ton était neutre, mais je le connaissais suffisamment pour savoir qu'il s'agissait d'un mécanisme de défense. Je m'approchai d'un pas et il m'adressa un regard inquiet. Je l'ignorai, m'asseyant au pied du lit. Je ramenai une jambe sous moi de façon à pouvoir lui faire face. Armand fixait à présent le couvre-lit qu'il triturait entre ses longs doigts fins.

— Je suis désolé pour hier soir…

— Ce n'est rien. Tu avais besoin de sang et j'étais donneur volontaire. Si c'était à refaire, je n'hésiterais pas.

Il releva les yeux vers moi. Son visage reflétait son combat intérieur.

— Tu ne m'as pas fait mal. Et j'étais totalement consentant.

— Et ce matin… tu vas bien ?

Je lui souris tendrement.

— C'est gentil de t'inquiéter pour moi. Ce serait plutôt à moi de me faire du souci pour toi. Pourquoi tu n'as pas parlé de ce problème… d'alimentation à Bowman ? Il aurait pu t'aider avant que tu n'en arrives à perdre les pédales en sentant l'odeur du sang de ce pauvre serveur.

— Je sais. J'ai été stupide. Je pensais… non, je ne sais pas ce que je pensais… Je ne comprends pas ce qui s'est passé… comment ça se fait que je ne sois plus en mesure de me nourrir comme avant.

— Les autres sont tous au travail pour essayer de trouver une réponse à cette question. Et une solution durable.

Il hocha la tête, puis s'adossa aux oreillers tout en ramenant ses genoux contre son torse. N'eussent été ses prunelles rouges, il paraissait presque humain… et surtout très vulnérable.

— Tu dois te ressaisir, Armand. Carine a réussi à repousser les questions, mais tes invités vont commencer à s'inquiéter si tu ne réapparais pas très vite. Bowman dit que tu peux tenir au moins une semaine sans boire. Cependant… si jamais tu en as besoin, sache que je suis là… Je serai toujours là pour toi…

— Je ne peux pas te demander de me nourrir à nouveau. Cela risquerait d'être dangereux pour ta santé.

— Je m'en fous ! Il n'y a que toi qui comptes…

Je m'approchai un peu et posai une main sur son bras. Il la considéra longuement en silence avant de souffler, d'un air amusé :

— Je ne me souvenais pas que tu étais à ce point masochiste.

Je ne pus m'empêcher de rire.

— Je te rassure, je n'ai pas changé sur ce sujet ! Il est toujours hors de question d'utiliser certains… accessoires…

— Pourtant, si je me souviens bien, tu avais plutôt apprécié l'usage des menottes en fourrure rose…

Des souvenirs très explicites envahirent mon esprit et je me sentis subitement rougir. J'étais gêné, d'autant plus que cela avait réveillé une certaine partie de mon anatomie. Cependant la lueur narquoise dans le regard d'Armand me réchauffait le cœur. Et c'était tout ce qui comptait. Je lançai, bien décidé à le taquiner :

— C'est mesquin de me rappeler cette fois-là.

— Il semble me souvenir que nous nous étions bien amusés.

J'ouvris la bouche pour répliquer, mais les mots se coincèrent dans ma gorge. J'allais dire « on remet ça quand tu veux ». Même si je le pensais et même si j'en avais très envie, il était encore trop tôt pour penser à reprendre notre relation là où elle s'était arrêtée.

— Julien ? Ça va ?

Je me secouai mentalement, puis reportai mon attention sur Armand.

— Ce n'est rien, souris-je. Je devrais redescendre bosser un peu. Mon article ne va pas s'écrire tout seul.

— D'accord.

Alors que je me dirigeais vers la porte, je sentais son regard me brûler la nuque. Je me retournai, une main sur la poignée.

— Repose-toi, je repasserai te voir tout à l'heure. Si tu le veux bien.

— Avec plaisir.

Une fois dans le couloir, je pris quelques secondes pour tenter de remettre de l'ordre dans mes idées et mes sentiments. Conscient que je n'y parviendrais pas en restant planté là, je retournai dans ma suite et me remis au travail sur mon article et sur les portfolios.

***

J'étais plongé dans le tri de mes photos lorsque mon portable sonna, me faisait sursauter violemment. Je soupirai en voyant le nom de Mathilde sur l'écran.

— Salut !

— Bonjour toi ! Est-ce que tu sais quelle heure il est ?

— Non, je ne suis pas une pendule.

— Il est pratiquement midi et Granger voudrait savoir quand tu comptes lui envoyer ton article à propos d'hier soir.

— Je suis dessus. J'en ai encore pour un petit moment. Il faut que je choisisse les photos pour l'illustrer. Et pourquoi notre cher rédac' chef ne m'appelle-t-il pas lui-même ?

— Il est en vidéoconférence avec Dupuis qui est toujours à Prague.

— Il se passe quelque chose de spécial là-bas ?

— Je ne sais pas, Granger ne m'a rien dit. Tu veux que je te tienne au courant ?

— Tu peux bien faire ça en échange de quelques potins supplémentaires, non ?

— Vendu ! Je te laisse bosser. Fais-moi signe quand tu auras fini ton article.

— OK ! À plus !

Je raccrochai et restai quelques instants pensif. J'ignorais les circonstances exactes qui avaient amené à l'Ascension de Dame Petrova et, l'espace d'une seconde, je me demandai si cela avait un lien avec ce qui se passait ici. Puis, je me morigénai pour mon esprit tordu et me remis au travail.

***

Une vingtaine de minutes plus tard, on frappa à la porte de ma suite. Je fus surpris de voir entrer Amélie, la gouvernante d'Armand, chargée d'un plateau-repas.

— Messire Duvivier a pensé que vous auriez faim, souffla-t-elle avec un sourire. Il ne veut pas que vous dépérissiez.

Je me levai pour la débarrasser et la remerciai. Dès qu'elle fut repartie, je me jetai avec avidité sur le hamburger et les frites, subitement affamé. Je ne fus pas long à vider mon assiette, mais je pris plus de temps pour savourer le dessert : une mousse au chocolat, mon péché mignon. Tout en mangeant, je repassai dans mon esprit les événements des derniers jours, essayant d'analyser tous les faits. Et en repensant à ma dernière conversation avec Armand, je me rendis compte de son étrangeté. Il m'avait taquiné comme il le faisait lorsque nous étions ensemble et je me demandai un bref instant quelle suite allait prendre notre relation. Même si mes sentiments pour lui étaient encore vivaces, je n'étais pas sûr d'être prêt à recommencer comme avant. Le fantôme de Philippe serait toujours présent entre nous, quoi qu'il arrive. Serai-je capable d'aimer Armand tout en occultant la douleur qui me déchirait en repensant à la mort de mon frère ?

Chapitre 11

Il était près de dix-huit heures lorsque je reçus la visite de Carine Verbois. La jeune femme semblait toujours aussi fatiguée. Une ride de contrariété barrait son front lorsqu'elle pénétra dans la suite.

— Aidan et Gabriel sont de retour. Messire Duvivier souhaite tous nous voir dans le petit salon.

— J'arrive.

Quelques minutes plus tard, je pris place sur l'un des fauteuils en cuir. Armand arriva juste après, accompagné par Bowman. Il avait revêtu un pantalon de velours noir et un épais pull bordeaux, sa couleur fétiche. Il s'installa sur le fauteuil le plus proche du mien et m'adressa un sourire sincère. Il semblait avoir retrouvé à la fois ses forces, sa détermination et son charisme. Aidan, Gabriel, Angus McIntosh et Carine prirent place sur les deux canapés, Bowman sur le dernier fauteuil. Ce fut Aidan qui prit la parole en premier.

— Comme vous le savez tous, nous avons enquêté auprès de la société qui fournit le sang conditionné au sujet du chauffeur avec lequel Miss Verbois a eu un souci l'autre jour. Cet homme travaille pour eux depuis plusieurs années et ils n'ont jamais eu aucune réclamation à son sujet. Il leur a rapporté qu'il avait effectivement eu ce jour-là un problème, car il avait oublié son badge et son accréditation chez lui et, du coup, la livraison avait été refusée.

Quelques heures plus tard, ils lui ont fait ramener le chargement et, cette fois-ci, il avait ses papiers sur lui.

— Je ne l'ai pas revu, intervint Carine. Ça doit être Amélie qui a réceptionné la livraison. Elle est la seule autre personne à être habilitée pour tout ce qui concerne le sang conditionné.

— Je viens de l'interroger à ce sujet, reprit Aidan, et elle me l'a effectivement confirmé.

— J'ai un contact dans la police française, intervint Gabriel, un collègue de la brigade criminelle avec qui j'ai travaillé il y a quelques années sur une enquête conjointe. Je lui ai fourni le nom du livreur en question. Son casier judiciaire est vierge. Ça ne prouve pas qu'il est innocent, mais rien n'indique qu'il pourrait être la source du problème.

— Donc, le souci ne semble pas venir des lots de sang. De toute façon, si ça avait été le cas, tous les vampires qui en ont bu auraient le même problème. Et ni mon père ni aucun des Affiliés d'Armand ne sont affectés.

Je fronçai les sourcils et demandai :

— Un vampire peut-il être empoisonné ?

Je vis les humains présents hausser les épaules, aucun ne connaissant apparemment la réponse à cette question. Cependant, je fus surpris du mutisme des deux principaux intéressés. Je jetai un bref coup d'œil à Bowman qui avait fermé les yeux et à Armand qui le fixait d'un air incrédule. Aidan avait remarqué lui aussi le manège des deux vampires et il soupira :

— Père, si tu as une idée de ce qui se passe, je te prierai d'en faire profiter ceux qui n'ont pas de pouvoir télépathique.

Bowman se leva et fit quelques pas dans la pièce avant de revenir s'asseoir, les bras croisés.

— Je pense que celui qui a empoisonné Armand est un Alchimiste.

J'ouvris la bouche, mais Gabriel fut plus rapide que moi.

— Un mec qui change le plomb en or ?

Bowman eut un petit sourire amusé.

— Ceci est une légende, comme le fait que les vampires détestent l'ail ou les crucifix.

J'échangeai un regard avec Gabriel qui paraissait aussi perdu que moi. Au final, je me rendis compte qu'Aidan était le seul humain qui savait de quoi son père parlait.

— Tu crois vraiment que c'est possible ?

Avant que Bowman ait eu le temps de répondre, j'intervins :

— On pourrait avoir un peu plus d'explications au sujet de cette histoire d'Alchimiste ?

Le vampire hocha la tête, puis ferma les yeux quelques secondes avant de se lancer.

— Ce que je vais vous raconter est, pour beaucoup, une légende. Je fais partie de ceux qui savent que derrière le mythe se cache une part de vérité. Au Moyen-Âge, un groupe d'humains a commencé à chercher un moyen de se débarrasser de notre espèce. Ils n'étaient pas les premiers. De tout temps, il y a eu des conflits entre nos deux races, mais personne n'avait trouvé une méthode efficace pour nous exterminer. Ce groupe d'humains était en fait composé des membres mâles d'une même famille, les Salvatore, ce qui veut dire « sauveur » en italien. Ces hommes avaient la particularité d'être totalement immunisés contre l'hypnose vampirique.

Je jetai un regard vers Carine, mais elle semblait déjà au courant aussi pour cette information.

— Les Salvatore, et notamment leur patriarche de l'époque, Lorenzo, se sont surnommés eux-mêmes des Alchimistes. Ce ne sont ni des sorciers ni des êtres surnaturels, leur seul pouvoir se résumant à leur imperméabilité à nos suggestions. Ils ont un talent exceptionnel pour tout ce qui touche à la médecine, l'herboristerie, la chimie et, de nos jours, la biochimie et la génétique. Au fil des années, puis des siècles, une rumeur s'est répandue au sujet d'un poison que les Alchimistes auraient mis au point pour se débarrasser des vampires. Personne n'a jamais eu de preuve que ce poison soit réel. L'existence même des Alchimistes est sujette à débat. Pourtant, certains de nos congénères n'ont pas hésité à assassiner des hommes qu'ils soupçonnaient de faire partie de cette famille.

— Juste parce qu'ils avaient peut-être créé un poison anti-vampires ? m'exclamai-je, outré.

— La plupart du temps, ces meurtres perpétrés par des mercenaires aux ordres d'un Sire étaient mis sur le compte de renégats.

— Tu penses que c'est ce poison qui a été utilisé sur Armand ? demanda Aidan.

— Non. Mais je pense qu'un Alchimiste pourrait nous aider à comprendre ce qui se passe.

Il se tourna vers Armand avant d'ajouter :

— J'ai appelé Remigio ce matin, mais il n'a pas répondu. Je lui ai laissé un message. J'espère qu'il me contactera vite.

J'allais de surprises en surprises et j'étais rassuré de voir que les autres humains semblaient dans le même cas que moi. Même Aidan paraissait perturbé par la dernière phrase de son père.

— Tu connais un Alchimiste ?

Bowman répondit d'un hochement de tête.

— Pourquoi tu ne m'en as jamais parlé ?

— Comme je l'ai dit, certains vampires considèrent les Alchimistes comme une menace… Étrangement, leurs capacités ne se transmettent que de père en fils. De ce fait, au fil des siècles, leur nombre n'a cessé de diminuer. Aujourd'hui, je pense qu'il reste moins de dix Alchimistes au monde. L'existence de Remigio Salvatore est une information qui doit rester la plus secrète possible. J'ai confiance en vous pour ne jamais en parler à quelqu'un en dehors des personnes présentes dans cette pièce.

Nous hochâmes tous la tête en signe d'assentiment.

— Remigio a de plus certains... talents... que n'ont pas les autres membres de sa famille. Je ne vous en dirai pas davantage. Vous devez juste savoir qu'il est le plus puissant Alchimiste encore en vie à ce jour. Donc, si quelqu'un peut nous aider à résoudre le problème d'Armand, c'est bien lui. Encore faut-il que j'arrive à le joindre !

Carine, qui n'avait pratiquement rien dit depuis le début de cette réunion informelle, demanda :

— Qu'allons-nous faire en attendant ? Les invités du Cinquantenaire vont commencer à se poser des questions si Messire Duvivier n'apparaît pas demain soir au gala de charité.

Armand répondit lui-même.

— Nous continuerons les festivités comme si de rien n'était. Personne ne doit soupçonner ce qui m'arrive. Je compte sur toi, Walter, pour me surveiller et pour m'arrêter au moindre signe de perte de contrôle.

Bowman acquiesça d'un signe de tête.

— Grâce à Julien, je suis en mesure de tenir jusqu'au bal de clôture samedi prochain. Il ne devrait pas y avoir de problème, tant que personne ne se blesse devant mon nez. Quelle que soit la nature du mal qui me touche, et que nous trouvions ou non une solution, je ne veux pas gâcher ce qui reste de ce moment historique. Mes invités n'ont pas à en pâtir.

— D'accord, souffla Carine en se levant. Je vais aller m'assurer que tout est prêt pour demain soir.

Lorsqu'elle fut sortie, Armand se tourna vers Aidan, Gabriel et McIntosh.

— Je compte sur vous trois pour ouvrir l'œil. Julien m'a fait remarquer ce matin que ce qui s'est passé pourrait faire partie d'un coup monté pour s'attaquer à moi dans un moment de faiblesse. Je peux me reposer sur mon service de sécurité, j'ai entièrement confiance en mes hommes. Cependant, étant donné que vous êtes là et que vous êtes déjà dans la confidence, j'aimerais autant limiter le nombre de personnes au courant de tout ça.

— Vous croyez que ça pourrait être lié à ce qui s'est passé lors du sommet ? demanda Gabriel.

Je me tournai vers lui, espérant enfin en savoir plus à ce sujet, mais Armand se contenta de répondre en haussant les épaules :

— Je n'en ai aucune idée. Après l'échec du plan de Havel pour nous éliminer, Walter et moi, je ne vois pas qui pourrait tenter à nouveau sa chance.

— Dame Petrova ? suggéra Aidan. Je la crois suffisamment retorse pour monter un coup pareil.

— Je pense qu'elle est bien trop occupée pour le moment. Mais aucune hypothèse n'est à exclure.

J'avais totalement perdu le fil de leur conversation. Je n'avais retenu que le fait que quelqu'un avait essayé de tuer Armand pendant le sommet vampirique. Et je me promis de l'interroger à ce sujet dès que possible.

Bowman se leva, imité par son fils et les deux autres membres de son équipe de sécurité.

— Je vais réessayer de contacter Remigio.

— D'accord.

Armand attendit qu'ils soient sortis pour se tourner vers moi. Il m'adressa un sourire tendre.

— Je suppose que tu as une multitude de questions à me poser.

— Est-ce que je vais enfin pouvoir savoir ce qui s'est passé lors de ce fameux sommet ? On a vraiment tenté de te tuer ?

— En fait…

Lorsqu'il eut terminé son long récit, je restai quelques secondes abasourdi. Puis, une idée dérangeante me traversa l'esprit.

— Et si Sophia Petrova avait tout manigancé ? Je sais que Havel, en tant que vampire, était insensible à ses pouvoirs de succube, mais ça n'exclut pas le fait qu'il ait été sous son charme. Elle a très bien pu lui suggérer de s'en prendre à Bowman et à toi, tout en sachant qu'il ne parviendrait pas à ses fins, qu'il serait sûrement tué et qu'ainsi, elle serait en mesure de lui succéder.

— J'y ai pensé, bien sûr. Et Walter aussi. Nous en avons longuement discuté avant que je ne rentre à Paris, mais nous n'avions aucune preuve à ce sujet. Nous avons songé à infiltrer quelqu'un dans son entourage... Après y avoir réfléchi pendant plusieurs semaines, nous avons conclu que c'était impossible. Un vampire ne pourrait rester près d'elle que s'il était l'un de ses Affiliés, qui lui serait donc aveuglément fidèle. Et une telle mission est trop dangereuse pour un humain, qui risquerait à tout moment de se faire hypnotiser. Nous avons donc fini par nous résoudre à attendre tout en surveillant la situation de loin.

— L'un de mes collègues est à Prague pour couvrir son Ascension, mais je ne pense pas qu'il soit en mesure de nous fournir des informations intéressantes à ce sujet.

— De toute façon, il est hors de question que quelqu'un mette sa vie en danger pour moi.

Armand appuya ses propos d'un regard sombre qui me transperça le cœur. Je détournai les yeux et soufflai :

— Je devrais retourner bosser un peu en attendant que Bowman ait des nouvelles de son ami Alchimiste.

Sans attendre sa réponse, je me levai et me dirigeai vers la porte. Je m'attendais à ce qu'il me retienne, mais il n'en fit rien. Et j'en fus un peu déçu…

***

Je venais à peine de m'installer devant mon écran que trois coups légers furent frappés à la porte de la suite. Le battant s'ouvrit avant que j'aie eu le temps de répondre et le visage d'Armand apparut par l'entrebâillement.

— Puis-je te déranger deux minutes ?

Surpris, je lui répondis d'un hochement de tête. Il referma soigneusement derrière lui, puis s'approcha de quelques pas.

— Je n'ai rien de particulier à faire et j'avais envie de voir où tu en étais dans la conception des portfolios.

Je souris.

— Comment sais-tu que j'ai commencé à les préparer ?

— Je te connais.

Cette simple phrase me réchauffa le cœur instantanément. J'ouvris le dossier contenant les projets pendant qu'Armand s'approchait. Il resta debout derrière mon épaule droite alors que je soufflai :

— Je voulais justement te demander ton accord au sujet de l'un d'entre eux.

Je cliquai sur l'un des albums et une photo pleine page de Gabriel et Aidan s'afficha. C'était l'un des clichés que j'avais pris pendant le gala d'ouverture où on les voyait enlacés sur la piste de danse.

— Je pensais leur créer un portfolio commun. Ils sont tellement proches… Je me suis dit que ça pourrait leur plaire.

— C'est une excellente idée.

Je fis défiler les photos que j'avais choisies pour eux. Armand se pencha un peu plus pour regarder l'écran, posant sa main sur mon épaule. Au bout de quelques secondes, je sentis son pouce caresser ma nuque, juste à la naissance de mes cheveux. J'eus un soudain afflux de sang dans le bas-ventre et me retrouvai en quelques secondes très à l'étroit dans mon jean. Je pris une profonde inspiration avant de souffler :

— Si tu continues, on va avoir un problème…

Armand se figea puis ôta soudainement sa main, semblant se rendre compte de son geste.

— Désolé… j'avais oublié que tu étais sensible à cet endroit-là…

Il recula d'un pas et je me levai. Je n'avais aucune envie qu'il me fuie. Il y avait encore des non-dits entre nous, des sujets importants dont nous allions devoir parler pour pouvoir enfin mettre le passé de côté et avancer. Pourtant, je ne parvenais pas à remettre de la distance entre lui et moi. Pas avec ce qui était en train de lui arriver. Était-ce la perspective de le perdre, encore une fois, qui me poussait vers lui si irrésistiblement ? Je l'ignorais. Tout ce que je savais, c'était que mon envie de lui me dévorait les entrailles. Que mon besoin de lui était plus puissant que la raison. Son regard glissa sur mon corps jusqu'à se poser sur la bosse qui déformait mon jean. Il remonta vivement les yeux jusqu'à mon visage.

— C'est une très mauvaise idée… Avec ce qui m'arrive, je pourrais te faire du mal…

Avant qu'il ait eu le temps de s'enfuir, je lançai d'un air que j'espérais assez tentateur :

— Nous pouvons très bien nous amuser sans que ma peau soit à portée de tes crocs.

Je le vis hésiter, une lueur de désir enflammant son regard rubis. Je jetai un bref regard autour de moi, puis avisant l'un des confortables fauteuils en cuir, je le lui désignai d'un geste.

— Installe-toi là…

Un léger sourire déforma ses lèvres et il obéit. Il s'assit d'abord le dos droit, bien calé au fond du siège. Je m'approchai, m'accroupis face à lui et lui attrapai les genoux pour lui écarter les cuisses. Il se laissa faire, glissant un peu dans le fauteuil, se retrouvant dans une posture plus confortable… et surtout beaucoup plus détendue. Je m'agenouillai entre ses jambes et plongeai mon regard dans le sien.

— Tu as le droit de te servir de tes mains, soufflai-je d'un air amusé en le voyant croiser les bras sur son torse.

Il soupira profondément, mais ne bougea pas. Je baissai le regard et le trouvai subitement beaucoup trop habillé.

— Enlève ton pull.

Il me fixa un long moment en silence, incertain, puis finit par obéir. Il ne portait rien dessous et je ne pus m'empêcher de me lécher les lèvres en redécouvrant sa peau diaphane et les muscles finement ciselés de son torse. Cette fois-ci, il posa ses bras sur les accoudoirs, son regard ardent toujours fixé sur moi. Je n'avais pas besoin de baisser les yeux pour savoir qu'il était aussi excité que moi par cette situation. Je me redressai, posant mes lèvres sur son ventre plat, puis je me mis à dessiner lentement le contour de ses abdominaux avec ma langue. J'avais envie de faire durer les choses, mais j'étais si excité que j'avais peur de jouir dans mon jean avant même d'avoir commencé. Alors, au lieu de monter taquiner ses tétons comme cela avait été mon intention première, je descendis directement vers ce qui tendait le velours de son pantalon. J'ouvris sa braguette et, quelques secondes plus tard, vêtement et sous-vêtement glissèrent jusqu'à ses chevilles. Je restai un instant à contempler son membre rougi par l'excitation, aussi alléchant que dans mon souvenir. Je déposai un baiser papillon sur le gland, arrachant un gémissement à Armand. Il serra les doigts sur les accoudoirs, faisant des efforts visibles pour ne pas pousser ses reins vers moi. Je descendis poser ma langue à la base de son membre avant de le lécher sur toute sa longueur. Je retrouvai sa saveur familière qui décupla ma propre envie. Alors que ma main droite s'appliquait à caresser ses bourses pleines, mon autre main descendit libérer mon érection douloureuse. Je soupirai de soulagement lorsque l'air frais de la pièce entra en contact avec ma peau brûlante et sensible.

Les yeux mi-clos, Armand dardait sur moi un regard intense. Je lui adressai un sourire mutin avant de reporter mon attention sur l'objet de ma convoitise. Cette fois-ci, je glissai mes lèvres autour et descendis rapidement, l'engloutissant presque entièrement. Il avait les proportions idéales pour que je puisse le prendre en bouche sans problème. Tandis que mes lèvres et ma langue le mettaient à la torture, je laissai mes doigts descendre un peu plus bas. Un gémissement de plaisir traversa Armand au moment où mon index entrait en lui. Et il fut incapable de contrôler les mouvements de son bassin lorsque je finis par effleurer sa prostate.

— Julien…

Sa voix était rauque. Il avait rejeté la tête en arrière et fermé les yeux. Ses doigts étaient si crispés sur les accoudoirs du fauteuil que j'étais sûr que leur trace y serait pour toujours incrustée. Je continuai à le torturer, d'un côté avec ma bouche, de l'autre avec mon doigt. Je n'avais pas besoin de me toucher. Lui donner du plaisir suffisait à faire grimper la chaleur dans mes reins. Armand était à présent totalement cambré, ses fesses décollées du siège, et je sentais qu'il n'était pas loin du point de rupture. J'accentuai donc mes caresses intimes, la pulpe de mon doigt glissant sur sa prostate à chaque mouvement. Mes lèvres, quant à elles, remontèrent jusqu'à enserrer son gland seulement. Je le suçotai et le léchai jusqu'à ce qu'un grondement sourd s'échappe de sa gorge au moment même où il se déversait dans ma bouche. Je l'accompagnai dans sa jouissance, ne laissant se perdre aucune goutte du précieux liquide, moi-même au bord de l'explosion.

Je finis par le relâcher, mon doigt toujours en lui. Armand se redressa et je fus obligé de me retirer. Il se pencha en avant, laissant glisser son bras entre nous. Sa main effleura mon érection prête à exploser alors que ses lèvres capturaient les miennes. J'ouvris la bouche, lui laissant goûter sa propre saveur. Ses doigts se refermèrent sur moi. Je gémis au moment où nos langues se retrouvèrent pour un ballet sensuel. Seuls quelques mouvements de sa main sur mon membre me suffirent pour atteindre l'extase. Je m'accrochai à ses épaules alors qu'un orgasme fulgurant me traversait. Notre baiser étouffa mon gémissement de plaisir. Il continua à me caresser longuement, le contact de ses longs doigts fins provoquant des frissons presque douloureux contre ma peau si sensible. Il n'éloignait sa bouche de la mienne que pour me laisser respirer, semblant ne jamais vouloir me relâcher.

Un vertige s'empara de moi et je me serais effondré si Armand ne m'avait pas retenu, m'enlaçant. J'enfouis le visage contre son cou et murmurai :

— Je croyais que tu devais garder tes crocs loin de moi.

Je le sentis rire contre mon épaule, puis il me souleva dans ses bras comme si je n'avais pas été plus lourd qu'une plume. D'un coup de pied, il se débarrassa de son pantalon et de son boxer qui entouraient encore ses chevilles, puis il m'amena jusqu'au lit. Là, il me déshabilla, puis s'allongea tout contre moi, rabattant la couette sur nous. Je me blottis dans ses bras, tout simplement heureux d'être là. Les fantômes du passé guettaient toujours, mais pour l'instant, rien d'autre ne comptait que la présence de l'homme – du vampire – à qui mon cœur et mon corps appartenaient.

Chapitre 12

Je fus réveillé par la faim. Mon ventre grogna bruyamment et un rire retentit tout près de mon oreille. Sans ouvrir les yeux, je demandai :

— Quelle heure est-il ?

— Presque six heures et demie, répondit la voix tranquille d'Armand.

Incrédule, je me redressai et jetai un regard au réveil posé sur la table de chevet. Celui-ci indiquait six heures vingt-six. Je me laissai retomber sur le lit, me frottant le visage pour finir de me réveiller.

— J'ai dormi plus de dix heures ! C'est un exploit !

Je me tournai vers Armand qui me fixait, étendu sur le côté, un bras replié sous la tête. Un air amusé étirait ses lèvres fines et je ne pus m'empêcher de m'approcher pour l'embrasser tendrement. Il accepta le baiser, refermant ses bras sur moi, m'attirant encore plus près.

— Tu as besoin de manger, Julien. Je t'ai fait manquer le dîner hier.

— Je ne m'en plains pas, répondis-je avec un sourire mutin avant de l'embrasser à nouveau.

Le désir m'embrasa, mais Armand me repoussa doucement. Il plongea son regard dans le mien avant de souffler :

— Nous devons aussi parler de ce qui s'est passé hier soir.

Son ton sérieux me poussa à reculer. Je m'assis, ramenant mes genoux contre mon torse et demandai d'une voix que je tentai de maîtriser :

— Tu regrettes ?

Il sembla sincèrement surpris. Il s'assit également et leva la main pour me caresser la joue avant de répondre :

— Pas une seconde… bien au contraire. Cependant… m'as-tu vraiment pardonné ?

Un peu choqué par sa question, je mis quelques secondes à répondre :

— Il n'y a rien à pardonner, Armand. Je t'en ai voulu pendant longtemps, mais tu n'es pas fautif. C'était juste un tour cruel du destin. Il m'a fallu du temps pour le comprendre. Et pour l'accepter.

Il ne répondit pas, se contentant de me fixer d'un air neutre. Puis, il finit par soupirer et par souffler :

— Il y a autre chose… J'ai besoin de savoir si tu es prêt à t'engager à nouveau dans une relation exclusive avec moi.

Une question me brûlait les lèvres et je décidai que le moment était bien choisi pour la poser.

— Est-ce vrai que tu n'as eu personne depuis… mon départ ?

Il hocha la tête en souriant.

— Comme tu le sais, nous autres vampires n'avons pas les mêmes… envies… que les humains. Nous pouvons très bien rester des décennies sans avoir de relations sexuelles. Après toi, je… je n'ai jamais éprouvé l'envie d'être avec quelqu'un d'autre. Mes sentiments pour toi sont…

Il s'interrompit, semblant chercher ses mots. Il caressa à nouveau ma joue, l'air un peu triste.

— Julien, mon cœur t'appartenait et il t'appartient toujours… si tu le souhaites… Cependant… tu me connais assez pour savoir que je ne suis pas partageur. Si tu sens que tu ne seras pas capable de faire une croix sur les autres, il vaut mieux que nous arrêtions tout ça dès maintenant, avant de nous faire encore plus de mal.

Alors qu'il parlait, tout son corps était tendu, dans l'attente de ma réaction. Je fermai les yeux, serrant les paupières afin de repousser l'émotion soudaine qui s'était emparée de moi.

— Si seulement j'avais été moins con…

Je sentis ses lèvres effleurer les miennes. Et son souffle me caresser la joue lorsqu'il murmura :

— Tu souffrais…

Je rouvris les yeux. Il s'était agenouillé face à moi et me fixait d'un regard empli d'amour. Je ne pus résister plus longtemps et me jetai dans ses bras. Nos lèvres se retrouvèrent pour un baiser tout en tendresse. Lorsque je m'éloignai, je soufflai :

— Les autres n'existent plus… Je suis à toi, rien qu'à toi.

Armand sourit largement avant de reprendre à nouveau ma bouche. Le désir m'enflamma encore une fois. Cependant mon amant vampire en avait décidé autrement.

— Nous aurons tout notre temps pour nous retrouver lorsque tu auras mangé.

Je boudai, mais il demeura inflexible.

— On pourrait prendre une douche ensemble avant de descendre ?

Pour toute réponse, Armand bondit du lit et alla récupérer ses vêtements. Lorsqu'il revint dans la chambre, il était habillé. Il se planta dans l'encadrement de la porte, les mains sur les hanches.

— Allez, Monsieur le Photographe ! Debout !

Je me laissai retomber sur le dos, j'attrapai le drap et m'en couvris le visage, joueur.

— Nan !

Une main pâle, mais ferme tira le drap vers le bas tandis que ses lèvres soufflaient à mon oreille :

— Je te promets que nous rattraperons le temps perdu dès que nous aurons élucidé cette affaire.

Le souvenir de ce qui s'était passé la veille me revint brutalement. Je soupirai puis me levai enfin.

— Tu as raison. Nous allons d'abord te guérir. Ensuite…

Je me léchai les lèvres tout en me dirigeant vers la salle de bains. Je sentais son regard brûler la peau de mon dos et de mes fesses. Il n'aurait pas fallu grand-chose pour qu'il balance aux orties ses bonnes résolutions. Pourtant, il parvint à résister. Je n'insistai pas et refermai soigneusement la porte derrière moi malgré ma frustration évidente.

***

Lorsque je sortis de la salle de bains, je fus surpris de voir qu'Armand était toujours là. Du moins, il était revenu, car il s'était changé, troquant son pantalon noir contre un gris clair et son pull bordeaux contre un noir. Après avoir enfilé rapidement un jean et un tee-shirt, je le rejoignis et nous descendîmes en direction de la cuisine. Nous n'en étions plus qu'à quelques mètres lorsque nous fûmes rejoints par Carine Verbois. Elle paraissait épuisée, mais déterminée.

— Messire, j'aurais besoin de vous pour finaliser les préparatifs du gala de charité de ce soir.

Armand se tourna vers moi, s'excusant :

— Je dois y aller. On se voit plus tard ?

J'étais un peu déçu, mais je soufflai avec un sourire :

— Bien sûr. À tout à l'heure.

Je fus surpris de le voir se pencher vers moi et déposer un léger baiser sur mes lèvres avant de s'éloigner avec son assistante. Je restai quelques secondes figé. Je ne m'étais pas du tout attendu à ce qu'il « officialise » aussi tôt notre relation renaissante auprès de son entourage. Mais je devais avouer que j'aimais ça. Je n'avais aucun doute : mon amour pour Armand était encore plus fort qu'avant, si c'était possible.

Je repris mon chemin vers la cuisine, mais m'interrompis en apercevant Gabriel qui se dirigeait vers la salle à manger du personnel. Je lui adressai un signe de main et il me sourit.

— Bonjour !

— Hello ! Bien dormi ?

Je fronçai les sourcils, surpris par son ton un peu moqueur. Puis, je compris qu'il savait.

— Vous l'avez deviné ou tout le monde est déjà au courant ?

Il rit.

— Aidan et moi avons vu Messire Duvivier sortir de votre chambre tout à l'heure. Vu qu'il portait les mêmes vêtements qu'hier soir, il n'était pas difficile de comprendre que vous aviez passé la nuit ensemble.

Nous entrâmes dans la salle à manger où une partie de l'équipe de sécurité et des employés d'Armand étaient déjà installés. Gabriel et moi allâmes nous servir du café et quelques viennoiseries avant de nous asseoir à l'une des petites tables se trouvant un peu à l'écart des autres. Cette pièce m'avait toujours fait penser à une salle à manger d'hôtel où chacun pouvait s'installer selon ses affinités et non pas être obligé de manger avec tous les autres.

Gabriel mordit à pleines dents dans un croissant en soupirant d'aise, ce qui me fit sourire. Je l'appréciais vraiment beaucoup et je n'avais aucun mal à comprendre comment Aidan avait pu tomber amoureux de lui. En parlant de ça…

— Où est votre moitié ?

Gabriel avala son énorme bouchée de pâte feuilletée et but une gorgée de café avant de répondre à voix basse :

— Avec Walter. Remigio Salvatore est toujours injoignable, ce qui n'est apparemment pas bon signe. Aidan a un ami dans la police romaine qui va essayer de savoir où est passé cet Alchimiste.

Une idée dérangeante me traversa l'esprit. Ce n'était pas la première fois depuis que j'avais appris l'existence de cet homme, mais, cette fois-ci, je la formulai à voix haute.

— Et si c'était lui qui avait empoisonné Armand ?

L'expression de Gabriel me fit comprendre qu'il avait eu la même pensée.

— Je l'ai suggéré à Walter. Lui aussi le craint… il espère avoir tort, mais le fait que Salvatore ne réponde pas à ses appels ne joue pas en sa faveur.

Trois employés d'Armand s'installèrent à la table la plus proche de la nôtre et nous dûmes changer de sujet, de peur que notre conversation n'arrive jusqu'à leurs oreilles. Nous parlâmes de tout et de rien, de la ville et du reste des célébrations jusqu'à ce que nous ayons terminé notre petit-déjeuner.

Une fois sorti de la salle à manger, Gabriel lança :

— Je vais aller voir où en sont Aidan et Walter. À plus tard !

— OK !

Je me retrouvai seul dans le couloir, un peu désœuvré. Je décidai de remonter bosser sur mes portfolios, espérant que ça m'occuperait suffisamment l'esprit pour que je ne passe pas la matinée à penser à Armand, à notre relation et à ce qui se tramait ici depuis quelques jours.

***

Je fus incapable de me concentrer sur mon travail. Au bout de quelques minutes, j'abandonnai les photos pour aller sur le net et me lancer dans des recherches sur les Alchimistes. Je ne trouvai pas grand-chose d'intéressant : la plupart des résultats me renvoyaient vers des ouvrages parlant de magiciens pouvant changer la nature de la matière, de la Pierre philosophale… ou même vers les livres « Harry Potter ». Je repris donc ma recherche en ajoutant le nom « Salvatore ». Là, je n'obtins que deux résultats, dont l'un qui me parut prometteur. Il s'agissait d'un site qui reprenait les théories d'un livre mentionnant Lorenzo Salvatore, le premier des Alchimistes à avoir combattu les vampires. L'auteur, un certain Charles Bouvier, historien français de la fin du 18e siècle, était tombé par hasard sur des preuves de l'existence de cette famille particulière d'humains. L'homme avait consacré sa vie à ses recherches et les avait compilées dans cet ouvrage qui n'avait eu aucun succès de son vivant. Bouvier était mort à quarante-deux ans de la tuberculose et son livre était pratiquement tombé dans l'oubli. Depuis ce jour, les recherches de Bouvier et l'existence même des Alchimistes avaient rejoint le grand cercle des mythes conspirationnistes incluant les Templiers, les francs-maçons, etc.

J'étais tellement plongé dans ma lecture des extraits de l'ouvrage de Bouvier que je sursautai violemment lorsqu'on frappa à la porte. Je jetai un bref coup d'œil à l'horloge de l'ordinateur qui affichait un peu plus de midi. J'ouvrais la bouche pour répondre lorsque l'on frappa à nouveau.

— Entrez !

Le battant s'ouvrit sur Armand et je soufflai :

— Tu n'as pas besoin de frapper, tu es chez toi.

Il entra, referma derrière lui et s'adossa à la porte.

— En ce moment, cette pièce est à toi. Cela ne serait pas poli d'entrer sans m'annoncer.

Je me levai et le rejoignis. Il avait l'air soucieux et fatigué. Ce second point n'était pas bon signe lorsqu'il s'agissait d'un vampire. Je glissai ma main sur sa joue et il ferma les yeux, poussant sa peau contre la mienne.

— Que se passe-t-il ?

Il soupira profondément, puis s'éloigna, allant s'asseoir dans l'un des fauteuils. Je remarquai qu'il n'avait pas choisi celui que nous avions utilisé la veille au soir, lors de nos « retrouvailles ».

— Armand ?

— J'ai beaucoup réfléchi à tout ce qui se passe en ce moment.

Mon cœur manqua un battement. Son ton était si sérieux que je crus un instant qu'il allait m'annoncer que nous avions fait une erreur, que nous ne pouvions plus être ensemble.

— Que va-t-il se passer si nous ne trouvons pas de remède ?

Je retins mon soupir de soulagement. J'avais été égoïste, ne pensant qu'à mon bonheur alors qu'Armand souffrait d'un mal inconnu qui le rongeait de l'intérieur. J'approchai une chaise de son fauteuil et m'assis en face de lui. J'enserrai les mains d'Armand dans les miennes avant de répondre :

— Nous avons une solution, tu le sais bien.

— Je ne peux pas…

— Nous te trouverons des donneurs volont…

Il m'interrompit en secouant vivement la tête et plongea son regard dans le mien.

— Je ne peux pas boire le sang d'un autre que toi.

Je fronçai les sourcils, perplexe.

— Tu as essayé ? Ou tu ne veux pas le faire ?

Il soupira à nouveau avant de répondre.

— Walter voulait savoir si je pourrais me nourrir de n'importe quel humain. J'ai commencé par refuser, mais il a insisté. Alors j'ai demandé à l'un de mes Affiliés de me… prêter… l'un de ses donneurs volontaires. Et ça n'a pas fonctionné… Je n'ai pas pu assimiler son sang. Walter m'a obligé à réitérer l'expérience avec un autre humain… même résultat...

— Donc…

— Apparemment, ton sang est le seul que je parvienne à boire sans problème. À condition que je le prélève à la source.

— Cc n'cst pas un problèmc, jc…

— C'est un problème ! gronda Armand, visiblement furieux. Ce n'est pas parce que j'ai accepté de te mordre une fois que je le referai ! Et puis… Si cette situation perdure, nous ne pourrons pas rester ensemble, Julien.

Mon cœur se figea, subitement glacé. Je bondis de ma chaise qui bascula et heurta la moquette avec un bruit mat.

— Non ! Ne dis pas ça ! Je te l'interdis !

Armand se leva lui aussi et s'approcha, les mains tendues.

— Julien…

— Non ! Il est hors de question que je te perde à nouveau ! Nous trouverons une solution. Tu boiras mon sang de temps en temps et…

Il m'attrapa par les bras, les serrant un peu trop fort.

— Tu ne te rends pas compte du risque ? Imagine que je perde le contrôle alors que nous sommes seuls ! Je pourrais très bien te mordre pendant l'une de nos étreintes et te vider de ton sang avant même de m'en rendre compte ! Pourquoi crois-tu que j'ai fait cette promesse à Philippe ? Pour te protéger de moi !

L'entendre prononcer le prénom de mon frère me déchira un peu plus le cœur. Je fus incapable de retenir mes larmes, mais ma colère était pratiquement aussi forte que ma peine. Je reculai, tentant désespérément de me dégager de sa poigne à présent douloureuse. Il parut réaliser qu'il me faisait mal, physiquement, car il desserra ses longs doigts en s'excusant.

— Je suis désolé…

— De quoi ?

Je serrai les poings, me concentrant sur ma rage pour ne pas m'effondrer.

— De m'avoir rappelé ce matin que tu es jaloux, que tu voulais que je sois entièrement à toi pour mieux me jeter quelques heures plus tard ?

— Julien…

Je reculai de deux pas et pris une profonde inspiration avant de continuer. Je ne voulais pas risquer de dire quelque chose que je regretterais par la suite.

— Je t'aime, Armand, mais tes sautes d'humeur me tapent sur les nerfs ! Vu la situation, je vais les mettre sur le compte du stress. Cependant… je t'interdis de me repousser ! Tu n'as pas le droit de décider tout seul de ce qui est bien pour nous deux. Si tu ne veux plus de moi, si tu as décidé que d'avoir un simple humain dans ta vie et ton lit ne te satisfait pas, dis-le-moi franchement ! Ne te sers pas d'excuses minables pour me rejeter !

Son regard intense était fixé sur moi et je voyais dans ses prunelles rubis la tristesse qui l'accablait. Je ne bougeai pas lorsqu'il s'approcha de moi. Ses doigts glissèrent sur mes joues pour essuyer les larmes qui y avaient coulé.

— Je suis désolé, s'excusa-t-il à nouveau. Parce que je t'aime trop pour te tenir éloigné de moi alors que, pour ton bien, je devrais t'envoyer le plus loin possible… parce que je n'ai pas été capable de tenir la promesse que j'avais faite à Philippe… parce que je refuse de souffrir à nouveau de cette solitude liée à ton absence… parce que tu es la seule raison pour laquelle j'ai envie de me battre contre ce mal qui me ronge…

Il recula à nouveau et j'eus l'impression que sa main avait laissé une marque au fer rouge sur mes joues brûlantes.

— Je suis désolé… parce que si nous ne parvenons pas à me guérir, je n'aurai pas d'autre choix… je disparaîtrai…

Alors que j'ouvrais la bouche pour répliquer, il leva une main et termina d'un ton sec :

— Parce que si tu devais mourir par ma faute, j'en deviendrais fou de chagrin et serais capable de mettre le pays et l'Europe tout entière à feu et à sang… Je t'aime trop… mon Julien…

Sur ces mots, il quitta la pièce si rapidement que je n'eus pas le temps de réagir. Je me laissai tomber dans le fauteuil qu'il venait d'abandonner, anéanti. Depuis quelques jours, j'avais l'impression d'être dans des montagnes russes émotionnelles, grimpant au plus haut du bonheur pour ensuite retomber brutalement dans le plus sombre des abysses. Armand ne comprenait pas que je serais moi aussi incapable de vivre sans lui. Après toutes ces années de séparation, je réalisais enfin qu'il était tout pour moi et que je l'aimais plus que ma propre vie. Nous n'avions donc plus le choix : si nous voulions tous deux survivre, nous devions trouver le remède à son mal.

Chapitre 13

Je ne revis pas Armand de la journée. Le soir, au gala de charité, il évita soigneusement de croiser mon regard. Je fis mon possible pour paraître normal, mais Gabriel dut sentir mon trouble, car il s'inquiéta plusieurs fois de mon état. Je tentai de le rassurer, sans grand succès.

Après le gala, j'allai me coucher, seul. J'avais envie de rentrer chez moi, de m'éloigner un peu, mais la peur, pas si irrationnelle, qu'Armand en profite pour disparaître me dévorait les entrailles. Je savais très bien qu'il ne partirait jamais avant la fin des célébrations et tant que Bowman serait là pour l'en empêcher. Pourtant, la peur était là et ne semblait pas vouloir me lâcher.

Je ne dormis presque pas, tourmenté par des cauchemars. Au petit matin, je pris une douche rapide et descendis à la salle à manger. Le soleil était à peine levé et la plupart des employés d'Armand n'étaient pas encore debout. Je m'installai donc à une petite table au fond, toujours perturbé par les mauvais rêves qui m'avaient assailli toute la nuit. Après avoir avalé deux cafés noirs et mangé quelques viennoiseries, je quittai la salle à manger, mais me retrouvai désœuvré. Je n'avais pas envie de remonter travailler, car je savais que je ne parviendrais pas à me concentrer. Je me dirigeai alors vers le petit salon, espérant qu'Armand s'y trouverait peut-être. Il me manquait. Je ne l'avais pas vu depuis quelques heures seulement et j'avais l'impression que ça faisait une éternité.

Quand j'entrai dans le salon, je vis deux silhouettes blotties l'une contre l'autre sur l'un des canapés. Je me figeai et m'apprêtais à ressortir lorsqu'Aidan leva les yeux vers moi. Il me fit signe de rester. Je m'assis dans un fauteuil, amusé de voir Gabriel endormi, la tête posée sur l'épaule de son compagnon. Ils avaient l'air tous deux très fatigués ; j'étais pourtant certain d'avoir une tête de déterré pire que les leurs. Aidan avait un magazine ouvert sur les genoux, mais j'étais à peu près sûr qu'il n'en avait pas lu une ligne. Il me sourit et souffla à voix basse :

— Mon père va bientôt nous rejoindre.

Je voulus l'interroger, savoir s'ils avaient des nouvelles de Remigio Salvatore, mais je ne voulais pas risquer de réveiller Gabriel. Celui-ci se blottit un peu plus contre son compagnon qui entrelaça leurs doigts et déposa un baiser sur son crâne. L'amour entre eux était si fort qu'il en était presque palpable.

Une légère jalousie me traversa : j'aimais Armand, mais nous n'avions jamais été aussi complices. J'en connaissais la raison : il avait toujours eu peur de me faire du mal. En tant que vampire, Armand était plus fort et plus rapide que moi. Et, surtout, il y avait toujours le risque qu'il perde le contrôle et me morde. Nous n'en avions jamais parlé lors de notre première histoire et ça ne m'avait pas gêné outre mesure, du moment que j'étais à ses côtés. À présent, cela devenait un réel problème qui ne faisait que s'ajouter à un autre : j'étais humain… j'allais donc vieillir, et, immanquablement, mourir. La plupart des gens à ma place auraient demandé à Armand de les transformer, de faire d'eux des vampires afin de pouvoir vivre à jamais à ses côtés. Une éternité d'amour… Cependant, après ce qui était arrivé à mon frère, je savais que jamais je ne deviendrais un vampire. Je tenais trop à mon humanité pour accepter de la voir disparaître. Surtout que me transformer m'obligerait à devenir l'un des Affiliés d'Armand, à perdre ainsi une partie de mon libre arbitre. Je l'aimais, oui, mais je ne me sentais pas capable de sacrifier autant.

Je réalisai tout à coup que, quoi qu'il se passe, notre relation aurait une fin. Et cela m'emplit d'une immense tristesse.

Je fus tiré de mes pensées maussades par l'arrivée de Bowman. Son entrée dans la pièce réveilla Gabriel qui s'étira longuement, sous le regard appréciateur de son amant. Le Sire de Londres leva les yeux au ciel devant leur manège, un sourire attendri apparaissant tout de même sur son visage. Armand nous rejoignit peu après. Il m'adressa un regard éteint avant de s'installer dans le fauteuil le plus éloigné du mien.

— Des nouvelles de votre ami Alchimiste ? demandai-je à Bowman pour rompre le silence pesant qui venait de tomber sur la pièce.

— Aucune.

Aidan intervint.

— Mon contact dans la police romaine n'a rien trouvé. Il semblerait que Remigio Salvatore n'ait pas de domicile officiel.

Son père sourit.

— Il en a un. Seulement personne ne le connaît, pas même moi. Comme je vous l'ai dit, peu de personnes sont au courant de son existence. Je…

Il s'interrompit lorsque deux coups furent frappés à la porte et qu'elle s'ouvrit sur Angus McIntosh.

— Messire Bowman, un jeune homme a demandé à vous parler.

L'Écossais entra et tendit à son employeur un objet que je ne pus voir. Lorsque le Sire le prit, il écarquilla les yeux de surprise.

— Un jeune homme, vous dites ?

— Oui. Il ne doit pas avoir plus de vingt-cinq ans.

Bowman fronça les sourcils, puis lança :

— Faites-le entrer !

— Que se passe-t-il, Walter ? demanda Armand, l'air inquiet.

Avant que son ami ait pu répondre, la porte se rouvrit sur McIntosh qui accompagnait le nouveau venu. Il s'agissait effectivement d'un jeune homme, entre vingt et vingt-cinq ans. Sa peau mate et ses yeux en amande témoignaient de son origine moyenne orientale. Ses yeux étaient d'un vert clair peu commun, dont l'éclat était accentué par sa peau brune. Il portait un jean et un tee-shirt, tous deux noirs. Ses cheveux noirs étaient rasés sur les côtés et longs sur le dessus, ramenés en arrière en une queue de cheval basse. Il s'inclina devant Bowman puis son regard passa sur nous un par un avant de revenir sur le Sire de Londres. Celui-ci leva la main et nous pûmes tous voir l'objet que McIntosh lui avait remis : il s'agissait d'un pendentif en ambre. Il me semblait y apercevoir une inscription, mais j'étais trop loin pour la lire.

— Qui êtes-vous ? demanda Bowman à l'inconnu. Et comment avez-vous eu ceci ?

— Je m'appelle Ezra Fontana, je suis l'apprenti de Remigio Salvatore, répondit-il avec un léger accent italien. Vous savez déjà que je suis un Alchimiste puisque vous tentez de m'hypnotiser sans succès depuis que je suis entré dans la pièce.

— Cela ne répond pas à ma seconde question. Remigio ne se serait jamais séparé de cette amulette. Même pas pour la confier à son apprenti.

— Mon Maître a disparu depuis presque trois semaines. Un matin, il m'a envoyé faire des courses. Lorsque je suis revenu, il n'était plus dans son atelier. Il avait laissé son amulette sur son établi. Il m'a toujours dit que si quelque chose lui arrivait et que vous tentiez de le contacter, je devais venir vous voir avec ceci pour que vous sachiez que vous pouvez me faire confiance.

Bowman n'avait toujours pas l'air convaincu. Il croisa les bras sur son torse avant de demander :

— Si ce que vous dites est vrai, vous connaissez l'histoire de cette amulette.

Le jeune homme hocha la tête.

— Il y a un peu plus de trente ans, Remigio Salvatore a eu vent d'un attentat qui allait être perpétré par un groupe de renégats contre le Sire de Londres, Peter Wallace, votre prédécesseur. Ce que personne ne sait, c'est que cet attentat ne visait pas que Wallace, mais vous aussi, car vous étiez pressenti pour lui succéder. Mon Maître n'a pas pu arriver à temps pour empêcher la mort de votre Sire. Cependant, son intervention inattendue vous a permis de prendre le dessus sur vos assaillants et de survivre à vos blessures. Votre Ascension a eu lieu très vite. Vous n'étiez que tous les deux lorsqu'elle s'est produite, Remigio et vous-même. Vous lui avez alors remis ce pendentif en gage de votre reconnaissance et lui avez assuré que, quoi qu'il arrive, il serait à jamais votre ami.

Bowman rendit le bijou au nouveau venu en soupirant. Avant qu'il ait eu le temps d'ouvrir la bouche, la voix d'Aidan retentit :

— Comment se fait-il que je n'aie jamais entendu parler de cette histoire d'attentat ?

Il avait l'air plus vexé que surpris. Et je le comprenais.

— Je venais juste de te ramener avec moi à Londres. Tu n'étais pas présent lors de cette attaque et je n'ai pas vu l'intérêt de t'en informer ultérieurement.

Aidan croisa les bras sur son torse, l'air fermé. Gabriel se pencha pour souffler quelque chose à son oreille et il sembla se rasséréner quelque peu. Bowman reporta son attention sur notre visiteur.

— Vous dites, Monsieur Fontana, que Remigio a disparu ?

— Appelez-moi Ezra. Et la réponse à votre question est oui, il est parti sans explications et sans laisser de traces. Je n'avais absolument aucune idée d'où il pouvait être jusqu'à ce que je pense à écouter son répondeur hier soir. Je suis tombé sur vos messages et j'ai sauté dans le premier avion depuis Rome.

Armand lui fit signe de s'asseoir sur l'un des sièges inoccupés avant de demander :

— Vous pensez donc que votre Maître est impliqué dans ce qui m'arrive ?

— Il ne s'en prendrait jamais à l'un de vous deux de façon délibérée. Je crois que quelqu'un le manipule.

— Il ne peut pourtant pas être hypnotisé, intervins-je.

— Il existe d'autres moyens pour contraindre un homme à obéir à des ordres contre sa volonté.

À ces mots, j'eus la sensation qu'il en savait plus qu'il ne voulait le dire. Je croisai brièvement le regard d'Armand qui semblait aussi perplexe que moi. Et, pour la première fois de la journée, il ne se détourna pas.

— Est-ce que vous auriez une photo de lui ? demanda soudain Gabriel à Ezra.

Le jeune Alchimiste secoua la tête.

— Aucune.

— Dommage. J'aurais pu essayer de l'identifier sur les photos et les vidéos des différentes soirées.

Ezra se redressa, visiblement intéressé par cette idée.

— Vous avez des images ?

— J'ai pris des milliers de photos des différents invités et employés, répondis-je. Et tout a également été filmé.

— Mon Maître est un expert en déguisement. Il peut prendre l'apparence de n'importe qui, passant ainsi inaperçu aux yeux du plus grand nombre. Mais je pense le connaître suffisamment pour pouvoir le reconnaître si je le voyais, même parfaitement déguisé.

— Si Remigio a effectivement empoisonné Armand, reprit Bowman, savez-vous s'il est possible de le guérir ?

— Il faudrait, pour cela, que je connaisse la formule qu'il a utilisée. Avec un prélèvement de votre sang, Messire, je devrais pouvoir déterminer les ingrédients et tenter de créer un antidote.

— Je suppose que vous avez besoin de matériel, souffla Armand.

— Je peux vous faire une liste.

Bowman, toujours debout, lui amena du papier et un stylo. Ezra nota rapidement des mots sur la feuille avant de la lui tendre. Pourtant, ce fut Armand qui prit la direction des opérations.

— Julien et Gabriel, accompagnez Ezra en haut et montrez-lui le plus possible de clichés et de vidéos. Nous devons savoir si Remigio était effectivement là. Aidan, vois avec Carine si elle peut t'aider à dénicher tout ce qui se trouve sur cette liste. Je vais convoquer mon équipe de sécurité. Walter, avec Angus, nous allons les briefer sur la situation. Il est temps que mes hommes soient au courant de tout ce qui se passe ici. Ils pourront nous aider à appréhender Remigio s'il remet les pieds dans le manoir.

Personne ne pensa un instant à ne pas obéir à ses ordres. Alors que j'allais quitter la pièce, je croisai à nouveau le regard d'Armand. Il ne se détourna pas et m'adressa même un léger sourire. Je me pris alors à espérer que cette histoire finisse par s'arranger avant que tout ne soit réellement brisé entre nous.

***

Ezra s'était installé devant l'ordinateur et faisait rapidement défiler les clichés que j'avais pris lors des différents événements. Gabriel, de son côté, utilisait son incroyable mémoire photographique pour repérer les éventuels intrus non présents sur les listes des invités et du personnel. Un peu désœuvré, j'allais de l'un à l'autre, espérant qu'ils finissent par trouver Remigio sur l'une des photos. Au bout d'un très long moment, Ezra s'exclama :

— Le voilà !

Gabriel et moi le rejoignîmes. Penchés par-dessus son épaule, nous fixâmes l'homme, habillé en serveur, qu'il nous désignait. C'était un individu quelconque, d'âge moyen, de taille moyenne, avec des cheveux bruns coupés court, des yeux sombres et un visage passe-partout.

— Vous êtes sûr que c'est bien Remigio ? demanda Gabriel.

— Certain !

Je jetai un œil au dossier où était rangée la photo : il s'agissait des clichés du gala d'ouverture.

— Nous devrions regarder la vidéo de ce soir-là, suggérai-je. Nous pourrons peut-être y voir comment il est parvenu à empoisonner Armand.

Grâce à l'incroyable mémoire de Gabriel, il ne lui fallut pas très longtemps pour repérer Remigio sur l'enregistrement. Nous le vîmes évoluer parmi la foule, comme tous les autres serveurs. À un moment, il s'approcha d'Armand et effleura son dos de la main. Le geste avait été si furtif que le vampire ne l'avait sûrement pas remarqué. Ou alors, il avait mis ça sur le compte de la promiscuité due au nombre de personnes présentes ce soir-là. Remigio disparut de l'écran quelques secondes et nous crûmes l'avoir totalement perdu, jusqu'à ce qu'il réapparaisse, encore une fois à proximité d'Armand. Il portait un plateau avec plusieurs flûtes de champagne, dont l'une termina dans les mains de sa cible.

— Comment pouvait-il savoir quel verre prendrait Armand ? demandai-je, un peu surpris par le côté hasardeux de la méthode.

Ezra répondit avec un soupir :

— Il ne le savait pas. Le poison devait se trouver dans tous les verres du plateau... mais seul Messire Duvivier devait être affecté par son contenu. Lorsque mon Maître s'est approché de lui, un peu plus tôt, il lui a subtilisé un cheveu. Cela lui a permis de s'assurer que seule sa cible serait touchée.

Je fronçai le nez.

— Ça ressemble beaucoup à de la magie pour moi, ça !

Ezra eut un petit sourire en coin.

— Ce n'est que de la génétique, à un très haut niveau que la plupart des autres humains sont incapables de la mettre en œuvre avec des moyens aussi... basiques. Nous autres Alchimistes avons certaines facultés intellectuelles que les plus grands scientifiques nous envieraient... s'ils avaient connaissance de notre existence, bien sûr.

Nous regardâmes encore quelques minutes de la vidéo, mais nous avions déjà la réponse à notre question « Comment Armand avait-il été empoisonné et par qui ? ». Je me laissai tomber sur une chaise en soupirant profondément.

— Et maintenant, que faisons-nous ?

Ezra resta silencieux, fixant l'écran où il repassait sans cesse les images montrant son Maître à l'œuvre. Au bout de quelques secondes, je vis un sourire commencer à étirer ses lèvres. Il se leva d'un bond et lança, l'air enthousiaste :

— Je dois parler à Messires Bowman et Duvivier !

Chapitre 14

Moins de deux minutes plus tard, nous nous retrouvâmes dans le petit salon avec les deux vampires et Michaël Pichet, le chef de la sécurité d'Armand, un humain d'une cinquantaine d'années qui ne semblait pas ravi d'avoir été tenu dans l'ignorance aussi longtemps. En me voyant entrer dans la pièce, il jeta un regard lourd de sens à son patron, mais ne dit rien. Pichet était déjà à ce poste lors de ma première relation avec Armand et il ne m'avait jamais vraiment porté dans son cœur. Il me considérait comme un intrus dans l'entourage du Sire : après tout, je n'étais qu'un petit provincial sorti de nulle part qui s'était tout à coup retrouvé propulsé compagnon du plus puissant vampire de France. Et il m'avait toujours bien fait sentir que je n'étais pas le bienvenu.

Armand ne lui prêta aucune attention, bien plus intéressé par ce qu'Ezra avait à dire.

— Je sais comment vous soigner... et j'ai la preuve que mon Maître a été contraint de s'en prendre à vous par une tierce personne, dont j'ignore pour l'instant l'identité.

Bowman croisa les bras, l'air perplexe. Ezra reprit :

— Je connais très bien la formule qu'il a utilisée... À la base, elle servait à empêcher tous les vampires de se nourrir. Mais ses effets étaient très limités dans le temps, seulement quelques jours. Ce n'est que lorsque le père de mon Maître a trouvé comment la lier à un vampire en particulier qu'elle est devenue bien plus efficace... et permanente...

— L'ADN, soufflai-je.

— Exactement. En liant le poison à l'ADN du vampire concerné, cela a donné un résultat inespéré. Ce que j'ignorais jusqu'à aujourd'hui, c'était que mon Maître avait continué à travailler sur cette formule. Je ne l'ai compris qu'en le voyant sur la vidéo du gala.

Son regard se posa sur moi lorsqu'il souffla :

— Il n'a pas seulement utilisé l'ADN de Messire Duvivier, mais également le vôtre.

Abasourdi, je bredouillai :

— Le… le mien ? Mais… pourquoi ?

Ce fut la voix d'Armand qui répondit :

— Il voulait que je sois en mesure de boire le sang d'au moins un humain. Et, pour cela, il devait également utiliser l'ADN de cet humain.

Ezra hocha la tête avant de reprendre :

— C'est ce point qui me fait penser que quelqu'un l'a obligé à s'en prendre à vous. S'il avait juste voulu vous affaiblir ou vous faire perdre l'esprit, il n'aurait pas modifié la formule pour que vous puissiez vous nourrir du sang de Monsieur Fournier. Je le connais assez pour savoir qu'il est pratiquement impossible de le contraindre à faire quelque chose contre sa volonté. Il a donc altéré la formule, juste assez pour, qu'en apparence, elle ait eu l'air de fonctionner.

Armand se renfonça dans son siège et croisa les bras, l'air inquiet.

— Vous dites qu'il aurait volontairement modifié le poison pour avoir l'air d'obéir aux ordres qu'on lui avait donnés. Cependant… je vais bien grâce au sang de Julien… La personne qui détient ce mystérieux moyen de pression contre Remigio doit déjà le savoir.

Pichet intervint pour la première fois dans la conversation :

— Donc… soit cette personne va envoyer quelqu'un finir le sale boulot, soit ce Remigio va être contraint à le faire lui-même… Messire, je crois qu'il est plus prudent d'annuler les derniers événements du Cinquantenaire.

— Hors de question ! s'exclama Armand en se levant. Le dîner de mercredi soir ne comporte aucun risque puisqu'il s'agit d'une rencontre entre vampires et j'espère bien que toute cette histoire sera réglée d'ici le gala de clôture de samedi.

Tout en parlant, il s'était tourné vers Ezra.

— Pensez-vous être en mesure de fabriquer un antidote ?

— Je ne suis pas aussi doué que mon Maître, mais je vais tout essayer pour vous guérir. Le fait que je connaisse déjà la formule de base du poison devrait me permettre d'y arriver rapidement.

— Alors, nous ne changerons rien au planning prévu. Gabriel, transmettez le signalement de Remigio à Michaël et à son équipe. S'il remet les pieds ici, nous devons en être informés sur-le-champ.

Une fois tout le monde sorti, je restai seul avec Armand. Il se tenait debout près du sofa et semblait plongé dans ses pensées. J'hésitais sur la conduite à tenir. Je crevais d'envie de le prendre dans mes bras et de l'embrasser, cependant notre dispute de la veille refroidissait mes ardeurs à son égard. Ce ne fut que lorsque je me levais finalement pour sortir à mon tour qu'il parut s'apercevoir de ma présence. Au moment où je passais à côté de lui pour atteindre la porte, il attrapa doucement mon poignet. Je me figeai. Il fit glisser sa main le long de la mienne et entrelaça nos doigts. Un frisson me traversa alors que mon pouls s'accélérait soudain.

— Je suis désolé, Julien… Je m'étais juré de ne plus jamais te faire de mal, mais il semblerait que je ne sois bon qu'à ça. Je n'aurais jamais dû demander à ce que tu couvres les célébrations.

Je pris une profonde inspiration avant de répondre :

— Je ne regrette absolument rien, Armand. Alors, arrête de t'autoflageller pour des choses sur lesquelles tu n'as aucun contrôle. Et accepte enfin ce que le destin nous a offert : une seconde chance.

Il plongea son regard rubis dans le mien. Le désir explosa en moi avec violence. J'avais tellement envie de lui que c'en était douloureux. Et pas seulement physiquement. L'idée même de le perdre m'était insupportable.

— Je comprends que tu aies peur de me faire du mal. Mais je t'en supplie, ne me repousse pas… J'ai besoin de toi, Armand. Besoin de sentir ta peau contre la mienne… besoin de savoir que nous nous appartenons mutuellement…

Un sourire étira légèrement ses lèvres qu'il finit par poser sur les miennes. Un frisson descendit le long de ma colonne vertébrale. Je dus me faire violence pour ne pas plaquer Armand contre le mur le plus proche et laisser libre cours à mes pulsions. Alors qu'il glissait un bras autour de ma taille pour m'attirer plus près, nous fûmes interrompus par un toussotement. Je sursautai et me tournai vers celui qui nous regardait d'un air embarrassé.

— Désolé de vous interrompre, souffla Ezra, les joues un peu rouges. Le matériel que j'avais demandé est arrivé et j'aurais besoin d'un peu de votre sang, Messire Duvivier, pour me mettre au travail sur l'antidote.

Armand effleura mes lèvres des siennes avant de me relâcher. Avant de quitter la pièce, il me lança :

— Je te rejoins dès que je le peux.

***

N'ayant rien d'autre à faire, je retournai dans ma suite et me remis au travail. Au bout de quelques minutes, je me pris à chercher le visage de Remigio Salvatore sur tous les clichés que je regardais. Je me giflai mentalement, puis me concentrai sur ce que j'avais à faire.

Cependant, il ne fallut pas longtemps à mon esprit pour se déconnecter à nouveau de ma tâche. Je finis par abandonner. J'étais tout bonnement incapable de penser à autre chose qu'à Armand et à tout ce qui arrivait. Tenter de me concentrer sur une autre idée ne fit que me provoquer une énorme migraine. J'allai dans la salle de bains prendre un comprimé d'ibuprofène, puis décidai de me reposer un peu. Je tirai les rideaux de la chambre avant d'ôter mes chaussures et de m'allonger sur le lit, les yeux clos. La douleur battait dans mes tempes, sourde. À chaque pulsation du sang dans mes veines, j'avais l'impression qu'un tambour résonnait entre mes oreilles.

L'ibuprofène commençait à faire effet et j'étais en train de plonger dans une douce torpeur liée à la disparition progressive de la douleur lorsque je sentis des doigts frais caresser tendrement mon front et mes cheveux. Sans ouvrir les yeux, je demandai :

— Tu as fini avec Ezra ?

La voix d'Armand répondit tout contre mon oreille :

— Oui. Il s'est mis au travail immédiatement. Est-ce que tu vas bien ?

— Juste une petite migraine, rien de grave.

Je sentis le corps souple d'Armand se coller contre mon flanc tandis que ses doigts continuaient à parcourir mes tempes.

— Je n'arrive même pas à comprendre comment j'ai pu vivre aussi longtemps sans toi…

Un peu surpris, je soulevai mes paupières et plongeai dans son regard si intense. Il était étendu sur le côté, appuyé sur un coude, et me fixait en silence.

— Cela veut-il dire que tu as changé d'avis ? Que quoi qu'il arrive, nous resterons ensemble ?

Il soupira profondément, puis remplaça ses doigts par ses lèvres tandis que sa main glissait sur ma joue, mon cou et s'insinuait dans l'encolure de ma chemise. Ma respiration s'accéléra lorsque ses doigts fins défirent les premiers boutons afin de descendre encore plus bas.

— Armand…

— Je te promets que quoi qu'il arrive, je serai à toi… tant que tu voudras bien de moi…

Une vague de désir et de tendresse mêlés me submergea. Je levai une main pour le caresser, mais son souffle chaud alla chatouiller mon oreille lorsqu'il murmura :

— Laisse-moi faire… Je ne sortirai pas les crocs… juré...

Ses lèvres se posèrent furtivement sur les miennes avant de descendre rejoindre sa main sur mon torse. Il avait totalement déboutonné ma chemise et ses doigts s'attaquaient à présent à ma braguette, effleurant sciemment la bosse qui déformait mon pantalon. Je me mordis les lèvres pour retenir un gémissement lorsque sa main descendit avec une lenteur insupportable la fermeture éclair, relâchant ainsi légèrement la pression qui comprimait mon érection. Sa langue s'attaqua à mes tétons, en léchant l'un, puis l'autre, avant de revenir au premier. Pendant ce temps, ses doigts caressaient mon membre à travers mon boxer, m'arrachant des gémissements de plus en plus sonores. Je voulais plus. Je voulais sentir la peau de sa main contre celle si sensible de mon érection. Il se redressa, s'agenouillant afin de pouvoir me débarrasser totalement de mon pantalon et de mon boxer, ne me laissant que ma chemise ouverte. Il en profita pour se déshabiller lui aussi avant de se réinstaller contre moi. Puis, il exauça enfin mon souhait, refermant ses longs doigts fins autour de mon sexe gorgé de sang. Il commença à me caresser lentement et mes hanches montèrent instinctivement à la rencontre de sa main. J'étais partagé entre l'envie de savourer ce moment et celle qu'il aille plus vite, plus fort. Je fermai les yeux lorsque la pulpe de son pouce effleura mon gland, me faisant frissonner de plaisir.

— Armand… je t'en prie…

Sa bouche me fit taire. Sa langue, impérieuse, joueuse et gourmande, bataillait avec la mienne. Il souda un peu plus son corps au mien, glissant une jambe entre les miennes. Je sentis son érection palpiter contre ma hanche, ce qui ne fit qu'augmenter mon envie. Il relâcha mon membre, me faisant grogner de frustration. Il se redressa un peu sur ses coudes, puis remonta sa cuisse jusqu'à ce qu'elle frotte doucement mon entrejambe. Ses lèvres étaient toujours sur les miennes, les baisers sensuels et langoureux se succédant, me laissant à peine le temps de reprendre mon souffle. Il commença à onduler des hanches, puis glissa un peu plus contre moi de façon à ce que, cette fois-ci, nos érections entrent enfin en contact. J'agrippai ses épaules alors que je sentais le plaisir enfler dans mes reins, lentement. C'était à la fois frustrant et grisant. Nos membres glissaient l'un contre l'autre. Nos corps étaient si soudés que rien n'aurait pu s'insinuer entre nous. Armand accéléra légèrement le rythme de ses ondulations. J'étais au bord du précipice, prêt à me jeter dans l'abîme en sa compagnie. Nous continuâmes à nous embrasser, encore et encore, tandis que le plaisir enflait de plus en plus rapidement. La friction de nos érections était à la fois agréable et douloureuse. J'avais l'impression que chaque centimètre carré de ma peau était en feu à l'endroit où elle était en contact avec la sienne.

Armand se redressa à nouveau légèrement, puis insinua sa main entre nous. Il prit nos deux membres entre ses doigts. Il n'eut besoin que d'un seul va-et-vient pour que je me libère enfin en gémissant son prénom. Il accompagna les frissons de ma jouissance, continuant à nous caresser jusqu'à ce qu'il se cambre contre moi. Il laissa retomber sa tête sur mon torse, puis glissa sur le côté. Je suivis son mouvement, refusant de le lâcher. Nos jambes étaient toujours emmêlées et nos bouches semblaient ne jamais vouloir se séparer l'une de l'autre.

À bout de souffle, je finis par me laisser retomber sur le dos, encore secoué par la force du plaisir qui m'avait traversé. Il se leva et disparut brièvement dans la salle de bains. J'en profitai pour enlever ma chemise qui m'entravait quelque peu les bras. Il revint avec une serviette humide qu'il utilisa pour me nettoyer avant de se réinstaller contre moi. Je lui ouvris les bras, trop heureux qu'il ait changé d'avis et décidé de nous laisser une chance.

Il posa sa tête sur mon épaule avant de souffler :

— Cela répond-il à toutes tes questions ?

— Pour le moment, oui… Pourquoi ce soudain changement d'avis ? Pas que je m'en plaigne…

Je savais que c'était dangereux d'amener le sujet sur le tapis, mais j'avais trop peur de le perdre à nouveau. Je voulais être sûr qu'il n'allait pas encore faire volte-face et s'éloigner de moi sans prévenir.

— C'est grâce à Ezra.

Surpris, je demandai :

— Que t'a-t-il dit ?

— Que Remigio n'a pas choisi par hasard d'utiliser ton ADN pour contrer les effets de son poison. Que cela ne pouvait fonctionner que si un lien émotionnel très fort m'unissait à la personne désignée. Et il m'a appris que les Alchimistes ont un léger don d'empathie. Ils peuvent sentir certaines connexions sentimentales.

— Tu veux dire que Remigio a deviné pour toi et moi, rien qu'en nous regardant ?

— Apparemment. Ezra l'a compris immédiatement en entrant dans la pièce, alors même que nous n'étions pas assis côte à côte.

Je souris.

— Bowman a beau dire que ce n'est pas de la magie tout ça, ça y ressemble quand même beaucoup.

Armand se redressa, posant son menton sur ses bras croisés sur mon torse.

— Tu sais, l'existence même des vampires pourrait être considérée comme quelque chose de magique par les humains. Nous sommes pratiquement immortels, nous ne vieillissons pas et nous nous nourrissons de sang. Du point de vue de la biologie humaine, c'est totalement inconcevable.

— J'avoue que je n'y avais jamais pensé en ce sens. Votre existence est tellement ancrée dans notre culture et notre histoire que je la trouve tout à fait naturelle. La seule chose que je me suis toujours demandée, c'est : « comment est apparu le premier vampire ? » Après tout, vous êtes tous devenus ce que vous êtes après avoir été transformés par l'un des vôtres. Mais le premier ? Je connais la légende qui dit qu'il a été mordu par une chauve-souris et que ça l'a changé… mais avoue que ça ressemble plus à un conte pour enfants qu'à quelque chose de plausible.

Armand haussa les épaules.

— Je suppose qu'on ne le saura jamais. Nous sommes condamnés à vivre côte à côte, Humains et Vampires, jusqu'à la nuit des temps. Ou jusqu'à ce que l'une des deux espèces détruise l'autre.

Sa phrase lugubre provoqua un frisson d'horreur.

— Tu crois que c'est possible ? Que l'une des deux races finisse par disparaître ?

— Les vampires ne pourront jamais exterminer les humains sous peine de perdre leur seul moyen de subsistance. D'un autre côté, les humains sont bien contents que nous soyons là pour assurer la régulation de la population terrestre. Donc, je ne sais pas… Tout ce que j'espère, c'est que je ne serai plus là pour voir ça, si ça devait arriver un jour.

Repoussant les pensées maussades qui me traversaient, je ramenai la conversation sur le sujet initial.

— Donc, tu disais que c'était ta discussion avec Ezra qui t'avait fait changer d'avis.

— C'est vrai.

Sa réponse sibylline ne satisfaisait pas ma curiosité, mais avant que je puisse l'interroger à nouveau, il reprit en soupirant :

— Je vais devoir y aller. J'ai encore beaucoup de détails à régler pour le bal masqué de samedi.

Alors qu'il se redressait, je soufflai, frustré :

— Nous n'avions pas terminé notre conversation.

Il m'adressa un immense sourire avant de répondre :

— Je sais. Et je te promets que nous la reprendrons dès que possible.

Comprenant que je ne tirerai rien de plus de lui pour le moment, j'abdiquai. Il me restait encore quelques jours avant la fin des célébrations pour obtenir les réponses que j'attendais.

Chapitre 15

Les deux jours suivants passèrent assez vite et sur le même rythme. Je restai pratiquement en permanence dans ma suite afin de bosser sur mes portfolios que je devais terminer avant la fin de la semaine. Armand me rejoignait dès qu'il parvenait à se rendre disponible. Ezra travaillait toujours sur l'antidote, enfermé dans la pièce qui avait été mise à sa disposition. Il n'en sortait même pas pour manger, se faisant apporter des plateaux-repas.

Le mercredi soir eut lieu le seul événement privé des Célébrations : un dîner réservé aux vampires les plus proches d'Armand. Les Sires de Madrid et Rome avaient fait le déplacement pour cette seule soirée, ne voulant pas rester loin de leurs Protectorats trop longtemps. Ils étaient tous deux accompagnés de quelques-uns de leurs Affiliés et de leurs propres services de sécurité. Walter Bowman était bien sûr également présent, rejoint par deux de ses Affiliés qui demeureraient à Paris jusqu'au départ de leur Sire. Et Armand y avait convié ses plus proches collaborateurs.

Pour l'occasion, la sécurité avait été renforcée, mais compte tenu de la situation, il aurait été étonnant que Remigio tente quelque chose à ce moment-là.

N'ayant aucun article à écrire sur cet événement, je dînai en compagnie d'Aidan et Gabriel avant de retourner travailler. J'allai me coucher un peu avant minuit, me doutant que mon amant ne serait pas disponible avant le lendemain matin.

Lorsque je m'éveillai, j'étais toujours seul dans mon lit. Il n'était pas tout à fait six heures et l'aube était loin d'être levée. Je soupirai profondément, puis, serrant mon oreiller entre mes bras, j'y enfouis le visage en me tournant sur le ventre. Il ne me fallut que quelques fractions de seconde pour me rendormir profondément. Ce fut la sensation d'un corps chaud contre mon dos qui me tira cette fois du sommeil. Je frissonnai en sentant les lèvres d'Armand déposer un baiser entre mes omoplates.

— Désolé de t'avoir réveillé, souffla-t-il à mon oreille.

— Pas grave, répondis-je d'une voix encore ensommeillée.

Il était à moitié étendu sur moi, une jambe glissée entre les miennes et je fus presque déçu de sentir qu'il avait conservé son boxer. Sa main droite caressait lentement mon flanc, d'un geste quasi hypnotique.

— Ça s'est bien passé ?

— Très bien.

Il posa sa joue contre mon épaule gauche et sa main monta rejoindre la mienne sous l'oreiller, afin d'entrelacer nos doigts. Il resta silencieux si longtemps que je finis par laisser le sommeil me gagner à nouveau.

À mon réveil suivant, Armand s'était laissé glisser à côté de moi, sans rompre totalement le contact. Dès que j'ouvris les yeux, je plongeai dans ses prunelles rubis qui me fixaient avec tellement de tendresse que j'en eus le souffle coupé. Je me forçai à plaisanter pour ne pas laisser mes émotions me submerger :

— C'est un peu perturbant de me dire que tu ne dors jamais.

— J'en profite pour te contempler.

Je ris.

— Ça, c'est carrément flippant !

Il sourit, puis commença à me caresser doucement le dos, faisant naître des frissons à chaque endroit effleuré par ses doigts et sa paume. Je refermai les yeux, savourant la sensation qui grandissait au creux de mes reins et se diffusait peu à peu dans mon bas-ventre. Le désir était présent, bien sûr, mais c'était pour l'instant la tendresse qui prévalait. Je sentais qu'Armand avait juste besoin d'un moment de répit.

— Tu as l'air soucieux, finis-je par murmurer devant son mutisme.

— J'espère juste qu'Ezra va réussir à concevoir l'antidote. Mais je n'ai pas envie de parler de ça pour le moment. Je vais me rendre à Fontainebleau ce soir pour la préparation du bal de samedi et j'aimerais beaucoup que tu m'accompagnes.

— Vraiment ? Je ne vais pas te gêner ?

— Non, au contraire. À moins que tu n'aies pas le temps…

— Si si ! m'empressai-je de répondre. J'ai pratiquement terminé les portfolios. J'envoie les fichiers à l'imprimeur demain matin et ils seront prêts pour que tu puisses les donner à tes invités samedi soir. C'est juste dommage que je ne puisse pas y ajouter les photos que je prendrai au bal.

— Justement… Ce soir-là, j'aimerais que tu ne travailles pas.

Surpris, je m'exclamai :

— Mais… je dois rendre un article ! Il me faudra des photos de la soirée et…

Il m'interrompit d'un doigt sur la bouche.

— J'ai demandé à Vanessa, mon Affiliée qui filme les événements, de s'occuper des photos. Elle te donnera le tout après le bal pour que tu puisses écrire ton article.

— Ça ne m'explique pas pourquoi tu ne veux pas que je travaille samedi soir.

Il sourit largement avant de répondre :

— Parce que je veux que tu sois mon cavalier.

Avant que j'aie eu le temps de réaliser ce qu'il venait de dire, il se rembrunit subitement.

— À moins que cela ne te dérange que notre relation soit dévoilée au grand jour…

Je levai les yeux au ciel et me rapprochai pour l'embrasser tendrement.

— Idiot ! le grondai-je. Je serais plus qu'honoré et ravi d'être celui que tout le monde va envier.

Nous restâmes encore un long moment ainsi enlacés, jusqu'à ce que mon portable ne vibre sur la table de chevet. Je me redressai juste assez pour l'attraper et le consulter. Mathilde m'avait envoyé un SMS.

« Granger veut te voir dans son bureau à quatorze heures ».

Je soupirai.

— Je vais devoir m'absenter dans la journée. Je ne sais pour quelle obscure raison mon rédac' chef veut que j'aille là-bas cet après-midi.

— Je pensais partir pour Fontainebleau vers dix-neuf heures. Tu penses que tu seras revenu ?

— J'espère bien ! Sinon, il faudra appeler le GIGN pour me sortir de là !

Armand rit avant de m'embrasser et de se lever.

— Où est-ce que tu vas ? demandai-je, un peu déçu que notre câlin se termine aussi chastement.

— Je dois rejoindre Carine dans moins d'une demi-heure pour une dernière vérification de la liste des invités et du personnel pour samedi.

— D'accord.

— Je ne sais pas si j'aurai du temps à t'accorder dans la journée. Il me reste encore beaucoup à faire pour que tout soit prêt.

— Ne t'en fais pas, j'ai aussi de quoi m'occuper. On se voit de toute façon ce soir.

Il se pencha pour m'embrasser à nouveau, puis ramassa ses vêtements, se rhabilla et quitta la chambre. Je me laissai retomber, le visage enfoui dans l'oreiller. L'idée d'être officiellement le cavalier d'Armand lors du Bal masqué de clôture du Cinquantenaire me rendait fou de joie. Et le fait que j'allais rendre jaloux beaucoup de monde n'était pas non plus pour me déplaire.

***

Je descendis prendre un petit-déjeuner rapide à la cuisine avant de remonter travailler. Les portfolios étaient pratiquement terminés. Il ne me restait plus qu'à tous les vérifier minutieusement une dernière fois avant de les envoyer à l'imprimeur qu'Armand avait choisi et qui avait promis de les livrer directement à Fontainebleau quelques heures avant le début du bal.

Alors que je travaillais, une pensée me traversa soudainement : tout le monde allait savoir qu'Armand et moi étions en couple, y compris mes parents. Nous n'avions pas été très proches lors de mon adolescence. Dès que je l'avais pu, j'avais quitté la demeure familiale, ce qui n'avait sûrement pas arrangé ce qu'ils pensaient de leur fils cadet. Après la mort de Philippe, j'étais parti si vite qu'ils avaient sûrement pensé que j'avais fui pour chasser la douleur de sa perte, ce qui était un peu le cas. Je n'étais retourné dans ma famille que contraint et forcé, après ma blessure en Afghanistan. Ma mère avait pris soin de moi et m'avait fait promettre de ne plus continuer ce travail trop dangereux. Ce jour-là, ce fut la première fois que nous eûmes une vraie discussion. Mon père resta plus distant, mais il semblait toutefois heureux de m'avoir de retour à la maison.

Depuis cette époque, je leur rendais visite deux ou trois fois par an. Ma mère lisait assidûment les articles de « Vivre en France », espérant y voir mon nom ailleurs qu'à la rubrique « Faits divers ». Nous nous envoyions des mails et discutions parfois au téléphone. Cependant, je ne leur avais jamais mentionné aucun aspect de ma vie sentimentale. Tout ce qu'ils en savaient, c'était que j'aimais les hommes, ce qui était déjà un point important.

Ne voulant pas qu'ils apprennent ma relation avec Armand par le biais d'une photo de la soirée à venir, je pris mon téléphone et appelai ma mère. Mes parents étant tous deux retraités, j'étais à peu près sûr de pouvoir les contacter à n'importe quelle heure de la journée. Elle répondit presque immédiatement et lança d'une voix enjouée :

— Bonjour, Julien !

— Bonjour, Maman.

Nous échangeâmes quelques politesses d'usage, puis je demandai :

— Tu as lu mes derniers articles ?

— Bien sûr ! Je les ai dévorés ! Je suis vraiment très heureuse pour toi ! Quelle chance d'avoir pu couvrir un événement aussi important que le cinquantenaire de l'Ascension de Messire Duvivier !

Mon père et elle ne semblaient pas tenir rigueur au vampire de la mort de leur fils aîné, ce qui m'avait toujours surpris, même si, au final, rien n'était de la faute d'Armand.

— Oui, j'ai beaucoup de chance. C'est une vraie opportunité pour moi de montrer mes capacités de journaliste.

— Ton père et moi sommes très fiers de toi.

— Merci… Maman… J'ai quelque chose à te dire… à vous dire à tous les deux.

— Je mets le haut-parleur. Vas-y, nous t'écoutons.

Je pris une profonde inspiration avant de me lancer.

— Les célébrations du Cinquantenaire se terminent samedi… et je voulais vous prévenir avant que vous ne voyiez ça sur les photos du bal masqué qui va avoir lieu ce soir-là. Je…

Les mots avaient du mal à sortir. Je fus surpris lorsque ma mère souffla :

— Est-ce que tu essayes de nous dire que nous te verrons sur ces photos avec un beau jeune homme ?

Je ne pus m'empêcher de sourire au mot « jeune ». Je pris alors mon courage à deux mains et avouai enfin :

— Oui. Et cet homme est Armand Duvivier.

Il y eut un long silence à l'autre bout du fil.

— Maman ? Papa ?

Ma mère répondit :

— Oui, pardon… c'est juste… Oh mon Dieu… tu… il...

J'entendis soudain la voix de mon père lancer :

— Dis donc, c'est une sacrée nouvelle que tu nous annonces là !

— Oui, je sais. Je voulais juste que vous l'appreniez par moi, pas par le site.

— C'est gentil de ta part.

Il soupira puis reprit :

— Je pense que ce que ta mère essayait de te demander, c'est : « est-ce que tu es un Postulant ? »

Je n'étais pas surpris, la question était légitime compte tenu de la situation.

— Non, je ne le suis pas. Et je n'ai aucune intention de demander à être transformé.

J'entendis des sanglots provenant de ma mère qui me serrèrent le cœur. Ainsi, malgré ce qui était arrivé à Philippe, ils pensaient toujours que devenir un vampire était le summum de la réussite sociale. Alors que j'allais me défendre de ma décision, ce que dit mon père ensuite m'abasourdit :

— J'en suis heureux.

Je crus avoir mal entendu.

— Quoi ?

— Je… nous sommes heureux que tu ne souhaites pas être transformé en vampire.

— Je pensais que… que vous…

— La mort de Philippe nous a servi de leçon. Et nous craignions que tu finisses un jour par suivre son exemple. Nous ne voulons pas te perdre.

— Nous n'avons peut-être pas été de bons parents pour toi, Julien, intervint ma mère, mais nous t'aimons énormément.

Les larmes embuèrent mes yeux. Je les essuyai d'un revers de manche, le cœur gonflé de tendresse.

— Je vous aime aussi.

Il y eut un moment de silence, le temps que chacun se remette de ses émotions, puis ma mère reprit :

— J'espère que Messire Duvivier et toi viendrez nous rendre visite un jour.

Je souris en nous imaginant débarquer dans l'une des grosses berlines d'Armand dans le petit quartier bourgeois d'Orléans où ils vivaient.

— J'en connais une qui veut rendre ses copines vertes de jalousie, la taquinai-je.

Elle rit et mon cœur se réchauffa encore un peu plus.

— Nous sommes très heureux pour toi, mon chéri.

— Merci, Maman. Je dois vous laisser, j'ai encore pas mal de travail.

— Bien sûr.

Après encore quelques mots, je raccrochai. J'étais un peu sous le choc de cette conversation quasi surréaliste avec mes parents. Cependant, la joie de l'instant fut vite ternie par l'appréhension quant à la suite des événements. Mon avenir ne serait radieux que si Ezra parvenait à guérir Armand de son mal. Et je n'osais imaginer ce qu'il adviendrait de notre relation en cas d'échec de l'Alchimiste.

Chapitre 16

À quatorze heures précises, je poussai la porte du bureau de mon rédacteur en chef, un peu inquiet par cette convocation inattendue. Il était au téléphone et me fit signe de m'asseoir en attendant qu'il ait terminé. Il prit rapidement congé de son interlocuteur puis raccrocha avant de reporter son attention sur moi.

— Ah, Fournier ! Toujours aussi ponctuel à ce que je vois !

— Je n'aime pas être en retard. Surtout lorsque mon emploi du temps est bien chargé. Je vous écoute.

Il me jaugea quelques minutes en silence avant de demander :

— Avez-vous consulté les statistiques du site depuis que vous avez commencé à publier vos articles sur le Cinquantenaire ?

— Au tout début oui. Pourquoi ? Il y a un problème ?

— Au contraire !

Il attrapa une liasse de papier et me la tendit. Il s'agissait du nombre de visites de « Vivre en France », classées par rubrique et par article. Je fus un peu surpris de voir que, depuis le gala d'ouverture, mes pages avaient un succès phénoménal et, surtout, grandissant. Lorsque je relevai les yeux, Granger me fixait, le sourire aux lèvres.

— Je dois vous avouer que je n'étais pas persuadé de la pertinence de vous confier cette mission, Fournier ! Cependant, les résultats sont plus que satisfaisants. Et maintenant que vous avez un pied dans l'entourage de Messire Duvivier, j'ai une proposition à vous faire.

Je fronçai les sourcils, m'attendant au pire.

— Nos lecteurs sont friands de tout ce qui a trait aux vampires. J'aimerais donc vous proposer de vous occuper d'une nouvelle rubrique qui leur serait entièrement consacrée.

— Moi ? m'exclamai-je, surpris.

— Oui, vous. Bien sûr, si vous préférez retourner aux « faits divers »…

— Non, non, j'accepte avec plaisir !

Il frappa dans ses mains, l'air satisfait.

— Bien ! Je m'occupe de faire préparer votre nouveau contrat et vous pourrez le signer dès la semaine prochaine.

Comme je restais assis, encore abasourdi par ce qui venait de se passer, il lança :

— Allez, ouste ! J'ai du travail !

Je me levai et pris congé. Au moment où je retournai dans la salle de rédaction, je fus rejoint par Mathilde.

— Alors ? Qu'est-ce qu'il te voulait ?

Je lui racontai ma conversation avec Granger et elle me félicita :

— Bien joué, mon grand !

De la voir si heureuse pour moi me rendit soudainement honteux de lui avoir dissimulé ma relation avec Armand. Après tout, Mathilde était mon amie depuis des années et ne m'avait jamais rien caché de sa vie alors que moi, je lui mentais par omission – je lui mentais tout court – depuis notre rencontre. Je consultai l'heure avant de lui demander :

— Tu aurais le temps de prendre un café ? J'ai besoin de te parler.

— Bien sûr !

Nous descendîmes au Starbucks qui se trouvait à quelques rues de là. L'endroit était bondé, comme à son habitude, alors nous prîmes des boissons à emporter et nous dirigeâmes vers la Seine. Nous n'étions pas loin de l'île de la Cité et les touristes allaient et venaient tout autour de nous, indifférents à notre présence. Je m'adossai au muret, bus une gorgée de café, puis soufflai :

— J'ai un aveu à te faire. C'est quelque chose dont je n'avais jamais parlé à personne. Même mes parents l'ignoraient, jusqu'à ce matin.

Elle me dévisageait d'un air attentif, pendue à mes lèvres. Mon regard se perdit au loin et je me lançai dans mon récit. Je lui racontai pratiquement tout, ne laissant de côté que ce qui concernait les Alchimistes et l'empoisonnement d'Armand. Plus je parlais, plus je me sentais léger, comme soulagé d'un poids. Lorsque j'eus enfin terminé, je gardai les yeux baissés, un peu soucieux quant à la réaction de mon amie. Ses premiers mots furent :

— Pourquoi tu ne m'en avais jamais parlé avant ?

— J'ai essayé d'oublier ce passage de ma vie, de l'occulter totalement… mais, à présent, je veux être honnête avec ceux qui comptent pour moi.

Comme elle ne disait plus rien, je me tournai et constatai qu'elle me fixait d'un regard embué de larmes.

— Mathilde ?

Elle renifla, puis essuya ses yeux humides d'un revers de manche.

— Si Duvivier n'avait pas décidé de faire de toi son cavalier samedi soir, tu me l'aurais dit ?

Je haussai les épaules.

— Peut-être pas aujourd'hui… je ne sais pas vraiment… mais je crois que sans m'en rendre vraiment compte, j'en avais marre de devoir me cacher de mon entourage. Je suis désolé de ne pas te l'avoir dit plus tôt.

Elle sourit et posa une main sur mon bras.

— Ne t'en fais pas, je comprends…

Elle termina sa phrase en me donnant une petite tape à l'arrière de la tête. Je grognai :

— Non, mais ça ne va pas !

— Ça, c'est pour m'avoir caché que tu as pour amant le plus sexy vampire du monde !

Je soupirai.

— OK, je crois que je l'ai bien mérité.

— Tu me le présenteras ?

— Bien sûr. Mais pas tout de suite. Laisse-moi le temps de me faire à l'idée que je l'ai retrouvé…

Elle accepta d'un hochement de tête, puis se pencha et me souffla d'un air de conspirateur :

— Il y a de beaux vampires hétéros et célibataires dans son entourage ?

Je levai les yeux au ciel. Elle prit un air innocent qui ne me trompait absolument pas.

— Quoi ? J'ai bien le droit de demander, non ?

— Tu ne changeras jamais !

— Heureusement ! C'est ce qui fait mon charme !

***

Avant de retourner au manoir, je fis un détour par chez moi pour récupérer quelques affaires supplémentaires et relever mon courrier.

Il était presque dix-huit heures lorsque je revins chez Armand. Je garai ma moto dans la cour, à la place qui était devenue la sienne, puis entrai. Je tombai sur Aidan et son père en grande discussion. Bowman avait l'air contrarié par ce que lui disait son fils. Ne voulant pas m'en mêler, je traversai discrètement le hall. Alors que je m'engageais dans l'escalier, j'y trouvai Gabriel, assis sur une marche, écoutant la conversation des deux hommes en bas. Je le rejoignis et soufflai à voix basse :

— Que se passe-t-il ?

— Duvivier a décidé que seuls Aidan et moi vous accompagnerions à Fontainebleau ce soir. Et ça n'est pas du tout du goût de Walter qui craint pour notre sécurité.

Je m'assis à côté de lui.

— Pourquoi Armand ne veut-il pas une escorte plus importante ?

— Il pense que la discrétion est notre meilleur atout. Mais Walter, lui, est persuadé que l'Alchimiste en profitera pour tenter quelque chose.

— Les deux avis se valent.

— Je sais. Aidan essaye de convaincre son père de ne pas nous accompagner. Nous en avons discuté et nous pensons qu'il vaut mieux que quelqu'un reste pour surveiller Ezra.

— Tu crois qu'il est de mèche avec son Maître ?

— Je n'en sais rien… Quelque chose dans son attitude me dérange… Si Remigio a vraiment été contraint et forcé de s'attaquer à Duvivier, pourquoi ne pas nous en dire plus ? Nous pourrions peut-être aider…

J'y avais bien sûr réfléchi moi aussi. Et j'étais parvenu à la conclusion qu'Ezra protégeait quelqu'un ou quelque chose. J'allais faire part de mon idée à Gabriel lorsque nous entendîmes des pas approcher. Aidan apparut en bas de l'escalier et nous jeta un regard pas vraiment surpris.

— On est parvenus à un compromis : mon père reste ici, mais nous serons accompagnés par Michaël Pichet et deux de ses hommes. Il est parti en avertir Armand qui va sûrement râler, mais finira par se ranger à son avis. On devrait aller se préparer, nous partons dans moins d'une heure.

***

La nuit commençait à tomber lorsque les deux voitures noires entrèrent sur le parking du Château de Fontainebleau. J'étais déjà venu une fois, enfant, lors d'une visite scolaire et j'avais trouvé l'endroit magnifique et immense. À présent que j'étais adulte, il me semblait toujours aussi grand et beau, surtout dans la lumière rasante du coucher de soleil. Nous entrâmes par le côté de la Cour d'Honneur où des décorations avaient commencé à être installées. Armand me fit signe de le suivre, ne se préoccupant pas de notre escorte. Nous remontâmes l'allée jusqu'au grand escalier alors qu'il me désignait les endroits où seraient installés l'orchestre, la piste de danse, les tables et le buffet. J'avais un peu de mal à imaginer ce que ça allait donner, mais je connaissais suffisamment Armand pour savoir que ça ne pourrait être que grandiose.

Après avoir vérifié quelques détails avec l'une des personnes qui supervisaient les préparatifs, il me prit par le bras et m'entraîna à travers le château pour une visite privée. Il avait réussi à convaincre Pichet et ses hommes de nous attendre dehors. Seuls Aidan et Gabriel nous accompagnaient. On avait un peu l'impression d'être deux couples de touristes qui visitaient l'un des plus beaux lieux historiques de France. Très vite, j'oubliai la présence de nos amis et profitai à fond de celle d'Armand à mes côtés. Il me raconta des d'anecdotes sur les différents occupants des lieux, dont certains qu'il avait personnellement côtoyés. Nous terminâmes notre promenade près de l'étang des Carpes. Appuyés contre la rambarde, nous contemplâmes longuement le ciel à présent seulement éclairé par un croissant de lune et les étoiles.

— Je suis vraiment heureux que tu sois là, Julien.

— Moi aussi.

— Au fait, tu ne m'as pas raconté ton entrevue avec ton rédacteur en chef.

Lorsque j'eus terminé de lui expliquer la proposition de Granger, il demanda :

— Tu lui as parlé de nous ?

— Non. Par contre, je l'ai dit à Mathilde… et j'ai prévenu mes parents aussi.

Armand eut soudainement l'air soucieux.

— Qu'ont-ils dit ?

— Qu'ils étaient heureux pour moi… et qu'ils espéraient que je ne demanderais jamais à devenir un vampire…

Je savais que ma dernière phrase lui avait fait du mal, mais je me devais d'être franc avec lui.

— Je les comprends… Je suis heureux qu'ils aient aussi bien réagi à ton annonce.

Quelque chose dans ses yeux démentait ses propos.

— Qu'est-ce que tu me caches ?

Il soupira avant de répondre :

— Je suis un vampire et tu es humain… Je t'aime, Julien. Et j'ai très peur du jour où je te perdrai. Car ce jour arrivera, tôt ou tard ! Je respecte ton souhait. Une part de moi en est même soulagée, car, en pensant à ton éventuelle transformation, je revois ce qui est arrivé à ton frère. Je me pose toujours la même question : et si ton corps refusait lui aussi la mutation ? Je ne pourrais pas supporter de te voir mourir par ma faute.

Il s'interrompit un court instant avant de reprendre :

— C'est ce qui m'aide à accepter le fait que tu vas vieillir… et mourir… Depuis que je suis vampire, j'ai perdu beaucoup d'amis… je n'ai jamais réussi à m'y habituer. Et je dois lutter pour ne pas penser à la douleur qui me traversera lorsque tu me quitteras, toi aussi.

Ses mots me serrèrent le cœur. Je me sentis tout à coup très égoïste. Bien sûr, j'avais souvent pensé à tout cela. Cette épée de Damoclès était et serait toujours présente au-dessus de nos têtes. J'aurais aimé pouvoir le rassurer, lui dire que je finirais par changer d'avis. Pourtant, j'en étais incapable. Je refusais de lui mentir en lui faisant espérer quelque chose qui n'arriverait sûrement jamais. Une peur que je ne connaissais que trop bien s'insinua sournoisement en moi. Ne voulant pas la laisser me submerger, je décidai de tenter d'alléger l'atmosphère en plaisantant :

— De toute façon, lorsque je serai vieux et décrépi, tu me mettras au rebut pour te trouver un petit jeune… ou peut-être même deux...

Il leva les yeux au ciel, mais j'avais réussi mon coup, car un sourire étira enfin ses lèvres. Il glissa son bras autour de ma taille et m'attira à lui pour un doux baiser. Le désir commençait à enfler en moi lorsque nous fûmes interrompus par la sonnerie de son portable. Armand soupira profondément avant de répondre.

— Oui ?… J'arrive tout de suite…

Il raccrocha et se tourna vers moi.

— Ils ont besoin de mon aval pour la disposition des éclairages.

— Je t'accompagne.

Alors que nous faisions demi-tour, j'aperçus Aidan et Gabriel enlacés dans un coin de la cour. Ils avaient eux aussi, semble-t-il, décidé de profiter de ce moment de quasi-intimité. Nous étions presque revenus dans la Cour d'Honneur lorsqu'ils nous rejoignirent. J'échangeai un regard amusé avec Gabriel puis suivis Armand jusqu'à un groupe d'hommes qui semblaient en désaccord.

Comme la conversation s'éternisait, je fis quelques pas, descendant la grande allée centrale, sans but précis. J'avais traversé la moitié de la cour lorsque j'aperçus une silhouette sombre se déplacer près de la porte menant à l'extérieur de l'enceinte du château. Intrigué, je m'approchai, mais l'inconnu s'éloigna d'autant. Je continuai à avancer jusqu'à ce que l'homme s'arrête juste sous un luminaire et se tourne vers moi. Son regard noir plongea directement dans le mien. Je restai figé quelques secondes, le temps que mon cerveau analyse ce que mes yeux voyaient.

— Remigio Salvatore !

Lorsqu'il comprit que je l'avais reconnu, l'Alchimiste repartit dans sa direction initiale. Je courus vers lui, bien décidé à lui mettre la main dessus. Au moment où je franchissais la porte du château, débouchant dans la rue, je le vis grimper dans un 4x4 noir. La suite se déroula comme au ralenti…

Remigio Salvatore, assis au volant, se tourna vers moi. Son regard accrocha le mien. Une vive lueur apparut sous le véhicule à l'instant même où un bruit de tonnerre retentissait. Des débris de verre et de métal furent propulsés dans toutes les directions. Je levai les bras pour me protéger le visage au moment où le souffle de l'explosion me percutait. Mes pieds quittèrent le sol et je retombai plusieurs mètres en arrière. Ma tête et mon dos heurtèrent avec force les pierres du mur d'enceinte. Une douleur terrible me traversa le crâne. Et ce fut le noir.

***

— Julien !

Mes oreilles bourdonnaient, pourtant je parvenais à entendre la voix affolée d'Armand près de moi. Je voulais lui répondre, mais j'avais du mal à retrouver mon souffle. Je sentais ses mains me tâter, vérifiant si j'étais blessé.

— Ne bouge pas, les secours vont arriver.

Je parvins enfin à reprendre une respiration presque normale et à le rassurer.

— Je vais bien…

J'avais à peine fini ma phrase que je retombai dans le néant.

La fois suivante, je m'éveillai dans un lit. La douleur était encore là, mais plus sourde, moins intense. Il y avait des voix. Plusieurs personnes parlaient, pourtant je n'en entendais qu'une.

— Armand ?

Je sentis son poids sur le lit lorsqu'il s'assit à côté de moi. Je fis alors l'effort d'ouvrir les yeux et constatai que nous étions seuls… dans une chambre d'hôpital.

— Comment te sens-tu ?

— Moins mal.

— Le médecin t'a donné de quoi calmer la douleur. Tu as une commotion cérébrale, des contusions et quelques coupures sur les bras notamment. Qu'est-ce qui t'a pris de partir à sa poursuite comme ça, tout seul ?

— C'était…

— Remigio Salvatore, je sais. J'ai eu le temps de voir son visage avant que la voiture n'explose. Quand je t'ai vu partir en courant, je me suis douté qu'il y avait un problème. Je me suis précipité avec Gabriel et Aidan, mais tu étais déjà dehors. Tu aurais dû nous prévenir. Tu n'es pas policier !

— Je voulais… Il fallait que je le rattrape avant qu'il ne s'enfuie… Je n'aurais jamais cru… Il est mort, n'est-ce pas ?

— Apparemment. La police est sur l'enquête. Ils ont placé deux hommes pour garder ta chambre tant qu'ils ne sont pas sûrs que tout danger est écarté. Et tu vas devoir faire une déposition dès que tu seras en état. Mais pour l'instant, tu dois te reposer.

— Et Ezra ? Il sait ?

— Aidan a informé Walter qui devait se charger de lui apprendre la nouvelle. Maintenant, dors !

— Tu restes avec moi ?

— Où veux-tu que j'aille ?

Le lit n'était pas bien large, mais il s'allongea tout contre moi et m'enlaça. Je refermai les yeux, laissant le sommeil m'emporter.

Chapitre 17

Malgré ce qui s'était passé, Armand maintenait le bal masqué. Il dut donc me quitter dans la matinée pour s'assurer que l'enquête n'allait pas entraver les préparatifs. Je reçus la visite d'un médecin qui m'examina longuement, puis de deux policiers qui prirent ma déposition. Quand je crus pouvoir enfin me rendormir, la porte de la chambre s'ouvrit sur Mathilde.

— Alors, on joue au héros ? me lança-t-elle d'un ton amusé que démentait son regard inquiet.

Je haussai les épaules, ne sachant pas quoi répondre. Elle accrocha au pied de mon lit la ficelle d'un ballon jaune sur lequel était inscrit « Bon rétablissement ».

— C'est de la part de tout le monde au boulot.

— Tu les remercieras.

— Ça va, tu n'as pas trop mal ?

— Non. J'ai juste une grosse bosse et quelques bleus, rien de bien grave. Comment as-tu su où j'étais ?

— Duvivier a utilisé ton portable pour m'envoyer un SMS. J'ai prévenu Granger et je suis venue directement. J'ai bien cru que les deux flics dans le couloir ne me laisseraient pas entrer, mais, apparemment, ton chéri leur a donné une liste des personnes de confiance autorisées à te rendre visite… et j'en fais partie.

Elle prononça cette dernière phrase avec une certaine fierté dans la voix.

— Tu vas rester ici longtemps ?

— Je ne l'espère pas. J'ai un bal demain soir !

— Tu penses vraiment que c'est une bonne idée ? Tu devrais te reposer.

— Je n'ai pas l'intention de rester ici plus que nécessaire, quitte à signer une décharge.

— Julien !

— Quoi ? Ne me fais pas la morale, s'il te plaît ! Je ne suis pas d'humeur.

— Je suis juste inquiète pour toi.

— Je vais bien, ne t'en fais pas.

Au moment où elle ouvrait la bouche pour répliquer, une infirmière entra dans la chambre.

— C'est l'heure de vos soins, Monsieur Fournier.

Mathilde soupira, puis lança :

— Si tu as besoin de quoi que ce soit, fais-moi signe !

— Promis !

Elle déposa un baiser sur mon front avant de quitter la pièce.

Il était pratiquement midi lorsque je reçus une nouvelle visite : celle d'Aidan et Gabriel. Le premier resta debout à côté de la porte tandis que son compagnon venait s'asseoir sur la chaise près de mon lit. Après qu'ils eurent pris de mes nouvelles, je leur demandai :

— Comment Ezra a-t-il réagi à l'annonce de la mort de son Maître ?

— Étrangement bien, répondit Aidan. D'après mon père, il a à peine cillé et s'est aussitôt remis au travail sur l'antidote.

— Bizarre… Du nouveau sur ce qui s'est passé ? La police a trouvé quoi ?

— Pour l'instant, pas grand-chose. L'explosion a disséminé des morceaux de la voiture, et de son occupant, un peu partout. Il va leur falloir du temps pour comprendre ce qui s'est passé exactement.

Aidan semblait plutôt perplexe lorsqu'il ajouta :

— Quelque chose ne colle pas dans cette histoire… mais il semblerait que nous n'ayons plus rien à craindre de Remigio Salvatore.

— Effectivement.

Je me tournai vers Gabriel.

— Je peux vous demander un service ?

— Bien sûr.

— Mes portfolios sont prêts à être envoyés à l'imprimeur, mais s'il ne les a pas avant quatorze heures, il n'aura pas le temps de les éditer pour demain soir. Pourriez-vous vous en charger ?

Je lui donnai les instructions nécessaires et il me promit de s'en occuper dès son retour au manoir.

Après le départ du couple, je pus enfin dormir un peu. À mon réveil, Armand était là, assis sur la chaise près du lit, me tenant la main. Je lui souris et il souffla :

— J'ai entendu dire que tu voulais signer une décharge pour sortir d'ici plus tôt.

— Je ne veux pas manquer le bal.

— J'en ai parlé au docteur. Si tu acceptes de rester jusqu'à demain matin, ils te laisseront sortir sous surveillance médicale. Et étant donné que l'un de mes Affiliés était médecin avant sa transformation, je me disais qu'il pourrait s'occuper de toi, si besoin.

Je n'eus pas besoin de réfléchir bien longtemps.

— D'accord.

Il sourit, puis se pencha pour m'embrasser tendrement.

— Je ne pourrai pas rester avec toi cette nuit, je dois aller à Fontainebleau m'assurer que tous les préparatifs se déroulent correctement.

— Ne t'en fais pas pour ça. Je vais me reposer, car je compte bien être en pleine forme demain soir.

— J'y compte également… souffla-t-il dans le creux de mon oreille avec un air complice.

Nous échangeâmes un regard lourd de sous-entendus. Je n'étais pas sûr que je sois en état pour des galipettes dès le lendemain, cependant, la promesse était assez tentante pour m'obliger à obéir aux ordres du médecin.

***

Comme prévu, je quittai l'hôpital le samedi midi. Armand étant indisponible, plongé dans les préparatifs du bal, ce fut Gabriel qui vint me chercher et me raccompagner au manoir. Une fois dans ma suite, je me précipitai vers la salle de bains, crevant d'envie de me doucher enfin. Je me déshabillai rapidement et me plantai devant le miroir pour contempler l'étendue des dégâts. Les plus petites coupures sur mes bras étaient déjà en cours de cicatrisation, je devais juste faire attention à ne pas les frotter trop fort. J'en avais deux plus importantes, qui avaient nécessité des points de suture, mais elles étaient protégées par des pansements étanches. Le médecin m'avait dit que j'avais des contusions dans le dos, dues à ma rencontre avec le mur de pierres de l'enceinte du château. Je tentai de les apercevoir en me contorsionnant, mais le mouvement ne réussit qu'à réveiller la douleur. Je grimaçai puis ouvris le robinet d'eau chaude avant de me glisser dans la douche. Je restai un long moment sous l'onde qui détendait mes muscles noués. La force du jet sur mon dos me fit gémir à certains endroits, m'indiquant ainsi où se trouvaient exactement mes hématomes les plus importants.

Après la douche, je m'emmitouflai dans un peignoir moelleux et me dirigeai vers la chambre. Il me restait quelques heures avant de rejoindre les autres pour partir à Fontainebleau. Je décidai donc de me reposer un peu, histoire d'être capable de tenir toute la soirée. J'avais bien l'intention de profiter à fond de ce bal et ça n'était pas quelques petits bleus qui allaient m'en empêcher.

Je fus réveillé par des lèvres douces posées sur les miennes. J'ouvris les yeux et plongeai dans le regard flamboyant d'Armand.

— Désolé de te tirer des bras de Morphée… Il faut que tu descendes ; il semblerait qu'Ezra ait terminé l'antidote.

Je me frottai le visage d'une main, puis m'assis. La ceinture de mon peignoir en profita pour se dénouer et le vêtement s'ouvrit largement. La lueur de désir qui traversa les yeux de mon amant me fit sourire. Je me levai sans prendre le soin de refermer le peignoir et il grogna :

— Tu veux vraiment me rendre cinglé ?

Sans attendre ma réponse, il quitta la chambre et la suite. Amusé, j'allai m'habiller avant de le suivre. Il m'attendait dans le couloir, l'air soucieux. Je caressai tendrement sa joue, puis l'embrassai avant de prendre sa main.

— Allons-y !

***

Les autres étaient déjà installés dans le petit salon. Bowman se tenait debout près d'Ezra, les sourcils froncés, le regard fixé sur la fiole que serrait l'Alchimiste entre ses doigts. Aidan et Gabriel étaient assis sur l'un des sofas, leurs mains jointes comme à leur habitude. Je pris place sur un fauteuil, prenant garde à ne pas m'appuyer trop fort contre le dossier. La douche avait ravivé la douleur de mes hématomes et ça n'était pas vraiment confortable.

Armand s'approcha d'Ezra qui souffla :

— Je n'ai eu aucun moyen de tester l'efficacité de l'antidote. En théorie, il devrait fonctionner. En pratique…

Mon compagnon haussa les épaules.

— Ai-je le choix, de toute façon ? Il est hors de question que je reste ainsi.

Gabriel intervint.

— Ne vaudrait-il pas mieux attendre après le bal ? Si jamais l'antidote ne marche pas, vous ne prendriez ainsi aucun risque.

Armand se tourna vers moi, me fixa un long moment en silence, puis répondit enfin :

— Non, c'est maintenant ou jamais. Walter, tu as amené du sang conditionné ?

— Il est là, répondit Bowman en désignant une boîte posée sur la table près de lui.

— Bien.

Il reporta son attention sur Ezra et lui tendit la main. L'Alchimiste lui donna le flacon contenant l'antidote.

— Vous devez boire ça entièrement. J'en ai une autre dose à disposition, au cas où celle-ci ne suffirait pas.

Tendu, je vis Armand déboucher la fiole et avaler d'un seul trait son contenu. Je ne savais pas trop à quoi m'attendre, mais rien dans l'attitude de mon amant ne changea. Il redonna le récipient à Ezra en demandant :

— Dans combien de temps cela fera-t-il effet ?

— Cela devrait être quasi instantané.

Bowman attrapa la boîte contenant le sang conditionné et la tendit à Armand. Il l'ouvrit, en sortit une bouteille qu'il décapsula et but à même le goulot. Il n'y avait aucun autre bruit dans la pièce que celui du liquide qui coulait dans sa bouche et de sa gorge qui l'avalait. Il vida la bouteille d'une traite, sans paraître incommodé par son contenu. Lorsqu'il eut fini, il prit la serviette que Bowman lui tendait et s'essuya la bouche.

— Alors ? demandai-je, le cœur battant à tout rompre.

Armand attendit quelques secondes avant de répondre :

— Ça va… Je crois… Avant, je régurgitais presque aussitôt ce que je buvais. Oui, je pense que ça a marché.

Je poussai un soupir de soulagement, mais ça n'était pas terminé. Mon compagnon se tourna à nouveau vers Ezra.

— Avez-vous ajouté ce que je vous ai demandé ?

— Oui.

Il hocha la tête puis s'approcha de moi. Il s'agenouilla devant mon fauteuil et plongea son regard rubis dans le mien.

— Julien, j'aimerais tester quelque chose… avec ton accord…

— Euh… de quoi parles-tu ?

— J'ai demandé à Ezra d'essayer d'inverser totalement les effets du poison de Salvatore.

— Totalement… tu veux dire…

— Qu'il a utilisé ton ADN pour me rendre intolérant à ton sang ! Et j'aimerais le vérifier dès maintenant…

Sans hésiter, je lui tendis mon bras. Bowman s'était approché, prêt à intervenir au cas où cela tournerait mal. Armand choisit un endroit où je n'avais aucune blessure, puis il sortit ses crocs. Je le vis hésiter et soufflai :

— Vas-y, je te fais confiance.

Alors il planta ses canines dans ma peau et commença à aspirer. Il avait à peine commencé qu'il se recula vivement et cracha mon sang dans la serviette qu'il tenait toujours. Bowman l'attrapa par l'épaule pour l'éloigner de moi tandis qu'Aidan pansait ma blessure. Armand se releva et se tourna à nouveau vers Ezra :

— Vous avez réussi, semble-t-il.

Le jeune homme parut soulagé, mais il restait tendu.

— Je vais donc pouvoir vous quitter.

Alors qu'il amorçait un pas vers la porte, la voix de stentor de Bowman l'arrêta :

— Où allez-vous ?

— Je dois rentrer à Rome pour mettre en ordre les affaires de mon Maître. J'ai pris un billet sur le prochain vol qui part dans trois heures.

Armand s'approcha et lui tendit la main.

— Merci… si vous avez un jour besoin de quoi que ce soit, je serai là.

Ezra hocha la tête et quitta la pièce rapidement, suivi par Bowman, Gabriel et Aidan. Une fois seul avec mon compagnon, je lui demandai :

— Je comprends mieux pourquoi tu as changé d'avis sur nous.

Il sourit, puis vint s'agenouiller à nouveau en face de moi.

— Je voulais être sûr que je ne te ferais aucun mal…

Je me penchai et nos lèvres se retrouvèrent pour un baiser léger, bouches fermées pour que je ne sois pas incommodé par le goût du sang.

— Je t'aime, Julien. Et je ne veux plus que nous soyons séparés. Plus jamais… C'est pourquoi…

Il s'interrompit, plongeant son regard dans le mien, avant de reprendre :

— J'aimerais que tu viennes t'installer ici… de façon permanente…

J'étais partagé. D'un côté, je rêvais de passer mes jours et mes nuits près de lui. De l'autre, j'avais toujours tenu à mon indépendance. Il parut comprendre mon dilemme, car il reprit :

— Tu n'es pas obligé de me répondre tout de suite. Mais sache que si tu acceptes, la suite que tu occupes en ce moment sera à toi. Tu pourras t'en servir autant que tu le souhaiteras et je n'y mettrai les pieds que si tu m'y invites.

— Je vais y réfléchir. Promis.

Armand sourit, puis m'embrassa à nouveau avant de se relever. Je l'imitai.

— Je dois te laisser, j'ai encore beaucoup à faire pour ce soir. Walter est d'accord pour que tu partes avec eux dans leur voiture.

— Je sais, Gabriel me l'a dit quand il m'a ramené de l'hôpital.

— Alors, on se voit au bal. À ce soir !

— À ce soir !

Après un dernier baiser, il quitta le salon. Quant à moi, je remontai dans ma suite, un peu groggy après tout ce qui venait de se passer. Il était presque dix-huit heures et il fallait que je me prépare pour le bal. Maintenant qu'Armand était totalement guéri, j'avais bien l'intention de faire de cette soirée un moment inoubliable.

Chapitre 18

La nuit était belle. Le ciel dégagé apportait de la fraîcheur, mais permettait aussi de contempler les constellations et l'astre lunaire qui semblait veiller sur nous depuis là-haut. Nous pénétrâmes dans l'enceinte du château par le Jardin de Diane, suivant un chemin tracé à l'aide de petites lanternes blanches. Les invités étaient déjà nombreux et les discussions allaient bon train tandis que tous spéculaient sur le déroulement de la soirée. Tout le monde avait revêtu un masque noir. Les couples étaient assortis selon le thème de la soirée : un en blanc, l'autre en rouge. Gabriel avait choisi le premier, Aidan le second, comme son père d'ailleurs. Quant à moi, j'étais un peu nerveux dans mon costume immaculé. À la fois parce que j'allais être introduit au monde en tant que compagnon officiel d'Armand Duvivier, le Sire de Paris, mais aussi parce que je craignais que l'une de mes coupures ne se rouvre et ne tache ainsi mon bel habit.

Le chemin avait été organisé jusqu'à la Cour d'Honneur de façon à ce que les invités ne puissent voir leur destination finale tant qu'ils n'avaient pas atteint le haut du grand escalier en forme de fer à cheval. Une fois là, tous s'extasièrent devant la décoration. De multiples luminaires avaient été installés un peu partout, éclairant les lieux de leur lumière blanche. Des tentures rouges et blanches ornaient les arbres. Une piste de danse avait été aménagée en face de l'escalier, tandis qu'à droite et à gauche se trouvaient les tables, recouvertes de nappes immaculées et de vaisselle couleur grenat. Les places avaient été attribuées nominativement et, près de chaque assiette était posé le portfolio de l'invité correspondant. Pour ceux qui n'étaient pas présents ce soir-là, il avait été prévu qu'il leur soit envoyé par courrier dès le lundi. Un buffet se trouvait de chaque côté de la cour, regorgeant de mets tous plus alléchants les uns que les autres. Le quatuor à cordes avait pris place en face de l'escalier, sur une petite scène montée de l'autre côté de la piste de danse. Et pour l'instant, les invités semblaient plus intéressés par le buffet que par la musique.

Je suivis les autres jusqu'à notre table, située en peu à l'écart des autres. Carine Verbois était déjà là, vêtue d'une somptueuse robe blanche, à peine décolletée, mais dont le dos nu dévoilait sa chute de rein. Beaucoup d'hommes se retournaient sur elle, cependant elle n'avait d'yeux que pour son cavalier que je reconnus comme étant Michaël Pichet. Tous deux semblaient être bien plus proches que je ne le pensais. Un serveur nous tendit des flûtes de champagne avant de s'éclipser discrètement. Je parcourus la foule du regard, cherchant Armand. Je sursautai presque lorsque la voix de Bowman s'éleva près de moi :

— Il va bientôt arriver, ne vous en faites pas. Il a soigneusement prévu son entrée, comme d'habitude.

Je me détendis un peu. Grâce aux médicaments, la douleur dans mon dos s'était bien atténuée, mais je devais faire tout de même attention à mes mouvements. Je m'assis avec précaution sur ma chaise et continuai à détailler les participants. Quelques couples commençaient à investir la piste de danse, cependant, il semblait évident que tout le monde attendait le maître de cérémonie pour enfin se laisser vraiment emporter dans l'euphorie de la fête.

J'en étais à ma deuxième flûte de champagne lorsqu'un murmure attira mon attention. Je levai les yeux vers le haut de l'escalier où venait d'apparaître une silhouette vêtue d'un costume carmin. Ses longs cheveux bruns cascadaient sur ses épaules et encadraient son visage diaphane, dissimulant presque entièrement la cicatrice sur sa joue. Son regard parcourait la foule. Lorsqu'il leva la main et porta un micro à sa bouche, tous se turent, dans l'attente.

— Mes chers amis, bienvenue à ce bal qui marque la fin des célébrations du cinquantenaire de mon Ascension. Je vous remercie d'être venus aussi nombreux à chacun des événements qui ont eu lieu depuis un mois. Pour ceux qui se poseraient la question, j'ai choisi le thème « Rouge et Blanc » pour ce bal afin de symboliser la communion entre nos deux espèces. Le rouge, couleur du sang, pour les Vampires ; le blanc, couleur de la vie, pour les Humains. J'espère que nos peuples continueront à se côtoyer en toute harmonie pendant encore de longs siècles. Mais trêve de discours ! Je vous souhaite à tous une très bonne soirée ! Amusez-vous !

Il échangea son micro contre une flûte de champagne avant de descendre l'escalier. Je le rejoignis au bas des marches. Il me sourit largement, puis glissa son bras autour de ma taille. Je remarquai les regards surpris qui se posaient sur nous alors que nous traversions la cour pour atteindre notre table. Je me penchai vers Armand et soufflai à son oreille :

— Je crois que je fais des jaloux… et des jalouses…

Il sourit, puis répondit sur le même ton :

— À moins que tous ces gens ne soient jaloux de moi.

Je lui adressai un regard perplexe.

— Ne sois pas modeste, Julien. Tu es magnifique dans ce costume.

— Ça veut dire que je ne le suis pas sans ? le taquinai-je.

— Au contraire… je te préfère sans… sans costume… sans rien du tout…

Le rouge me monta aux joues. Je lui donnai une petite tape sur le bras.

— Si tu commences à me chauffer dès le début de la soirée, je ne suis pas sûr de rester sage jusqu'à la fin.

Il rit puis souffla :

— Il faut que je t'abandonne quelques minutes pour saluer certaines personnes.

— OK. Je vais aller faire une razzia au buffet pendant ce temps !

***

Assis à notre table, je grignotai des petits fours en regardant Aidan et Gabriel danser au beau milieu de la piste. Quelques couples les avaient rejoints lorsque le quatuor à cordes avait attaqué une série de slows. Armand était en pleine discussion avec un groupe de politiciens de l'autre côté de la cour. Mon regard se fixa sur lui et je le vis tout à coup tourner la tête vers moi, comme s'il avait senti que je l'observais. Il me sourit et prit congé de ses invités. Je le perdis de vue lorsqu'il fit le tour de la piste, puis il réapparut à seulement deux mètres de moi. Arrivé près de notre table, il s'inclina en me tendant la main.

— Monsieur Fournier, auriez-vous l'obligeance de m'accorder cette danse ?

Je pris sa main dans la mienne et me levai en répondant :

— Avec plaisir, Messire Duvivier.

Il me conduisit jusqu'à la piste où nous nous enlaçâmes et commençâmes à nous mouvoir en rythme avec la musique. Au bout d'un moment, il me demanda :

— Ça va ton dos, tu n'as pas trop mal ?

— Je vais bien, ne t'en fais pas.

— Je suis désolé de t'avoir abandonné comme ça tout à l'heure. J'aurais préféré rester avec toi, mais en tant qu'hôte de la soirée, j'avais certains devoirs à accomplir.

— Je le comprends tout à fait. Je ne t'en veux pas. Du moment que tu reviens vers moi…

— Toujours.

Il plongea son regard dans le mien avant de capturer mes lèvres pour un doux baiser. Le monde autour de nous parut s'évaporer. Il n'y avait plus que lui et moi, dansant au rythme d'une musique langoureuse. J'eus l'impression que le temps s'était arrêté et que rien ni personne ne pourrait interrompre cette soirée. Pourtant, l'orchestre finit par changer de morceau et nous fûmes tirés de notre bulle par les accords entraînants d'une chanson pop-rock.

Je pris la main d'Armand dans la mienne alors que nous retournions à notre table. Gabriel et Aidan étaient assis côte à côte et parlaient à voix basse. Carine et Michaël étaient partis sur la piste. Nous retrouvâmes donc Bowman qui se contentait de regarder les festivités sans réellement y participer.

— Tu devrais vraiment songer à t'amuser un peu, Walter ! le taquina Armand.

— Tu sais très bien que ça n'est pas mon genre, tout ça. Je préfère le calme à toute cette agitation.

Il avait l'air songeur et je ne fus pas le seul à m'en apercevoir.

— Quelque chose te tracasse visiblement.

— Je pensais juste à Remigio, à Ezra et à tout ce qui s'est passé depuis quelques semaines. Si quelqu'un est derrière toute cette histoire, ce n'est sûrement pas fini. Et ça m'inquiète.

— Et si tu laissais un peu tout ça de côté ? Au moins pour ce soir.

— Armand, tu me connais assez pour savoir que lorsque j'ai quelque chose en tête, je n'en démords pas.

— Tu vas aller à Rome ?

— Peut-être… J'ai des questions à poser à Ezra, mais je doute qu'il me réponde… et puis… je me suis absenté trop longtemps de chez moi. Il faut que je rentre à Londres comme prévu, mes affaires m'attendent.

J'avais suivi l'échange en silence, tout comme Aidan et Gabriel. Celui-ci souffla alors :

— Nous pourrions peut-être y aller à votre place ? À Rome, je veux dire.

Son compagnon lui adressa un regard surpris.

— Tu parles italien ?

— Pas du tout. Et toi ?

— Quelques mots.

— Ce n'est pas grave, on arrivera toujours à se débrouiller. Moi aussi, je suis un peu gêné par la façon dont Ezra a réagi à l'annonce de la mort de son Maître. Et par sa façon de quitter Paris aussi vite après avoir trouvé l'antidote.

— Je croyais que tu avais épuisé tes congés.

Gabriel se frotta la nuque, l'air embarrassé.

— Ah oui, j'avais oublié ça.

Alors que Bowman ouvrait la bouche pour reprendre la parole, Armand fut plus rapide :

— Ne parlons plus de ça ! C'est notre dernière soirée tous ensemble alors profitons-en au maximum !

***

Le bal dura toute la nuit. Les invités commencèrent à partir vers cinq heures et les derniers quittèrent les lieux alors que les premières lueurs de l'aube pointaient à l'horizon. J'étais fatigué et mon dos me faisait mal. Je n'avais qu'une seule envie : rentrer me coucher et me pelotonner contre Armand pour dormir deux jours d'affilée, voire plus. J'étais à moitié affalé sur ma chaise, attendant qu'il ait fini de saluer les derniers invités. Il me rejoignit et me gronda :

— Pourquoi n'es-tu pas rentré avec les autres ? Tu as l'air épuisé.

— Je ne voulais pas partir sans toi. Tu as fini ?

— Oui. J'ai donné mes instructions pour le rangement de tout ça. Rentrons.

Une fois dans la voiture, j'appuyai ma tête sur son épaule en soupirant.

— Je crois que ça n'est pas ce soir que je ferai des folies de mon corps.

— Effectivement. Tu vas te reposer pendant quelques jours. Et lorsque tu seras totalement remis, nous en reparlerons.

Lorsque la voiture se gara dans la cour du manoir, Armand dut me soutenir pour en sortir et monter les marches menant au premier étage. Il m'aida ensuite à me déshabiller et à m'allonger dans mon lit, sur le côté.

— Tu restes quand même avec moi ? Je te promets d'être sage.

— Je ne suis pas sûr de pouvoir l'être moi-même, répondit-il d'un air narquois avant d'ôter à son tour ses vêtements.

En boxer, il se glissa sous les draps et m'attira contre lui. Nous échangeâmes un baiser tout en douceur. Le visage au creux de son cou, je fermai les yeux et laissai le sommeil me gagner.

Chapitre 19

Il me fallut plus de quatre jours pour me remettre totalement des conséquences de l'explosion. Armand resta avec moi le plus souvent possible, mais il avait des obligations dont il devait s'acquitter. Je profitai de son absence pour écrire mon article sur le bal et pour m'occuper de l'expédition des portfolios des invités absents au bal de clôture.

Régulièrement, je repensais à sa proposition de venir m'installer au manoir à temps plein. J'avais très envie d'être auprès de lui en permanence, cependant j'avais toujours du mal à renoncer à mon indépendance.

Le jeudi midi, je déjeunai avec Mathilde après être passé à la rédaction signer mon nouveau contrat. Nous venions d'attaquer nos pâtes à la carbonara lorsqu'elle lança :

— Tu vas me dire ce qui te préoccupe, oui ou non ?

— Armand m'a demandé de vivre avec lui au manoir.

— Et tu hésites ?

— Oui. Je n'arrête pas de peser le pour et le contre, sans arriver à prendre une décision.

— Alors, arrête d'y penser ! Laisse faire les choses. Je suis sûre qu'il ne t'a pas pressé pour avoir une réponse immédiate.

— Non, en effet. Mais ça me gêne de le laisser poireauter.

— Je suis sûre qu'il comprend très bien tes hésitations. Fais ce que je te dis : arrête d'y réfléchir et, un beau jour, la réponse t'apparaîtra comme évidente.

Je la dévisageai un long moment en silence avant de demander :

— Depuis quand es-tu devenue aussi sage ?

— Je l'ai toujours été, répondit-elle avant de me tirer la langue.

Je pouffai en levant les yeux au ciel.

***

Mathilde avait raison. Je mis de côté la question de mon hypothétique emménagement au manoir et me sentis tout de suite mieux. En milieu d'après-midi, je me rendis jusqu'à la galerie où j'avais rencontré Carine. Je savais qu'elle y avait son bureau et j'avais besoin de lui parler. Elle me reçut avec un grand sourire.

— Que puis-je pour vous ?

— J'aimerais organiser une soirée en tête-à-tête pour Armand et moi. Une surprise. Cependant, j'ignore son emploi du temps et je ne voudrais pas qu'il soit obligé de partir en plein milieu à cause d'un rendez-vous. Pourriez-vous me trouver un soir où il est libre ? Et faire en sorte qu'il le reste ?

— Bien sûr.

Elle alluma son ordinateur et consulta rapidement l'agenda de son patron.

— Est-ce que ce soir, ça vous irait ? Ou ça sera trop juste pour tout préparer ?

— Non, ça serait parfait ! Vous êtes sûre qu'il n'a rien de prévu ?

— Rien. Aucun rendez-vous jusqu'à lundi d'ailleurs. Je crois qu'il voulait profiter un peu de vous et se reposer. Tout ce qui s'est passé l'a bien stressé, même s'il refuse de l'avouer.

Il ne me restait que quelques heures pour tout préparer. Je pris congé de la jeune femme avant de repartir au manoir. Je me rendis aux cuisines, passant commande pour le dîner, puis montai préparer ma suite. J'aurais pu faire ça chez Armand, mais je voulais garder la surprise jusqu'à la dernière minute. Je fis monter une table et des chaises que j'installai au milieu de la pièce. Je dressai le couvert sur une nappe blanche et éparpillai des bougies un peu partout. Lorsque tout fut prêt, j'allai coller un message sur la porte de la chambre d'Armand, lui donnant rendez-vous dans ma suite à vingt heures précises.

***

Vêtu du smoking noir que j'avais porté lors du gala d'ouverture, je finissais d'allumer les bougies lorsqu'on frappa à la porte, à l'heure exacte du rendez-vous. Mon cœur battait à tout rompre quand j'ouvris. Armand avait revêtu l'un de ses costumes en velours, le bordeaux, couleur qui accentuait la pâleur de son teint et le flamboiement de ses yeux. En voyant ce que j'avais préparé, il m'adressa un regard surpris.

— Je t'avais promis une soirée inoubliable… Je tiens toujours mes promesses, moi aussi.

Le repas que j'avais commandé était déjà dans les assiettes. Pour que ça soit plus pratique, j'avais fait préparer un plat froid que nous pourrions manger à n'importe quelle heure de la nuit.

— J'aime ce genre de surprise, souffla Armand en m'enlaçant.

Il captura mes lèvres. Le baiser d'abord chaste s'échauffa vite lorsqu'il quémanda l'accès à ma bouche. Nos langues se retrouvèrent et je sus que nous commencerions la soirée par le dessert…

Lorsque je fus obligé de m'écarter pour reprendre mon souffle, j'attrapai la main d'Armand pour l'attirer dans la chambre. J'avais dans l'intention de prendre le contrôle de la situation, mais il semblait d'un avis contraire. Il posa sa main à plat sur mon torse et me poussa, me faisant tomber sur le dos. Il grimpa ensuite à califourchon sur mes cuisses, frottant son entrejambe au mien à travers nos pantalons. Il se pencha, lécha mes lèvres et souffla tout contre mon oreille :

— Si tu savais depuis combien de temps j'attends ça…

Ses mains me débarrassèrent de mon nœud papillon, puis s'attaquèrent aux boutons de ma chemise. Je le laissai faire, émoustillé par chaque frôlement de ses doigts sur mon torse. Le désir me brûlait, irradiant dans mon ventre. Mon sexe était déjà tendu, serré dans mon boxer et mon pantalon. Armand se pencha en avant, sa langue glissant sur mon torse. Il écarta un peu plus les pans de ma veste et de ma chemise pour atteindre mes tétons. Je gémis lorsqu'il en lécha un avant de le suçoter longuement entre ses lèvres. Je sursautai en sentant l'un de ses crocs effleurer ma peau si sensible. Je n'avais pas peur, bien au contraire. Cela ne fit que décupler mon envie de lui.

Au bout d'un long moment de cette douce torture, Armand se redressa. Sa veste et sa chemise atterrirent sur le sol près du lit. Je le contemplais, mes doigts ne pouvant résister à l'envie de caresser sa peau claire et pratiquement imberbe. Il me laissa faire, rejetant la tête en arrière. Il ôta l'élastique qui gardait jusque-là ses cheveux attachés et se pencha à nouveau. Je frissonnai lorsque ses lèvres reprirent leur chemin sur mon torse. Je glissai mes doigts dans sa chevelure, me retenant à grand-peine de pousser sa tête plus bas, vers mon érection douloureuse. Enfin, il atteignit la lisière de mon pantalon. Il ouvrit prestement le bouton et la fermeture éclair. Il glissa ses mains sur mes hanches, sous mon boxer et m'ôta vêtement et sous-vêtement d'un seul geste. Mon membre se tendit, impatient. Armand prit son temps pour m'enlever mes chaussures et faire disparaître le reste sur le sol. Il s'agenouilla ensuite entre mes cuisses, m'adressa un regard brûlant avant de se pencher et de me prendre dans sa bouche. Je serrai les draps dans mes poings crispés, creusant les reins pour m'enfoncer encore plus loin dans cette cavité humide et accueillante. Armand posa à nouveau ses mains sur mes hanches, mais cette fois-ci pour m'immobiliser. Et alors sa langue se mit à jouer avec moi, me torturant, me rendant fou de désir. Plusieurs fois, je fus pris d'un frisson incontrôlable en sentant ses crocs effleurer ma peau brûlante.

Avec ses lèvres, il m'amena au bord de la jouissance, mais s'arrêta juste avant que je n'atteigne le point de non-retour. Je grognai :

— Sadique !

Il m'adressa un petit sourire en coin, puis souffla d'un air amusé.

— J'ai envie d'autre chose...

Sur ces mots, il se leva et ôta le reste de ses vêtements. De là où je me trouvais, j'avais une vue imprenable sur son sexe dressé qui n'attendait que mon bon vouloir. Je voulus m'asseoir, mais il me repoussa sur le dos.

— Non, ce soir, c'est moi qui décide...

Avant que je puisse répondre, il m'embrassa fougueusement. Il s'était réinstallé à califourchon sur mes cuisses et, cette fois-ci, nos érections se rencontrèrent sans aucun obstacle. Il se redressa, ses mains à plat sur mon torse, puis sourit :

— Cela fait si longtemps...

Il glissa un peu plus haut, jusqu'à ce que mon membre soit en contact avec le sillon de ses fesses. Un peu inquiet, je soufflai :

— Je devrais te préparer...

— Je suis prêt depuis longtemps... et puis n'oublie pas que je suis un vampire...

Il se releva un peu et glissa sa main derrière lui pour se guider. Lentement, il s'empala sur mon érection, lubrifiée par sa salive. Nous n'avions jamais eu besoin de préservatif. En tant que vampire,

Armand était immunisé contre toutes les maladies humaines et ne risquait pas non plus de m'en transmettre.

J'avais oublié combien il était étroit. Me sentir en lui m'avait toujours rendu fou, cette fois-ci ne faisait pas exception. Je relevai légèrement les cuisses et il glissa ses pieds en dessous, prenant ainsi appui pour pouvoir remonter le long de mon sexe. Je donnai un petit coup de reins, lui arrachant un gémissement. Il attrapa mes mains et entrelaça nos doigts tandis qu'il ondulait sur moi. J'étais enfoui en lui jusqu'à la garde. La sensation était extraordinaire, indescriptible. Nos regards se soudèrent. Il accéléra le rythme. J'avais l'impression que tout mon corps était en feu. Il se pencha à nouveau pour que nos lèvres se retrouvent. Nos langues se mêlaient, passionnées alors que le plaisir enflait peu à peu dans mes reins. Lorsque Armand tenta de se redresser, je l'accompagnai, l'enserrant de mes bras. Nos bouches ne se quittaient plus. J'étais à bout de souffle, mais la brûlure qui consumait mon ventre comptait plus que tout. Armand agrippa mes épaules et rejeta la tête en arrière, soudainement foudroyé par le plaisir. Ses muscles intimes se resserrèrent sur moi, précipitant ma jouissance. Je l'emplis de ma semence tandis que la sienne maculait déjà nos torses. Ne voulant pas que tout se termine, je continuais le plus longtemps possible mes coups de reins, accompagnant la descente du plaisir.

Enfin, je me laissai retomber sur le dos, à bout de souffle. Armand s'allongea à côté de moi, un bras sous la tête et un air extatique sur le visage.

— Tu ne peux pas savoir à quel point ça m'avait manqué ! s'exclama-t-il soudain.

— Oh si, je crois que je l'ai deviné, ris-je.

Il m'embrassa tendrement, collant son corps contre mon flanc.

— On devrait aller se nettoyer un peu, soufflai-je, luttant contre l'engourdissement suivant l'orgasme.

— On peut prendre une douche ensemble… si ça te dit…

— Tu veux bien me laisser quelques minutes ? Mon corps ne récupère pas aussi vite que le tien…

— Je n'ai jamais dit que nous allions faire des cochonneries sous la douche, se défendit-il.

— Mais moi oui !

***

La douche fut en effet loin d'être sage. À peine sous l'eau, je plaquai Armand contre la paroi, dos à moi. J'avais retrouvé toute ma vigueur et je n'eus aucune peine à m'enfouir à nouveau en lui. Mes coups de reins presque violents lui arrachèrent des cris qui ne firent que m'encourager à aller plus vite, plus loin. L'orgasme me traversa rapidement. Armand me suivit presque aussitôt. Une fois nos corps apaisés, nous pûmes enfin réellement nous laver.

Lorsque nous fûmes propres, nous enfilâmes des peignoirs et retournâmes dans la pièce où le dîner nous attendait toujours. Nos étreintes m'avaient affamé. Je dévorai le contenu de mon assiette et la moitié de celle d'Armand. Il s'était nourri de sang conditionné quelques heures plus tôt. La nourriture humaine ne lui était d'aucune nécessité, contrairement à moi. Dès que j'eus fini de manger, nous retournâmes dans la chambre. Je n'avais pas vraiment l'intention de remettre ça si vite, mais lorsque Armand laissa tomber son peignoir sur le sol, je ne pus résister.

Cette fois, j'étais si fatigué que je m'endormis presque aussitôt. Je m'éveillai en pleine nuit, Armand blotti contre mon dos, son bras entourant ma taille. Je savais qu'il ne dormait pas, mais je ne voulais pas rompre la magie de l'instant et me laissai entraîner à nouveau au pays des rêves. Au petit matin, nous fîmes l'amour encore une fois. Armand semblait ne jamais se rassasier de moi et je regrettai presque de ne pas récupérer aussi vite que lui. Il nous fit monter un petit-déjeuner que nous mangeâmes au lit. Pendant que je buvais mon café, il proposa :

— Et si nous passions le week-end enfermés dans cette chambre ? Après tout, nous avons pas mal de temps à rattraper…

— Tu sais que tu vas devoir me laisser souffler un peu… J'ai de l'endurance, mais pas autant que toi.

— Nous ne sommes pas obligés de passer notre temps à ça… Nous pouvons aussi discuter… J'aimerais vraiment que tu me parles de ta vie, de tes amis, de ton travail. Je veux tout savoir de toi.

— OK. À une seule condition !

— Laquelle ?

— Ne me fais pas le coup du « tu as eu beaucoup d'amants ? ». Ce n'est pas un sujet dont je veux parler avec toi.

— Du moment que tu me promets que les autres ne comptaient pas…

Je me penchai pour l'embrasser avant de répondre :

— Tu es le seul que j'aime… et ça, depuis bien des années. Et pour encore des décennies.

— Ça me va, sourit Armand.

Il me prit ma tasse des mains, la posa sur le plateau et alla ranger celui-ci dans l'autre pièce. Lorsqu'il revint, je soufflai :

— Tu es vraiment insatiable !

— Comme je l'ai dit, nous avons du temps perdu à rattraper. Et il est hors de question de gaspiller la moindre minute de ce week-end…

La fusion de nos corps fut encore une fois totale. À chaque caresse, j'avais l'impression que ma peau n'avait toujours attendu que lui. Nos retrouvailles étaient un cadeau du destin. À nous de faire en sorte de ne pas gâcher cette seconde chance qui s'offrait à nous, cette opportunité de connaître enfin le bonheur que nous méritions.

Épilogue

L'épaule appuyée au chambranle de la porte, je contemplais Armand qui finissait de nouer sa cravate.

— Le grand Sire de Paris serait-il nerveux ?

Il me jeta un regard amusé par le biais du miroir.

— Ce n'est pas tous les jours que l'on rencontre les parents de son compagnon. J'ai de quoi être nerveux, surtout si on pense au passé que j'ai avec ta famille.

Je m'approchai et posai mes mains sur ses épaules.

— Ne t'en fais pas, ils vont t'adorer. Mais avant qu'on y aille, j'ai quelque chose à te dire.

Il se retourna, l'air encore plus inquiet.

— Détends-toi, c'est une bonne nouvelle ! J'ai bien réfléchi et j'accepte ta proposition. Je veux vivre ici, avec toi.

Un large sourire apparut sur ses lèvres.

— Tu es sûr de toi ?

La vie – la mienne surtout – était bien trop courte pour perdre du temps à tergiverser. Nous nous aimions et nous ignorions combien de temps le destin nous accorderait ensemble. Chaque seconde de plus passée à ses côtés était une seconde de bonheur que rien ni personne ne pourrait nous enlever. Et, au final, c'était tout ce qui comptait. Je souris à Armand avant de lui répondre :

— Tu m'as posé la question il y a presque trois semaines. J'ai eu largement le temps de me faire à l'idée de passer tout mon temps avec toi. Enfin, si tu le veux toujours.

— Bien sûr, idiot ! Je suis ravi ! Allez, viens ! Ne faisons pas attendre tes parents.

***

Nous avions décidé d'un commun accord avec eux que la rencontre « officielle » entre mes parents et Armand se ferait dans leur maison, à Orléans. Je pris donc le volant de l'une des berlines de mon amant tandis qu'il s'installait sur le siège passager. Il n'avait jamais aimé conduire et profitait donc de ma présence pour se laisser piloter. Je venais de m'engager sur l'autoroute lorsque son portable sonna.

— C'est Carine, souffla-t-il à mon attention avant de décrocher. Oui ?

Il resta silencieux un long moment. Je pouvais entendre la voix de son assistante, mais pas comprendre ce qu'elle disait. Cependant, au vu de l'air tendu d'Armand, je sus qu'il ne s'agissait pas de bonnes nouvelles. Il finit par raccrocher après l'avoir remerciée puis il soupira profondément.

— Que se passe-t-il ?

— Elle vient d'avoir l'inspecteur de police chargé de l'enquête sur l'explosion et la mort de Remigio Salvatore.

— Et ?

— Il semblerait que le cadavre carbonisé et partiellement déchiqueté soit celui d'un homme âgé de plus de soixante-dix ans au moment de sa mort.

Je lui jetai un bref coup d'œil, abasourdi.

— Comment est-ce possible ? Je n'ai pas vraiment le nez pour jauger l'âge des gens, mais Remigio n'avait pas plus de quarante-cinq ans.

— Je sais.

— Donc… ça veut dire…

— Qu'il n'était pas dans la voiture au moment de l'explosion. Et qu'il a mis le cadavre d'une autre personne à sa place pour faire croire à sa mort.

Je secouai la tête, incrédule :

— Je l'ai vu monter… et ça a explosé presque aussitôt !

— N'oublie pas qu'il s'agit d'un Alchimiste.

— Je croyais qu'il n'y avait rien de magique dans leurs capacités.

Armand se contenta de hausser les épaules.

— Mais… s'il n'est pas mort… alors il pourrait à nouveau s'en prendre à toi !

— Je ne pense pas. Souviens-toi de ce qu'a dit Ezra : quelqu'un manipulait son Maître pour qu'il m'attaque. Simuler sa mort était un moyen efficace pour qu'il n'ait plus rien à craindre de celui ou celle qui se servait de lui.

— Cela expliquerait la réaction d'Ezra… il savait certainement que son Maître était vivant. Il nous a menti.

— Par omission… ce que je comprends compte tenu de la situation.

Je reportai mon attention sur la route et me rendis soudain compte que j'avais serré les poings sur le volant à m'en faire blanchir les jointures. Je pris une profonde inspiration pour me forcer au calme. Armand posa sa main sur ma cuisse, juste assez haut pour que sa présence détourne mon attention de l'Alchimiste et de sa fausse mort.

— Tiens-toi bien, Monsieur le Vampire ! Il est hors de question qu'on se saute dessus chez mes parents.

— Je sais me tenir… quand je le veux…

Nous échangeâmes un regard complice et j'eus soudain déjà hâte de rentrer au manoir.

***

La berline ne passa pas inaperçue dans le quartier résidentiel où vivaient mes parents depuis bien avant ma naissance. Je me garai devant le pavillon qui m'avait vu grandir. Ma mère ouvrit la porte d'entrée et sortit à notre rencontre, suivie de près par mon père. Nous descendîmes de voiture et Armand attendit que je le rejoigne.

— Tu es prêt ?

Pour toute réponse, il m'adressa un sourire étincelant qui faillit me faire perdre pied. Me retenant à grand-peine de me jeter à son cou pour l'embrasser fiévreusement, je pris sa main dans la mienne et nous avançâmes vers la maison.

— Papa, Maman, je vous présente mon compagnon : Armand Duvivier, le Sire de Paris.

Fin

Samaël

Chapitre 1

Le bar était plutôt tranquille en ce début de soirée. Derrière mon comptoir, j'en profitais pour ranger un peu les bouteilles et les verres tout en observant les quelques personnes présentes. Le « Benvenuto » était situé dans le terminal des vols internationaux de l'aéroport Leonardo da Vinci de Rome. Les passagers venaient y boire un café ou un verre en attendant leur embarquement. Nous avions toutes sortes de clients : des familles, des hommes et femmes d'affaires, des groupes d'amis. Depuis trois ans que je travaillais là, je m'amusais souvent à essayer d'imaginer quelles étaient leurs vies. Le métier de barman n'était pas le plus passionnant du monde ni le mieux payé, mais il me permettait de rencontrer beaucoup de gens différents. Et, parfois, des hommes avec qui je passais un moment un peu plus long, bien à l'abri des regards dans l'un des salons privés.

Je n'avais pas besoin de vérifier l'heure ou de contempler le ciel pour savoir que la nuit n'allait pas tarder à tomber. Nous étions au moment de la journée où notre clientèle humaine laissait sa place aux vampires. Par commodité, la plupart des vols de nuit leur étaient réservés. L'enfermement de longue durée, même dans un avion spacieux et confortable, pouvait avoir des effets étranges sur certains vampires. Aucune compagnie aérienne ne voulait prendre le risque de voir se dérouler une tragédie sur l'un de ses vols, comme c'était arrivé plusieurs fois au tout début de l'aviation civile.

N'ayant plus rien à ranger, je pris mon portable pour consulter mes mails. L'appareil sonna au moment même où je l'allumais et je sursautai, manquant de peu de le faire tomber dans l'évier. Je grognai en voyant l'identité de l'appelant, mais répondis tout de même.

— Bonsoir Rosa !

— Salut Samaël ! Je…

— Non, je n'ai pas oublié la fête de Lucinda demain. Et oui, je serai là à midi précis.

— Je ne t'appelais pas pour ça ! se défendit ma cousine.

Je ricanai.

— Ah ? Et alors, tu m'appelais pour quoi ?

Il y eut un long silence avant que je l'entende soupirer.

— Bon, OK, tu me connais trop bien. Mais à part ça, quoi de neuf ?

— Rien.

— Pas de proie à l'horizon, ce soir ?

— Tu sais bien que je ne fais pas dans les vampires. Et les humains sont plutôt rares à cette heure-ci. Mais puisqu'on parle de mes clients, je vais devoir te laisser, j'ai du monde qui arrive.

— Tu ne dis pas ça pour te débarrasser de moi ?

— Bien sûr que si ! *Ciao* !

Et sans lui laisser le temps de répondre, je raccrochai. J'adorais Rosalina, je la considérais plus comme une grande sœur que comme une cousine, mais, parfois, elle était vraiment envahissante. Surtout en ce qui concernait ma vie amoureuse. J'avais beaucoup de mal à lui faire comprendre que ce que je faisais de mon corps ne la regardait absolument pas. Je ne me mêlais pas de ses affaires, elle n'avait pas à se mêler des miennes. Seulement, elle avait toujours veillé sur moi depuis ma plus tendre enfance, me protégeant des moqueries et des brimades que me faisaient subir les autres membres de notre grande famille. Alors malgré son côté mère poule, je n'arrivais jamais à la tenir à l'écart bien longtemps.

***

La nuit se déroula sur le rythme habituel, calqué sur les horaires des vols en partance pour divers coins du monde. Alors que l'aube approchait, la nature de notre clientèle changea peu à peu, les vampires se faisant de plus en plus rares.

Il ne me restait plus que dix minutes avant la fin de mon service lorsque je vis entrer un bel homme brun, incontestablement humain. Il se dirigea directement vers le bar, s'assit sur un tabouret juste en face de moi et sourit. Je sentis un frisson prometteur me traverser. Ses yeux noirs étaient fixés sur moi lorsqu'il commanda un cappuccino. Je m'empressai de le servir, puis m'accoudai au comptoir pour mieux l'observer. Il savoura son café lentement, le terminant en se léchant les lèvres sensuellement. Mes instincts de prédateur s'éveillèrent et, après avoir vérifié que personne ne nous regardait, je soufflai :

— Dans combien de temps part votre vol ?

Il consulta brièvement la pendule au-dessus de moi avant de répondre.

— Deux heures.

Il sourit et se présenta :

— Je m'appelle Enzo.

— Sam.

Je le fixai dans les yeux, laissant les phéromones s'échapper lentement de mon corps et s'infiltrer en lui. Je vis le moment exact où mon pouvoir court-circuita son libre arbitre : ses pupilles se dilatèrent subitement alors qu'un désir violent le submergeait et que son rythme cardiaque s'accélérait. Je n'avais pas vraiment besoin de me servir de mes dons pour le séduire, c'était juste pour gagner du temps… et pour me permettre de lui faire oublier notre rencontre dès que nous en aurions fini. J'avais pris pour habitude de m'effacer de la mémoire de mes amants, ne voulant pas risquer que l'un d'eux ne découvre ma véritable nature.

Alors que je m'apprêtais à lui suggérer de me suivre dans l'un des salons privés, mon attention fut subitement attirée par un mouvement sur ma droite. Un peu surpris, je tournai machinalement la tête. Mon regard se posa sur le visage d'un inconnu qui parvint, bien malgré moi, à me faire oublier la présence d'Enzo. Du coin de l'œil, je vis celui-ci s'éloigner en secouant la tête, brutalement dégagé de mon emprise. Mais je ne m'en souciai pas. Tout ce qui m'importait, c'était cet inconnu qui se tenait à quelques pas, l'air circonspect. Le désir bestial que je ressentais pour cet homme était presque douloureux. Je n'hésitai pas un instant à utiliser mon pouvoir sur lui, voulant l'attirer dans mes filets sans perdre une seconde.

Je le vis se figer, ses yeux d'un vert clair peu commun fixés sur moi. Il était vêtu simplement, en jean et tee-shirt noir. Rasés sur les côtés, ses cheveux couleur corbeau étaient longs sur le dessus et ramenés en une queue de cheval basse. Sans même m'en rendre compte, j'augmentai la puissance de mes phéromones, lui intimant par un ordre silencieux de s'approcher. Il hésita une fraction de seconde puis s'avança jusqu'au bar. Il grimpa sur le tabouret abandonné par Enzo. Je ne pouvais le quitter du regard alors que le désir se faisait de plus en plus pressant. Malgré la puissance de ce que j'éprouvais, je réussis à garder le contrôle et à poser ma question rituelle d'une voix à peu près claire :

— Dans combien de temps part votre avion ?

— Une heure, répondit-il sans me quitter des yeux.

Je souris et il m'imita. Je levai une main pour caresser doucement la peau cuivrée de sa joue. Il frissonna lorsque mes doigts l'effleurèrent. Il avait le teint mat et quelque chose dans la forme de ses yeux me laissait à penser qu'il avait des origines moyen-orientales.

— Quel est votre nom ?

— Ezra.

— Moi, c'est Sam. Où allez-vous, Ezra ?

Je me surprenais moi-même. En temps normal, lorsqu'un homme me plaisait, je ne perdais pas de temps à apprendre à le connaître. Je l'entraînais dans un coin tranquille, laissais mon envie de lui s'épanouir puis lui faisais tout oublier avant de retourner à ma routine. Seulement, avec celui-ci, c'était différent. J'avais le corps brûlant de fièvre tant je crevais d'envie de le soumettre à mes désirs. Pourtant, j'avais un besoin incontrôlable d'en savoir plus sur lui.

— À Paris, répondit-il de sa voix douce.

— Pour le travail ou le plaisir ?

Il resta silencieux quelques secondes, comme s'il cherchait la bonne réponse.

— Affaires familiales.

J'étais réellement troublé. Et je n'en comprenais pas la raison. Après tout, il n'était pas le plus bel homme du monde, son prédécesseur était bien plus attirant. Mais il y avait quelque chose en lui, dans son regard peut-être, quelque chose qui me donnait envie de le prendre dans mes bras et de l'y garder en sécurité… autant que puisse l'être un humain avec moi…

Je pris tout à coup conscience que mon service devait être terminé depuis quelques minutes. Je pouvais donc quitter le bar sans m'attirer les foudres de mon patron. Je fis le tour du comptoir sans quitter Ezra des yeux, puis lui fis signe de me suivre. Il obéit docilement ; il n'avait de toute façon pas le choix. Une fois dans l'un des salons privés, je refermai soigneusement la porte à clé. Je n'avais aucune envie d'être dérangé alors que j'allais tenter de résoudre le mystère de cet homme qui m'attirait d'une façon si nouvelle. Lorsque je me retournai vers lui, Ezra se tenait debout au milieu de la pièce, les bras ballants, son regard clair fixé sur moi. Je m'avançai lentement, m'imprégnant de son odeur. J'étais certain que plus jamais je n'oublierais sa fragrance si particulière, si agréable. Lorsque je ne fus plus qu'à quelques centimètres de lui, il entrouvrit les lèvres, comme pour parler, mais resta silencieux. Je pouvais entendre son pouls battre furieusement dans ses veines et une soif de sang que j'avais rarement ressentie avec autant d'intensité me dessécha soudainement la gorge. Inquiet à l'idée de lui faire du mal malgré moi, je reculai d'un pas. Il resta immobile, son regard toujours plongé dans le mien.

— Qui es-tu ? soufflai-je d'une voix blanche.

— Ezra.

Je secouai la tête. Je voulais en savoir plus sur lui, mais je ne savais même pas quelles questions poser. Cela n'était pas du tout dans mes habitudes. Je m'approchai à nouveau, retenant mon souffle en espérant que cela suffirait à calmer ma soif. Le désir charnel, lui, était toujours présent. Je sentais mon sexe pulser douloureusement dans mon pantalon et dus faire appel à toute la force de ma volonté pour ne pas l'obliger à se mettre à genoux pour me soulager de sa bouche si appétissante. Je levai la main pour caresser encore une fois sa joue. Le contact entre sa peau et la mienne m'arracha un nouveau frisson d'envie. Il ne bougeait toujours pas, soumis à mon pouvoir. Mon regard se focalisa sur ses lèvres et je me sentis perdre la bataille. Je me penchai lentement vers lui… nos bouches se frôlaient… Elles étaient sur le point de se toucher lorsqu'une sonnerie retentit brusquement dans la pièce, nous faisant tous deux sursauter. Je maudis la personne qui m'appelait à cet instant crucial et attrapai le téléphone pour l'éteindre. Lorsque je reportai mon attention sur Ezra, je le vis cligner des yeux plusieurs fois, l'air hagard. Et avant que j'aie eu le temps de réagir, il fit volte-face et s'enfuit, quittant la pièce à grandes enjambées.

J'étais sous le choc : jamais aucune de mes proies n'avait réussi à se défaire volontairement de mon emprise. Mais ma surprise n'était rien en comparaison de ma frustration. J'avais envie de lui et je refusais qu'il m'échappe. Je le suivis hors du salon, le cherchant des yeux dans le bar, en vain.

— Paris…, soufflai-je, me souvenant de ses paroles.

Je me précipitai dans le terminal et consultai le panneau d'affichage. L'embarquement pour le vol d'Ezra n'allait pas tarder à débuter. Je devais donc me dépêcher si je voulais l'intercepter avant qu'il monte à bord. Je courus en direction de la porte 7. Une fois là, je vis que les passagers commençaient déjà à s'engager dans le couloir menant à l'appareil. Je scrutai les lieux, ne prêtant aucune attention à ceux que je bousculais en cherchant celui que je ne voulais pas laisser fuir. Il n'était pas là. Je fis un second tour de la pièce, mais il n'était nulle part. Il avait sûrement dû embarquer parmi les premiers, pour mon plus grand malheur. Un instant, j'envisageai d'interroger le personnel, mais je savais déjà que cela ne servirait à rien : les consignes de sécurité étaient draconiennes et je ne parviendrais qu'à attirer l'attention sur moi, ce que j'étais censé éviter à tout prix.

J'étais à la fois énervé, frustré et découragé. Le visage et les yeux verts d'Ezra ne cessaient d'apparaître dans mon esprit alors que je retournais vers le bar. Une fois là, je pris mes affaires au vestiaire puis descendis jusqu'au parking. Lorsque je me garai devant mon immeuble, je n'avais aucun souvenir d'avoir effectué le trajet entre l'aéroport et Rome. Perturbé, je fermai les yeux. Les mains serrées sur le volant, je pris plusieurs profondes inspirations afin de tenter de chasser l'image d'Ezra de mon esprit. Voyant que je n'y parvenais pas, je me résignai et descendis enfin de voiture.

L'appartement où je vivais était situé dans un petit immeuble de trois étages dans le quartier Trastevere. Le bâtiment appartenait à ma famille depuis plus d'un siècle. Il y avait un logement par étage. J'occupais celui du troisième, les deux autres étant loués à des vampires. Une fois chez moi, je me laissai tomber sur le sofa en soupirant. Dès que je fermai les yeux, le visage d'Ezra réapparu et, avec lui, le désir et le manque. Je ne comprenais pas ce qui m'arrivait. Je n'avais jamais ressenti quelque chose d'aussi intense... surtout pas pour un humain. D'habitude, je les séduisais grâce à mes pouvoirs, obtenais d'eux ce dont j'avais besoin, puis je leur faisais tout oublier avant de passer moi-même à autre chose. Ce que je ressentais pour Ezra était différent. Le désir qu'il provoquait en moi était incontestablement plus intense que tout ce que j'avais pu connaître avec les autres. Et surtout, il avait réussi à échapper à mon emprise alors que je l'avais déjà sous mon contrôle. Aucun humain avant lui n'était parvenu à rompre le lien de lui-même. Un court instant, je me demandai si j'avais pu me tromper, s'il avait pu être un vampire... mais non, c'était impossible. Il avait les yeux verts et non rouges. De plus, son odeur était caractéristique des humains.

Je ne sais combien de temps je restai immobile, tourmenté par mes pensées au sujet de cet homme. Une sonnerie stridente me fit émerger lentement du brouillard dans lequel je m'étais plongé sans le vouloir. L'insistance du son était si désagréable que je finis par me lever et me diriger vers la porte d'entrée.

— Ah ! Tu en as mis du temps ! Et tu n'es même pas prêt !

— Bonjour Rosa !

Ma cousine darda sur moi son regard rubis et secoua la tête, faisant voler ses longues boucles brunes. Elle portait une courte robe rouge qui mettait ses formes voluptueuses en valeur.

— Sam ! Tu m'as promis que tu serais à l'heure ! Heureusement que je suis passée te prendre, sinon tu aurais encore été en retard... et tu sais que ta mère déteste ça ! Va vite te doucher et te changer. Tu as une demi-heure !

Je ne répondis pas, me contentant de me réfugier dans ma chambre. Maintenant, j'avais encore moins envie qu'avant d'aller à la fête de ma cousine Lucinda, pourtant je n'avais pas le choix. Si je ne venais pas, outre le fait que Rosa allait m'en parler pendant des mois, voire des années, je risquais de contrarier ma mère... ce que je préférais éviter le plus possible.

Je pris une douche rapide, enfilai un pantalon noir et une chemise verte – de la même couleur que les yeux d'Ezra – avant de natter mes longs cheveux roux qui me descendaient jusqu'au bas du dos. J'aurais aimé les laisser détachés, mais ma mère détestait ma chevelure que certains disaient plus belle que la sienne. Je préférais donc ne pas lui donner un motif de plus de me réprimander. Pour terminer, je remis les lentilles rouges qui dissimulaient la couleur inhabituelle de mes yeux. J'avais subi suffisamment de brimades lorsque j'étais jeune à cause de mes prunelles du même violet que l'améthyste pour avoir compris que je devais les garder en permanence colorées, afin de passer un peu plus inaperçu au milieu des autres membres de ma famille. Je ne pus m'empêcher de sourire, comme à chaque fois. Je pouvais cacher la vraie couleur de mes yeux, cela ne servait à rien puisque, de toute façon, j'étais et serais toujours l'intrus, l'anomalie... le vilain petit canard... le seul et unique mâle né dans une famille de succubes depuis la nuit des temps...

Chapitre 2

Il était presque midi lorsque Rosa se gara devant le manoir familial. La maison datait du XIIIe siècle et avait été bâtie par le neveu du Pape Alexandre IV, avant d'être rachetée par ma grand-mère. Ma mère, Antonia Valencia, en avait hérité et c'était devenu la demeure où les jeunes de notre famille grandissaient à l'abri des regards des humains. Les succubes, comme les vampires, sont incommodées par les rayons du soleil. Un grand auvent avait donc été ajouté devant la demeure afin que nous puissions passer de l'abri des voitures, aux vitres bien évidemment conçues pour nous protéger du soleil, jusqu'au hall. La porte nous fut ouverte par Ernesto, le majordome humain de ma mère, qui avait l'air d'être aussi vieux que le manoir lui-même.

— Signorina Rosalina, Signor Samaël.

Il s'inclina si bas que je crus qu'il ne pourrait pas se redresser. Il le fit pourtant et nous conduisit jusqu'au grand salon où se déroulerait la fête. Bien entendu, nous connaissions le chemin, ayant tous deux vécus dans cette demeure pendant toute notre enfance. Lorsque nous arrivâmes devant les portes ouvertes, je vis que toute la famille, ou presque, était déjà là. Ma mère, comme à son habitude, trônait sur son fauteuil grenat installé tout au fond de la pièce. Son regard sévère se posa sur moi et je dus réprimer un frisson. Elle ne m'avait jamais aimé et, si elle l'avait pu, elle m'aurait sûrement fait disparaître dès ma naissance. Seulement elle avait dû me garder, car l'infanticide était puni de mort chez les succubes. Alors même si j'étais une abomination, comme elle aimait à me le rappeler lorsque j'étais enfant, elle avait été contrainte de me conserver à ses côtés jusqu'à ce que je sois en âge de travailler et d'aller vivre loin d'elle.

Sentant la tension qui m'avait subitement envahi face à ma génitrice, Rosa posa sa main dans le creux de mes reins. Lorsque je me tournai pour la regarder, elle m'adressa un sourire d'encouragement. Je détestais venir dans cette maison. Je détestais les airs moqueurs, dégoûtés ou carrément haineux qui s'affichaient sur les visages de la plupart de mes sœurs, tantes et cousines. Pourtant, je n'avais pas le choix : je devais être présent lors de toutes les cérémonies d'Éveil, comme l'exigeait la tradition de notre famille.

Les succubes naissaient immortelles. Le moment où elles subissaient l'Éveil déterminait l'âge qu'elles auraient pour l'éternité. Jusque-là, elles vieillissaient et pouvaient enfanter comme les humaines. Elles se nourrissaient à la fois d'aliments « normaux » et de sang. Et elles étaient immunisées contre toutes les maladies existantes, mais devaient dormir au moins quatre heures par nuit. Le pouvoir d'attraction physique apparaissait à la puberté et se développait au fil des années. L'énergie sexuelle devenait alors une nouvelle source d'alimentation, bien plus satisfaisante que les autres. Pour la plupart des succubes, l'Éveil survenait entre vingt-cinq et trente ans. À ce moment-là, leurs corps cessaient de vieillir. Elles devenaient stériles et surtout immortelles.

L'Éveil de ma mère avait eu lieu en 1865, juste après la naissance de sa troisième fille. Lorsqu'en 1987 elle découvrit qu'elle était enceinte, ce fut à la fois un choc et une bénédiction pour elle et pour toute la famille. Jusqu'à ma naissance… Bien sûr, il n'y eut aucune échographie durant la grossesse. Les succubes n'en avaient besoin ni pour connaître le sexe du bébé, qui ne pouvait être qu'une fille, ni pour savoir si elle serait en bonne santé puisqu'elle était immunisée contre toutes les maladies dès sa conception. Lorsque ma mère me mit au monde, ce fut un véritable séisme dans la famille. Aucun mâle n'était jamais né d'une succube depuis que notre race existait. J'étais le premier, une véritable anomalie génétique, le seul et unique incube n'ayant jamais vu le jour.

Ma mère était depuis bien longtemps l'une des principales conseillères du Sire de Rome. Elle n'admettait pas que le destin lui ait joué un si mauvais tour en m'envoyant dans sa vie. Alors elle me confia à ma tante Julietta, la mère de Rosa, qui m'éleva sans faire de distinction entre sa fille et moi. Ma cousine avait déjà huit ans à ma naissance et elle fut la seule, avec sa mère, à ne jamais me rejeter. Le reste de la famille me considérait comme un rebut et ne m'adressait pratiquement jamais la parole. Lorsque l'une d'entre elles le faisait, c'était pour me traiter de monstre ou d'autres qualificatifs du même genre. S'il n'y avait pas eu Rosa, je n'aurais peut-être pas réussi à résister à leurs attaques verbales… et parfois physiques… Je gardais encore des séquelles psychologiques de certaines *tortures* que j'avais subies, notamment sous forme de cauchemars récurrents. Dès que j'avais pu le faire, j'avais fui loin du manoir et m'étais installé dans mon appartement actuel. Je ne payais pas de loyer et mettais presque tout mon salaire de côté dans l'espoir de pouvoir un jour réaliser mon rêve : partir vivre à l'autre bout du monde, le plus loin possible de celles qui m'avaient fait souffrir durant mon enfance, ma mère principalement.

***

Je pris place sur l'un des sofas, à côté de tante Julietta et de Rosalina. Ma mère m'ignora le reste de l'après-midi, à mon grand soulagement. Tandis que la cérémonie de l'Éveil de Lucinda se déroulait, mon esprit ne put s'empêcher de partir en direction d'Ezra. Même si le désir que je ressentais en pensant à lui s'était quelque peu calmé, le mystère qu'il représentait ne cessait de me tourmenter. Comment avait-il pu se défaire ainsi de mon emprise ?

Lorsque ma mère eut prononcé son discours et que les discussions eurent repris, je me tournai vers Rosa.

— Ça ne te dirait pas qu'on s'éclipse deux minutes ?

Elle fronça les sourcils. Elle avait bien évidemment compris que je voulais lui parler en privé. Elle se leva, fit un léger signe de la main à tante Julietta et je la suivis dans le couloir menant à la nursery. Actuellement, les bébés étaient avec leurs mères dans le grand salon et nous étions sûrs que personne ne viendrait nous y déranger avant plusieurs heures. Elle s'installa sur l'un des rocking-chairs et croisa les bras sur sa poitrine, son regard fixé sur moi. Je me mis à faire les cent pas, cherchant par où commencer.

— Si tu tournes en rond comme ça, tu vas me donner la migraine.

— Tu ne peux pas en avoir, lui rappelai-je.

— Avec toi dans les parages, rien n'est moins sûr ! Bon, alors, de quoi voulais-tu me parler ? Ou de qui ?

Je grimaçai. Elle me connaissait décidément trop bien. J'arrêtai mes pas face à elle et m'assis sur le sol en tailleur, les mains posées sur mes genoux, le regard vrillé au sol.

— Samaël ?

Son ton était clairement inquiet. Sans lever les yeux, je demandai :

— Est-ce que tu sais s'il est possible à un humain de se libérer de notre emprise ?

— De lui-même ?

Je hochai la tête. Elle resta silencieuse un si long moment que je finis par me redresser. Je la trouvai en train de me fixer, pensive.

— Cela t'est arrivé ?

J'hésitai. Même si je voulais tout lui raconter, quelque chose en moi me hurlait de garder le secret sur l'existence d'Ezra. Il me fallut quelques secondes pour réaliser que c'était de la peur. Je craignais que révéler ce qui s'était passé le mette en danger. Ce qui était totalement idiot puisque Rosa ne pourrait pas plus le retrouver que moi… et j'étais sûr qu'elle ne ferait jamais rien qui puisse me blesser. Alors je pris une profonde inspiration et lui racontai tout, n'omettant que le prénom de celui qui continuait à me tourmenter l'esprit et les sens. Lorsque j'eus fini, elle se laissa glisser sur le sol face à moi, repliant ses longues jambes fuselées sous son corps mince. Elle plongea son regard dans le mien et je pus y lire une réelle inquiétude.

— Quelqu'un d'autre est-il au courant ?

— Tu sais bien que tu es la seule à qui je peux me confier ainsi.

— Tant mieux !

Je fronçai les sourcils, sentant qu'elle me cachait quelque chose.

— Qu'est-ce que tu sais que j'ignore ?

Elle haussa les épaules, puis soupira.

— Rien de concret. Une rumeur…

— Je t'écoute.

— Je ne sais pas si…

Tu en as trop dit pour te taire maintenant ! Parle !

Elle hésita à nouveau avant de murmurer :

— J'ai entendu dire que Sophia s'était fait rembarrer une fois par un homme qu'elle a tenté de séduire.

— Qui était-ce ?

— Je l'ignore. Tu dois bien te douter qu'elle ne s'en est pas vantée.

— Alors, comment…

Les joues de Rosa rougirent légèrement.

— Disons que j'ai surpris, tout à fait par hasard, une conversation entre elle et votre mère. C'était juste avant qu'elle parte pour le sommet. Elle disait que l'homme en question serait présent et elle se demandait s'il serait toujours insensible à ses charmes.

Je réfléchis un court instant et énonçai ma supposition à voix haute.

— S'il était au sommet, il fait partie de l'entourage de l'un des Sires. Et, donc peut-être qu'il a été hypnotisé pour être immunisé contre le pouvoir des autres vampires ou des succubes.

Rosa ne parut pas convaincue par mon idée et, au final, je ne l'étais pas non plus.

— J'ignore qui est cet homme, mais celui que tu as rencontré cet après-midi a peut-être la même résistance. Ou bien c'était le même que celui qui a repoussé Sophia.

Je soupirai profondément. Il était hors de question que j'aille demander à ma sœur aînée si le seul humain qu'elle n'avait pas réussi à mettre dans son lit était Ezra. Elle m'avait toujours détesté, peut-être même plus que notre mère. Et maintenant qu'elle était devenue la Dame de Prague, j'étais sûr qu'elle ne prendrait même plus le temps de m'accorder son habituel regard haineux.

— Je ne sais pas qui il est…

— Mais tu aimerais le savoir ?

— Bien sûr ! Je veux comprendre comment il a pu…

Rosa m'interrompit.

— Ce n'est pas seulement pour ça, n'est-ce pas ?

Je hochai la tête, vaincu par sa perspicacité.

— Je n'arrive pas à le sortir de mon esprit. Il m'obsède… au point que j'ai l'impression que je ne parviendrai plus jamais à penser à quelqu'un d'autre qu'à lui.

Ma cousine soupira et prit mes mains dans les siennes.

— Samaël… Tu sais bien que nous autres, succubes, nous ne pouvons pas tomber amoureuses. Ce n'est pas dans notre nature.

— Je ne suis pas… Rosa, je suis une anomalie… Et peut-être que le fait que je sois un mâle n'est pas la seule chose qui me différencie du reste de notre espèce. J'ai vingt-huit ans et rien n'indique que mon Éveil approche.

Elle me dévisagea longuement en silence, puis se redressa pour me serrer dans ses bras.

— Quoi que tu sois… quoi que tu deviennes… tu pourras toujours compter sur moi, *tesoro*[1]…

Je savourai son étreinte, le visage enfoui dans son cou comme lorsque nous étions enfants et qu'elle me consolait. Lorsqu'elle me relâcha, je me sentais un petit peu mieux, même si Ezra était toujours présent dans mon esprit.

— Tu crois que nous devons rester encore combien de temps avant que notre départ ne passe pour un affront aux yeux de ma mère ?

— Je pense que nous pouvons partir dès maintenant. Il faut juste que nous retournions la saluer avant.

Je grimaçai et elle me gronda.

— Ne fais pas l'enfant, Samaël. Tu ne dois pas donner à ta mère une raison de plus de t'en vouloir.

— Comme si mon respect des règles familiales pouvait changer quelque chose au ressentiment qu'elle a envers moi depuis ma naissance.

Je me levai et tendis la main à Rosa pour l'aider. Une fois sur ses pieds, elle me prit à nouveau dans ses bras.

— Tu es la seule personne que j'aime dans cette famille… avec tante Julietta, bien sûr.

---

[1]Trésor

Elle me repoussa et posa ses poings sur ses hanches en râlant.

— Et mes filles alors ? Tu ne les aimes pas ?

— Mais si ! Vittoria et Elsa sont adorables. Mais elles sont encore un peu jeunes. Elles ne comprennent pas tout et je ne veux pas qu'elles aient des problèmes par ma faute. Je préfère continuer à les aimer de loin, elles ne s'en porteront que mieux.

Je savais que Rosa n'était pas de mon avis à ce sujet, mais elle ne dit rien, pour une fois. Elle se contenta de me prendre la main et de m'entraîner dans le couloir.

***

Lorsque nous entrâmes à nouveau dans le grand salon, je sentis le regard réprobateur de ma mère posé sur moi. Nous allâmes saluer tante Julietta qui regretta que nous partions si tôt, mais je savais qu'elle en comprenait la raison. Je ne pouvais pas rester dans cette maison plus de quelques heures sans me sentir comme prisonnier. Avant de quitter la cérémonie, nous nous dirigeâmes vers ma mère qui nous fixait, les lèvres pincées. Nous fîmes la révérence, vestige d'une ancienne tradition qui perdurait depuis des siècles. Lorsque je me redressai, elle me parla pour la première fois de la journée, mais ce ne fut que pour me débiter les platitudes habituelles sur un ton neutre.

— Samaël, je te remercie de ta présence pour cette célébration.

— Je vous remercie de votre hospitalité, Mère, répondis-je sur le même ton.

Je m'inclinai une nouvelle fois et fis volte-face. Je n'attendis pas de voir si Rosa me suivait. Je me sentais étouffer. J'avais besoin de sortir de cette maison, de retrouver ma petite vie tranquille loin de cette femme qui m'avait mis au monde, mais me haïssait.

***

J'étais déjà installé sur le siège passager lorsque ma cousine me rejoignit.

— Ça va ?

J'avais la gorge nouée. Je répondis d'un bref hochement de tête et entendis Rosa soupirer.

— Dis-toi que si tout va bien, la prochaine cérémonie d'Éveil sera la tienne.

— Je ne suis pas sûr de vouloir que ça m'arrive… Tu m'imagines devoir supporter leur hypocrisie pendant toute une journée ? Je deviendrai fou bien avant que le soleil se couche.

Elle posa une main sur mon bras puis démarra, reprenant la route vers mon appartement. Une fois arrivés là-bas, je proposai :

— Tu veux venir boire un verre ?

— Désolée… J'ai un rencard ce soir.

— Avec un humain ?

— Un vampire.

Je secouai la tête.

— Je ne comprends pas pourquoi tu perds ton temps avec eux alors que tu pourrais avoir des tas d'humains à tes pieds.

— Vincenzo a plus de trois-cents ans et j'apprécie sa conversation. Et j'avoue que son expérience en matière de kamasutra le rend encore plus intéressant.

Je levai les yeux au ciel.

— Je t'ai déjà dit que je ne veux rien savoir de ta vie sexuelle !

Elle se pencha pour déposer un baiser sur ma joue.

— Moi aussi, je t'aime, cousin !

Quelques minutes plus tard, après m'être changé, je m'installai dans mon sofa, ignorant quoi faire de ma nuit. Je ne travaillais pas ce soir-là. Habituellement, je passais des heures en boîte ou dans un bar pour me trouver un amant… voire plusieurs. Seulement cette fois, je n'en avais aucune envie… Du moins… La seule personne que je voulais avoir dans mon lit et dans mes bras, c'était Ezra, qui, à ce que j'en savais, se trouvait actuellement à plusieurs milliers de kilomètres de moi.

Chapitre 3

Je m'éveillai en sursaut, le souffle court et le cœur battant à tout rompre. Je mis plus d'une minute à comprendre que je m'étais endormi sur le sofa et que j'avais fait un cauchemar. Tremblant des pieds à la tête, je jetai des regards inquiets autour de moi. J'avais l'horrible impression que la présence maléfique de mon rêve m'avait suivi jusque dans l'éveil. Mais j'étais bien seul chez moi, en sécurité. Je frissonnai et me frottai le visage des deux mains. Je parvins difficilement à retrouver mon calme alors que des images et des sensations provenant de mon cauchemar persistaient dans mon esprit. Constatant qu'il faisait nuit noire au-dehors, j'allumai toutes les lumières de l'appartement. Cela me rassura et, quelques minutes plus tard, j'en éteignis la majorité en me traitant d'imbécile. J'étais une créature surnaturelle et j'avais peur d'un simple cauchemar !

Secouant la tête, je me dirigeai vers ma chambre et allai prendre une douche brûlante. L'eau chaude délassa mes muscles encore tendus par l'angoisse résiduelle liée à mon mauvais rêve. Je restai un long moment sous le jet, retrouvant peu à peu ma sérénité. Et c'est à ce moment-là que l'image d'Ezra réapparut dans mon esprit. Je soupirai en fermant le robinet. Cet homme m'obsédait, mais je n'avais aucun moyen de le retrouver. Je ne pouvais même pas être sûr qu'il vivait à Rome. Il parlait italien sans accent, ce qui ne m'aidait pas vraiment.

Une fois sorti de la douche, je brossai longuement mes cheveux avant d'aller me coucher, simplement vêtu d'un boxer, comme à mon habitude. Je me glissai entre les draps frais, réfléchissant aux moyens que je pourrais mettre en œuvre pour retrouver Ezra. Et ce fut avec son regard à l'esprit que je plongeai cette fois dans un profond sommeil.

Lorsque je m'éveillai à nouveau, aucun cauchemar ne m'avait tourmenté. À vrai dire, je ne me souvenais pas avoir rêvé, même si l'image d'Ezra flottait toujours dans un coin de mon esprit. Je ne comprenais toujours pas comment cet homme pouvait avoir pris une place aussi importante dans ma vie alors que je ne l'avais côtoyé que quelques minutes.

Après avoir enfilé un survêtement, j'allai mettre en route la cafetière et allumer la télévision afin de regarder les informations. Une phrase du journaliste attira mon attention.

« … troisième disparition en un mois. Le porte-parole de la police nous a indiqué que, pour l'instant, aucune enquête n'a été ouverte en raison de la faible probabilité que ces disparitions soient liées. »

Je m'assis sur le sofa, ma tasse entre les mains, les yeux rivés à l'écran où s'affichaient les photos de trois personnes : deux hommes et une femme.

« Miguel Pinto est étudiant, Paolo Vitrus travaille dans une compagnie d'assurances et Olivia Tempo est mère au foyer. À première vue, ils n'ont aucun point en commun. Cependant, leurs familles sont sûres qu'ils ont été enlevés. Aucun des trois n'avait le moindre problème qui laisse à penser qu'il s'agisse d'une disparition volontaire. »

Le plus jeune était brun aux yeux noirs, l'autre homme roux, les yeux verts, et la femme blonde aux yeux bleus. Ils vivaient dans trois quartiers différents et, d'après le journaliste, rien ne pouvait les relier, à part le fait qu'ils avaient tous trois disparu en moins de cinq semaines. Le reportage se terminait sur un appel à témoins avec un numéro à composer si jamais on avait la moindre information sur l'une de ces trois personnes. Un frisson me traversa l'échine sans que j'en comprenne la raison. Après tout, je n'en connaissais aucun et je n'étais pas lié à leurs disparitions. Pourtant, quelque chose me troublait.

Je ne pus me plonger plus longtemps dans mes pensées, car mon portable sonna. Je me levai pour aller le récupérer dans ma chambre et décrochai en voyant qu'il s'agissait de Rosa.

— *Buon giorno*, Samaël.

— *Buon giorno.*

— Je ne vais pas te déranger longtemps, je voulais juste savoir si tu allais bien depuis hier. Tu avais vraiment l'air perturbé par ta rencontre avec cet homme.

— Je le suis toujours, Rosa, mais je vais m'en remettre. Il suffit que je me trouve un joli petit mec à me mettre sous la dent et tout rentrera dans l'ordre.

J'avais tenté de garder un ton neutre. Cependant, je me doutais que ma cousine n'était pas dupe.

— Tu sais que tu peux me parler de tout, *tesoro*... N'hésite pas à m'appeler si tu as besoin de discuter.

— Je le ferai. Merci, Rosa.

Elle était décidée à me changer les idées et passa donc une bonne demi-heure à me raconter sa soirée avec son amant vampire qui l'avait emmenée à l'Opéra voir « Don Giovanni ». Lorsque je raccrochai, je me sentais un peu mieux, le cœur un peu plus léger. Je parvins même à ne pas penser à Ezra pendant quelques heures, jusqu'à ce que je me prépare pour aller travailler. Alors que j'enfilais mon uniforme, chemise blanche, pantalon et gilet noirs, son image apparut une nouvelle fois dans mon esprit. Je soupirai. Cela ne faisait que deux jours que je l'avais rencontré et, pourtant, j'avais l'impression que je ne parviendrais jamais à l'oublier.

***

Le reste de la semaine se déroula comme dans un rêve. Je travaillais presque machinalement et, pour la première fois depuis mon adolescence, je n'utilisai mes pouvoirs sur aucun homme. L'idée même de séduire un humain pour me nourrir de lui ne me traversa pas l'esprit, tellement j'étais obnubilé par Ezra. Les seuls moments où je paraissais être réellement en vie, c'était lorsque je mettais tout en œuvre pour le retrouver. Quatre jours après notre rencontre, j'avais réussi à obtenir une précieuse information à son sujet, son nom de famille : Fontana. Et j'avais également appris qu'il avait la double nationalité italienne et israélienne.

J'avais obtenu ces renseignements de l'une des employées de la compagnie aérienne sur laquelle j'avais utilisé mes pouvoirs d'hypnose. C'était la seule fois de la semaine où j'avais agi selon ma vraie nature et non pas comme un simple humain. Connaître son nom ne m'avait pas aidé à le retrouver : il n'y avait rien le concernant sur internet ou les réseaux sociaux. C'était comme si cet homme n'avait aucune identité numérique, ce qui était plutôt rare à notre époque. Et c'était chaque jour un peu plus frustrant de ne pas savoir comment faire pour le retrouver.

Le samedi soir, alors que j'étais derrière mon comptoir, mon regard se posa sur la télévision qui diffusait les informations en continu à l'autre bout du bar. Le son était coupé, mais le bandeau d'information indiquait que deux autres personnes étaient portées disparues : un jeune musicien et une vendeuse. Ils n'avaient aucun point commun avec les trois premiers, mais, cette fois-ci, la police avait commencé à s'intéresser à l'affaire, apparemment à cause de l'insistance des familles et de l'intervention de plus en plus pressante des médias. Ils ne semblaient avoir aucune piste pour l'instant. J'étais en train de lire le bandeau lorsque mon attention fut attirée par un groupe de clients qui venait d'entrer. Tout en les servant, je ne cessai de penser à ces pauvres gens qui avaient disparu. Ce n'était pas du voyeurisme malsain, cette affaire me perturbait, comme s'il y avait une chose importante que j'aurais dû savoir à leur sujet et dont je ne parvenais pas à me souvenir.

Je quittai l'aéroport à l'aube. Lorsque je descendis de voiture devant mon immeuble, j'eus l'étrange sensation d'être observé. Je scrutai la rue pour l'instant déserte, ne comprenant pas ce que mon sixième sens essayait de me dire. J'entrai dans le bâtiment et montai jusqu'au troisième étage. Alors que j'introduisais ma clé dans la serrure, je sentis une piqûre dans mon cou. Je me tournai d'un bond et eus juste le temps de voir deux vampires que je ne connaissais pas avant de m'effondrer sur le sol. J'étais toujours conscient, pourtant mon corps refusait de répondre aux ordres de mon cerveau. Mes yeux ouverts étaient rivés sur le plafond gris tandis que j'entendais les deux hommes discuter.

— Va chercher la boîte !

Les pas de l'un des vampires s'éloignèrent tandis que l'autre composait un numéro sur un téléphone portable, les touches bipant à chaque appui.

— Nous l'avons… Ça sera fait comme vous l'avez demandé.

Et il raccrocha. Je n'avais pas pu entendre la voix de son correspondant. Les pas de l'autre vampire se rapprochèrent et, à la façon dont il se déplaçait, je devinai qu'il portait quelque chose de lourd. Celui qui avait téléphoné se pencha au-dessus de moi, un sourire mauvais sur les lèvres.

— Je ne sais pas ce que tu as fait pour mériter un tel sort, mon gars, mais mieux vaut toi que moi !

Il me fit une nouvelle piqûre et, cette fois-ci, je sombrai presque immédiatement dans l'inconscience.

***

J'avais cinq ans. Il était un peu plus de midi, mais le ciel était presque aussi sombre qu'en pleine nuit à cause de lourds nuages d'orage. Blotti contre la baie vitrée du grand salon, je contemplais le jardin en soupirant. Rosa était partie avec sa mère le matin même pour aller rendre visite à sa tante à Florence et je m'ennuyais sans elle. Elle était la seule de ma famille à s'occuper de moi, à m'intégrer à ses jeux. Sans elle, je restais seul dans mon coin, ignoré de toutes.

Cet après-midi-là, alors que je me préparais à de longues heures de solitude, l'une de mes cousines, Daniella, vint me rejoindre pour me proposer de jouer avec elle et les autres filles. Surpris, mais heureux, je la suivis jusque dans la salle de jeux. Elles m'accueillirent à bras ouverts, ce qui ne manqua pas de m'étonner. J'étais cependant trop jeune pour y voir autre chose que le bonheur immédiat d'être intégré par mes cousines dans leur cercle. J'acceptai donc avec joie de participer à la partie de cache-cache qui allait débuter.

Daniella se mit à compter, face contre un mur, tandis que nous nous dispersions dans la maison. Alors que j'allais entrer dans la buanderie, deux des filles me rejoignirent. Elles me désignèrent une malle en bois en m'indiquant que c'était la meilleure cachette de la maison, mais qu'elles ne pouvaient l'utiliser, car elle était trop petite pour elles. Je m'y glissai et elles refermèrent le couvercle. Il faisait totalement noir à l'intérieur. J'entendis le bruit de leurs pas s'éloigner, puis il n'y eut plus que le tonnerre, le vent et la pluie provenant de dehors. J'attendis, le cœur battant un peu plus vite que d'habitude, amusé par le jeu. Ma joie s'amenuisa au fil des minutes lorsque je réalisai que personne ne semblait vouloir me trouver. Soudain inquiet, je tentai de soulever le couvercle, mais c'était impossible. Quelque chose avait été posé sur la malle, m'empêchant d'en sortir. Pris de panique, je commençai à hurler et à cogner contre les parois. J'eus l'impression que mon enfermement durait des heures. Pourtant, lorsque le couvercle finit par s'ouvrir sur Rosa, cela ne faisait même pas vingt minutes que j'étais là. Elle prit mon petit corps tremblant dans ses bras et me serra très fort, s'excusant de m'avoir laissé et promettant des représailles envers celles qui avaient osé me faire du mal. Elle me jura qu'elle ne laisserait plus jamais une chose pareille se reproduire. Et elle tint parole.

Jusqu'à ce jour…

***

Je repris brutalement connaissance dans une obscurité totale. Il faisait froid et humide. Je voulus me redresser, mais je me cognai le front contre un obstacle solide à quelques centimètres de mon visage. Abasourdi, je levai les mains devant moi. Mes paumes se posèrent sur une surface en bois. Tentant de chasser la vague de panique qui menaçait de me submerger, je poussai de toutes mes forces sur la paroi, en vain. À tâtons, j'évaluai la taille de ce que je devinais être « la boîte » que le vampire était allé chercher. Il s'avéra que j'avais à peine la place de bouger. J'étais dans un cercueil de bois solide, mais pas totalement étanche, car je sentais de l'eau s'infiltrer lentement à l'intérieur.

Je pris plusieurs profondes inspirations, sentant la terreur monter à l'idée de passer le reste de l'éternité enfermé, oublié de tous. Je ne parvins pas à retenir la panique plus longtemps. Je me mis à hurler, à appeler à l'aide, frappant de toutes mes forces contre le bois. Je m'écorchai les mains et les avant-bras. Je donnai également des coups de pied et de genou. Je continuai à crier et à me débattre pendant ce qui me parut être des heures. Lorsque la fatigue, le manque d'air et l'abattement eurent enfin raison de moi, l'eau avait envahi la moitié de mon cercueil.

Le souffle court, je haletai, essayant de réfléchir à une solution rationnelle qui me permettrait de sortir de là. Des gouttes tombaient sur mes lèvres et dans ma bouche entrouverte. Elles étaient salées. Mon tombeau devait donc se trouver au fond de la Méditerranée… ce qui réduisait encore plus mes chances de m'échapper. Je pensais enfin, pour la première fois depuis mon réveil, à fouiller mes poches, espérant y trouver mon téléphone portable. Mais, bien sûr, les vampires qui m'avaient attaqué me l'avaient pris, ainsi que mes clés et mon portefeuille.

Mon esprit commençait à s'embrouiller. Je me forçai à penser une nouvelle fois à mes ravisseurs. Je ne les connaissais pas. J'ignorais totalement pourquoi ils s'en étaient pris à moi, mais ce qui était sûr, c'était qu'ils savaient qu'en m'enfermant ainsi, je ne mourrais pas. Comme les autres succubes, j'étais immortel et, finalement, dans une situation telle que la mienne, ça n'était pas vraiment une bonne chose.

J'eus un rire nerveux en me demandant soudain ce qui aurait raison de moi en premier : l'asphyxie ou la noyade ? Quelle que soit la façon dont j'allais être privé d'oxygène, cela me plongerait dans un état catatonique, une sorte de coma profond dont je ne pourrais sortir qu'en buvant du sang. Je me souvins avoir lu quelque chose à ce sujet. Un Sire utilisait cette méthode pour torturer ses ennemis. Plutôt que de les tuer, il les immergeait dans un lac près de chez lui et, ainsi, il les gardait à sa portée au cas où il aurait eu un quelconque besoin d'eux. Et lorsqu'il voulait vraiment les faire souffrir, il réitérait l'expérience plusieurs fois, ce qui finissait par faire perdre l'esprit à ses victimes.

L'air se raréfiait. J'essayais de rester calme afin de l'économiser, mais je savais que c'était inutile. Personne ne me trouverait jamais. J'allais sûrement demeurer là pendant des siècles, voire des millénaires… Peut-être jusqu'à la fin des temps…

L'eau recouvrait peu à peu mon visage, s'insinuant dans ma bouche et mon nez, me faisant tousser à chaque fois que je l'avalais. Le sel brûlait mes mains et mes bras à l'endroit où je m'étais écorché en tentant de me libérer de ce cercueil. N'ayant rien à perdre, je fis une dernière tentative, poussant de toutes mes forces contre le couvercle avec les mains et les pieds. La colère m'envahit soudain et je me remis à frapper le bois, hurlant ma rage. Mes larmes se mêlèrent à l'eau de mer alors que mes forces m'abandonnaient peu à peu. L'obscurité envahit mon esprit, m'entraînant bien loin, dans un endroit où plus rien ne pourrait m'atteindre.

Juste avant que tout s'éteigne, une dernière pensée me traversa. C'était une faible lueur, juste une image partiellement effacée, comme une vieille photographie. Un visage aux traits indistincts au milieu duquel brillaient des yeux vert clair.

Ezra...

Chapitre 4

L'air me brûla les poumons et je me redressai brutalement, suffoquant. Je portai mes mains à ma gorge, toussant et luttant pour reprendre mon souffle. J'avais l'impression que tout mon corps était en feu. Je sentis alors une paume et un avant-bras se poser sur mon torse pour m'obliger à me rallonger. Une soif intense me submergea soudainement. J'ouvris les yeux, mais ma vision était floue. Mon ouïe était assourdie, comme si j'étais encore sous l'eau. Je me débattis et finis par agripper le bras qui me tenait. Je plantai mes crocs dans la chair tendre et ne pus retenir un frisson de plaisir lorsque le sang se mit à couler dans ma gorge enflammée. Le gémissement que poussa ma victime parvint à peine à mes oreilles et, de toute façon, il en fallait plus pour m'arrêter.

J'avais soif… tellement soif !

Alors que je commençais à reprendre des forces, mes sens se réveillèrent. J'entendais la respiration saccadée de celui dont j'étais en train de me nourrir. Je gardai les yeux clos alors que la culpabilité se frayait un chemin en moi. C'était mal, je devais le relâcher sinon j'allais finir par le tuer. Ma conscience se battait avec mon instinct, bien plus puissant. Je continuai à boire jusqu'à ce que mon odorat capte l'odeur de celui que je tenais dans mon étreinte mortelle. L'image d'un visage apparut dans mon esprit et ce souvenir fut assez fort pour me faire enfin lâcher prise. Je me laissai retomber en arrière, les paupières serrées. Je devais ouvrir les yeux, mais j'étais terrorisé à l'idée de ce que j'allais voir.

Un frisson de désir me traversa lorsque le même visage se matérialisa à nouveau dans mes pensées. Alors que je tentais de me convaincre d'enfin ouvrir les paupières, une voix douce et familière s'éleva tout près de mon oreille :

— Samaël, je sais que vous m'entendez…

Je tournai la tête pour échapper à la tentation que représentait cet humain, beaucoup trop proche de moi pour notre bien à tous deux. Un nouveau frisson m'échappa alors qu'une main fraîche me caressait la joue et le front. J'entendis un soupir, puis je sentis le poids de son corps disparaître du matelas sur lequel j'étais allongé. Sa voix reprit, plus lointaine.

— Je suis désolé…

Surpris par le ton triste, je ne pus m'empêcher d'ouvrir les yeux. Mon regard se posa tout d'abord sur un plafond à la peinture blanche un peu écaillée. Je pris une profonde inspiration, puis me redressai lentement. Mon cœur manqua un battement. J'avais beau avoir reconnu son odeur et sa voix, le voir ainsi, à quelques pas de moi, affola mes sens… et mon envie de lui se renforça.

— Ezra…

Mon attention fut attirée par le linge taché de sang qu'il tenait contre son bras.

— Je vous ai blessé.

Il m'adressa un faible sourire.

— Vous aviez besoin de reprendre des forces. Je vais bien, ne vous en faites pas.

Je m'assis et me rendis compte que j'étais dans un lit, totalement nu, le corps à peine couvert par un drap gris. Je remontai celui-ci sur mon torse et me recroquevillai afin de dissimuler mon état d'excitation avancée. Ezra se laissa tomber un peu brutalement sur une chaise en face de moi. Il était plus pâle que son teint mat habituel et je m'en voulus encore de m'être nourri de lui aussi goulûment.

— Où sommes-nous ?

— Chez moi. Vous êtes en sécurité, personne ne vous trouvera ici.

Les questions se bousculaient dans ma tête et j'ignorais par laquelle commencer.

— Je suis désolé de ne pas avoir pu vous sortir de là plus tôt, souffla Ezra d'un air ennuyé.

— Com… combien de temps ?

— Il m'a fallu deux semaines pour trouver où ils vous avaient… immergé… et une de plus pour parvenir à vous tirer de là.

— Trois semaines ?

— Peut-être plus. J'ignore depuis combien de jours vous étiez enfermé lorsque j'ai commencé à vous chercher.

Je n'étais pas non plus capable de le deviner, ayant très vite perdu la notion du temps pendant mon séjour dans ce cercueil. Je pensai immédiatement à Rosa. Elle devait être folle d'inquiétude. Je ne m'étais jamais absenté de chez moi plus de quelques jours et surtout pas sans la prévenir. Je me laissai retomber contre les oreillers en soupirant. Sans même y penser, j'examinai les lieux. J'étais dans une petite chambre dont le papier peint bleu ciel à fleurs mauves était un peu défraîchi. Les meubles en bois clair étaient anciens, mais en bon état. Les quelques rayons de soleil qui filtraient à travers les persiennes des volets fermés m'indiquaient qu'il faisait jour.

— Je devrais vous laisser vous reposer, souffla Ezra en se levant.

— Non !

Il se figea, l'air surpris.

— Je… j'aimerais… Dites-moi ce qui s'est passé. S'il vous plaît…

— C'est une très longue histoire, soupira-t-il. Je vous promets de tout vous raconter, mais pour le moment, vous avez besoin de dormir un peu.

Il s'éloigna en direction de la porte. Je voulais le retenir, mais je me rendis compte qu'il avait raison. J'étais fatigué et mes questions pouvaient bien attendre quelques heures.

— Vous avez des vêtements dans l'armoire et la salle de bains est de l'autre côté du couloir. Lorsque vous vous sentirez mieux, vous n'aurez qu'à me rejoindre en bas.

Sans attendre ma réponse, il quitta la chambre, refermant soigneusement le battant derrière lui. J'écoutai ses pas s'éloigner, puis me rallongeai et laissai mes paupières se baisser d'elles-mêmes. Quelques secondes plus tard, je dormais profondément.

***

Je m'éveillai en sursaut et il me fallut un long moment pour me souvenir de l'endroit où je me trouvais. Je me passai une main sur le visage avant de me lever. Je me sentais encore faible, mais j'avais suffisamment récupéré pour être en mesure de m'habiller. Je trouvai ce qu'il me fallait dans l'armoire, comme Ezra me l'avait indiqué. Les vêtements étaient pratiquement à ma taille et pas du tout adaptés à la carrure de mon hôte, plus petit et un peu plus corpulent. Cela souleva une question supplémentaire que je rangeai soigneusement avec toutes les autres que je prévoyais de poser à Ezra. Je me rendis dans la salle de bains et pris une longue douche brûlante qui me fit un bien fou. Avisant une brosse, je dénouai consciencieusement mes longues boucles qui n'avaient pas particulièrement apprécié mon séjour forcé dans la Méditerranée. Je terminai en les nattant, puis enfilai le boxer gris, le jean bleu et le sweat-shirt noir que j'avais trouvés dans l'armoire.

Une fois dans le couloir, je me rendis compte que la maison était totalement silencieuse. Je tendis un peu plus l'oreille, utilisant mes capacités surhumaines, mais rien, pas un bruit. Surpris qu'Ezra m'ait laissé seul, je décidai de visiter les lieux. La demeure comprenait un seul étage où se trouvaient deux chambres, des toilettes et une salle de bains. Je descendis lentement l'escalier, toujours aux aguets. En face, je vis un salon dont la porte était grande ouverte. J'y entrai et mon regard fut malgré moi attiré par un livre posé sur la table basse.

Je m'assis sur le sofa pour prendre l'ouvrage entre mes mains. Il était ancien. Sa reliure de cuir était abîmée à certains endroits, m'obligeant à le manipuler avec précaution. L'auteur était un certain Charles Bouvier dont je n'avais jamais entendu parler. Le livre s'intitulait, en français, « Les Alchimistes, ou le secret de la famille Salvatore ». Je parlais couramment cette langue et je n'eus donc aucun mal à déchiffrer le texte. Sans le vouloir, je me mis à lire, me plongeant dans l'histoire extraordinaire de ces humains insensibles à l'hypnose vampirique.

J'étais tellement focalisé sur ma lecture que je sursautai lorsque la voix d'Ezra s'éleva depuis l'encadrement de la porte :

— Je savais que ça vous passionnerait.

Je levai le regard, l'esprit encore un peu embrumé d'avoir été tiré aussi brutalement de ma concentration. Ezra était appuyé contre le chambranle et me fixait, un sourire aux lèvres. Ses cheveux couleur de jais, détachés, lui tombaient sur les épaules. Ils semblaient si soyeux que j'eus tout à coup envie de passer les mains dedans. Je resserrai mes phalanges sur le livre et me forçai au calme tout en continuant à le détailler. Il portait un pantalon noir et une longue tunique beige à manches courtes. Sur son bras, un pansement dissimulait la morsure que je lui avais infligée quelques heures plus tôt. Sa peau avait retrouvé sa couleur habituelle, proche de celle du miel.

Le désir se réveilla en moi, tel que je l'avais ressenti lors de notre première rencontre. Alors que je le fixais en silence, je vis ses joues rougir légèrement. Je plongeai alors dans son regard vert clair et tentai à nouveau d'utiliser mon pouvoir sur lui. Bien sûr, j'avais envie de l'embrasser et de le faire mien, mais ça n'était pas le but que je cherchais à atteindre.

— Vous avez compris que ce que vous faites ne sert à rien contre moi, souffla-t-il en venant s'asseoir dans un fauteuil, de l'autre côté de la table basse.

— Vous êtes un Alchimiste.

Il hocha la tête et croisa ses doigts sur son ventre. Il rompit le contact visuel en baissant les yeux sur le livre que je tenais toujours.

— Vous vous souvenez lorsque je vous ai dit que c'était « une longue histoire » ? Vous venez d'en lire une grande partie.

Je fronçai les sourcils, perplexe.

— Je ne vois pas quel peut bien être le lien entre les Alchimistes et moi.

— À part le fait que nous soyons insensibles à l'hypnose vampirique, qu'avez-vous retenu d'autre de votre lecture ?

Je réfléchis rapidement. Une idée me traversa l'esprit, mais elle était si absurde que je la repoussai bien vite. Pourtant elle résista et je bredouillai :

— Vous… vos enfants… ne sont que des fils…

Ezra resta silencieux, mais la lueur qui pétilla à cet instant dans son regard était plus explicite que tous les discours.

— Ne me dites pas que…

— Votre père est aussi un Alchimiste. Il s'appelle Remigio Salvatore et il est le descendant direct de Lorenzo.

Il me fallut deux minutes pour digérer l'information. Je n'avais jamais essayé de savoir qui était mon géniteur. Déjà parce qu'il était hors de question que je pose la question à ma mère. Et ensuite parce que je pensais qu'il n'était qu'un humain quelconque qui avait sûrement oublié sa rencontre avec elle et qui refuserait de voir en moi autre chose qu'une abomination.

— Où est-il ?

Ezra eut subitement l'air embarrassé.

— Je l'ignore… Il a dû faire croire à sa mort pour échapper à un chantage. Je pensais qu'il me donnerait signe de vie dès qu'il le pourrait…

— Êtes-vous sûr qu'il est toujours…

— Certain ! me coupa-t-il d'un ton sec.

Une idée plus que dérangeante se fit jour dans mon esprit.

— Mon père et vous… êtes-vous amants ?

Il m'adressa un regard surpris, puis éclata de rire. Vexé, je posai le livre un peu brutalement sur la table basse et croisai les bras.

— Désolé… c'est juste que… Non, nous ne sommes pas amants. Je suis son apprenti.

Mon soulagement fut de courte durée, car une autre pensée me traversa.

— Si vous êtes un Alchimiste vous aussi, cela veut dire que nous sommes parents.

— Je descends du frère cadet de Lorenzo, Milo. Je pense que, si on remonte mille ans en arrière, beaucoup de gens sont liés génétiquement sans le savoir. Le risque de consanguinité est assez faible vu le nombre de générations qui ont vécu depuis.

Je souris.

— Je préfère ça… J'aurais été vraiment déçu que nous soyons de proches parents…

Ezra me dévisagea d'un air surpris, puis rougit violemment en comprenant le sous-entendu. Je me penchai en avant, les coudes sur les genoux.

— J'ai une question à vous poser. Enfin j'en ai plusieurs, mais je vais commencer par celle-ci : pourquoi avez-vous fait semblant d'être sous mon emprise lors de notre première rencontre ?

Il soupira profondément, l'air embarrassé.

— J'ai désobéi aux ordres de mon Maître… Je devais veiller sur vous sans jamais prendre contact. Je n'avais pas prévu que vous me voyiez au bar. Vous étiez occupé avec cet homme et je pensais pouvoir vous surveiller sans risque. Et puis… vous m'avez vu… J'ai senti que vous utilisiez votre pouvoir. Je n'avais pas d'autre choix que de faire semblant d'y succomber. Comment auriez-vous réagi si j'avais résisté à vos phéromones ?

— Je l'ignore, répondis-je en haussant les épaules.

— Après avoir commencé à faire semblant de vous obéir, je ne savais plus comment me sortir de cette situation. Et votre portable a sonné, me donnant l'opportunité de fuir. J'ai profité de l'occasion et je suis monté dans mon avion dès que l'embarquement a débuté.

— Qu'alliez-vous faire à Paris ?

— Réparer les dégâts causés par votre père.

— Ce fameux chantage ?

— Oui. On l'a obligé à s'en prendre à… quelqu'un d'important…

Je fronçai les sourcils devant son hésitation.

— Vous ne me faites pas confiance.

Il baissa les yeux en soupirant.

— Je suis désolé. Je n'ai pas l'habitude… Cela fait des années que je ne côtoie pratiquement que mon Maître. J'ai du mal à me fier à quelqu'un que je connais à peine.

— Je comprends.

— Donc, reprit-il, j'ai réussi à arranger les choses à Paris. Et dès que j'ai pu, je suis rentré à Rome. Je savais qu'on s'en prendrait à vous à présent que votre père était présumé mort…

Je levai une main pour l'interrompre.

— Attendez ! Pourquoi moi ? Personne ne sait que…

J'eus une soudaine révélation qui me fit l'effet d'un coup de poing dans l'estomac. Le souffle court, je tentai de réfléchir sérieusement à ce que je venais de réaliser, essayant de trouver une autre explication moins douloureuse. Pourtant, c'était la seule. Ezra me fixait d'un air grave, attendant ma réaction.

— Ma mère… Elle m'a utilisé pour exercer un chantage sur mon père… Mais pourquoi ?

— Il existe une très ancienne prophétie, qui se transmet de génération en génération chez les Alchimistes. Elle dit qu'un jour, l'un de nous s'unira avec une vampire et que de cette union naîtra un enfant unique qui aura le pouvoir d'éradiquer à tout jamais l'espèce de sa mère. Comme vous le savez, les seuls vampires à pouvoir enfanter sont…

— Les succubes. Vous pensez que… je suis l'enfant de la prophétie ?

— Vous l'êtes incontestablement. Pendant des siècles, les Alchimistes ont tenté d'utiliser des succubes pour engendrer celui qui sauverait l'humanité. Tous ont échoué jusqu'à ce que votre père entende parler de l'Éveil.

— Ma mère l'avait accompli bien avant ma naissance. Elle n'était plus fertile… en théorie.

— Comme il n'avait rien à perdre, mon Maître décida de tenter l'expérience avec une succube devenue stérile. Il porta son choix sur votre mère, car elle était l'une des plus puissantes de votre espèce.

— Et je suis né.

Ezra hocha la tête. Je me renfonçai dans le sofa, sous le choc.

— Je sais que ça fait beaucoup à assimiler… Peut-être devriez-vous vous reposer un peu afin de…

— Elle ne m'a gardé auprès d'elle que pour avoir un moyen de pression sur mon père, n'est-ce pas ?

— C'est ce qu'il pensait. C'est pour cette raison qu'il a toujours veillé sur vous, depuis votre naissance. Il n'a jamais essayé de vous récupérer, car il pensait que cela risquait de vous mettre tous les deux en danger. Lorsque j'ai été assez âgé, il m'a ordonné de prendre sa place, si un jour il lui arrivait malheur ou s'il disparaissait.

— Pensez-vous qu'il va revenir ?

— Je l'ignore… Je l'espère…

Il détourna le regard, l'air soucieux.

— Il m'a transmis tout ce qu'il sait, mais je ne suis pas encore assez puissant pour combattre votre mère. J'ai… nous avons besoin de lui.

— Je suppose que vous n'avez aucun moyen de le contacter…

— Malheureusement, non. Cependant… cet endroit est notre sanctuaire. Personne ne connaît l'existence de cette maison et son lien avec les Alchimistes. Nous y sommes en sécurité et je suis sûr que, dès qu'il le pourra, il nous rejoindra.

Je ne pouvais qu'espérer que les paroles d'Ezra soient vraies. Je voulais rencontrer mon père, celui qui m'avait donné la vie, mais qui m'avait aussi condamné à être l'instrument d'un destin qui me terrifiait.

Chapitre 5

Les révélations d'Ezra étaient difficiles à assimiler. Je sentais un début de migraine me marteler le crâne. Je fermai les yeux et me massai les tempes.

— Vous avez besoin de vous nourrir.

Il avait raison. Cependant je ne pouvais pas lui prendre encore du sang, c'était bien trop dangereux pour lui. J'avais bien sûr l'option d'utiliser mes pouvoirs d'incube sur lui… Ce qui aurait été faisable si j'avais été en mesure de l'hypnotiser… et si je ne ressentais pas une étrange fascination pour cet homme qui m'avait sauvé de la folie. Il ne me restait plus que la nourriture « normale » qui pourrait aider mon corps à se remettre, mais, tôt ou tard, j'allais avoir besoin de plus que ça.

Alors que ma migraine semblait ne pas vouloir se calmer, bien au contraire, je sentis des doigts frais se poser sur les miens.

— Laissez-moi faire.

Je renversai la tête en arrière et ouvris brièvement les yeux. Mon regard plongea dans ces prunelles d'un vert si particulier qui me fascinaient tant depuis notre première rencontre.

— Vous avez des yeux magnifiques, soufflai-je sans même y penser.

— Vous aussi. C'est dommage que vous deviez les cacher.

Je soupirai en laissant mes paupières retomber.

— Je n'ai pas le choix si je veux pouvoir me fondre dans la masse et passer pour un vampire comme les autres.

— C'est tout de même dommage… mais j'avoue que j'apprécie d'être l'une des rares personnes à pouvoir en contempler la vraie couleur.

Sa voix était chaude et le désir s'insinua une nouvelle fois en moi. Je serrai les poings, tentant de me concentrer sur ses doigts qui massaient lentement mes tempes et mon front. Je pris plusieurs profondes inspirations et ce fut comme si son odeur s'infiltrait dans chacune de mes cellules. Mon envie de lui se fit plus forte, mais, étrangement, je me détendis peu à peu alors que ma migraine commençait à refluer.

— Vous avez des doigts magiques…

Je l'entendis rire, puis il répondit :

— Ma grand-mère serait flattée, c'est elle qui m'a tout appris dans ce domaine.

Je me tus. Je voulais l'interroger sur lui, sur sa famille, cependant je voulais surtout savourer le bien-être dans lequel son massage me plongeait. Je me détendis tant et si bien que, sans même m'en rendre compte, je glissai lentement dans un profond sommeil.

***

Lorsque je m'éveillai, ma migraine n'était plus qu'un mauvais souvenir. Je m'étirai longuement, puis ouvris les yeux. J'étais seul dans le salon, mais une bonne odeur de nourriture me parvint par l'entrebâillement de la porte. Je me levai et suivis le délicieux fumet qui me mit l'eau à la bouche. Je trouvai Ezra dans une cuisine qui, contrairement au reste de la maison, était équipée de tout le confort moderne. Mon hôte se tourna brièvement vers moi en souriant.

— Comment vous sentez-vous ?

— Bien mieux. Merci.

— Asseyez-vous, ça sera bientôt prêt. Je ne suis pas un très bon cuisinier… j'espère que ça vous plaira quand même.

Je pris place sur l'un des hauts tabourets près du comptoir et me mis à jouer distraitement avec ma fourchette. Quelques secondes plus tard, Ezra s'approchait avec un plat de lasagnes. Il nous servit avant de venir s'installer à côté de moi. Je mangeai avec appétit. Cela ne suffirait pas à me rendre toutes mes forces, mais j'appréciai vraiment mon repas. Je me resservis deux fois, jusqu'à être enfin rassasié. Ezra, qui avait terminé bien avant moi, me fixait en souriant alors que je finissais mon assiette.

— Je ne pensais pas que j'étais si doué !

Je bus une longue gorgée d'eau fraîche avant de répondre :

— Je suis sûr que vous avez encore plein de talents cachés.

Mon regard appuyé le fit rougir et détourner les yeux. Il ne pouvait ignorer que je le désirais et cela semblait le gêner terriblement. J'étais bien déterminé à obtenir de lui ce dont je rêvais, quitte à me frustrer jusqu'à ce qu'il soit prêt à me l'offrir.

Il se leva et débarrassa rapidement la table. Alors qu'il commençait à faire la vaisselle, je l'interrogeai :

— Vous m'avez dit que nous sommes chez vous. Cette maison vous appartient vraiment ?

— Oui, répondit-il sans se retourner. C'est un héritage de ma grand-mère maternelle.

— Comment êtes-vous devenu l'apprenti de mon père ?

Il s'essuya les mains et se retourna, s'appuyant contre l'évier, les bras croisés.

— C'est le fruit du hasard… ou un tour du destin, au choix. Il y a plusieurs siècles, l'un de mes aïeux a décidé de fuir l'Europe pour échapper aux vampires qui voulaient les assassiner, lui et ses trois fils. Ils se sont réfugiés à Jérusalem et ont changé de nom, optant pour Fontana, afin de garder une trace de leurs origines italiennes. Au fil des générations, leurs descendants oublièrent l'histoire de leur famille et tout ce qui concernait leurs origines. Mon père ignorait totalement qu'il était un Alchimiste jusqu'à son entrée en faculté de pharmacie. Quelques semaines après le début des cours, il sympathisa avec l'un de ses camarades, lui aussi d'origine italienne.

— Mon père, devinai-je.

— Ils devinrent vite amis. En deuxième année, ils décidèrent de partager un appartement, afin d'économiser le peu qu'ils avaient. Ils étaient tous deux passionnés par leurs études et leurs rares sorties les menaient à la bibliothèque du campus. Une nuit, alors qu'ils rentraient après avoir passé de longues heures sur leurs livres, ils furent attaqués par un vampire.

— Qui ne parvint pas à les hypnotiser.

— Je ne sais pas qui fut le plus surpris dans l'histoire. Toujours est-il que cela leur permit de s'enfuir. Lorsqu'ils arrivèrent à l'appartement, ils étaient tous les deux sous le choc, mais pas pour la même raison. Votre père pensait que tous les autres Alchimistes avaient été exterminés par les vampires… et le mien ne comprenait pas du tout ce qui venait de se passer. Remigio raconta alors l'histoire des Salvatore. Au début, mon père refusa de le croire. Et puis, il finit par accepter ce qu'il était. Et il promit à votre père que s'il avait un jour un fils, il le lui confierait pour son apprentissage. Quelques années plus tard, mon père revint s'installer à Rome afin d'y ouvrir une pharmacie. Il embaucha une jeune femme comme laborantine… et finit par l'épouser.

— Et vous êtes né.

— Pas tout de suite. Ils ont d'abord eu mon frère, Daniel, qui a cinq ans de plus que moi. Lorsqu'il a été en âge de comprendre, notre père lui a tout expliqué au sujet des Alchimistes, mais Daniel a refusé de devenir l'apprenti de Remigio. Il ne voulait pas qu'on le force à suivre un destin, il voulait être libre. J'étais caché derrière la porte du bureau lorsque notre père et lui ont eu cette discussion. Et lorsque Daniel s'est rebellé, je suis entré et j'ai dit : « Moi, je serai son apprenti ! Je veux être un Alchimiste ! »

— Vous étiez très décidé, souris-je.

— Je le suis toujours. Mon Maître m'a tant appris…

Son visage se ferma et je pus y lire de l'inquiétude.

— Puisque vous êtes sûr qu'il est toujours vivant, il finira bien par vous faire signe.

— Je l'espère, soupira-t-il. Enfin, voilà toute l'histoire.

Il se retourna et se remit à sa vaisselle. Je restai silencieux, digérant toutes les informations que j'avais amassées depuis mon réveil. Je n'arrivais pas encore à intégrer le fait que j'avais un père, quelqu'un qui avait veillé sur moi de loin pendant toutes ces années. Je reportai mon attention sur Ezra, fixant mon regard sur son dos. Je pouvais voir qu'il était tendu à la crispation de ses épaules. Sans même y réfléchir, je me levai et me plaçai derrière lui. Lorsque je posai mes mains sur ses omoplates, il sursauta.

— Avez-vous peur de moi ? demandai-je en me penchant un peu vers son cou si appétissant.

— Non…

Sa voix n'était pas très assurée. Et il était encore plus nerveux qu'avant que je ne le touche.

— Je ne vous ferai jamais aucun mal, Ezra.

— Ce n'est pas…

Il baissa la tête en soupirant lorsque je lui caressai la nuque du pouce.

— Je ne veux pas que vous me craigniez… Je… Quelque chose en vous m'attire… Je n'ai jamais ressenti ça… j'ai envie… de vous protéger, de vous serrer contre moi.

Tout en parlant, mes mains quittèrent ses épaules et mes bras l'entourèrent. Il se détendit légèrement alors que je continuais à susurrer à son oreille :

— Ce que je ressens… cette attraction… elle m'effraye… j'ai peur de perdre le contrôle et de te blesser…

J'étais passé sans le vouloir au tutoiement. Ezra était toujours crispé. Je sentais les battements trop rapides de son cœur, le sang qui pulsait furieusement dans ses veines. Je n'avais que quelques centimètres à parcourir pour m'abreuver à sa jugulaire. J'avais soif, pourtant je ne bougeai pas. Je voulais qu'il soit consentant… qu'il m'offre son corps… et son cœur.

— Samaël… je suis désolé, je ne peux pas.

Ses mots me firent l'effet d'une douche froide. Je le libérai de mon étreinte et reculai d'un pas. Il appuya ses mains sur le bord de l'évier, la tête baissée.

— Je ne te forcerai jamais à rien, soufflai-je en m'éloignant.

Mon instinct me poussait à renier ma promesse. Pourtant, je tins bon. Ne pouvant plus rester en sa présence, je m'enfuis en courant jusqu'au premier étage et m'enfermai dans ma chambre, enfin celle de mon père. Une fois là, j'évacuai ma frustration en donnant un grand coup de poing dans le mur. Le lambris se fissura et je tombai à genoux, totalement perdu. Pourquoi avait-il fallu que je rencontre cet homme qui me rendait fou de désir ? Et qui semblait n'avoir aucune attirance pour moi…

J'ignore combien de temps je restai ainsi, prostré sur le sol de la chambre. Lorsque je repris mes esprits, il faisait nuit et ma main était douloureuse. Je me levai en grognant pour aller la passer sous l'eau. En sortant de la salle de bains, j'écoutai attentivement, mais la maison semblait à nouveau déserte. Je descendis, inquiet. Et si j'avais fait fuir Ezra avec mon attitude ? Je n'avais pas été particulièrement insistant, mais cela avait peut-être été suffisant pour l'effrayer… Une fois dans le salon, je vis une note posée sur la table basse.

« Samaël,

J'ai dû m'absenter pour quelques heures.

Si vous avez encore faim, je vous ai laissé du dessert au frigo.

Ezra. »

Soulagé, je reposai le papier puis, avisant le livre sur les Alchimistes, je décidai de reprendre ma lecture. Si tout ce que Ezra m'avait dit était vrai, et je n'avais aucune raison de douter de ses paroles, j'avais tout intérêt à en apprendre le plus possible sur mes ancêtres et mon héritage.

***

Plongé dans la lecture de l'ouvrage de Charles Bouvier, je ne vis pas le temps passer. Tant et si bien que lorsque j'en levai enfin le nez, je fus surpris qu'il soit pratiquement six heures du matin. Et Ezra n'était pas encore rentré. Je ne pouvais m'empêcher d'être inquiet. J'ignorai où il se trouvait et je n'avais aucun moyen de le contacter. Je ne savais pas non plus où était située la maison, si nous étions loin de Rome ou non. L'aube approchait, mais il faisait encore suffisamment sombre pour que je puisse sortir sans risque de migraine. Je refermai le livre et le reposai sur la table basse avant de me diriger vers la porte d'entrée. Je la déverrouillai et l'entrouvris doucement, aux aguets. Constatant qu'aucun danger immédiat ne menaçait, je sortis sous le porche.

Devant moi, il y avait un petit jardin en friche et, au-delà, des champs à perte de vue. Je refermai la porte et fis le tour de la maison. Une grange branlante semblait tenir lieu de garage, au vu des traces de pneus. Il y avait également une vieille balançoire, accrochée à la plus grosse branche d'un énorme chêne. Je testai la solidité des cordes, puis m'assis. Mon regard parcourut le paysage paisible. Je comprenais pourquoi mon père et Ezra avaient choisi cet endroit comme refuge. L'horizon était dégagé et toute personne qui approcherait la maison serait très vite repérée.

Le soleil commençait à montrer le bout de ses rayons, aussi dus-je me résigner à rentrer. J'allai dans la cuisine et me fis un café. Je le bus debout, adossé au comptoir, mon esprit vagabondant, essayant d'analyser ce que je ressentais pour Ezra.

Les succubes ne tombent pas amoureuses. Elles peuvent être attirées par des humains ou des vampires, même en faire leurs compagnons de longue durée, mais il n'y a aucun amour, juste la nécessité de se reproduire et la soif d'énergie sexuelle.

Seulement, je n'étais pas une succube. J'étais un incube… et le fils d'un Alchimiste. Cette curieuse combinaison faisait de moi un être unique. Encore plus que tout ce que j'avais cru depuis mon enfance. Je pensai alors à Rosa. J'avais envie de la voir, de la rassurer. Je voulais lui dire que j'allais bien… mais je ne pouvais pas. Si Ezra avait raison, si ma mère était bien à l'origine de mon enlèvement et de mon enfermement, alors il valait mieux qu'elle ignore que je m'en étais sorti. Combien de temps allais-je devoir rester caché ainsi ? Je n'en avais aucune idée. Mais j'espérais que mon père réapparaîtrait très bientôt. Je me trompais peut-être, mais je sentais que lui seul serait en mesure de m'aider.

Chapitre 6

Cela faisait maintenant presque 24 heures qu'Ezra était parti et je commençais sérieusement à m'inquiéter pour lui... et pour moi, car j'ignorais totalement ce que j'allais faire s'il ne revenait pas. Pendant son absence, j'avais visité la maison, fouinant un peu partout à la recherche d'un indice qui me permettrait de deviner où il était allé. En vain. J'avais fini par retourner dans le salon où j'avais découvert une télévision dissimulée dans un meuble en bois sombre. J'avais donc passé une bonne partie de la journée à zapper distraitement, ne parvenant pas à focaliser mon attention sur les programmes qui défilaient sous mes yeux.

Alors que le journal du soir venait de se terminer, j'entendis une voiture se garer près de la maison. Je sautai sur mes pieds au moment où Ezra entrait. Sans me jeter un regard, il se précipita dans l'escalier, mais j'avais eu le temps de sentir l'odeur du sang sur lui. À nouveau inquiet, je le suivis à l'étage, jusqu'à la porte fermée de sa chambre. J'hésitai à entrer sans son autorisation puis finis par toquer.

— Ezra ?

— Tout… tout va bien… Attendez-moi en bas, je vous rejoins… dans un moment…

Sa voix était incertaine et l'odeur du sang beaucoup trop forte pour que mon angoisse soit apaisée. Sans tenir compte de sa demande, je poussai doucement le battant. Je me figeai alors que mon regard se posait sur son dos nu couvert d'ecchymoses. Il se retourna vivement, serrant sa tunique déchirée contre son torse. Le tissu avait perdu de sa blancheur, couvert de traces carmin. Je fis un pas à l'intérieur et Ezra leva la main.

— Non ! N'approchez pas !

— Je ne te ferai pas de mal. Je sais contrôler ma soif.

— Je… je vais bien.

— Fais-moi confiance. Laisse-moi t'aider.

Alors qu'il hésitait encore, je le vis tituber. Je me précipitai et le rattrapai au moment où ses jambes cédaient sous lui. Je le portai jusqu'à son lit, puis l'obligeai à me montrer ses blessures. Une longue estafilade traversait son torse, de l'épaule droite à la hanche gauche.

— As-tu une trousse de secours ?

— Dans la salle de bains, répondit-il d'une voix faible.

Il était pâle et tremblant. Après l'avoir aidé à s'adosser aux oreillers, j'allai chercher ce dont j'avais besoin pour le soigner. Lorsque je revins, il n'avait pas bougé, mais tout son corps était parcouru de frissons. Je m'assis au bord du lit et examinai à nouveau sa blessure.

— Tu n'as pas besoin de points, ça n'est pas aussi grave que ça en a l'air.

— Je vous l'avais dit…

— Qui est-ce qui t'a fait ça ?

Il ne répondit pas. Il avait fermé les yeux et semblait bien décidé à ne pas m'expliquer ce qui lui était arrivé. Je soupirai, puis commençai à nettoyer sa blessure. Il gémit et frémit lorsque je passai le coton imbibé de désinfectant sur la coupure. Je plaçai plusieurs strips aux endroits où l'entaille semblait la plus large, espérant que mes soins seraient suffisants.

— J’ai fait de mon mieux, mais tu auras une cicatrice, soufflai-je lorsque j’eus terminé.

— Merci.

— Maintenant, fais-moi voir ton dos.

— Je…

— Laisse-moi te soigner, ou je m’en vais !

Mon ton avait été plus sec que voulu, mais cela eut le mérite de lui faire ouvrir les yeux. Il plongea ses prunelles vertes dans les miennes, l’air surpris.

— Oui, tu m’as bien entendu. J’en ai plus qu’assez d’être le jouet de personnes qui se servent de moi. Si tu n’as pas confiance en moi…

Il grimaça.

— Je suis désolé… vraiment… Je…

Il se détourna. Je pris son menton dans ma main pour l’obliger à me regarder. Des larmes firent leur apparition aux coins de ses paupières. Lorsque l’une d’elles coula doucement sur sa joue, je l’essuyai avec tendresse.

— Je tiens à toi, Ezra. Je sais que je t’en demande beaucoup, mais laisse-moi juste te soigner, prendre soin de toi. Tu m’as sauvé en me sortant de ce cercueil. Laisse-moi te rendre la pareille.

Il sembla hésiter quelques secondes, puis hocha doucement la tête. Je l’aidai à se redresser afin de pouvoir examiner son dos. Il avait de multiples contusions un peu partout, comme s’il avait brutalement percuté un mur.

— Qui t’a fait ça ? demandai-je à nouveau.

Il soupira avant de répondre :

— Un vampire… Sûrement un homme de votre mère.

— Raconte-moi.

— Je me suis rendu à Rome pour faire quelques courses. De la nourriture, des livres, des vêtements pour vous et… du matériel. J'avais tout mis dans ma voiture lorsque je me suis souvenu que le journal de recherches de mon Maître était resté dans son laboratoire. Je m'y suis rendu : tout était comme je l'avais laissé. Je pensais ne faire qu'y passer, prendre ce dont j'avais besoin et revenir ici. Mais j'ai commencé à ranger et à chercher un élément qui pourrait m'indiquer où il se trouve. Je ne me suis pas méfié… La nuit a commencé à tomber. Lorsque je m'en suis aperçu, je me suis précipité vers la porte… et je me suis retrouvé nez à nez avec un vampire. J'ai eu de la chance qu'il ne sache pas que je suis un Alchimiste. Il a tenté de m'hypnotiser pour savoir qui j'étais et ce que je faisais là. J'ai essayé de le faire marcher, mais il a vite compris mon manège. Il m'a attrapé par les épaules et m'a envoyé valdinguer contre un mur. Ça a fait tomber une étagère qui a brisé la fenêtre juste à côté. J'ai attrapé un morceau de verre. Lorsqu'il m'a empoigné par le col, j'ai su que je n'aurais qu'une seule chance de m'en sortir. Je l'ai poignardé avec le tesson et j'ai sauté par la fenêtre. Seulement voilà… je ne suis pas sportif… et j'ai fait une mauvaise rencontre avec ce qui restait de la vitre. Une fois dehors, j'ai couru à ma voiture et je suis revenu ici en prenant soin de m'assurer que personne ne m'avait suivi.

Il avait débité son histoire sans s'interrompre et sans me regarder, comme s'il craignait ma réaction.

— Tu aurais pu te faire tuer !

— Je sais…

— Et tout ça pour quoi ? Pour un journal ?

— Ce n'est pas n'importe lequel, répondit-il en levant les yeux vers moi. C'est le carnet dans lequel votre père consigne toutes ses recherches… sur vous.

— Moi ? Tu veux dire… sur la prophétie ?

— Oui. Depuis votre naissance, il essaye de comprendre de quelle manière vous êtes censé éradiquer la race des vampires. Il a formulé beaucoup de suppositions, mais n'a jamais rien pu tenter.

— Car il ne m'avait pas sous la main.

Ezra hocha la tête.

— Cela fait de nombreuses années qu'il pense que votre sang est la clé du mystère. Seulement, il n'avait aucun moyen de vous approcher sans que votre mère ne l'apprenne. Il a donc consigné toutes ses idées dans ce journal.

— Je suppose que tu n'as pas pu le ramener.

— Il n'était pas dans le laboratoire. C'est aussi pour cette raison que j'ai tardé. Je voulais à tout prix le récupérer.

— Tu crois que ma mère a mis la main dessus ?

— Je ne pense pas. Le vampire qu'elle a envoyé était justement là pour voler le journal de votre père une fois que je l'aurais trouvé. C'est ce qu'il m'a demandé lorsqu'il a essayé de m'hypnotiser.

Tout en parlant, j'avais passé de la pommade sur les contusions d'Ezra.

— Voilà. J'ai fini. Je t'en remettrai demain matin.

— Merci.

Il s'assit en tailleur. Il avait l'air épuisé, mais ne semblait pas vouloir se coucher.

— Tu devrais te reposer.

Ma main caressa à nouveau sa joue et il frissonna, mais, cette fois-ci, je sus que ça n'était pas à cause de la douleur ou du choc. Je pouvais entendre son pouls battre un peu trop rapidement. Son regard était incertain et évitait sciemment le mien. Je fus presque surpris d'entendre sa voix me demander :

— Pourquoi moi ?

— Je l'ignore. Je n'ai jamais ressenti quelque chose comme ça avant. Ces sentiments… me sont totalement inconnus. Cependant…

Comme je m'interrompais, il leva les yeux vers moi, interrogatif.

— Si tu ne veux pas de moi… pas comme ça, dis-le-moi maintenant…

Il ne répondit pas, mais ne se détourna pas non plus.

— Ezra ?

— Je… ressens quelque chose, mais…

Ses joues rougirent alors que son rythme cardiaque s'accélérait encore. Je sentais qu'il luttait pour maintenir le contact visuel.

— Dis-moi.

— Je… je n'ai jamais…

Cette fois-ci, il baissa le regard, clairement embarrassé. J'étais perplexe quant au sens de sa phrase. J'avais bien une idée de ce qu'il voulait dire, mais ça me paraissait tellement absurde que je n'arrivais pas à l'assimiler. Il prit une profonde inspiration, puis finit par souffler :

— Je n'ai jamais été avec personne. Je suis vierge.

Dire que sa phrase ne fut pas un choc pour moi serait mentir. J'écarquillai les yeux, ayant encore du mal à y croire. Il rougit encore plus et je sus qu'il disait la vérité.

— Comment est-ce possible ? Tu es… si désirable !

— Non, je ne le suis pas. Je suis… juste quelconque…

— Ne dis pas ça.

Il se recula et se leva, s'éloignant du lit, et de moi par la même occasion. Il alla se planter devant le miroir de son armoire et nos regards se croisèrent dans le reflet.

— Je ne suis pas beau. Je… j'ai des kilos en trop. Et mon visage… n'est pas attirant.

Je me levai à mon tour et le rejoignis, m'approchant jusqu'à le frôler.

— Quel est l'imbécile qui t'a dit ça ?

Il se détourna à nouveau, rompant notre contact visuel. Je posai délicatement les mains sur ses épaules en prenant garde à ne pas toucher ses hématomes.

— Tu veux que je sois franc avec toi ?

— Oui.

Je souris en le détaillant.

— Alors oui, c'est vrai, tu n'es pas parfait. Tu es humain. Avec tes défauts et tes qualités, tes forces et tes faiblesses. Oui, tu as des formes, mais ça n'est pas pour me déplaire. J'aime ton corps tel qu'il est, tes épaules un peu larges…

Tout en parlant, je laissai mes mains descendre le long de ses bras, puis sur son torse.

— J'aime… ton ventre légèrement rebondi, tes hanches appétissantes...

Je remontai ma main gauche jusque dans sa nuque.

— Tes cheveux soyeux… Tes yeux… Ce vert qui me rend fou. La couleur caramel de ta peau si douce…

Mes paroles et mes caresses emballèrent sa respiration.

— J'ai envie… de t'embrasser…

Je ponctuai ma phrase d'un baiser sur son épaule. Il pencha la tête, me donnant libre accès à son cou. Je glissai mon visage contre sa peau, la léchant, la goûtant à peine. Ezra n'était pas le seul que mes mots avaient émoustillé. Je m'étais fait prendre à mon propre piège, mais c'était le plus agréable des traquenards. Je refermai doucement mes bras sur son torse tout en continuant d'embrasser sa nuque. Je le fis tourner un peu vers moi, mes lèvres migrant sur sa mâchoire. Enfin, je me reculai et plongeai mon regard dans le sien, lui demandant l'autorisation d'aller plus loin.

— Puis-je ?

Un léger sourire étira sa bouche avant qu'il ne se redresse pour la plaquer sur la mienne. Agréablement surpris, je l'enlaçai et laissai poindre ma langue. Il répondit favorablement à ma requête en entrouvrant les lèvres. Je me glissai en lui, découvrant sa saveur unique. Mon érection était comprimée dans mon jean et je pouvais sentir la sienne contre ma cuisse. Pourtant, je ne tentai rien de plus. Je me contentai de le tenir dans mes bras et de l'embrasser avec passion. Lorsque le manque d'air nous obligea à nous séparer, il garda un long moment les yeux clos. Ses joues étaient cramoisies et ses lèvres rougies par notre baiser.

— Ça va ?

— Oui, sourit-il en soulevant ses paupières.

Son regard était embrumé de désir. Je crevais d'envie d'aller plus loin, de lui faire découvrir des plaisirs dont il ne soupçonnait pas l'existence. Mais quelque part au fond de moi, ma conscience se réveilla et me poussa au calme. Je pris une profonde inspiration, ce qui n'arrangea pas du tout mon cas, son odeur se répandant dans chacune de mes cellules. Il me fallut toute la force de ma volonté pour ne pas céder à mes pulsions et le repousser doucement.

— Tu as besoin de repos.

Je reculai d'un pas en souriant.

— Nous avons tout notre temps, non ?

— Oui, tu as raison.

J'inspectai rapidement sa blessure, vérifiant que tout allait bien, puis le poussai vers son lit.

— Allonge-toi sur le côté, tu seras plus à l'aise.

Il obéit. Tourné vers moi, il glissa son bras sous sa tête et me tendit son autre main.

— Je ne suis pas sûr que ça soit une bonne idée, soupirai-je. Tu es une véritable tentation ambulante.

— Je… je ne suis pas sûr de parvenir à dormir si je suis seul.

Devant son air perdu, je rendis les armes.

— OK, je reste. Mais tu vas te mettre sous la couette et moi dessus. Et je garde mes vêtements, c'est plus sûr.

Il acquiesça d'un hochement de tête. Lorsque je fus allongé près de lui, il attrapa ma main et entrelaça nos doigts.

— Merci, Samaël…

— Pour quoi ?

— Ta présence… M'avoir fait réaliser que je n'étais pas seul…

— Dors. Je veille sur toi.

Il ferma les yeux. Il ne fallut pas longtemps pour que sa respiration s'apaise. Bercé par son souffle régulier, je finis moi aussi par plonger dans un sommeil profond.

Chapitre 7

Il faisait encore nuit lorsque je m'éveillai. Ezra dormait, toujours étendu sur le côté. Je contemplai son visage paisible, puis décidai de me lever. Je pris grand soin de ne pas le déranger. Il avait besoin de repos après sa mésaventure. Je fis le tour du lit puis rabattis sur lui la couette qui avait un peu glissé. Après m'être assuré qu'il était bien installé, je quittai la chambre et descendis sans bruit. Arrivé devant la porte de la maison, je me souvins qu'Ezra avait ramené des courses qui devaient toujours se trouver dans sa voiture.

N'ayant rien de mieux à faire, j'entrepris de tout récupérer. Je rangeai les victuailles dans la cuisine et laissai le reste dans le couloir, ne sachant quoi en faire. Au moment où je me dirigeais vers le salon, en vue de reprendre ma lecture concernant les Alchimistes, j'entendis une sonnerie de portable provenant de l'un des sacs que j'avais ramenés. Ne voulant pas que cela réveille Ezra, je cherchai l'appareil avec l'intention de l'éteindre. L'écran n'affichait pas le nom de l'appelant, juste des initiales : W.B. Je savais que j'aurais dû refuser l'appel, après tout ce téléphone n'était pas le mien. Cependant, mon instinct me poussa à répondre.

— Allô ?

Il y eu un silence à l'autre bout.

— Vous n'êtes pas Ezra.

L'inconnu avait une voix grave. Il avait parlé en anglais et je répondis dans la même langue.

— Il est… indisponible… Puis-je prendre un message ?

Tout en parlant, j'étais entré dans le salon et j'avais repoussé la porte derrière moi sans la fermer. Aussi sursautai-je lorsque j'entendis Ezra lancer dans mon dos :

— Qui t'a permis de décrocher ?

Je fis volte-face. La colère dans son regard contrastait avec ses cheveux ébouriffés et son air encore un peu endormi. Il tendit la main sans un mot de plus. Je lui donnai le téléphone. Il le prit en soupirant. Je m'attendais à ce qu'il s'éloigne avant de répondre, pourtant il resta là. Cette marque de confiance me réchauffa autant le cœur que le soudain radoucissement de son regard.

— Messire Bowman, que puis-je pour vous ?

Sous le choc, je reculai d'un pas. W.B… Walter Bowman, le Sire de Londres. Mon ouïe de vampire me permit d'entendre les deux côtés de la conversation.

— Pouvons-nous parler ?

— Oui, répondit simplement Ezra.

— Je suis désolé de vous déranger si tard. Je ne l'aurais pas fait si ça n'avait pas été une urgence.

— Messire Duvivier ?

— Il va bien. Je vous appelle au sujet de Julien Fournier. Vous a-t-il contacté ?

Ezra eut l'air réellement surpris.

— Non. Pourquoi l'aurait-il fait ?

— Il a convaincu son rédacteur en chef de l'envoyer à Rome pour enquêter sur les disparitions d'humains qui ont lieu depuis plusieurs semaines. Bien sûr, Armand était contre sa décision et il a tout fait pour l'en dissuader, mais ils sont aussi têtus l'un que l'autre et, au final, Julien a pris un vol pour l'Italie il y a une semaine. Armand n'a plus de nouvelles de lui depuis trois jours. Son portable ne répond pas et son GPS est désactivé. Avant son départ, je lui avais communiqué votre numéro, enfin celui de Remigio. Nous avons donc pensé qu'il vous avait peut-être contacté.

— Il ne l'a pas fait.

Bowman soupira.

— Je m'en doutais. J'ai réussi à empêcher Armand de débarquer à Rome, mais si Julien n'est pas retrouvé très vite, il va sûrement commettre un impair diplomatique auprès de notre homologue italien. J'ai donc envoyé Aidan et Gabriel à la recherche de Julien. Leur avion devrait atterrir à Fiumicino d'ici une heure. Vous serait-il possible de les assister ? Ils ne parlent pas votre langue et ne connaissent pas du tout Rome. Votre aide leur serait précieuse.

— Je me mets en route immédiatement. Prévenez-les que je vais les récupérer à leur descente de l'avion.

— Merci. Je vous transmets le numéro d'Aidan et je le préviens.

Ils échangèrent encore quelques mots et raccrochèrent. Ezra resta quelques secondes perdu dans ses pensées, puis il se retourna et se dirigea vers l'escalier. Je le suivis jusqu'à sa chambre et l'arrêtai au moment où il y entrait.

— Je ne sais pas qui sont les gens dont le Sire de Londres et toi avez parlé, mais tu n'es pas en état de conduire.

— Je n'ai pas le choix. Ils ont besoin de mon aide.

— Alors je serai votre chauffeur.

Il se figea et m'adressa un regard soucieux.

— Tu ne peux pas revenir à Rome. Si ta mère apprend que…

— Je ne me montrerai pas. Il suffit que je reste dans la voiture pendant que vous chercherez ce Julien.

Ezra me dévisagea quelques secondes, semblant peser le pour et le contre. Puis il soupira profondément, les épaules basses.

— D'accord. Mais pas d'imprudence… Et puis j'avoue que ton aide pourrait nous être précieuse si ma théorie concernant les disparitions d'humains est exacte.

— Quelle théorie ?

— Je te dirai ça dans la voiture.

— Et tu me raconteras aussi comment tu connais Walter Bowman et Armand Duvivier ?

— Oui. Va te préparer, nous n'avons pas beaucoup de temps.

***

Quelques minutes plus tard, nous roulions en direction de Fiumicino, ville près de laquelle se situait l'aéroport international Leonardo da Vinci. Comme j'ignorais toujours où la maison se trouvait, Ezra dut m'indiquer la route à plusieurs reprises. Entre temps, il me raconta comment il avait sauvé le Sire de Paris de l'empoisonnement dont ce dernier avait été victime. Et je sus enfin quel était le chantage que ma mère avait exercé sur mon père en utilisant ma vie comme moyen de pression. Il m'expliqua également qui étaient Julien Fournier, Aidan Collins et Gabriel Watkins. Puis il m'exposa sa théorie sur les disparitions qui se faisaient de plus en plus nombreuses.

— En fait, mon Maître a formulé cette hypothèse il y a très longtemps. Seulement, jusque-là, elle restait du domaine de la supposition.

— Et quelle est-elle ?

— Il a toujours été persuadé qu'un jour, l'un des Sires aurait l'idée d'enlever des humains pour les transformer contre leur gré en vampires. Tout ça dans le but de former une armée qui lui soit totalement dévouée.

— Mais… les Affiliés sont déjà au service de leur Sire, non ?

— Oui. Seulement, ils conservent une part de libre arbitre. Et surtout, ils ont pour la plupart gardé leur conscience lors de la Transformation puisqu'ils y ont librement consenti. Cependant, il semblerait qu'un humain que l'on contraindrait à devenir vampire perdrait totalement sa faculté de raisonner par lui-même. Et il serait plus facilement malléable, pour en faire un soldat… une arme…

Ce que les paroles d'Ezra impliquaient était plutôt terrifiant. Et l'idée qui venait de germer dans ma tête, plus que dérangeante.

— Tu penses que… ma mère est à l'origine de ces disparitions ?

— Pour moi, tout est lié : la mort de Vadim Havel, l'Ascension de ta sœur Sophia, le chantage sur ton père pour qu'il empoisonne Armand Duvivier et ces enlèvements. Chacun de ces faits, lorsqu'on les analyse ensemble, penche dans un seul sens : ta mère essaye de prendre le contrôle de l'Europe. Elle n'a pas réussi à se débarrasser des Sires de Londres et Paris, mais a tout de même placé son aînée à la tête de l'un des Protectorats. Si elle parvient à prendre le contrôle de celui de Rome, elle pourra sans problème démarrer une guerre contre ses voisins…

— Ce qui ferait des millions de victimes, tant humaines que vampires.

— Ce n'est bien sûr qu'une supposition. Rien ne prouve que ta mère est impliquée.

Je soupirai.

— J'ai beau ne pas la connaître très bien, j'en sais suffisamment sur elle pour que ça soit plausible. Qu'allons-nous faire si cette hypothèse s'avère justifiée ?

— Nous devons d'abord retrouver Julien Fournier. Armand Duvivier ne restera pas longtemps sans agir. Et s'il devait venir jusqu'ici, cela ne pourrait qu'aider ta mère dans ses projets.

— Bowman parlait d'incident diplomatique.

— Cela pourrait être bien pire. Son lien avec son compagnon est si fort qu'il mettrait sûrement l'Italie à feu et à sang pour le retrouver.

Surpris, j'adressai un bref regard à Ezra qui fixait la route, l'air grave. Je me concentrai sur ma conduite alors que nous approchions de l'aéroport. Le trafic commençait à se densifier malgré l'heure matinale.

Nous étions presque entrés dans Fiumicino lorsqu'une idée dérangeante me traversa l'esprit.

— Et merde !

Je me garai sur le bord de la route, les mains crispées sur le volant.

— Qu'est-ce que tu fais ? s'étonna Ezra.

— Je ne peux pas t'emmener jusque là-bas… Tout le monde me connaît à l'aéroport, notamment les gardiens des parkings. Et il y a des caméras de sécurité un peu partout. Il est impossible que je passe inaperçu. Si une seule personne me voit, tu peux être sûr que ma mère sera au courant de ma… liberté en moins d'une journée.

— Je n'avais pas pensé à ça… Et tu avais raison, je suis incapable de conduire, ajouta-t-il en se tortillant inconfortablement sur son siège.

— Tu as mal ? m'inquiétai-je.

— C'est supportable… mais ça serait trop dangereux que je prenne le volant dans cet état. De toute façon, j'aimerais autant que nous restions ensemble, maintenant que nous avons quitté la sécurité relative de la maison.

— J'ai une idée. Pourrais-tu leur dire de prendre la navette jusqu'à la gare Termini ? Je connais une petite rue juste à côté où il n'y a aucune caméra. Ainsi, je pourrai rester dans la voiture pendant que tu iras les chercher à la descente du bus, sans risquer que quelqu'un ne me voie.

— C'est une excellente idée. J'envoie un message à Aidan.

Pendant qu'il tapait le SMS, je repris la route et fis demi-tour au premier carrefour pour prendre la direction de Rome. Retourner en ville était dangereux pour moi, mais j'étais bien décidé à ne plus laisser le destin me dicter sa loi.

***

Alors que nous approchions de la ville, une nouvelle pensée s'imposa à moi.

— Que vas-tu leur dire à mon sujet ?

— J'y réfléchis depuis que nous sommes partis. Je crois que le mieux, c'est de leur dire la vérité.

— Tu leur fais suffisamment confiance pour remettre ma vie, et par conséquent la tienne, entre leurs mains ?

Il prit quelques secondes avant de répondre :

— Oui. Ils savent garder un secret. Et c'est dans leur intérêt de ne pas ébruiter le tien, s'ils veulent que je les aide à retrouver Julien Fournier. De toute façon, je crois que nous n'avons pas le choix. Ils verront très vite que tu n'es pas un vampire comme les autres.

Je soupirai en jetant un bref regard à mon reflet dans le rétroviseur. Je n'avais plus de lentilles colorées, je ne pouvais donc plus masquer l'améthyste si particulière de mes prunelles.

— Je suis sûr qu'il n'y aura aucun problème… tant que tu n'essayes pas de séduire l'un des deux.

Je lui adressai un regard interloqué.

— Non, mais… pour qui me prends-tu ?

— Pour un incube qui va se retrouver en présence de deux très beaux spécimens masculins.

Je haussai les épaules.

— Je t'assure qu'ils n'ont aucun intérêt pour moi.

— Tu ne les as pas encore vus.

— Eux non, mais toi oui.

Il rougit et se détourna, l'air embarrassé.

— Ah non ! Tu ne vas pas recommencer à te dévaloriser !

Je posai une main sur sa cuisse, la serrant doucement.

— Je te veux… Depuis notre rencontre, je ne veux plus que toi, tu comprends ? Ils peuvent être les plus beaux mecs du monde, ils ne m'intéresseront pas.

Un léger sourire affleura sur ses lèvres.

— Quoi qu'il arrive, il ne vaut mieux pas que tu t'approches trop près de l'un ou de l'autre.

— Jaloux ?

— Je le suis un peu… mais eux le sont beaucoup.

— Ils sont en couple ? Tu ne me l'as pas dit tout à l'heure !

— J'ai oublié, souffla-t-il en haussant les épaules. Ça n'était pas le plus important dans mon histoire.

— Non, mais je préfère le savoir…

Je faillis continuer, pourtant les mots ne franchirent pas mes lèvres. Je ne voulais pas alarmer Ezra pour rien. S'il restait à mes côtés, je ne devrais avoir aucun mal à contrôler mes pulsions en présence des deux hommes. C'était dans ma nature d'être attiré par le désir physique, même lorsqu'il ne me touchait pas directement. Si ces deux-là étaient vraiment très proches, je risquais de bouillir intérieurement. Cela n'allait pas être facile de me retenir… J'espérais vraiment que mon attirance pour Ezra serait suffisante pour m'empêcher de commettre un impair.

Chapitre 8

Assis dans la voiture, je pianotai nerveusement sur le volant en attendant qu'Ezra revienne avec les deux hommes. La ruelle était déserte, mais je ne pouvais m'empêcher de jeter des regards furtifs tout autour et dans les rétroviseurs, m'attendant à tout instant à voir apparaître des sbires de ma mère. Depuis que ma relation avec Ezra avait évolué, je ne craignais plus seulement pour ma vie et ma santé mentale. Si ma mère mettait la main sur lui, l'apprenti de mon père, elle pourrait l'utiliser comme moyen de pression… ou tout simplement le tuer pour avoir contrecarré ses plans en me libérant de mon cercueil immergé. Et je n'étais pas sûr d'être assez fort pour pouvoir le sauver…

J'étais plongé dans mes pensées maussades lorsque je vis Ezra approcher, suivi par deux hommes portant chacun un sac de voyage. Ils étaient grands, l'un un peu plus que l'autre, bruns et larges d'épaules. Ils montèrent à l'arrière tandis qu'Ezra se réinstallait sur le siège passager. Il se tourna vers eux pour faire les présentations.

— Messieurs, voici Samaël Veleno dont je vous ai parlé à l'instant.

Ils me considérèrent avec un mélange de surprise et de circonspection.

— Vous êtes un vampire ? demanda celui de droite en français.

Il plongea son regard noisette dans le mien, ne semblant pas craindre une seule seconde que je tente de l'hypnotiser. Vu ce qu'Ezra m'avait raconté sur les deux hommes, je n'étais pas vraiment étonné.

— C'est une longue histoire, soupirai-je.

Il tendit la main et se présenta :

— Gabriel Watkins. Et le bougon là, c'est Aidan Collins, ajouta-t-il en désignant son compagnon.

— Je ne suis pas bougon, grogna l'intéressé en me tendant la main à son tour, ses yeux d'un vert émeraude braqués sur moi.

Après cet échange, je me tournai vers Ezra, l'interrogeant du regard.

— Nous devrions retourner chez moi. Nous y serons plus tranquilles pour discuter et réfléchir à un plan pour retrouver notre disparu.

Les deux hommes approuvèrent et je repris la route en sens inverse. Je fus surpris qu'ils ne me posent aucune question sur mon identité pendant le trajet. Peut-être qu'ils pensaient qu'il valait mieux attendre que nous soyons arrivés. De temps en temps, je les observais dans le rétroviseur. Gabriel s'enthousiasmait pour tout ce qu'il voyait et, régulièrement, il tirait la manche de son compagnon pour lui désigner un bâtiment ou un monument. Aidan paraissait plus calme, même s'il semblait amusé par la fébrilité de l'autre homme.

Il était presque midi lorsque nous arrivâmes chez Ezra. Pendant qu'il leur faisait visiter la maison, je m'attelai à préparer le déjeuner. J'étais en train de mettre la table lorsqu'il me rejoignit.

— Je leur ai donné la chambre de mon Maître. J'espère que ça ne te dérangera pas de partager la mienne.

— C'est une question piège ? répondis-je en m'approchant.

Il me sourit. Je l'attirai dans mes bras pour l'embrasser tendrement. Le désir monta en moi, violent comme à chaque fois. Pourtant je parvins facilement à me contenir, savourant ce baiser sans chercher à aller plus loin. J'étais moi-même surpris d'avoir un tel *self-control* sur mes pulsions. Lorsque je le relâchai, les joues d'Ezra étaient cramoisies et il semblait ailleurs.

— Tu devrais redescendre sur terre avant qu'ils n'arrivent.

Il me donna une tape sur le bras.

— La faute à qui ?

— Oui, je sais, j'embrasse comme un dieu !

Il leva les yeux au ciel, amusé. J'entendis les pas de nos invités dans l'escalier et retournai à mes fourneaux. Lorsqu'ils entrèrent, Ezra avait repris contenance et il les accueillit avec un grand sourire.

— Asseyez-vous. Le repas sera bientôt prêt. Je pense que vous devez avoir beaucoup de questions.

— Juste une, répondit Aidan en se tournant vers moi. Qui êtes-vous ? Ou plutôt, qu'êtes-vous au juste ? Vous êtes un vampire, ça ne fait aucun doute… Seulement… Vous n'êtes pas que cela, n'est-ce pas ?

Je soupirai puis m'adossai au frigo, les bras croisés. Puisque nous avions décidé d'être totalement sincères avec eux, je me lançai :

— Je suis un incube.

Les deux hommes échangèrent un regard, puis Gabriel demanda :

— Un succube mâle, c'est ça ?

— Oui.

Il se tourna vers son compagnon.

— Tu m'avais dit que ça n'était que des femmes.

— Je le croyais.

J'interrogeai Ezra silencieusement et il me fit signe de continuer. Je leur racontai alors mon histoire, leur parlant de mes parents et de tout ce qui s'était passé depuis ma rencontre avec Ezra, n'omettant que notre rapprochement intime qui ne les regardait absolument pas. Au fur et à mesure de mon récit, je vis le regard de Gabriel s'éclairer tandis que celui d'Aidan se rembrunissait. Lorsque j'eus terminé, ce dernier demanda :

— Vous pensez réellement que tout ce qui se passe depuis quelques mois a été orchestré par votre mère ?

Ce fut Ezra qui répondit :

— Ça n'est qu'une hypothèse. Si mon Maître se décidait à réapparaître, il pourrait nous confirmer ce qui l'a réellement amené à empoisonner Messire Duvivier.

Gabriel fixait un point sur le sol, perdu dans ses pensées. Son compagnon sembla s'en rendre compte, car il posa une main sur son bras pour le faire revenir au présent.

— Toi, tu as une idée en tête.

— Juste… je suppose que de jeunes vampires transformés contre leur gré ne peuvent pas être laissés sans surveillance durant les premiers temps.

— Non, confirma Aidan. Je n'ai jamais eu l'occasion d'en côtoyer, heureusement. Mais d'après ce que je sais, ils sont assoiffés de sang et ne peuvent être contrôlés que par leur créateur… ou créatrice.

— Donc, reprit Gabriel, celui ou celle qui a enlevé ces gens doit avoir un endroit où les enfermer, où personne ne risquerait de venir les chercher. Vu le risque pris, je ne pense pas qu'ils soient disséminés dans plusieurs lieux. Samaël, savez-vous si votre mère possède un bâtiment ou une maison où elle aurait pu les séquestrer ?

— Non. Je ne connais que le manoir familial qui serait assez grand et isolé pour ça. Mais il y a trop de passage avec toutes les succubes qui y vivent. Pour pouvoir enfermer ces nouveaux vampires-là, il faudrait que tout le monde soit au courant de ses manigances. Et connaissant certaines bavardes de la famille, je suis sûr qu'elles ne sont pas toutes dans la confidence. Cependant je sais qui pourrait nous aider sur ce coup-là.

Alors qu'Aidan ouvrait la bouche, sûrement pour protester contre le fait d'impliquer quelqu'un d'autre dans cette histoire, Gabriel le devança :

— Qui ?

— Ma cousine Rosa. C'est l'une des deux seules personnes dont je suis proche dans ma famille, avec ma tante Julietta. Et je suis sûr qu'elle serait totalement contre les projets de ma mère si elle en avait connaissance.

Aidan et Gabriel échangèrent quelques mots rapides en anglais, trop vite pour que je parvienne à les comprendre. Le premier finit par croiser les bras en soupirant tandis que le second se tournait à nouveau vers moi.

— Avez-vous confiance en elle ? demanda-t-il en revenant au français.

— Oui.

— Au point de remettre nos vies à tous les quatre, et celle de Julien Fournier, entre ses mains ? insista Aidan d'un ton grave.

— Oui. Rosa ne me trahira jamais. Je suis sûr qu'elle doit être folle d'inquiétude depuis ma disparition. Laissez-moi la contacter et lui parler de nos hypothèses.

— Tu ne peux pas la faire venir ici, intervint Ezra.

Je me tournai vers lui, embarrassé.

— Je ne peux pas non plus me rendre chez elle. Si tout ce que nous pensons est vrai, son appartement est sûrement sous surveillance. Ma mère sait que Rosa est ma meilleure amie et je ne veux pas la mettre en danger en étant imprudent.

— Je connais un endroit neutre où vous pourriez vous voir. Mais il faudrait d'abord que tu la contactes et cela risque d'être difficile. Son téléphone est sûrement sur écoute, ses mails et SMS lus.

Je souris.

— Ne t'en fais pas pour ça, je sais comment faire pour lui faire passer un message sans que personne ne le sache.

Pendant notre enfance, Rosa et moi avions mis au point un code que nous étions les seuls à pouvoir déchiffrer. Nous cryptions ainsi nos courriers et nos mails lorsque nous étions loin l'un de l'autre afin d'être sûrs qu'aucun membre de notre famille ne puisse les lire. Le code était si subtil que même une personne l'ayant déjà vu dans le passé serait incapable de le reconnaître.

— Tout ce qu'il me faut, c'est un téléphone prépayé et l'adresse du lieu de rendez-vous.

***

Nous étions en train de manger lorsque je reçus une réponse au message codé que j'avais envoyé à Rosa. Je la déchiffrai rapidement et souris.

— Que dit-elle ? demanda Gabriel entre deux bouchées.

— Qu'elle est heureuse d'avoir de mes nouvelles. Qu'elle va me tuer pour ne pas lui avoir donné signe de vie plus tôt. Et qu'elle sera au rendez-vous demain à midi avec la liste des propriétés appartenant à ma mère.

Après le repas, Aidan s'éclipsa dans le salon pour appeler Walter Bowman et le tenir au courant de la situation. Ezra, quant à lui, partit ranger ce qu'il avait ramené de Rome la veille et qui encombrait encore le couloir. Je restai donc seul avec Gabriel dont je sentais le regard fixé sur moi alors que je débarrassais la table.

— Voulez-vous un coup de main pour la vaisselle ?

— Non, restez assis. Après tout, vous êtes un invité ici.

Je mis l'eau à couler, puis demandai sans me retourner :

— Cela fait combien d'années qu'Aidan et vous êtes ensemble ?

Je l'entendis rire légèrement avant de répondre :

— Hum, moins de six mois…

De surprise, je lâchai l'assiette que j'étais en train de laver qui, heureusement, ne se brisa pas. Je me retournai vers Gabriel, incrédule.

— C'est impossible !

— Pourtant c'est vrai.

— Je… Votre relation est extraordinaire. Je n'avais jamais ressenti une telle attraction entre deux humains.

— Vous… la ressentez ?

Je m'essuyai les mains et m'appuyai contre l'évier.

— Cela fait partie de mes pouvoirs. Je n'ai jamais su comment ça fonctionne exactement… Je ne suis pas sûr que quelqu'un le sache. Toujours est-il que je peux sentir les hormones qui émanent des gens, notamment toutes celles liées à l'amour ou à l'attirance physique. J'ignore comment je parviens à les analyser, mais je peux immanquablement dire lorsque deux personnes sont faites l'une pour l'autre. Ou quand elles ont eu une relation intime, même s'il n'y a pas de sentiments entre eux. Dès qu'Aidan et vous êtes montés dans la voiture, j'ai été submergé par ce qui émanait de vous deux. J'ai rarement ressenti un lien de couple aussi fort. Du coup, j'étais persuadé que vous étiez ensemble depuis de nombreuses années.

Gabriel écouta mes explications d'un air rêveur.

— Vous avez raison, nous sommes liés… par quelque chose d'encore plus fort que l'amour…

Comme j'ouvrais la bouche pour l'interroger, il me devança :

— Je ne peux pas vous expliquer ce que c'est. Si je le faisais, je devrais vous dévoiler un secret qui ne m'appartient pas.

— Je comprends. Je n'insisterai pas.

Je me retournai et me remis à ma vaisselle. Gabriel soupira profondément.

— J'espère que nous retrouverons Julien rapidement… Avant que votre mère n'ait fait de lui un vampire.

— Il est le compagnon d'Armand Duvivier, c'est bien ça ?

— Oui. Vous devez vous dire que ça ne serait pas grave qu'il soit transformé, qu'ainsi ils pourraient être ensemble pour l'éternité.

— Exactement.

— Pour des raisons très personnelles, Julien ne veut pas devenir vampire. Et j'ai peur qu'en plus, il ne soit pas un bon candidat à la transformation.

Une idée me vint tout à coup et je râlai :

— Mais quel idiot je suis !

— Pardon ?

J'abandonnai une nouvelle fois ma vaisselle et me précipitai vers le salon, Gabriel sur mes talons. Ezra et Aidan discutaient, assis sur le sofa. Ils tournèrent la tête vers moi lorsque j'entrai, surpris par mon irruption.

— Je crois que j'ai trouvé le lien entre les personnes disparues !

— Et quel est-il ? demanda Aidan, l'air circonspect.

Ezra laissa sa place à Gabriel et alla s'installer dans l'un des fauteuils pendant que je faisais les cent pas dans la pièce.

— Si notre hypothèse est vraie, et il vaudrait mieux qu'elle le soit car nous n'en avons qu'une, ma mère n'a sûrement pas choisi au hasard les humains à transformer.

— Vous pensez que ce sont des Postulants ? s'étonna Gabriel.

— Non, au contraire. À mon avis, ce sont des personnes qui ont été refusées lors des tests pour des raisons psychologiques, mais qui remplissaient les conditions physiques et génétiques pour devenir des vampires. Quel aurait été l'intérêt d'enlever des gens qui risqueraient de mourir pendant la Transformation ? De plus, si ces gens présentaient un risque de rupture mentale, ils étaient les candidats idéaux pour faire partie de son armée d'assassins.

— C'est une idée pertinente, approuva Aidan. Je vais appeler mon… employeur. Je pense qu'il pourra obtenir la liste des personnes refusées par les experts du Sire de Rome.

Il se leva et sortit de la pièce. Je me laissai tomber dans le second fauteuil, soudain à bout de forces. Nous restâmes silencieux un long moment, jusqu'à ce que Gabriel soupire :

— Ce n'est pas une bonne nouvelle pour Julien.

— Pourquoi ? m'étonnai-je.

Au moment où il ouvrait la bouche pour répondre, la voix d'Aidan retentit depuis l'encadrement de la porte.

— Parce que son frère a succombé à la Transformation, malgré tous les examens physiques qu'on lui avait fait passer. Et qu'il y a de grands risques que le patrimoine génétique de Julien ne lui permette pas de survivre non plus.

— Donc, soupirai-je, nous n'avons plus qu'à espérer ne pas arriver trop tard…

Chapitre 9

Après notre discussion, Ezra se leva et s'excusa avant de disparaître dans le couloir. Je le suivis, intrigué, et le vis ouvrir une porte que je n'avais pas encore remarquée, située sous l'escalier.

— Où vas-tu ?

Il sursauta et se retourna vivement.

— Suis-moi, je vais te montrer.

Derrière le battant se trouvaient des marches en béton qui menaient à la cave. Je m'attendais à trouver l'endroit poussiéreux et fus surpris lorsque j'entrai dans un laboratoire dernier cri. Il y avait là un microscope électronique, des tubes à essai, une centrifugeuse, un réfrigérateur à porte transparente contenant une multitude de fioles plus ou moins colorées et d'autres outils et ustensiles qui m'étaient inconnus.

— Ton père et moi avons aménagé cet endroit en prévision du jour où nous devrions venir nous réfugier ici.

Il se dirigea vers une bibliothèque dans laquelle étaient rangés de multiples carnets, dont certains semblaient très anciens.

— Juste avant de partir pour Paris, j'ai rapatrié toutes les archives des Alchimistes, leurs journaux et grimoires. Ton père a mis des années à les rassembler, je ne voulais pas prendre le risque que quelqu'un d'autre mette la main dessus.

— Vu ce qui t'est arrivé l’autre soir, tu as eu raison.

— Il est juste dommage que je n’aie pas réussi à retrouver celui que mon Maître avait en cours.

Il prit l’un des carnets parmi les plus récents. Il le feuilleta et s’arrêta sur une page couverte de croquis légendés d’une écriture serrée, puis me le tendit.

— Lis ça.

J’obéis. J’avais un peu de mal à déchiffrer les pattes de mouches, mais parvins tout de même à comprendre l’essentiel. Lorsque j’eus fini, je relevai la tête vers Ezra, abasourdi.

— C’est bien ce que je pense ?

— Oui. Comme je te l’ai dit, mon Maître est persuadé que ton sang est la clé de la prophétie. Et si tu le veux bien, j’aimerais tenter l’une des expériences décrites ici.

— D’accord.

Il me fit signe de m’asseoir et attrapa une seringue. Il me fit une prise de sang tout en m’expliquant :

— Je ne suis pas du tout sûr de parvenir à un résultat probant. Seulement je m’en voudrais si j’avais la possibilité de sauver Julien et que je n’avais rien fait.

— Je comprends. Veux-tu que je t’aide pour quelque chose ?

— Non. Il me faut juste du calme pour travailler.

— OK. Je te laisse alors. Si tu as besoin de moi, je serai en haut.

Alors que j’allais m’éloigner, il m’attrapa par le bras et m’attira à lui pour m’embrasser tendrement. Je fus agréablement surpris de cette initiative et le lui dis. Il sourit largement, ses joues rougissant moins que les fois précédentes.

— J’en avais envie… Je crois que je commence à m’habituer à ce que je ressens pour toi.

— Lorsque toute cette histoire sera terminée, j'espère bien que tu me laisseras te faire découvrir… mes talents…

Le rose sur ses pommettes s'accentua légèrement, à ma grande satisfaction. J'effleurai ses lèvres des miennes avant de le laisser travailler.

***

Lorsque je revins dans le salon, après avoir enfin terminé de laver la vaisselle, Aidan et Gabriel en sortaient.

— Nous n'aurons sûrement pas beaucoup le temps de dormir ces prochains jours alors nous allons nous reposer un peu, m'expliqua le second avant que son compagnon ne l'entraîne à l'étage.

Vu les hormones qui se dégageaient d'eux, je n'eus aucun doute sur la nature du « repos » qui les attendait. Amusé, j'investis le salon et allumai la télévision. Je zappai sans faire attention aux programmes que je parcourais, l'esprit ailleurs. Malgré moi, l'idée que nos invités partagent un moment d'intimité juste au-dessus réveillait mes instincts d'incube. Immédiatement, mes pensées se tournèrent vers Ezra et je dus prendre plusieurs profondes inspirations pour parvenir à calmer ma soudaine excitation.

Continuant à zapper, cherchant quelque chose qui me distrairait de mes pensées, je finis par tomber sur les informations. Encore des disparitions signalées et aucune piste pour la police. Je me demandais finalement si mon intuition était bonne. Après tout, si ces personnes avaient été des Postulants refusés, les enquêteurs auraient dû déjà trouver le lien entre eux. Sauf si… ma mère avait aussi effacé toutes traces de leurs dossiers. Après tout, cela ne serait sûrement pas très difficile pour elle. Le Sire de Rome, Domenico Marchesi, comme beaucoup d'autres vampires mâles, lui mangeait dans la main. Elle ne pouvait pas l'hypnotiser, au contraire des humains, mais elle était suffisamment influente et séductrice pour parvenir à ses fins sans utiliser ses pouvoirs de succube.

***

Aidan et Gabriel redescendirent en fin d'après-midi. Ils proposèrent de se rendre utiles en préparant le dîner, ce que j'acceptai volontiers. Je ne voulais pas déranger Ezra, mais j'étais curieux de savoir où en étaient ses recherches. Je descendis au sous-sol et le trouvai penché sur son microscope.

— Nos invités sont en train de cuisiner, l'informai-je.

— OK, répondit-il sans lever les yeux.

Je restai quelques secondes silencieux, ne sachant que faire. Ezra finit par se redresser en soupirant.

— Du nouveau ?

— C'est prometteur… mais je ne suis pas sûr de parvenir à trouver la bonne formule…

Il avait l'air abattu. Je m'approchai et l'enlaçai doucement.

— Comment va ton dos ? Toujours douloureux ?

— Non… enfin…

Il se laissa aller contre moi, son épaule contre mon torse, les yeux clos. Nous restâmes ainsi un long moment, sans rien dire, savourant juste la présence de l'autre.

— Tu devrais te reposer, finis-je par souffler contre son oreille.

— Je dois trouver…

— Tu as besoin de faire une pause. Si tu tombes de fatigue, ça n'aidera pas. Viens, montons dans ta chambre quelques instants, histoire que je vérifie que ta coupure cicatrise bien et que je te remette de la pommade sur le dos.

Il acquiesça d'un hochement de tête et me suivit en haut. Une fois dans la chambre, il ôta sa tunique et se laissa tomber assis sur le lit. Sa blessure était propre et sèche. Et ses hématomes commençaient à se résorber. Il allait encore avoir de jolies couleurs bleues, violettes et jaunes pendant quelques jours, mais rien de bien méchant. Je pris mon temps pour le soigner. Les yeux clos, il me laissa faire, frissonnant parfois lorsque mes doigts caressaient sa peau. Étrangement, malgré la proximité de son corps à moitié nu, je ne fus pas submergé par le désir. J'étais juste heureux de pouvoir prendre soin de lui. C'était la première fois que je ressentais de tels élans envers un humain et cela me faisait un peu peur. Pourtant je savais que je serais incapable de m'éloigner de lui. Un lien s'était tissé entre nous, plus fort que tout ce que j'avais pu connaître jusque-là.

Lorsque je finis de le soigner, sa tête dodelinait.

— Tu devrais t'allonger.

— Non, ça va. Je n'ai pas sommeil…

Sa voix pâteuse démentait ses paroles.

— Ezra. Repose-toi !

Il ne protesta pas lorsque je le poussai doucement afin qu'il s'étende. Il s'installa sur le côté et je pris place en face de lui, comme la nuit précédente.

— Le dîner…

— Il attendra. Dors !

Je ne fus pas sûr qu'il entende mon ordre. J'attendis que sa respiration soit devenue lente et régulière pour me relever. Je rangeai le matériel médical, puis descendis jusqu'à la cuisine.

— Ezra se repose. Il mangera plus tard.

— D'accord, répondit Gabriel sans quitter des yeux la sauce qu'il était en train de mélanger.

Aidan leva le nez de son ordinateur portable.

— J'aurai la liste des Postulants refusés d'ici une heure, si tout va bien. Est-ce que vous pourriez me sortir les noms des personnes disparues ? J'ai fait une recherche sur le net, mais ne parlant pas italien, j'ai du mal à trouver ce que je veux dans vos sites d'informations, même en utilisant la traduction instantanée. Et les quelques sites en anglais qui les mentionnent ne donnent pas tous les noms.

— Faites-moi voir ça.

Il se leva pour me laisser sa place. Je pianotai rapidement sur le clavier et trouvai presque immédiatement la liste qu'Aidan voulait. Je me rendis alors compte que le nombre de disparus était bien plus important que je ne le pensais. Nous en étions à dix-huit personnes… peut-être même plus puisqu'il ne s'agissait seulement de ceux qui avaient été signalés à la police et aux médias. Je tournai l'ordinateur vers lui et il sembla aussi surpris que moi.

— Autant ? Le problème est bien plus grave que ce que nous pensions.

— Combien ? demanda Gabriel.

— Dix-huit. Sans compter Julien.

— Et ceux qui n'ont personne pour s'inquiéter pour eux.

Nous mangeâmes dans un silence pesant, oppressés par le poids de toutes ces disparitions. J'avais encore du mal à croire que ma mère ait pu enlever ces pauvres gens pour en faire ses pantins. Et j'ignorais totalement ce que nous allions faire si nous les retrouvions et qu'ils étaient effectivement devenus des vampires transformés contre leur volonté. D'après les lois vampiriques, ceux qui n'étaient pas des Affiliés du Sire étaient des renégats. Et il n'existait qu'une seule issue pour eux : la mort. Seulement ces gens n'avaient rien demandé. Ils n'étaient que les pauvres victimes de la folie d'une femme qui voulait conquérir l'Europe, comme tant d'autres avant elle. Leur seul espoir reposait peut-être entre les mains d'Ezra finalement.

***

Après dîner, alors que je m'apprêtais à remonter rejoindre Ezra dans sa chambre, j'entendis un bruit en provenance du sous-sol. Soupirant, je descendis et le trouvai en train de fouiller dans un placard.

— Je croyais que tu dormais.

— J'ai eu une idée. Enfin… j'ai peut-être trouvé la solution à notre problème dans un rêve.

Je m'assis sur un tabouret près de lui et demandai :

— Et à quoi rêvais-tu exactement ?

— À toi…, répondit-il en rougissant.

Je souris, amusé par sa réaction.

— Tu veux dire que je t'ai rendu visite dans tes songes et que ça t'a permis de trouver la formule miracle de la prophétie ?

— Je n'en serai certain que lorsque je l'aurai testée…

— Tu ne vas pas m'en dire plus, n'est-ce pas ?

— Je préfère être sûr avant d'en parler.

— Tu devrais manger quelque chose avant de te remettre au travail.

Il posa les ustensiles qu'il venait de sortir du placard, puis se tourna vers moi en soupirant.

— Tu as raison, mais je ne veux pas perdre de temps…

— Je peux te descendre un plateau, proposai-je en me levant.

— Merci.

À peine me fus-je éloigné de lui qu'il se mit à mélanger des produits dans un tube à essai. Je remontai lui préparer rapidement de quoi se nourrir. Après lui avoir amené le plateau, je retournai dans la cuisine et trouvai Gabriel et Aidan penchés sur l'ordinateur de ce dernier.

— Vous avez eu la liste ?

— À l'instant… Mais aucun des disparus ne fait partie de la liste des Postulants qui ont été refusés par le Sire de Rome.

Je leur fis alors part de mon idée selon laquelle ma mère pouvait avoir effacé les noms des personnes concernées.

— Si c'est le cas, nous ne pourrons jamais prouver ce qui se passe, soupira Gabriel en se laissant tomber sur une chaise.

Aidan posa sa main sur celle de son compagnon et ils entrelacèrent leurs doigts.

— Nous trouverons. Nous avons bien réussi à déjouer les autres complots. Il n'y a pas de raison que celui-ci fasse exception à la règle.

Je m'assis en face d'eux, essayant d'occulter leurs gestes tendres. Je sentais une certaine jalousie monter en moi, car je n'avais jamais connu une relation aussi fusionnelle avec aucun de mes amants. Et pour l'instant, Ezra et moi étions bien loin de ce que vivaient ces deux-là.

— J'ai pensé à quelque chose tout à l'heure : ne craignez-vous pas que ma mère, si elle est vraiment à l'origine de la disparition de votre ami Julien, ne se soit débarrassée de lui ? Après tout, il est journaliste et pourrait être un danger pour ses projets.

Ils échangèrent un regard inquiet et Aidan répondit :

— Nous en avons parlé dans l'avion et nous avons conclu qu'elle a dû le garder en vie, il est trop précieux. Depuis les Célébrations du Cinquantenaire d'Armand Duvivier, tout le monde sait que Julien est son compagnon. Et comme votre mère semble être une adepte du chantage et des menaces, avoir entre ses mains la vie de celui auquel le Sire de Paris tient le plus au monde est un énorme atout. Armand serait prêt à déplacer des montagnes pour le récupérer sain et sauf.

Gabriel se frotta la nuque, l'air soucieux.

— Imaginez qu'elle transforme Julien, que tout se passe bien et qu'il devienne un vampire, puis qu'elle le renvoie auprès de son amant après l'avoir conditionné pour qu'il l'assassine… Armand ne se méfierait pas et, malheureusement, la seule issue serait la mort de l'un ou de l'autre… Sachant que s'il devait tuer Julien, Armand ne s'en remettrait sûrement jamais. Et si Julien assassinait Armand, il serait immédiatement exécuté par ses Affiliés ou son successeur. Dans les deux cas, ça serait le chaos. Et votre mère obtiendrait exactement ce qu'elle veut.

— Donc, si je comprends bien, nous avons tout intérêt à sauver votre ami avant qu'il ne soit trop tard. En espérant que nous ayons encore un peu de temps devant nous…

Chapitre 10

Il était presque deux heures du matin lorsque je décidai de me reposer un peu. Je laissai Gabriel et Aidan en grande discussion dans la cuisine et descendis au sous-sol afin de voir où en était Ezra. Il avait à peine touché au dîner que je lui avais amené un peu plus tôt. Debout sur la dernière marche de l'escalier, je le suivis des yeux un moment, puis remontai. Je préférais ne pas le déranger alors qu'il semblait si concentré sur son travail. Je grimpai jusqu'au premier et, une fois dans la chambre, j'ôtai mes vêtements, ne gardant que mon boxer. Je me glissai dans le lit, pensant que je mettrais du temps à m'endormir. Ce ne fut pas le cas, le sommeil me tombant dessus presque immédiatement.

Un rêve pornographique, mettant bien sûr en scène le si désirable Ezra, me réveilla quelques heures plus tard. Je m'assis dans le lit, le souffle court et pourvu d'une érection douloureuse. J'avais les nerfs à vif. Le simple contact des draps contre ma peau nue ne faisait qu'accentuer ma soif. Je ne voulais pas du sang… j'avais besoin de sexe ! Depuis ma rencontre avec Ezra, je n'avais eu aucun amant. C'était ma plus longue période d'abstinence depuis ma puberté. Si on m'avait dit qu'un jour, j'aurais tenu aussi longtemps sans consommer d'énergie sexuelle, je ne l'aurais pas cru. Pourtant, j'avais réussi… jusqu'à cet instant. Si je ne satisfaisais pas très vite mon besoin, je risquais de devenir dangereux pour les autres occupants de cette maison, notamment pour celui qui m'attirait irrésistiblement.

J'étais conscient qu'une douche froide ne suffirait pas à calmer mon envie. Cependant, je refusais de me masturber dans le lit d'Ezra. Alors, je me levai et traversai rapidement le couloir pour me rendre dans la salle de bains. C'est alors que la porte s'ouvrit sur celui qui, justement, était à l'origine de mes tourments.

— Samaël ? Ça va ?

Il me jeta un regard inquiet, puis baissa les yeux sur mon corps pratiquement nu. Ses joues rougirent violemment lorsqu'il remarqua mon érection, en rien dissimulée par mon boxer.

— Je dois… Il faut…

Le besoin qui me tordait les entrailles me faisait perdre la capacité de former des phrases cohérentes. Je posai une main sur l'épaule d'Ezra pour le faire sortir de mon chemin et pouvoir enfin m'enfermer dans la salle de bains, loin de la tentation qu'il représentait. Seulement il ne se laissa pas faire. Il resta planté là, devant moi, son regard plongé dans le mien.

— Ezra… laisse-moi… Je…

Je serrai les poings. Bien sûr, j'étais assez fort pour le contraindre à libérer le passage. Cependant, je refusais de lui faire du mal, ce que je ne pourrais éviter si j'en arrivais à cette extrémité. Alors que je cherchais comment me débarrasser de lui sans lui nuire, luttant toujours contre le désir violent qui m'asséchait la gorge, il me prit la main et m'attira vers lui. Je tentai de résister, ma conscience me hurlant que je ne devais pas céder.

— Non ! Je ne peux pas ! Je vais… te faire du mal…

— Je suis sûr que tout se passera très bien…

Il y avait quelque chose de confiant en lui, malgré la rougeur de ses joues. C'est alors que je le remarquai… Entièrement pris par mes tourments intérieurs, je n'avais pas réalisé que le vert clair de ses yeux était assombri par le désir. La surprise fut telle qu'il parvint à m'entraîner dans la salle de bains. Il referma la porte derrière lui et s'y adossa.

— Je sais que tu en meurs d'envie, Samaël… et moi aussi…

— Tu… es sûr de toi ?

Pour toute réponse, il se jeta à mon cou et captura mes lèvres avec fougue. Je l'enlaçai, le plaquant contre le battant en bois. Nos bouches se dévorèrent, affamées. Mes mains s'attaquèrent immédiatement à ses vêtements qui finirent en lambeaux sur le sol. Je ne me contrôlais plus. La soif était trop intense. Je lui laissai à peine le temps de respirer avant de fondre à nouveau sur sa bouche. Alors que je suçotais sa langue, il gémit et souda un peu plus son corps au mien. Nos érections se rencontrèrent à travers nos boxers. Je le serrai si fort contre moi qu'il devait avoir mal, mais il ne tenta pas une seule fois de me repousser.

J'avais l'impression que tout mon corps était en feu. Je n'avais jamais ressenti un tel besoin ni un tel désir pour aucun de mes amants. Je le voulais. Je voulais me fondre en lui, le marquer… le posséder…

Quelque part en moi, ma conscience me poussait à arrêter tout ça avant d'aller trop loin, avant de commettre l'irréparable. Si Ezra avait tenté de s'opposer à ce qui était en train de se passer, j'aurais peut-être pu parvenir à me calmer, à m'éloigner de lui et à éviter de franchir cette limite. Mais il ne le fit pas. Au contraire, il acceptait mes caresses et mes baisers comme s'il était aussi affamé que moi. Mon instinct d'incube ne me trompait pas. Je pouvais sentir les effluves de son désir s'échapper par tous les pores de sa peau. Et je m'en nourrissais goulûment. Cependant, ça n'était pas suffisant. Il m'en fallait plus, encore plus. Et au fil des secondes, j'étais de moins en moins capable de me refréner.

Sans nous lâcher, nous migrâmes vers le lavabo. Une fois là, je retournai Ezra et collai mon érection contre ses fesses. Il eut un hoquet de surprise lorsque j'empoignai un peu violemment son membre tendu avant de le malaxer entre mes doigts, à travers le tissu de son boxer. Nos regards se rencontrèrent par le biais du miroir et ne se quittèrent plus. Ma main glissa à l'intérieur de son sous-vêtement avant de se refermer une nouvelle fois sur sa verge. Je sentais ses veines palpiter contre ma paume. Il rejeta sa tête en arrière, sans rompre le contact visuel, s'appuyant contre mon épaule. Mon autre main caressait son torse et son ventre un peu rebondi. J'aimais ses imperfections qui faisaient partie intégrante de qui il était. Je parcourus ses formes, ses hanches larges, puis descendis son boxer sur ses cuisses. Le tissu termina sa course sur le sol, bien vite rejoint par le mien. Je glissai une jambe entre celles d'Ezra, l'obligeant à les écarter. Il eut un léger sursaut lorsque mon gland s'insinua entre ses fesses, contre son intimité encore vierge.

Je le voulais. Je crevais d'envie de m'enfoncer en lui d'un seul coup de reins, de le prendre sauvagement afin qu'il m'appartienne enfin. Pourtant, malgré le désir qui me tiraillait et mes nerfs à vif, je refusais de le blesser. Je repris en main son érection, lui arrachant un soupir, puis commençai à me frotter contre lui. J'étais si excité que je savais que la simple friction de mon sexe contre sa peau suffirait à me faire perdre pied. Je continuai à le caresser, ralentissant le rythme. Ma bouche trouva le creux de son cou et j'y déposai un baiser avant de le mordre très légèrement. Il gémit de plus belle en sentant mes crocs contre sa peau.

— Mords-moi !

Je crus avoir mal entendu. Pourtant, il répéta :

— Mords-moi, Samaël… Je sais que tu en meurs d'envie…

— Non. Je…

Il pencha un peu plus la tête, m'accordant un accès encore plus facile à sa jugulaire qui palpitait, beaucoup trop proche de moi. J'allais perdre la raison s'il continuait à me tenter ainsi. Je ne voulais pas lui faire mal, mais c'était si difficile de résister !

— Fais de moi ce que tu veux, Samaël…

Sa voix était rauque et sa respiration difficile. J'accélérai le rythme de ma main sur son sexe et de mes hanches contre ses fesses. Je ne devais pas céder… Si j'acceptais ce qu'il m'offrait, je serais incapable de me contenir et il en souffrirait. Je fermai les yeux et posai à nouveau mes lèvres dans son cou, léchant la sueur qui coulait sur sa peau. Les hormones que j'y sentis me firent alors perdre le peu de raison qu'il me restait. Avant même de me rendre compte de ce que je faisais, je lui agrippai la cuisse droite et lui fis relever le genou jusqu'au lavabo. Mon gland buta à nouveau contre son anneau de chair serré. Mais, cette fois, je fus incapable de me contrôler. Je poussai en lui, luttant contre la résistance afin de m'introduire dans cet espace étroit. Ezra hoqueta de douleur lorsque je le pénétrai, mon membre à peine lubrifié par le liquide qui commençait à s'en échapper. Je le serrai un peu plus contre moi, le masturbant presque violemment alors que je m'enfonçais en lui jusqu'à la garde.

Je rouvris les yeux et mon cœur se brisa devant les larmes de douleur qui coulaient sur ses joues. Je savais que j'aurais dû m'arrêter. Il était déjà trop tard, j'avais commis l'irréparable, mais je pouvais limiter les dégâts. Ma raison me hurlait de me retirer, que j'allais le blesser et qu'il ne me le pardonnerait jamais. Pourtant je continuai, amorçant de violents mouvements de va-et-vient, incapable d'écouter autre chose que mon désir. Je me nourrissais de ses halètements, de ses gémissements et de son odeur où se mêlaient la peur, la douleur… et le plaisir. Mes dents effleurèrent à nouveau sa gorge. Cette fois-ci, mes instincts prirent le dessus et je le mordis jusqu'au sang. Le mélange de ses effluves sexuels dans mes narines et du goût ferreux dans ma bouche décupla ma fièvre. Il gémit, le visage crispé, tout son corps tendu entre mes bras tandis que le plaisir le submergeait brutalement. Son intimité se contracta autour de moi, m'entraînant dans le même précipice. Je me déversai en lui, satisfait de le remplir de ma semence. Je l'avais enfin marqué : il m'appartenait, à moi et à personne d'autre. Et ça pour l'éternité…

Les frissons de l'orgasme se calmèrent peu à peu tandis que ma conscience se réveillait. Je me retirai doucement, essayant de ne pas le blesser plus. La culpabilité me terrassa lorsque je vis un mélange de sang et de sperme couler sur ses cuisses. Je n'osai pas lever les yeux, de peur de lire de la haine et du dégoût dans son regard. Je l'entendais respirer avec difficulté. Je le relâchai et il s'appuya sur le lavabo des deux mains. Je reculai d'un pas, le cœur brisé par l'horreur de ce que je venais de faire.

— Je…

Non, je n'avais pas le droit de lui présenter des excuses. Ce que j'avais fait était impardonnable. À cet instant précis, je n'avais qu'une seule envie : pouvoir effacer ce qui venait de se passer, pouvoir revenir en arrière avant le moment où tout avait basculé. Je reculai encore et me penchai pour attraper mon boxer. Je l'enfilai, n'osant toujours pas regarder Ezra. Alors que je me dirigeais vers la porte, il m'arrêta d'une main sur mon poignet.

— Tu n'as rien à te reprocher, Samaël.

Sa voix était ferme, même si encore un peu rauque.

— Regarde-moi.

Je ne pouvais pas. C'était trop difficile d'affronter son regard. Il posa une main sur ma joue et m'obligea à tourner mon visage vers lui. Je fermai les yeux, serrant les paupières, refusant de voir la réalité en face.

— Regarde-moi, Samaël.

Je ne comprenais pas la douceur, la tendresse même, dans sa voix. Après ce que je lui avais fait, il aurait dû me haïr.

— S'il te plaît…

Je fus incapable de résister plus longtemps. Mon regard se posa sur son visage où les larmes avaient laissé des traces. Il me souriait comme jamais personne ne m'avait souri. Et cela me rendit encore plus perplexe.

— Je ne t'en veux pas.

— Je t'ai blessé…

— Je t'ai demandé de me mordre, rappelle-toi.

Je levai la main et effleurai son cou à l'endroit où j'avais planté mes crocs.

— Je ne parle pas de ça.

Je ne parvenais toujours pas à croiser son regard.

— Oui, j'ai mal… mais je l'ai voulu, ça aussi.

— Non, tu…

— Est-ce que tu m'as entendu te dire « non » à un seul moment ?

Je me figeai et plongeai enfin dans ses yeux vert clair.

— Je n'aurais jamais cru que notre première fois se déroulerait ainsi… Pourtant, je ne regrette absolument rien. Et je t'interdis de me gâcher ce moment avec de la culpabilité mal placée.

— Je….

Il posa ses doigts sur ma bouche.

— Non. Ne dis rien. Je t'en prie…

Il s'approcha et effleura mes lèvres des siennes.

— Allons nous nettoyer un peu et, ensuite, nous irons au lit.

Il m'attrapa la main et entrelaça nos doigts. Sans un mot de plus, il m'attira vers la cabine de douche. Je me laissai faire, complètement perdu. Je m'attendais à ce qu'il me rejette, qu'il me haïsse, qu'il m'accuse de l'avoir violé… Rien ne m'avait préparé à cette tendresse dans ses mots et dans ses gestes.

Nous sortîmes de la douche un peu plus tard, puis retournâmes dans la chambre en peignoirs. Là, Ezra enfila un boxer propre et alla se glisser sous les draps. Je mis également un sous-vêtement avant de m'approcher du lit, incertain. Il me tendit la main.

— Je veux dormir dans tes bras.

Je m'étendis près de lui et il vint se coller contre moi, posant sa joue sur mon épaule et une main sur mon ventre.

— Arrête de cogiter, Samaël. Tout va bien.

— Je ne peux pas… Je t'ai forcé à…

— À rien du tout, je te l'ai déjà dit. Alors oui, j'ai eu mal. Oui, je sens que je vais avoir des difficultés à m'asseoir et à marcher demain. Mais non, je ne voudrais pas revenir en arrière pour tout l'or du monde. Nous sommes liés, Samaël. Depuis notre rencontre, je le sens. Cependant, je sens aussi que quelque chose de terrible nous attend, et je refuse de perdre mon temps en regrets… Je sais que tu ressens quelque chose de fort pour moi. C'est réciproque, même si je suis totalement incapable de mettre des mots dessus à cet instant précis. Tout ce que je sais, c'est que je veux être avec toi comme nous l'avons été tout à l'heure. Lorsque tu étais en moi… c'était… j'ai ressenti… je n'arrive pas à le décrire… Je suis heureux, Samaël. Je comprends que tu t'en veuilles, mais il faut que tu surmontes ta culpabilité. Il faut que tu te pardonnes, car il n'y a rien à pardonner.

— C'est difficile… C'est la première fois que…

Je m'interrompis, incertain. Certains aveux étaient difficiles.

— Que ?

Il se redressa et plongea son regard dans le mien.

— Que j'ai une relation intime avec une personne que je n'ai pas hypnotisée.

— Et cela t'a-t-il déplu ? demanda-t-il avec une moue dubitative.

— Non, au contraire. Je… ce qui émanait de toi… ce dont je me suis nourri… c'était encore plus intense et… euphorique… que tout ce que j'ai pu connaître avant. Seulement, je t'ai blessé… physiquement… et j'ai encore du mal à réaliser que tu ne m'en veux pas.

— Pas le moins du monde. Je serais même prêt à recommencer. Enfin, pas tout de suite, il faut que tu me laisses reprendre des forces. Je ne suis ni un vampire ni un incube, juste un simple humain.

— Tu es plus que ça.

— Oui, je suis un Alchimiste.

— Ce n'est pas ce que je voulais dire.

Il leva un sourcil, apparemment amusé.

— Ah oui ? Alors, je suis quoi ?

Les mots étaient là, dans mon esprit. Et c'était juste une évidence. C'était si flagrant que je ne compris pas comment je ne m'en étais pas rendu compte avant. Peut-être parce que les succubes ne vivent normalement jamais ce que j'étais en train de vivre…

— Tu es mon âme sœur.

Il sourit, puis m'embrassa tendrement.

— Ça me plaît beaucoup.

Il se réinstalla contre mon épaule et, à peine quelques minutes plus tard, il dormait profondément. Quant à moi, j'étais encore sous le choc de la révélation que je venais d'avoir. Car si ce que j'avais dit à Ezra était vrai, les implications de notre relation seraient bien plus importantes que personne n'aurait pu le prévoir.

Chapitre 11

Je m'éveillai seul dans le lit. Le réveil m'apprit qu'il était un peu plus de neuf heures. Je m'étirai longuement, puis me levai et allai prendre une douche rapide. En passant dans le couloir, j'entendis les voix d'Aidan et Gabriel provenant de la chambre voisine. Je ne distinguais pas leurs paroles, mais leur ton était sérieux. Après m'être habillé avec des vêtements pris dans ceux qu'Ezra m'avait achetés, je descendis. Il n'était pas au rez-de-chaussée. Je pris alors la direction du sous-sol. Au moment précis où j'émergeai dans le laboratoire, je le vis verser le contenu d'un tube à essai dans l'évier d'un geste rageur.

— Tout va bien ?

— Non, je ne parviens pas à trouver la solution ! Je ne comprends pas…

Il se passa une main sur le visage en soupirant.

— Si seulement mon Maître était là ! Je suis sûr qu'il aurait déjà un résultat…

Je m'approchai vivement et l'enlaçai, collant mon torse contre son dos, mon menton sur son épaule. D'abord tendu, il finit par se laisser aller entre mes bras.

— Ne recommence pas à te dévaloriser. Je suis certain que tu as fait le maximum.

— Ce n'est pas suffisant. Les autres comptent sur moi.

— Je sais…

Il soupira à nouveau, puis se retourna et enfouit son visage contre mon épaule. Je le serrai un peu plus fort et nous restâmes un long moment ainsi, sans parler. Mes doigts glissèrent dans sa nuque, allant détacher ses cheveux qui retombèrent librement sur ses omoplates. Je caressai sa peau avec douceur, cherchant comment aborder le sujet qui me tourmentait depuis mon réveil. Enfin, je demandai simplement :

— Comment vas-tu ? Physiquement…

Il frémit et il me fallut quelques secondes pour comprendre qu'il riait. Il releva la tête pour m'embrasser tendrement.

— Je vais bien. Arrête de t'inquiéter pour moi. J'ai utilisé un onguent et je n'ai pas du tout mal. C'est juste un peu inconfortable, mais ça va passer. Et puis je suppose que je finirai par m'habituer à cette sensation.

— Tu… j'essaierai d'être plus patient la prochaine fois.

— Je comprends très bien que tu aies eu besoin de relâcher la pression. Après tout, tu es un incube, c'est dans ta nature.

— C'est seulement pour ça que tu ne m'as pas arrêté ?

— Non, répondit-il en rougissant. C'est parce que j'en crevais d'envie moi aussi…

Nous échangeâmes un nouveau baiser un peu plus fougueux. Mon désir s'éveilla, mais je le muselai. Je ne voulais pas faire éclater la bulle d'intimité qui s'était formée autour de nous. Si je l'avais pu, je serais resté comme cela pour l'éternité, avec cet homme entre mes bras, nos lèvres jointes et nos langues se caressant sensuellement. J'avais l'impression d'être enfin à ma place.

***

Lorsque nous arrivâmes dans la cuisine, Aidan était en train de préparer le petit-déjeuner tandis que Gabriel avait les yeux rivés sur son téléphone. Je m'installai sur une chaise à côté de lui. Ezra alla s'adosser au comptoir. Je vis les deux hommes échanger un regard, celui d'Aidan clairement désapprobateur, mais il ne dit rien.

— Tu as bien mémorisé le trajet pour te rendre au lieu de rendez-vous ? me demanda Ezra.

— Oui. J'ai calculé qu'il me faudra environ une heure pour y aller, mais je partirai un peu en avance, histoire de m'assurer que personne de mal intentionné ne m'attende là-bas.

— Je vous accompagne ! lança Aidan.

Je me tournai vers lui, à la fois surpris et agacé.

— Je dois y aller seul. Je ne veux pas que Rosa prenne peur en voyant un étranger.

— Je resterai dans la voiture, à bonne distance. Mais vous avez besoin de quelqu'un pour assurer vos arrières. Je sais que vous avez confiance en votre cousine. Cependant, si jamais vous vous trompez et qu'elle est de mèche avec votre mère, vous risquez de tomber dans un piège.

— J'y ai pensé. Je ne crois pas…

— Ce n'est pas soumis à discussion. Je viens avec vous.

Je soupirai. Alors que j'allais à nouveau protester, Ezra intervint :

— Je serai plus rassuré si tu n'y allais pas seul.

Je levai les yeux au ciel.

— OK ! Si tu t'y mets aussi, j'abdique ! Mais je vous interdis de vous en prendre à Rosa, à moins que vous ayez la preuve formelle qu'elle en veut à ma vie, ajoutai-je à l'attention d'Aidan.

— Je vous le promets. Gabriel, tu resteras ici avec Ezra. Si jamais il m'arrivait quelque chose, tu sais quoi faire et qui contacter.

L'intéressé se leva et s'approcha de son compagnon. Debout devant lui, il lui planta son index dans la poitrine en grognant :

— Tu n'as pas intérêt à te faire tuer ! Sinon je trouve le moyen de te ressusciter et je te tue à nouveau moi-même. C'est bien compris ?

— Je n'ai aucune intention de mourir, tu sais.

— Alors, ne le fais pas.

Il revint s'asseoir à côté de moi et plongea le nez dans sa tasse de café. La discussion était close, mais un sentiment de peur et d'urgence flottait dans l'air.

***

Aidan avait tenu à prendre le volant et je n'avais pas insisté. Installé sur le siège passager, je regardais le paysage défiler lorsqu'il me demanda soudain :

— Qu'y a-t-il exactement entre Ezra et vous ?

Je me tournai vers lui, surpris.

— En quoi cela vous regarde-t-il ?

— Vous êtes un incube. Et lui un humain.

— Un Alchimiste.

— C'est vrai. Cependant, son seul pouvoir est de résister à votre hypnose. En ça, il est plus vulnérable que vos précédents amants à qui vous pouviez faire oublier jusqu'à votre existence. Et je ne tiens pas à ce que vous le jetiez après vous être servi de lui pour assouvir vos pulsions.

Je serrai les poings, furieux.

— Comment osez-vous ? Me suis-je permis de juger votre relation avec Gabriel ? Non ! Alors qui vous donne le droit de vous immiscer dans ce que je vis avec Ezra ?

— Mon… le Sire de Londres m'a donné l'ordre de veiller sur lui. Ezra a sauvé la vie de son meilleur ami. Et peut-être la paix de l'Europe.

— Cela ne vous autorise pas à…

Je pris une profonde inspiration pour me calmer. M'énerver contre Aidan ne servait à rien. Et, si j'étais vraiment honnête envers moi-même, je comprenais très bien ses inquiétudes. La honte de ce que j'avais fait la nuit précédente me submergea à nouveau. Je me détournai, fixant mon regard sur la route devant nous.

— Je ne lui ferai pas de mal.

— Vos besoins ne sont pas les siens. Et malgré ce qu'il veut bien faire croire, il est beaucoup plus fragile que vous ne le pensez… Physiquement, mais aussi psychologiquement.

— Je le sais.

Je soupirai.

— Qu'allez-vous faire ? Me dire que si je le blesse, vous me tuerez ?

— Moi non… En revanche, vous vous mettrez à dos les deux Sires les plus puissants d'Europe. Et si cela devait se produire, rien ni personne ne pourrait les empêcher de vous retrouver, où que vous vous cachiez.

— Cela n'arrivera pas, affirmai-je en réprimant à grand-peine un frisson d'horreur.

— En êtes-vous sûr ?

Je fus incapable de répondre de façon honnête. Car ce qu'Aidan craignait était exactement ce qui me terrorisait.

***

Le reste du trajet se déroula dans un silence tendu. Le lieu de rendez-vous se trouvait au nord de Rome, à la limite de la ville. Il s'agissait d'un vieux hangar ayant appartenu aux grands-parents maternels d'Ezra, désaffecté depuis plus de trente ans. L'endroit tombait en lambeaux, mais il était suffisamment loin de tout pour qu'une approche furtive soit impossible. Après avoir vérifié que personne ne rôdait, Aidan me donna son feu vert. Je quittai la voiture et m'engouffrai rapidement dans le bâtiment pour échapper aux regards indiscrets et aux cuisants rayons du soleil. J'étais en avance, il était midi moins vingt. Rosa n'était pas encore arrivée. Je m'assis sur une vieille caisse en bois, attendant patiemment que ma cousine me rejoigne.

J'étais plongé dans mes pensées lorsqu'un bruit me fit sursauter. Je levai les yeux pour voir Rosa s'avancer vers moi tout en jetant des coups d'œil inquiets autour d'elle. Lorsqu'elle me reconnut, j'eus à peine le temps de me lever avant qu'elle se jette dans mes bras.

— *Tesoro !* J'ai cru ne jamais te revoir !

Elle me repoussa et me dévisagea intensément.

— Tu vas bien ? Qu'est-ce qui t'est arrivé ? Où étais-tu pendant toutes ces semaines ? Et qu'est-ce qu'on fait ici, dans cet endroit lugubre ?

— Si tu veux bien t'asseoir, je vais tout te raconter.

Elle jeta un bref regard à la caisse que je venais de quitter en fronçant le nez, puis lissa sa jupe noire avant de s'y installer. Elle leva ensuite les yeux vers moi, pendue à mes lèvres. Je me lançai alors dans mon récit, débutant à partir du moment où les vampires m'avaient attaqué chez moi. Au départ, je n'avais pas prévu de lui parler de ma relation avec Ezra. Mais au fil de mon histoire, je ne pus taire l'importance qu'il avait pour moi. Enfin, lorsque j'eus terminé, je me laissai tomber sur une autre caisse, attendant avec anxiété sa réaction.

— Ça fait beaucoup à assimiler tout ça…

— Je sais.

— Ta mère, tu es sûr qu'elle est impliquée dans ces disparitions ?

— Pas à 100 %. Mais c'est la seule explication logique. Sinon, comment se fait-il que la police n'ait absolument aucune piste ?

Elle soupira profondément, passa la main dans sa longue chevelure brune, puis farfouilla dans son sac. Elle en sortit une clé USB qu'elle me tendit.

— Voilà la liste de ses propriétés.

— Personne ne sait que tu l'as prise ?

— Non. J'ai été discrète.

— Merci, soufflai-je en rangeant l'objet dans la poche intérieure de mon blouson.

Elle me fixait, l'air soucieux.

— Tu vas vraiment t'attaquer à elle ?

— Je dois sauver cet homme, Julien. Je n'ai pas le choix. Imagine ce qui se passera si le compagnon du Sire de Paris meurt ici, à Rome ? Ou s'il est transformé en vampire contre son gré ?

— J'ai bien compris l'importance de cet humain, mais pourquoi toi ? Pourquoi ne laisses-tu pas ses amis s'occuper de lui ?

Je me levai, conscient qu'elle s'inquiétait pour moi. Je m'accroupis devant elle et lui pris les mains.

— Tout va bien se passer, je te le jure.

— Je t'ai déjà dit que ça n'était pas bien de mentir, Samaël. Ou de faire des promesses que l'on n'est pas sûr de tenir.

— Tu as raison.

Elle soupira à nouveau, puis se força à me sourire.

— Donc, toi et cet Ezra… C'est si fort que ça entre vous deux ?

— Oui. Et j'ai encore du mal à y croire.

— Pas moi… enfin, pas vraiment. Tu te souviens de cette légende que je t'ai racontée une fois ? Au sujet d'une succube qui serait tombée amoureuse d'un humain et aurait trouvé le moyen d'abandonner son immortalité pour lui ?

— Bien sûr. Cette nuit, lorsque j'ai réalisé à quel point je tenais à lui, cette histoire m'est revenue en mémoire. Mais ça n'est qu'une légende.

— Et si ça ne l'était pas ? Après tout, derrière chaque mythe se cache une part de vérité… Nous en sommes la preuve vivante.

— Tu crois que… qu'il est possible que je devienne mortel ?

Elle sembla attristée par ma question.

— Égoïstement, j'espère bien que non. Je ne veux pas te perdre, Samaël. Tu es bien plus qu'un cousin pour moi. Tu es mon frère, celui auquel je tiens le plus au monde. Bien sûr, j'aimerais te voir heureux, mais je ne suis pas sûre de supporter l'idée que tu puisses mourir un jour.

— Tout le monde le peut. Même les vampires et les succubes.

— Oui, mais nos morts sont tellement violentes que nous n'avons pas le temps de les voir venir. Tandis que toi, si tu deviens mortel, tu vieilliras… Chaque jour te rapprochera un peu plus de ta dernière heure.

Je me relevai et me mis à faire les cent pas.

— Ceci n'a aucune importance pour le moment. Tout ce qui compte, c'est que je dois tout faire pour mettre fin à ces disparitions et arrêter les plans diaboliques de ma mère.

Rosa se leva et se planta sur mon passage pour m'obliger à m'arrêter.

— Si tu as besoin de moi, n'hésite pas à me contacter. Je serai toujours là pour toi, *tesoro*.

— Merci. *Ti amo, Rosalina.*

Elle me serra dans ses bras.

— *Ti amo, Samaël.* Prends soin de toi.

— Promis.

— À bientôt.

Je la suivis des yeux jusqu'à ce qu'elle referme la porte derrière elle. Je restai un long moment à contempler sans la voir la pièce déserte, encore secoué par notre conversation.

Devenir mortel. Pouvoir vivre avec Ezra sans avoir à me soucier de le voir vieillir et mourir alors que moi, je resterais le même pour l'éternité. C'était un beau, un magnifique rêve. Mais pour l'instant, ça restait du domaine du fantasme. Et ce qui était bien réel, c'était la disparition de Julien Fournier et de tous ces pauvres innocents. Je n'avais pas le temps de me lamenter ou de me perdre dans les délires de mon imagination. Des vies humaines étaient en jeu.

Chapitre 12

Lorsque je remontai dans la voiture, Aidan m'adressa un regard interrogatif, mais je me contentai de souffler :

— J'ai la liste.

Il n'insista pas et démarra. Nous fîmes le trajet en silence, chacun perdu dans ses pensées. Lorsque nous arrivâmes, nous trouvâmes Gabriel penché sur son ordinateur dans le salon.

— Où est Ezra ?

— Dans la cuisine. Il prépare le déjeuner. Comment ça s'est passé ?

— Bien. Comme je m'en doutais, Rosa m'a donné la liste des propriétés appartenant à ma mère et elle est prête à nous aider si besoin.

— C'est bon à savoir…

Aidan s'assit à ses côtés et je les laissai entre eux pour rejoindre Ezra. Je le trouvai en train de couper des tranches de rôti. Il posa son couteau et m'interrogea du regard. Je lui rapportai brièvement ma discussion avec Rosa, omettant toutefois la partie concernant notre relation. Je ne voulais pas lui donner de faux espoirs, fondés sur ce qui pouvait bien n'être qu'une légende. Alors que j'étais plongé dans mes pensées, je sursautai lorsque Ezra se planta devant moi.

— Ça va ? me demanda-t-il soudain, les sourcils froncés. Tu as l'air soucieux.

— Ce n'est rien, répondis-je avec un vague geste de la main.

Je l'enlaçai et l'embrassai avec tendresse. Il sourit, le regard pétillant, avant de retourner à sa tâche.

— Où est ton ordinateur ? Je vais commencer à regarder la liste que Rosa m'a donnée, ajoutai-je en lui montrant la clé USB.

— Il est au sous-sol. J'en ai eu besoin pour mes tests.

— Vous pouvez utiliser le mien, lança Gabriel depuis l'encadrement de la porte. Je viens de passer deux heures à chercher des infos sur les personnes disparues, mais ça ne m'a rien rapporté d'autre qu'une migraine carabinée !

Aidan, qui se tenait derrière lui, souffla quelque chose à son oreille en anglais. Gabriel sourit, puis se retourna et l'embrassa fougueusement. Je les regardai d'un air amusé et fus presque surpris que mes sens ne soient pas affolés en présence de leurs phéromones. Je les sentais, bien sûr, mais il n'y avait rien de comparable avec l'excitation que cela provoquait chez moi auparavant. Je jetai un bref regard en direction d'Ezra, me demandant si c'était grâce à lui et à ce que nous avions partagé la nuit précédente. Alors que je le fixais, il se tourna vers moi et m'adressa un sourire qui me réchauffa le corps entier.

— C'est presque prêt. On se mettra au travail tous ensemble après manger.

— Bonne idée ! lança Gabriel. Je meurs de faim !

Son compagnon éclata de rire et il se renfrogna.

— Si tu me traites encore une fois d'estomac sur pattes, je te jure que tu pourras faire abstinence pendant au moins une semaine !

Cela ne fit que renforcer l'hilarité d'Aidan. Gabriel leva les yeux au ciel.

— Vous voyez comment il me traite ? Si je ne l'aimais pas autant…

Il ponctua sa phrase d'un baiser qui éteignit instantanément le rire de son amant. En voyant leur complicité, j'espérai vraiment qu'Ezra et moi finirions par partager un lien aussi fort que le leur.

***

Après le repas, Ezra alla chercher un immense plan de la ville tandis que Gabriel branchait la clé USB sur son ordinateur. Celle-ci contenait un fichier texte et plusieurs dossiers dont les noms correspondaient à des adresses.

— Merci, Rosa, soufflai-je en souriant.

Je désignai à Gabriel le fichier à ouvrir en premier. C'était une liste complète des propriétés appartenant soit à ma mère, soit à notre famille. Il y en avait plus de cinquante. Ezra siffla :

— On va avoir pas mal de travail !

Penché sur l'épaule de son compagnon, Aidan lança :

— Nous allons devoir procéder par élimination. Déjà, il faut enlever tous les bâtiments où vivent des personnes, humaines ou vampires, extérieures à votre famille. Je ne pense pas que votre mère prendrait le risque que quelqu'un découvre ses manigances.

— Nous n'en avons jamais parlé, mais… et si le Sire de Rome était de mèche avec elle ? suggérai-je lorsque l'idée me traversa l'esprit.

— C'est possible, mais plutôt improbable, répondit Aidan. Il était totalement d'accord pour signer le traité de paix. Il s'entend plutôt bien avec Armand et Walter. Je ne vois pas pour quelle raison il risquerait de déclencher une guerre entre leurs Protectorats. Surtout en sachant que Paris et Londres s'allieraient immanquablement contre lui.

Il avait raison. Malgré ça, je gardai toutefois cette idée en tête, préférant rester sur mes gardes tant que nous n'aurions pas la certitude de la non-implication de Domenico Marchesi dans ce complot.

— Quels autres critères pourrions-nous utiliser pour éliminer des propriétés ? demanda Ezra, les yeux fixés sur le plan.

— Les zones trop peuplées et les endroits trop petits. Comme on l'a déjà dit, il serait étonnant que ma mère ait éparpillé ses nouveaux transformés un peu partout dans la ville.

— Nous ne pouvons toutefois pas rejeter l'hypothèse qu'il y ait deux, voire trois, lieux concernés.

— Il faut aussi prendre en compte le fait qu'elle ne peut pas les laisser seuls. Ils doivent obligatoirement être gardés par des vampires ou des succubes.

Gabriel se frotta la nuque.

— Ça nous laisse quand même encore un certain nombre d'endroits, et nous ne pouvons pas tous les visiter…

Pendant toute l'après-midi, nous étudiâmes les différentes propriétés : maisons, entrepôts, magasins, bureaux, etc. Nous finîmes par réduire la liste à huit endroits situés aux abords de la ville.

— C'est encore trop, soupira Aidan en se laissant tomber sur une chaise.

Mes yeux parcouraient rapidement le plan. J'avais la sensation de toucher du doigt la solution, mais elle restait hors de portée. Ezra posa une main sur mon épaule.

— Samaël ? Tu as l'air… frustré.

— Je le suis ! m'exclamai-je en m'éloignant de la table. Je sens qu'on passe à côté de quelque chose d'important et je n'arrive pas à trouver ce que c'est !

Je fis quelques pas dans la cuisine, agacé à l'idée que ce petit détail soit là, mais refuse de m'apparaître clairement. Soupirant profondément, je revins vers la table et me figeai.

— Mais quel con !

Les trois autres m'adressèrent des regards surpris. Avant qu'ils aient pu m'interroger, je m'expliquai :

— Je viens de comprendre ce qui m'échappait ! Nous nous sommes focalisés sur les endroits où ma mère retient les disparus. Mais nous avons omis de réfléchir sur la façon dont elle les y a amenés.

Aidan fronça les sourcils et demanda :

— Où voulez-vous en venir ?

— Quel est le point commun entre tous ces gens ? Outre le fait qu'ils soient humains.

Gabriel baissa les yeux sur l'écran de son ordinateur où il avait affiché les informations concernant les disparus et lança soudain :

— Personne n'a été témoin de leur enlèvement !

— Exactement ! Si la police a autant de mal à les retrouver, c'est tout simplement parce qu'ils n'ont aucun indice, aucune piste.

— Mais vous, vous savez comment les vampires de votre mère ont procédé, supposa Aidan d'un ton perplexe.

— Ils ont utilisé les galeries.

Une fois encore, mon affirmation ne me valut que des interrogations visuelles. Je m'assis et croisai les bras sur mon torse, prêt à leur réciter une leçon d'histoire.

— Au XIIe siècle, le Pape Lucius II a lancé une croisade contre les vampires qui étaient, à ses yeux, les incarnations du diable. Très vite, le nombre de mes semblables a chuté à Rome, notamment du fait des exécutions. Mais contrairement à ce que la plupart des humains pensaient, les vampires n'ont pas tous quitté la ville. Le Sire de l'époque, Orso Ruffino, a utilisé un vieux réseau de tunnels existant depuis plusieurs siècles pour y cacher le plus gros de ses Affiliés. Pendant des décennies, les vampires y ont vécu, ne sortant que périodiquement pour se nourrir.

— Je ne connaissais pas cette histoire, souffla Ezra.

— C'est normal. Même après être revenus vivre à la surface, après la mort du Pape et l'accord de paix entre son successeur et Ruffino, ils ont gardé le secret sur l'existence des tunnels. Cela leur offrait un atout au cas où un nouveau danger les menacerait.

— Le réseau est vaste ?

— Immense. Quelques parties sont impraticables, car elles se sont effondrées ou ont été inondées. Mais il en reste encore des kilomètres.

— Vous pensez donc que les hommes de votre mère ont utilisé ces tunnels pour enlever et déplacer leurs victimes ?

— C'est la seule explication logique au fait qu'ils aient tout simplement disparu de la surface de la Terre ! Ils l'ont fait au sens littéral.

Gabriel et Aidan échangèrent un long regard avant que le second se tourne vers moi.

— Vous avez raison.

— Et avec cette information, je peux vous dire avec une quasi-certitude où sont enfermés tous ces pauvres gens !

Je pointai du doigt deux maisons. L'une était située au nord de la ville, l'autre à l'est.

— Ce sont les deux seules qui sont assez grandes, assez éloignées des zones peuplées et qui ont une entrée encore praticable du réseau souterrain à proximité.

Je désignai le bâtiment au nord de Rome.

— Celle-ci a même un accès direct aux tunnels depuis son sous-sol.

Aidan étudia la carte un long moment, concentré.

— Est-ce que vous pensez que nous pourrions y entrer par un autre endroit ?

Je réfléchis avant de marquer au crayon trois points sur le plan.

— À ma connaissance, ils sont encore ouverts, mais je ne peux pas vous le garantir.

— Comment connais-tu tout ça ? demanda Ezra.

— Lorsque j'étais enfant, je passais beaucoup de temps dans la bibliothèque du manoir familial. Il y avait un énorme livre contenant d'anciennes cartes de la ville. Et le réseau de tunnels y était détaillé. Cependant, comme je vous l'ai dit, cela date de quelques années et je ne suis pas sûr que tout ce qui était écrit soit encore d'actualité. Cela ne l'était déjà peut-être plus à l'époque.

— Cela vaut la peine d'aller voir, intervint Gabriel. De toute façon, nous n'avons pas d'autre piste.

Aidan jeta un coup d'œil à sa montre.

— Il ne reste que quelques heures avant le crépuscule. Nous devrions profiter d'une bonne nuit de sommeil et nous irons voir ça demain dès l'aube.

***

Nous montâmes tous les quatre nous coucher dès le dîner terminé, ayant besoin de nous reposer en prévision de ce qui nous attendait le lendemain.

À peine avais-je refermé la porte de la chambre qu'Ezra me sauta au cou pour m'embrasser avec fougue. Agréablement surpris, je le serrai contre moi et l'entraînai vers le lit. Le désir me submergea tandis que ma langue jouait avec la sienne et que nos mains s'attaquaient à nos vêtements. J'avais envie de lui au point d'en avoir le tournis. Je voulais me fondre en lui à nouveau, mais, alors que nous basculions sur le lit, je me souvins de notre précédente étreinte. Je parvins alors à me maîtriser et à le repousser doucement. Il m'adressa un regard empli d'incompréhension.

— Je ne veux pas te faire de mal. Et nous sommes censés nous reposer…

— Je…

Je posai mes doigts sur sa bouche pour le faire taire et il entrouvrit les lèvres, happant et suçotant mes phalanges, mettant à mal ces bonnes résolutions.

— Ezra… tu ne m'aides pas, là.

— C'est le but.

— Non. Je t'ai blessé la dernière fois parce que je n'ai pas su contenir mes pulsions et mes instincts d'incube. Je ne peux pas recommencer.

Il soupira et s'assit en tailleur, les bras croisés sur son torse nu.

— Tu ne veux déjà plus de moi, c'est ça ?

— Tu vas arrêter de dire des conneries ! Tu crois vraiment que je serais dans un tel état si c'était le cas ?

Il jeta un bref regard à mon entrejambe. Mon jean était déboutonné et mon boxer ne dissimulait rien de mon érection. Ses joues rougirent furieusement et il releva la tête.

— Nous ne sommes pas obligés de… d'aller jusque-là.

— Je ne sais pas si je parviendrai à me contenir, soupirai-je.

— Et si nous n'essayons pas, tu ne pourras pas plus le savoir.

Il avait raison. Et l'envie qui me tenaillait était si forte que j'avais du mal à y résister. Avant que je parvienne à décider quoi faire, il se redressa à genoux sur le lit, ouvrit son jean et fit descendre pantalon et boxer d'un seul mouvement. Je salivai devant son membre tendu et palpitant. Incapable de me retenir, j'approchai mon visage de lui et le pris dans ma bouche. Ezra sursauta avant d'enfouir ses mains dans mes cheveux tandis que ma langue le caressait langoureusement. Je m'appuyai sur un coude afin de libérer l'une de mes mains qui alla jouer avec ses bourses lourdes. Son souffle s'accéléra lorsque je glissai un doigt un peu plus haut, jusqu'à l'entrée serrée de son intimité. Je ne voulais pas aller trop loin, juste le titiller un peu. Tout en continuant de lécher et de sucer son membre gonflé, j'insinuai une phalange en lui avec lenteur. Je trouvai rapidement sa prostate et, lorsque je la touchai, Ezra laissa échapper un long gémissement. Il resserra sa prise sur mes cheveux.

— Samaël, encore…

Je réitérai mon geste et sentis qu'il ne tiendrait pas longtemps sous cette double stimulation. J'accélérai les mouvements de ma bouche, emprisonnant son gland entre mes lèvres au moment même où tout son corps se tendait, emporté par l'extase. Je fus alors submergé d'énergie sexuelle dont je me nourris avec délectation, ainsi que de sa semence. Alors qu'il frissonnait sous la force de son orgasme, je sentis le plaisir monter en moi, puissant et inéluctable.

— Samaël…

Le timbre extatique de sa voix fut suffisant pour me faire basculer. Je jouis dans mon boxer sans même avoir eu à me caresser. Je me laissai alors tomber en arrière et il me rejoignit, se blottissant contre moi.

— Tu vois, ça n'était pas si compliqué que ça…

Malgré la fatigue, sa voix était narquoise. Je me redressai et l'embrassai avec passion, lui faisant goûter sans y penser sa propre saveur. Puis nous nous réinstallâmes, enlacés. Ezra s'endormit rapidement. Je fus incapable de plonger dans le sommeil, car un plan avait commencé à germer dans mon esprit pendant le repas et je ne pouvais m'empêcher d'y repenser. Je savais que c'était une idée totalement folle et suicidaire. Pourtant, elle m'apparaissait comme la seule solution pour protéger celui qui comptait plus à mes yeux que ma propre vie.

Chapitre 13

Je garai la voiture à deux rues de l'entrée du tunnel. Il n'était que quatre heures du matin et il faisait encore nuit noire. Je me glissai hors du véhicule jusqu'au magasin délabré dont la vitrine brisée avait été remplacée par un panneau de bois. Je n'eus aucun mal à me faufiler derrière la plaque et à entrer. L'épaisse couche de poussière qui recouvrait le sol et les étagères cassées témoignaient que personne n'était passé par là depuis de nombreuses années. Je me dirigeai sans hésitation vers l'arrière-boutique et l'escalier menant au sous-sol. Une fois là, je m'approchai du mur du fond et poussai de toutes mes forces sur les briques.

Au début, rien ne se passa. Puis, un déclic retentit et la paroi pivota en grinçant. Je me faufilai dans le tunnel avant de refermer la porte derrière moi. Il ne me restait pas beaucoup de temps avant l'aube et avant qu'Ezra et les autres ne remarquent mon départ. Je m'en voulais de les avoir laissés sans moyen de locomotion, mais je n'avais pas eu d'autre choix que d'utiliser la voiture de mon amant pour rejoindre Rome.

Le tunnel était sombre et humide. N'importe quel humain qui s'y serait aventuré s'y serait perdu rapidement. Le réseau avait été conçu par un disciple de Leonardo da Vinci qui avait fait de l'endroit un véritable labyrinthe. Sans en avoir le plan, il était impossible de s'y repérer. Sauf si on était une créature surnaturelle. Nous avions un sens de l'orientation bien plus fiable que celui de n'importe quel humain.

Je parcourus rapidement la distance me séparant de l'endroit où je pensais que les nouveaux transformés étaient enfermés. Je n'avais pas vraiment de plan précis, à part trouver Julien Fournier et le ramener sain et sauf chez Ezra. J'espérais juste que sa fuite ne serait pas découverte trop tôt, nous laissant le temps d'informer la police et le Sire de Rome de la localisation des autres humains disparus.

Alors que j'approchais de la maison appartenant à ma mère, une angoisse sourde me noua les entrailles. Je me forçai au calme, me concentrant sur ma mission. Enfin, j'atteignis le bout du tunnel et la porte menant au sous-sol de la demeure. Je tendis l'oreille, cherchant à capter des voix ou des respirations. J'entendis deux vampires parler au-dessus, mais ne parvins pas à comprendre leurs paroles. Doucement, je poussai le battant qui ne grinça pas, preuve qu'il était utilisé assez souvent. Une fois dans la cave, je refermai derrière moi, aux aguets. L'endroit était immense et composé de petites pièces ressemblant à s'y méprendre à des cellules. C'est alors que je me souvins de ce que j'avais lu un jour au sujet de cette maison : elle avait été construite par l'un des précédents Sires de Rome qui l'utilisait pour emprisonner ses opposants. Je me trouvais donc bien devant des cachots, destinés à retenir entre leurs murs aussi bien des humains que des vampires.

Je fis quelques pas dans le couloir, écoutant attentivement. Je fus surpris de ne capter qu'un seul rythme cardiaque et priai pour que ça soit celui de l'homme pour qui j'avais pris tous ces risques.

— Julien ? Julien Fournier ?

J'entendis un faible gémissement, puis une voix éraillée qui me répondit :

— Je suis là… Qui êtes-vous ?

— Un ami. Je vais vous sortir de là.

Il ne répliqua pas. Je suivis le son faible, mais distinct de ses battements de cœur jusqu'à la porte de l'une des cellules. Je n'eus aucun mal à y entrer, utilisant des outils que j'avais empruntés chez Ezra. Je refermai soigneusement le battant derrière moi, puis m'avançai dans la pièce. Il faisait presque nuit noire à l'intérieur, mais je parvins à discerner une forme recroquevillée dans un coin, contre le mur opposé.

— N'ayez pas peur, je suis venu vous sortir de là.

— Qui êtes-vous ?

Je pouvais entendre une certaine détermination dans sa voix malgré sa peur. Ainsi que quelque chose que j'identifiai comme de la souffrance.

— Un ami d'Ezra… et de Gabriel et Aidan. Ils m'ont envoyé vous sauver.

— Je ne peux pas… Je ne dois pas sortir…

— Que vous ont-ils fait ?

Je m'agenouillai près de lui et remarquai qu'il tremblait violemment. Avantagé par ma nature surnaturelle, j'y voyais presque comme en plein jour. Et les images qui parvenaient à mon cerveau m'alarmaient. Ses cheveux blonds étaient sales et humides, dissimulant partiellement ses traits. Gabriel m'avait montré une photo de lui, mais je le reconnaissais à peine tant son visage était crispé de douleur. Ses yeux, normalement d'un bleu très clair, avaient pris une teinte rosâtre caractéristique.

— Vous avez été transformé.

Il n'eut pas besoin de me le confirmer. Il se tordait sur le sol de sa cellule, le corps secoué de violents soubresauts. Son organisme était en train de combattre l'infection que représentait le venin de vampire. Vu la couleur blanchâtre de sa peau et la douleur qui le submergeait, je compris que j'étais arrivé trop tard. Il ne survivrait pas.

— Tuez-moi…

Les larmes coulaient sur ses joues alors qu'il s'agrippait à moi avec force.

— Je vous en prie… Que ça s'arrête… Mal… Trop mal...

— Je vais vous faire sortir et nous…

— Non !

Il secouait la tête si fort que je crus que son cou allait se rompre.

— Je ne peux pas… Armand… Dites-lui… que je suis désolé…

— Je refuse de vous laisser mourir !

— Il le faut…

— Vous n'avez pas envie de revoir votre compagnon ? De sortir de là et de le serrer à nouveau dans vos bras, de l'embrasser ? Laissez-moi vous aider !

Les larmes coulaient à présent sur ses joues. Il secouait la tête de gauche à droite, gémissant et se tordant encore plus violemment sur le sol. C'est alors qu'une idée totalement absurde me traversa l'esprit.

— Je vais vous sauver.

— Vous… ne… pouvez pas…

Il avait de plus en plus de mal à respirer. Je n'avais pas de temps à perdre. Et de toute façon, si je n'agissais pas rapidement, il serait mort dans moins d'une heure. Alors je tentai le tout pour le tout. Je sortis mes canines et mordis mon poignet avant de le plaquer sur sa bouche. Il eut un haut-le-cœur et voulut s'éloigner, mais je le forçai à l'immobilité. Au bout de quelques secondes, l'instinct du vampire naissant fut plus fort que sa volonté et il se mit à boire mon sang. Je le laissai se nourrir pendant près d'une minute avant d'écarter violemment mon bras. Il s'affaissa alors sur le sol comme une poupée de chiffon. Affolé à l'idée d'avoir précipité sa mort, je fus rassuré d'entendre son pouls battre de façon un peu plus régulière. Il avait juste perdu connaissance.

***

Après m'être assuré que personne ne m'avait entendu, je chargeai Julien sur mon épaule et repris le chemin en sens inverse. Alors que j'allais ouvrir le passage vers les tunnels, une voix dans mon dos me fit sursauter.

— Ne bougez plus !

Je me figeai.

— Tournez-vous !

J'obéis et maudis ma malchance en reconnaissant l'un des deux vampires qui me faisaient face.

— Toi ? s'exclama-t-il.

L'autre lui adressa un regard surpris.

— Je croyais que tu t'étais occupé de lui !

— Je l'ai fait ! Il était enfermé dans un cercueil au fond de la Méditerranée !

— La Signora Valencia va être furieuse, Eduardo.

Celui-ci eut un sourire mauvais à mon intention.

— Elle n'a pas besoin de le savoir… puisque je vais pouvoir finir ce que j'ai commencé…

Alors qu'il s'approchait vers moi, je reculai d'un pas. Je pouvais me battre contre deux vampires en même temps, mais je devais avant tout protéger Julien. Cependant, je n'avais aucun endroit où me cacher et aucun moyen de fuir. Le mur derrière moi me bloqua très vite toute retraite alors que le prénommé Eduardo approchait, ses canines sorties.

Au moment où j'allais poser Julien sur le sol, prêt à me défendre, je vis l'autre vampire se figer. Un gargouillement sortit de sa gorge à l'instant où celle-ci s'ouvrit brutalement, laissant échapper un flot de sang. Eduardo se tourna d'un bond, surpris, mais n'eut pas le temps de parer l'attaque. Le couteau s'enfonça dans son torse au niveau du cœur et il s'effondra sur le sol, sans vie.

Il ne s'était passé que quelques secondes et je n'arrivais pas à réaliser ce qui venait d'arriver. Lorsque je relevai les yeux du corps inanimé du vampire, mon regard se posa sur l'homme qui se tenait là, son arme ensanglantée toujours à la main. C'était indubitablement un humain. Il était à peu près de ma taille, le crâne chauve et entièrement vêtu de noir. Ses traits m'étaient douloureusement familiers, donnant une explication supplémentaire à la haine que ma mère éprouvait à mon égard.

— Vous êtes… lui…

— Je suis ravi de te rencontrer enfin, Samaël.

— Je…

— Nous devrions partir d'ici avant que d'autres sbires de ta chère mère ne décident de venir voir ce que fabriquent ces deux-là.

Il avait raison. Pourtant, je ne parvenais pas à bouger, encore sous le choc. Il s'approcha et je pus lire la détermination dans son regard.

— Samaël, nous devons partir. Maintenant !

Je me secouai et hochai la tête. Il ouvrit la porte menant au tunnel, me laissa passer le premier et me suivit en prenant soin de refermer derrière lui. Je me forçai à ne penser à rien d'autre qu'à notre fuite tandis que nous parcourions les souterrains jusqu'au magasin par lequel j'étais entré. Lorsque nous arrivâmes à l'air libre, il faisait encore nuit, mais l'aube pointait à l'horizon.

— Vous avez une voiture ? demandai-je en me retournant.

Je me figeai : il n'y avait personne. Je scrutai l'obscurité environnante, mais les rues étaient désertes. Perturbé, il me fallut quelques minutes pour bouger et enfin me diriger vers mon véhicule. Je chargeai Julien à l'arrière puis, après avoir vérifié qu'il respirait toujours normalement, je m'installai au volant. Je parcourus le trajet jusqu'à la maison d'Ezra dans un état second et fus presque surpris d'avoir réussi à y retourner sans avoir un accident.

***

À peine avais-je coupé le moteur que la porte de la maison s'ouvrit. Je descendis de voiture au moment où Ezra me rejoignait. J'eus à peine le temps de remarquer son air furieux qu'il me giflait violemment. La surprise fut plus forte que la douleur. Les poings serrés, il me fixait, me fusillant du regard.

— Qu'est-ce qui t'a pris de partir comme ça ?

J'ouvris la bouche, mais il ne me laissa pas le temps de répondre.

— Tu te rends compte que j'étais mort d'inquiétude ? Je…

Il se tut brutalement, écarquillant les yeux.

— Tu es blessé ?

Je baissai le regard et constatai que mes vêtements étaient passés de gris à écarlate.

— Ce n'est pas mon sang.

Je fus une fois de plus surpris lorsque Ezra se jeta brutalement à mon cou pour m'embrasser avec fougue. Lorsqu'il me relâcha, je vis du coin de l'œil Aidan et Gabriel nous rejoindre. Le second fit un signe à son compagnon et ils se précipitèrent vers la portière arrière de la voiture. Ezra, qui avait compris ce qui se passait, leur demanda :

— Est-il vivant ?

— Oui, répondit Gabriel. Il est inconscient, mais il respire.

Aidan et lui le sortirent du véhicule et l'amenèrent à l'intérieur, jusque sur le sofa. Nous les suivîmes, Ezra accroché à mon bras comme s'il avait peur que je disparaisse à nouveau. Une fois dans le salon, il m'abandonna à contrecœur et alla s'agenouiller près de Julien. En voyant le sang sur les lèvres du blond, il leva les yeux vers moi.

— Que s'est-il passé ?

— Je l'ai trouvé en pleine transformation. Et ça ne se passait pas bien. Il allait mourir. Alors je me suis souvenu de ce que tu m'as dit : que mon sang pourrait être la clé de la prophétie.

— Vous lui en avez fait boire ? s'exclama Aidan, oscillant visiblement entre la colère et le soulagement.

— Je savais qu'il serait mort avant que je puisse le ramener ici. Alors, j'ai tenté le coup.

— Ça a fonctionné ? demanda Gabriel.

— Je vais devoir faire des analyses, répondit Ezra.

Lorsqu'il se leva, je l'arrêtai d'un geste.

— Il y a autre chose. Quelqu'un m'a aidé là-bas…

Comme je m'interrompais, je vis dans le regard de mon amant qu'il avait compris de qui je parlais.

— Tu l'as vu ?

— Deux vampires m'ont surpris avant que j'arrive à m'enfuir. Et il les a tués.

— Où est-il ?

— Il a disparu avant que j'aie pu lui demander de m'accompagner ici.

Ezra se laissa tomber assis sur la table basse, visiblement bouleversé. Aidan soupira.

— Je suppose que vous parlez de Remigio Salvatore.

Je hochai la tête. Il sortit son portable et lança :

— Occupez-vous de Julien, je vais prévenir Walter.

Il sortit de la pièce. Gabriel s'agenouilla près de son ami et prit sa main entre les siennes.

— Vous croyez qu'il va s'en sortir ? demanda-t-il à Ezra.

— Je ne peux pas l'affirmer tant que je n'aurai pas testé son sang.

Son professionnalisme reprit le pas sur ses émotions. Il se leva et se dirigea vers la porte menant au sous-sol. Je le suivis, un peu inquiet de la froideur qu'il dégageait. Alors qu'il allait descendre, j'attrapai son bras. Il s'immobilisa, mais ne tenta pas de se dégager.

— Ezra, ça va ?

— Je ne comprends pas… Pourquoi est-il parti ?

— Je l'ignore.

Il secoua la tête en soupirant. Je l'enlaçai et déposai un léger baiser sur ses lèvres.

— Il est vivant et m'a aidé à sauver Julien, c'est le plus important, non ?

— Oui… je crois…

Je savais que je n'arriverais pas à lui remonter le moral. Même si Remigio Salvatore était mon père, je n'avais aucune connexion avec lui, contrairement à Ezra. Et je comprenais qu'il soit désappointé d'avoir la confirmation de sa survie sans pouvoir le voir par lui-même. Je reculai et le laissai descendre dans son laboratoire. Il avait besoin de temps. Et moi de changer de vêtements et de faire le point sur tout ce qui venait de se passer.

Chapitre 14

Lorsque je redescendis après une longue douche brûlante, je trouvai Gabriel seul avec Julien. Il s'était installé dans l'un des fauteuils et semblait plongé dans ses pensées, le regard fixé sur son ami. Il leva les yeux vers moi au moment où j'entrai dans le salon.

— Ezra est toujours en bas ?

— Il est remonté le temps de lui faire une prise de sang et il est retourné commencer l'analyse. Et Aidan est toujours au téléphone avec Messire Bowman.

Je m'assis dans l'autre fauteuil en soupirant profondément. Gabriel m'adressa un regard amusé.

— Vous savez que si Ezra ne vous avait pas giflé, je vous en aurais collé une moi-même ! Qu'est-ce qui vous a pris de partir comme ça, sans rien dire ? J'ai cru qu'il allait devenir fou lorsqu'il a compris que ce que vous aviez fait.

La honte me submergea. J'aurais dû prévoir l'affolement de mon compagnon, mais je n'avais pensé qu'à le protéger.

— Je ne voulais pas qu'il risque sa vie… Il l'a déjà mise en danger en m'aidant à me tirer du cercueil dans lequel les hommes de ma mère m'avaient enfermé. J'ai voulu le garder en sécurité.

— Et vous n'avez pas pensé un seul instant qu'il allait s'inquiéter pour vous ?

Je soupirai une nouvelle fois.

— Je n'ai pas l'habitude que quelqu'un se soucie de mon sort. Jusqu'à présent, il n'y avait que Rosa et sa mère pour se préoccuper de moi.

— Eh bien, il va falloir vous faire à l'idée que vous n'êtes plus seul.

Il se redressa, posa ses coudes sur ses genoux et son menton sur ses mains jointes.

— Vous savez pourquoi je vous dis ça ?

— Parce que vous vouliez m'en coller une et que vous êtes frustré qu'Ezra l'ait fait avant vous ?

Il éclata de rire.

— Un peu.

Reprenant son sérieux, il expliqua :

— Avant de rencontrer Aidan, je n'avais qu'une seule personne dans ma vie : ma sœur Emy. Comme vous le savez, je suis policier à Scotland Yard, je n'ai donc pas un métier de tout repos. Pourtant, il m'arrivait souvent de prendre des risques inconsidérés. Mais depuis que je suis avec lui et que j'ai réalisé que sa disparition m'anéantirait, j'ai pris conscience de ma propre mortalité. Alors, bien sûr, vous êtes un incube quasi immortel. Cependant, le risque existe. Et je suis à peu près sûr qu'Ezra ne s'en remettrait pas si vous mouriez.

La honte m'accablait encore plus. Il dut le voir à mon expression, car il sourit.

— Je pense que ce qui s'est passé aujourd'hui vous servira de leçon.

— Je vais faire de mon mieux.

— Ce n'est pas à moi qu'il faut le dire.

— Je sais, acquiesçai-je avec un léger sourire.

Nous venions juste de finir notre discussion lorsque Aidan nous rejoignit, l'air fermé.

— Un problème ? demanda son compagnon.

— Non. Nous avons juste convenu de ne rien dire à Armand tant que nous ne saurons pas si Julien va s'en sortir ou non.

— C'est une décision plutôt sage.

Aidan se tourna alors vers moi :

— Mon père vous remercie de ce que vous avez fait pour notre ami.

— Oh… eh bien… c'était avec plaisir…

Je terminai ma phrase sans refermer la bouche alors que les mots du Britannique parvenaient à mon cerveau.

— Votre… père ?

Gabriel rit.

— Je te l'avais bien dit que ça faisait un choc !

Son amant l'ignora.

— Walter Bowman est mon père adoptif. Compte tenu de ce que vous avez fait et de la confiance qu'Ezra vous accorde, il m'a donné l'autorisation de vous le dire. Ce qui simplifiera grandement nos conversations.

Gabriel intervint à nouveau, secouant la tête :

— Vu le nombre de gens qui sont au courant, je ne comprends toujours pas pourquoi vous continuez à garder le secret.

— Parce que les personnes en question n'iront jamais le divulguer à nos ennemis.

— Je n'ose imaginer ce que ma mère ferait si elle détenait cette information…, soufflai-je, perplexe.

Aidan m'adressa un regard noir et je m'empressai d'ajouter :

— Mais elle ne le saura jamais ! Je vous le promets.

Je le vis hésiter, mais je fus sauvé par un mouvement sur le sofa. Nous nous tournâmes d'un seul geste vers Julien qui commençait à s'éveiller. Ses doigts et ses paupières frémissaient. Il gémit, le souffle erratique. Puis ses yeux commencèrent à s'ouvrir lentement. Il papillonna plusieurs fois avant de nous parcourir du regard, mais il semblait ne pas nous voir.

— Julien ?

Gabriel s'agenouilla près de lui et prit sa main.

— Vous m'entendez ?

Le jeune homme hocha la tête, puis battit une nouvelle fois des paupières. Là, il parvint enfin à fixer son regard sur son ami.

— Gabriel… Aidan… Que… Où suis-je ?

Il se tourna alors vers moi et fronça les sourcils.

— Vous… C'était vous… dans la cellule…

— Oui.

— Vous… m'avez fait… boire votre sang…

Il butait sur les mots comme si son esprit n'était pas tout à fait éveillé. Concentrés sur lui, nous sursautâmes lorsque la voix d'Ezra s'éleva depuis l'encadrement de la porte.

— Et c'est ce qui vous a sauvé la vie.

Il s'approcha en souriant.

— Je viens de finir d'analyser votre sang. Il n'y a plus aucune trace de venin de vampire.

— Je suis… toujours humain ?

— À cent pour cent.

Aidan soupira et leva les yeux au ciel.

— Je vais de suite rappeler Wal… mon père pour le mettre au courant.

— Armand ?

— Nous ne lui avons pas encore dit que Samaël vous avait ramené. Nous préférions attendre de savoir ce qu'il en était.

— Vous avez bien fait.

Julien semblait reprendre des forces chaque seconde. Avec l'aide de Gabriel, il parvint à s'asseoir. Il passa une main dans ses cheveux emmêlés, ses yeux d'un bleu très clair posés sur moi.

— Merci de m'avoir sauvé.

— Je vous en prie.

— Vous êtes… un vampire ?

— Un incube. C'est une longue histoire.

Je crois que je ne suis pas en état de l'entendre maintenant…

Il leva les yeux vers Ezra et demanda :

— Vous croyez que je peux prendre une aspirine ? J'ai la migraine.

— Je vais vous chercher ça.

Aidan ne sortit pas de la pièce pour téléphoner. Je reconnus la voix de Walter Bowman à l'autre bout du fil, puis celle d'un homme que je devinai être Armand Duvivier.

— Je vous le passe, lança Aidan avant de tendre le téléphone à Julien en souriant. Je crois qu'il veut vous parler.

Nous les laissâmes discuter en toute intimité et nous rendîmes dans la cuisine. Je me laissai tomber sur une chaise et demandai :

— Qu'allez-vous faire maintenant ?

— À quel sujet ?

— Vous êtes venus pour retrouver Julien. Maintenant qu'il est sauvé, je suppose que vous n'avez plus rien à faire à Rome.

Ce fut Aidan qui répondit.

— Au contraire. J'ai tout expliqué à mon père au sujet de votre mère et de ses manigances. Il m'a demandé de vous aider à y mettre fin, dans la mesure de nos possibilités.

— Cela va être difficile. Elle va vite se rendre compte de ce qui s'est passé, et elle risque de déplacer les autres nouveaux transformés dans un endroit où nous ne pourrons pas les retrouver.

— C'est pour cette raison que nous devons agir le plus tôt possible ! lança une voix familière dans mon dos.

Je me levai d'un bond, le cœur battant à tout rompre. Aidan s'avança d'un pas, les poings serrés, et Gabriel posa une main sur son bras.

— C'est Remigio Salvatore.

L'intéressé s'inclina.

— Messieurs, je sais que vous avez beaucoup d'interrogations au sujet de ce qui s'est passé à Paris et de ma fausse mort, mais le temps presse. Antonia doit être arrêtée avant qu'elle parvienne à ses fins.

— Vous semblez en savoir plus que nous sur ses projets, lança Aidan d'un ton sec.

— J'ai profité de mon anonymat pour glaner des informations. Je peux vous aider à la mettre hors d'état de nuire.

J'entendis le pas d'Ezra approcher et je voulus aller à sa rencontre avant qu'il n'entre dans la cuisine, mais il fut plus rapide que moi. En voyant le nouveau venu, il se figea, l'air abasourdi. Puis la colère le submergea et il quitta la pièce sans un mot. Remigio fit un pas vers lui, mais je l'arrêtai.

— Je vais lui parler.

Je trouvai Ezra dans son laboratoire en train de faire les cent pas.

— Je sais que tu es furieux contre lui, mais nous avons besoin de son aide.

— Cela fait des mois que j'attends qu'il daigne donner un signe de vie. Et là, il se pointe avec la bouche en cœur et il faudrait que je fasse comme si de rien n'était ?

— Tu lui en veux, c'est normal, il…

— Non, tu ne comprends pas !

Je me plantai devant lui pour l'obliger à s'arrêter. Il stoppa net, son visage à quelques centimètres du mien. J'en profitai pour lui voler un baiser. J'avais juste l'intention de le calmer, effleurant ses lèvres de façon fugace. Mais il s'agrippa à moi et nous ne tardâmes pas à nous enflammer tous les deux. Je m'obligeai à m'écarter de lui car, même si j'en crevais d'envie, ça n'était vraiment pas le bon moment.

— Ça va mieux ? demandai-je avec un petit sourire en coin.

— Non, grogna Ezra. Si à chaque fois que je suis en colère, tu utilises tes charmes, je n'aurai jamais le dessus lors de nos disputes.

— Premièrement, je n'ai pas utilisé mes charmes, je t'ai juste embrassé. C'est toi qui m'as sauté dessus ! Deuxièmement, j'espère bien que nous ne nous disputerons jamais.

Il m'adressa un regard perplexe puis soupira.

— Que dois-je faire ? Lui pardonner comme ça, sans explication de sa part sur son absence ?

— Non. Je te demande juste de mettre ça de côté le temps qu'on arrête ma mère. Lorsque nous aurons déjoué ses plans, tu pourras demander des explications à ton Maître et lui faire la tête si tu veux.

Je l'enlaçai à nouveau.

— On pourra même partir loin d'ici… Loin de lui… si tu le souhaites…

Il eut l'air surpris puis sourit.

— Je n'ai jamais vraiment voyagé.

— Moi non plus. Il y a beaucoup d'endroits que je rêve de visiter et j'aimerais le faire avec toi.

Il m'embrassa, posa son front contre mon épaule et poussa un profond soupir.

— Retournons en haut. Nous avons du travail.

***

Au moment où nous arrivions dans le couloir, Julien sortait du salon. Il semblait aller beaucoup mieux et se dirigea vers nous en souriant. Il me tendit la main. Je la serrai et sa poigne était ferme.

— Encore merci. Je sais que sans votre intervention, je serais mort. J'ai une dette envers vous. Et Armand m'a chargé de vous dire qu'il en a une également.

Je hochai la tête, ne sachant quoi dire. Je fus sauvé de mon embarras par l'arrivée des autres. Julien se figea en voyant Remigio et un éclair de colère passa dans son regard.

— Ainsi, vous n'êtes vraiment pas mort ?

— Non. Et je suis désolé que vous ayez été blessé lors de l'explosion. Vous n'étiez pas censé être aussi près de la voiture. Il fallait juste que vous puissiez attester que j'étais bien monté dedans avant qu'elle soit détruite.

Julien le fixa en silence quelques secondes, puis haussa les épaules, mais son regard était fermé.

— Oublions ça.

Il se tourna vers Aidan et Gabriel et rendit son téléphone au premier.

— J'ai eu un mal fou à convaincre Armand de ne pas venir jusqu'ici, mais il veut que je rentre à Paris le plus vite possible. Son jet doit me récupérer dans trois heures dans un aérodrome privé au nord de Rome.

— Je vous y conduirai, proposa Ezra.

Remigio intervint :

— Laisse quelqu'un d'autre le faire. Je vais avoir besoin de toi ici. Nous devons trouver comment le sang de Samaël a annihilé le venin vampirique et en faire une arme contre Antonia et ses sbires.

— Vous comptez la tuer ? demanda Aidan, l'air neutre.

— S'il le faut. Cette femme est maléfique et, tant qu'elle sera en vie, elle n'abandonnera pas ses rêves de conquête.

— Je peux conduire Julien à l'aérodrome, proposai-je. Une fois que vous m'aurez prélevé du sang, vous n'aurez plus besoin de moi ici. Du moins pour le moment.

— Je vous accompagne, lança Gabriel. Il fait jour, vous ne pourrez pas sortir de la voiture et aller avec lui jusqu'à l'avion.

Mon regard se posa sur Aidan qui fixait son compagnon d'un air inquiet. Celui-ci se tourna vers lui et sourit.

— Ne t'en fais pas, je serai prudent.

— Je le sais.

J'étais sûr qu'Aidan crevait d'envie de venir avec nous pour s'assurer que son compagnon était en sécurité, mais il savait qu'il devait rester pour surveiller Remigio. Après tout, cet homme s'en était pris au Sire de Paris et, même s'il était mon père et le Maître d'Ezra, il restait un inconnu pour la plupart d'entre nous. Et il était difficile de lui faire confiance, malgré son envie visible de vouloir à tout prix arrêter les machinations de ma mère.

Chapitre 15

Julien monta prendre une douche dès la fin de notre discussion. Dès qu'il fut hors de portée de voix, Gabriel lança :

— Je ne suis pas très fort en science, mais il me semble que pour tester les effets du sang de Samaël sur le venin de vampire, vous devez en avoir un sous la main.

Le sourire que Remigio lui adressa à cet instant me fit froid dans le dos.

— J'ai tout ce qu'il faut dans ma voiture…

Il se dirigea vers la porte et, après avoir échangé un regard interloqué, nous le suivîmes. Tandis que les autres sortaient, je restai dans l'entrée, incommodé par le soleil. Lorsque Remigio ouvrit le coffre, je serrai les poings en voyant le vampire qui se redressa soudainement en sifflant de rage. Il était attaché solidement à l'aide de chaînes épaisses et sa mâchoire était prise dans une sorte de muselière. Il posa son regard rouge sur moi et je le reconnus aussitôt. C'était le second vampire qui m'avait enlevé chez moi. Il se débattit violemment lorsque Remigio tenta de le sortir du coffre, mais finit par se laisser faire en sentant la morsure brutale du soleil sur sa peau.

Une fois à l'intérieur, Remigio le laissa tomber par terre et la tête du vampire heurta le sol avec un bruit sourd.

— Je me doutais que nous allions avoir besoin d'un sujet d'expérience. Et j'ai trouvé celui-ci juste après notre rencontre, Samaël.

Je détournai les yeux de lui, le cœur au bord des lèvres. J'étais conscient que les deux Alchimistes n'avaient pas d'autre choix, mais savoir qu'un vampire allait leur servir de cobaye me donnait la nausée. Après tout, rien ne prouvait que Remigio n'allait pas me faire subir le même sort s'il le fallait ! Comme s'il avait senti mon malaise, Ezra s'approcha de moi et me prit la main.

— Nous n'avons pas d'autre solution, Samaël.

— Je sais…

Il se plaça devant moi et glissa ses doigts sous mon menton pour m'obliger à détourner les yeux du vampire et à les poser sur lui.

— Me fais-tu confiance ?

— Oui, à toi oui…

J'avais répondu dans un murmure, juste assez fort pour qu'il soit le seul à l'entendre. Il sourit, puis posa ses lèvres sur les miennes. Oubliant tout le reste, je l'enlaçai et lui rendis son baiser. Nous sursautâmes tous les deux en entendant un toussotement près de nous. Les Britanniques nous regardaient d'un air amusé. Remigio et le vampire, quant à eux, n'étaient plus visibles.

— Il l'a descendu dans votre laboratoire, lança Gabriel en désignant la porte derrière lui.

— Nous devrions le rejoindre, suggéra Ezra. Je dois te faire plusieurs prélèvements de sang afin de réaliser les tests.

— OK.

Une fois en bas, nous trouvâmes Remigio penché sur un microscope. Le vampire était attaché tout au fond de la pièce. Il nous fixait d'un air mauvais, accentué par sa muselière. Sans un mot pour son Maître, Ezra alla chercher une seringue et me fit asseoir sur un tabouret. Il me prit plusieurs tubes de sang, ignorant toujours l'autre homme qui semblait faire de même avec nous.

— Voilà, je pense que j'en ai assez. Mais tu devrais te nourrir.

— Ça va pour l'instant.

— Tu es sûr ? s'inquiéta Ezra.

Je jetai un bref regard à Remigio, toujours plongé dans son travail.

— Oui, je vais bien. Je te promets de te le dire si j'en ai besoin.

— D'accord.

Au moment où je me levai, l'Alchimiste lança d'une voix neutre, sans même se tourner vers nous :

— Ezra, j'ai laissé une sacoche dans ma voiture. Tu veux bien aller me la chercher, s'il te plaît ?

Mon compagnon lui adressa un regard surpris, puis haussa les épaules à mon intention.

— J'y vais.

— Elle est sur le siège passager.

— D'accord.

Je le suivis des yeux jusqu'à ce qu'il disparaisse en haut de l'escalier, puis reportai mon attention sur Remigio. Je l'observai un moment, jusqu'à ce qu'il finisse par se redresser enfin. Tout son corps était tendu et la colère flamboyait dans son regard sombre. Il s'approcha de moi, les poings serrés avant de lancer dans un grondement :

— Tu dois y mettre un terme immédiatement !

Surpris, il me fallut quelques secondes pour comprendre de quoi il parlait.

— De quel droit me donnez-vous des ordres concernant ma relation avec Ezra ?

Alors qu'il ouvrait la bouche pour répondre, je l'interrompis :

— Vous êtes peut-être mon père biologique, mais vous n'avez aucun droit sur moi ! Où étiez-vous pendant toutes ces années où ma mère m'a brimé, m'a traité de moins que rien ? Où étiez-vous pendant que mes sœurs et mes cousines s'amusaient à me tourmenter parce que j'étais le vilain petit canard de la famille ? Vous auriez pu me sortir de là, m'emmener loin d'elles… mais vous vous en foutiez de moi ! Je n'étais que le résultat d'une expérience dont vous attendiez simplement de pouvoir récolter le fruit. Je n'ai jamais eu aucun autre intérêt à vos yeux, alors ne venez pas me dire ce que je dois faire de ma vie !

Il n'eut pas l'air perturbé par la fureur qui m'avait envahi à mesure que je parlais. Au contraire, il paraissait encore plus calme et cela ne fit que renforcer mon énervement. Lorsqu'il reprit la parole, son ton était glacial.

— Tu as raison… sur toute la ligne.

Je reculai d'un pas, sous le choc. Je m'attendais à ce qu'il se défende et sa réponse me fit l'effet d'un coup de poing.

— Ce que tu fais de ta vie et de ton corps ne me concerne absolument pas. Mais Ezra est mon apprenti. J'ai promis à ses parents de le protéger. Et le voir dans tes bras est la pire des tortures pour moi. Je refuse qu'il soit ton jouet. Je refuse que tu t'en serves pour assouvir tes bas instincts d'incube et ensuite le jeter. Il va souffrir par ta faute… et ça, je ne peux pas le supporter.

J'étais tétanisé par ses paroles. Depuis qu'Ezra m'avait dit qui était mon père, j'avais rêvé de le retrouver et de pouvoir enfin comprendre pourquoi il m'avait laissé entre les griffes de ma mère. J'avais espéré le voir s'excuser et me demander de lui pardonner, me dire que nous allions enfin pouvoir former une famille...

Un frisson glacé me traversa l'échine et je sentis mes yeux me brûler. Ne voulant pas lui donner la satisfaction de pleurer devant lui, je parvins enfin à bouger. Je fis volte-face et montai les marches quatre à quatre. Une fois dans le couloir, je me précipitai en haut, m'enfermant dans la chambre d'Ezra. Je me laissai tomber par terre contre le lit, ramenai mes genoux contre mon torse et enfouis mon visage entre mes bras croisés. Les larmes coulèrent sur mes joues sans que je puisse les arrêter.

J'ignorai combien de temps s'était écoulé lorsque je sentis une main fraîche se poser sur mon épaule.

— Samaël ? Parle-moi…

J'avais la gorge nouée. Je m'en voulais de réagir ainsi. J'avais l'impression d'être un gamin incapable de gérer ses émotions. Ezra glissa ses doigts dans mes cheveux afin de dégager mon visage, puis il me caressa doucement la joue.

— J'ai entendu… Pas tout, juste la fin. Je… je suis désolé…

Je me redressai et essuyai mes joues humides d'un revers de la manche.

— Ce n'est pas de ta faute… C'est moi. Je me suis fait des idées débiles sur lui… Je pensais… que j'allais avoir un père, mais ce n'est qu'un étranger qui me déteste lui aussi.

— Ne te préoccupe pas de ce qu'il pense. Il…

Il s'interrompit et je plongeai dans son regard, attendant la suite.

— Lorsque j'ai su que ta mère t'avait utilisé comme moyen de pression pour le convaincre de s'attaquer à Armand Duvivier, j'ai vraiment cru qu'il avait changé.

— Changé ?

Ezra soupira.

— Il hait les vampires et les succubes depuis que la femme dont il était tombé amoureux lui a préféré l'immortalité.

— Il te l'a dit ? demandai-je, surpris que mon géniteur se soit laissé aller à une telle confidence envers son apprenti.

— Non. Je l'ai deviné après être tombé par hasard sur des lettres qu'il avait envoyées. Je sais que je n'aurais pas dû les lire, mais j'avais besoin de savoir pourquoi mon Maître haïssait autant les vampires alors qu'il avait sauvé la vie de Walter Bowman au moment de son Ascension.

Il fit une pause, puis reprit d'un ton triste :

— Il parlait toujours de toi comme d'une arme potentielle, jamais comme de son fils. Cependant, avec cette histoire de chantage, j'ai pensé qu'il tenait vraiment à toi. Et, du coup, lorsque je t'ai parlé de lui, je t'ai donné une fausse impression. Par ma faute, tu as cru qu'il allait t'accueillir à bras ouverts, alors qu'il ne voit toujours en toi qu'une façon de détruire ta mère. Donc tu vois, tout est vraiment de ma faute.

Il avait l'air si abattu que je le pris dans mes bras et le serrai très fort. Il enfouit son visage dans mon cou, glissant ses bras sous mon tee-shirt. Je frissonnai en sentant ses mains fraîches sur la peau de mon dos.

— Quoi qu'il dise, quoi qu'il fasse, je ne te quitterai jamais… Pas tant que tu voudras de moi…

Ses mots me réchauffèrent le cœur. Et réveillèrent mon envie de lui.

— Je te veux… pour l'éternité, Ezra.

Je le sentis rire contre moi, mais ses paroles étaient plus douloureuses que drôles.

— Je ne suis qu'un humain, Samaël. L'éternité est pour toi, pas pour moi.

Les paroles de Rosa me revinrent en mémoire. Cette fameuse légende…

Si c'était possible, serais-je prêt à renoncer à mon immortalité pour une vie courte, mais heureuse avec Ezra ? La réponse me frappa de plein fouet : oui, je le voulais. Il était ma seule raison de vivre, mon âme sœur. Les mots vinrent se bousculer contre mes lèvres, prêts à sortir. Et cela m'effraya. J'étais incapable de les prononcer, du moins pour l'instant. Alors je les ravalai et glissai mes lèvres dans son cou, embrassant sa peau douce et savourant ce moment de bonheur entre ses bras.

***

Lorsque je me sentis enfin assez serein pour affronter le regard de Remigio, nous redescendîmes. Julien et ses amis étaient en train de manger dans la cuisine. Je les rejoignis tandis qu'Ezra se dirigeait vers le laboratoire. Au moment où j'entrai dans la pièce, Gabriel m'adressa un regard interrogatif.

— Tout va bien ?

— Oui. Nous allons bientôt devoir partir si nous voulons arriver à l'aérodrome à peu près en même temps que le jet de Messire Duvivier.

— Nous avons presque fini, répondit Julien avant d'enfourner un énorme morceau de pain.

Je souris, puis allai m'asseoir avec eux. Je sentais la soif de sang se réveiller, mais elle n'était encore qu'une vague sensation et je pouvais tenir plusieurs heures, voire une journée entière, avant de devoir me nourrir.

Quelques minutes plus tard, Julien, Gabriel et moi étions en route pour l'aérodrome. Le premier était assis à côté de moi sur le siège passager, le second derrière nous. J'avais rentré les coordonnées de notre destination dans le GPS et n'avais donc plus qu'à me laisser guider. Au bout d'un moment, Julien me demanda :

— Vous croyez que Remigio a vraiment un plan pour arrêter votre mère ?

— Oui, mais j'ai peur qu'il n'ait qu'un seul but : la tuer. Même si je la déteste, je ne souhaite pas sa mort. Au contraire, je voudrais la voir jugée par le Sire de Rome et condamnée par la justice des vampires.

— J'ai pensé à quelque chose tout à l'heure pendant que je prenais ma douche : pourquoi ne pas utiliser les médias et internet pour mettre tout le monde au courant de ses machinations ? J'ai des contacts un peu partout en Europe, et je serais plus que ravi de vous aider à la faire tomber de son piédestal.

Gabriel intervint :

— Aidan et moi y avons pensé et nous en avons discuté longuement. Nous ne pouvons pas lancer des rumeurs sur elle sans avoir la moindre preuve. Ça serait de la diffamation. Et cela pourrait desservir nos intérêts.

Je soupirai :

— Faire intervenir les médias est une bonne idée, mais nous n'avons pas seulement besoin de convaincre le grand public de ce qu'elle a fait. Il faut que Messire Marchesi soit prêt à rendre justice. Pour l'instant, il lui mange dans la main. Il faut que nous lui présentions au moins une preuve irréfutable pour qu'il bouge.

— Armand et Walter sont prêts à intervenir auprès de lui, lança le Français. Mais vous avez raison, Samaël. Il nous faut quelque chose de solide contre elle.

J'avais bien une idée qui pourrait nous aider, mais je doutais que les autres soient d'accord, surtout Ezra qui m'en voulait déjà d'avoir pris des risques pour sauver Julien.

Nous arrivâmes à l'aérodrome juste au moment où le jet de Messire Duvivier se posait. Grâce à l'influence de son compagnon, Julien n'eut pas à passer de formalités douanières, ce qui aurait été ennuyeux vu que les vampires qui l'avaient enlevé avaient gardé ses papiers d'identité. Je restai dans le petit hall pendant que Gabriel accompagnait son ami jusqu'au pied de la passerelle. J'adressai un signe de main au Français qui monta rapidement à bord. Gabriel attendit que l'appareil s'éloigne pour me rejoindre à l'intérieur.

— Maintenant que Julien est en sécurité, si vous m'exposiez votre plan ?

— Comment savez-vous que j'en ai un ? demandai-je, surpris.

— J'ai vu votre regard dans le rétroviseur lorsqu'il a parlé d'avoir « quelque chose de solide » contre votre mère. Et je pense que vous ne faites aucune confiance à Remigio. Que vous vous méfiez de lui autant qu'Aidan et moi.

— Vous avez raison. Mais il va être difficile de le tenir à l'écart.

— Difficile oui, impossible non.

Pendant que je reprenais la route vers la maison, Gabriel insista :

— Dites-moi ce que vous avez en tête. Si ça me paraît faisable, j'en parle à Aidan. Vous n'aurez plus qu'à mettre Ezra dans la confidence. Et nous verrons comment exécuter tout ça sans impliquer votre père.

Je grimaçai à ces mots.

— Que s'est-il passé entre lui et vous ?

Je soupirai.

— Vous êtes devin ?

— Non, flic. Et j'ai un très grand sens de l'observation.

Je lui rapportai la conversation que j'avais eue avec Remigio au sujet de ma relation avec Ezra.

— Je comprends que vous soyez blessé. Il n'avait aucun droit de vous parler comme ça.

— Il tient à lui.

Comme Gabriel ne répondait pas, je tournai la tête vers lui. Son air perplexe me surprit.

— Vous ne croyez pas qu'il est attaché à Ezra, n'est-ce pas ?

— Oh, il l'est sûrement… mais… je ne sais pas… Je me fais peut-être des idées à cause de ce qui s'est passé à Paris. Remigio est… Lorsque je le regarde, j'ai l'impression de me retrouver face à un bloc de marbre. Je n'arrive pas à l'imaginer ouvrir son cœur à quelqu'un.

— Vous pensez qu'il se sert aussi d'Ezra.

— C'est possible, non ? Après tout, il ne pourra jamais transmettre ses connaissances d'Alchimiste à son seul fils. Et il semble prêt à tout pour parvenir à ses fins. Je n'ai pas cru un seul instant aux excuses qu'il a présentées à Julien. Il s'en foutait que quelqu'un ait été blessé, voire tué, lors de l'explosion. Il avait juste besoin que l'on croie à sa mort. Après, tout ça n'est que mon impression, j'ai peut-être totalement tort à son sujet.

Je ne répondis pas, mais j'étais à peu près sûr que Gabriel avait raison. Et cela ne fit que renforcer ma conviction que nous devions agir au plus vite afin que je puisse emmener Ezra loin de Remigio, avant que celui-ci ne parvienne à nous séparer.

Chapitre 16

Pendant le reste du trajet, j'expliquai mon plan à Gabriel. Bien sûr, il me regarda comme si j'étais devenu fou, mais parut comprendre qu'il n'y avait pas d'autre solution pour obtenir une preuve solide contre ma mère. Une fois rentrés, il alla rejoindre Aidan au salon pour le mettre au courant. De mon côté, j'aurais voulu en parler à Ezra sans attendre, mais il était toujours en bas avec Remigio. Alors, je montai dans sa chambre afin de réfléchir à tout ce dont j'aurais besoin pour accomplir ce qui s'annonçait comme une mission à haut risque.

J'étais en train de noter sur un carnet la liste du matériel qui pourrait m'être utile lorsque Ezra entra dans la pièce.

— Gabriel m'a dit que tu voulais me voir.

Je me dirigeai vers la porte, jetai un bref regard dans le couloir et refermai derrière lui. M'adossant au battant, je soupirai avant de demander :

— Où est Remigio ?

— Toujours au sous-sol. Il surveille l'évolution des tests que nous avons lancés sur ton sang et celui du vampire qu'il a ramené. Alors ?

— Tu devrais peut-être t'asseoir.

Il me jeta un regard surpris avant de s'installer au bord du lit. Je ne bougeai pas et détournai les yeux, ne voulant pas voir sa réaction lorsqu'il entendrait le contenu de mon plan.

— Je sais comment faire pour obtenir une preuve contre ma mère.

— Pourquoi j'ai l'impression que je ne vais pas aimer ce que tu vas me dire ?

J'ignorai sa question et repris :

— Pour que le Sire de Rome intervienne, nous devons lui montrer de façon indiscutable que ma mère est à l'origine des enlèvements et qu'elle a transformé ces personnes en vampires sans leur consentement. L'idéal serait de découvrir l'endroit où elle les retient prisonniers. Seulement maintenant que j'ai sauvé Julien, elle a sûrement compris que nous étions sur ses traces et elle va tout faire pour qu'ils soient introuvables. Je me suis alors dit qu'il y avait une autre façon de la faire tomber : obtenir un enregistrement d'elle avouant ses crimes. L'idéal serait une vidéo, mais…

Ezra se leva brusquement et s'approcha de moi, me plantant son index dans le torse.

— Ne me dis pas que tu comptes te jeter dans ses griffes ?

J'ouvris la bouche et la refermai aussitôt. Il recula d'un pas, ses yeux lançant des éclairs.

— Il en est hors de question !

Il avait les poings sur les hanches et me toisait d'un air furieux.

— C'est du suicide ! Tu crois vraiment qu'elle va te laisser vivre alors que tu lui as déjà échappé avant ?

Je m'approchai de lui doucement. Je voulus l'enlacer et il recula à nouveau. Son regard était brillant et son visage crispé par la colère. Lorsque je fis mine de m'avancer, il me contourna pour se diriger vers la porte. Je lui attrapai le poignet et il fit volte-face, me décochant un violent uppercut dans la mâchoire. Je titubai et le lâchai. Il recula, les poings serrés. Des larmes coulaient sur ses joues tandis qu'il hurlait :

— Tu veux vraiment mourir ?

— Non. Je veux vivre. Et être avec toi. Mais réfléchis, c'est le seul moyen…

— Ce n'est pas… Il y a sûrement… non… tu…

Voyant qu'il se calmait, je m'approchai lentement, les mains levées en signe d'apaisement.

— Je dois le faire, Ezra.

— Je ne veux pas.

— Je sais, soufflai-je avec un sourire en coin.

Je parvins devant lui et l'attirai dans mes bras. Il était tendu, tout son corps crispé. Je le serrai très fort, déposant des baisers dans son cou. Il finit par se relâcher et enfouit son visage contre mon épaule.

— Je ne… veux pas te perdre…

— Je te promets de tout faire pour revenir vers toi.

Il soupira profondément, mais ne répondit pas. Nous restâmes un long moment silencieux, jusqu'à ce qu'il finisse par souffler d'un ton triste :

— Même si mes dons d'Alchimiste me donnent un atout contre les vampires, je ne suis qu'un simple humain. Je n'ai pas de force surhumaine, pas de vitesse prodigieuse… et pas de crocs acérés… Pourtant, je serais capable de me jeter dans la bataille s'il le fallait pour te sauver.

— Je n'en doute pas une seconde. Mais je ferai tout pour que tu n'aies pas à intervenir.

Il se redressa et nous échangeâmes un long baiser langoureux. Je voulais plus. Mon corps et mon instinct d'incube réclamaient une étreinte, une fusion de nos êtres afin de calmer la soif puissante qui s'était emparée de moi. Je savais que nous n'avions pas le temps pour ça, qu'il fallait que je finalise mon plan avant de changer d'avis ou avant que Remigio ne s'en mêle. Pourtant, j'étais incapable de m'éloigner de lui. J'avais besoin de sentir sa peau contre la mienne, de me fondre en lui pour tout oublier l'espace d'un instant.

Je gémis de frustration lorsque Ezra me repoussa soudain. Les mains sur mes épaules, il plongea son regard dans le mien et je pus y lire un désir puissant. Il m'adressa un sourire triste puis se dirigea vers la porte. Alors que je m'attendais à le voir quitter la chambre, il se contenta de tourner la clé dans la serrure.

— Puisque tu veux te jeter dans la gueule du loup, je vais te donner l'envie de t'en sortir vivant…

Sa voix était rauque et ses joues rouges. Je fis un pas vers lui, mais n'eus pas le temps d'aller bien loin, car il se jeta sur moi et me fit basculer à plat dos sur le lit. À califourchon sur mes cuisses, il dévora mes lèvres tandis que ses mains s'attaquaient à mon tee-shirt. À chacun de ses mouvements, je sentais son érection frotter contre la mienne à travers nos pantalons, provoquant des décharges électriques dans tout mon corps. Les hormones qui se dégageaient de lui attisaient mon envie et titillaient mes sens d'incube. Il abandonna ma bouche le temps de m'ôter mon haut, puis enleva le sien. Je posai mes mains sur la peau mate de son torse, les fis migrer sur ses hanches et son dos avant qu'elles atterrissent sur ses fesses. Il se pencha à nouveau pour m'embrasser. Inconsciemment, je tendis mon bassin vers lui, accentuant la friction. Il gémit dans ma bouche alors que mes doigts se glissaient dans son pantalon. Il se redressa presque brutalement, les joues écarlates et le souffle court. Puis, il se leva et se débarrassa du reste de ses vêtements. Je l'imitai et eus à peine le temps de contempler son corps nu qu'il se réinstallait déjà sur moi.

J'avais envie de le faire basculer, de couvrir son corps du mien et de m'enfoncer en lui. C'était ce que mon instinct de prédateur me poussait à faire. Pourtant, je résistai et lui laissai le contrôle. Malgré ses dénégations, je savais que je l'avais blessé lors de notre première fois et je refusais de recommencer. Alors, afin de ne pas perdre mes bonnes résolutions, je montai mes bras et agrippai la tête de lit. Je n'étais pas sûr que le bois résisterait à ma poigne, mais c'était toujours mieux que l'autre option.

Ezra ne parut pas surpris par mon geste. Au contraire, il sourit avant de se pencher afin de dévorer mon torse. Sa langue et ses lèvres semblaient être partout, ne laissant aucun centimètre carré de peau inexploré. Il descendit lentement, prenant son temps pour me rendre fou. Ses dents se refermèrent sur mon téton gauche, me faisant me cambrer et gémir. À peine une seconde plus tard, il fit subir le même traitement au droit. Le sang pulsait dans mon membre douloureux. Il continua sa route vers le sud, caressant mes hanches et mon ventre, mais évitant soigneusement mon sexe qui se tendait vers lui.

— Ezra… s'il te plaît…

— Tu es bien impatient…

— Et toi… pour quelqu'un qui n'a… que peu d'expérience… tu es très doué.

J'avais du mal à former des phrases cohérentes. Et mon esprit se déconnecta un peu plus lorsque mon amant posa enfin ses lèvres sur mon gland avant de m'engloutir totalement dans sa bouche humide.

— *Dio mio !*

Il parcourut mon érection seulement deux fois avant de se redresser, m'arrachant un grognement frustré. Il se lécha les lèvres et sourit.

— J'ai une autre idée en tête…

Il s'étira pour ouvrir le tiroir de sa table de chevet et en sortir un tube de lubrifiant. Ses joues étaient écarlates lorsqu'il reprit la parole.

— Je n'ai pas pris de préservatif… Tu es immunisé contre les maladies et moi… je n'ai eu que toi…

Une vague de honte s'écrasa sur moi en repensant à notre première étreinte durant laquelle je n'avais réfléchi à aucun moment à cet aspect-là.

— Je suis désolé de ne pas y avoir pensé quand…

— Pas moi… J'ai adoré te sentir en moi… sans aucun obstacle…

Tout en parlant, il avait ouvert le tube de lubrifiant et en avait fait couler sur ses doigts. Il posa sa main sur mon érection, me faisant sursauter à cause de la fraîcheur du liquide. Il m'enduisit généreusement avant de se contorsionner pour glisser un doigt en lui. La vision d'Ezra se préparant lui-même était hautement pornographique et manqua de me faire basculer. Je pris de profondes inspirations afin de me calmer, refusant de le décevoir. Il inséra un second doigt en lui puis les retira presque aussitôt.

— Tu es…

— Je ne peux plus attendre ! s'exclama-t-il, le souffle haché.

Il se positionna au-dessus de moi et descendit lentement. Je sentis son intimité s'ouvrir, mais il était encore très serré. Je voulus l'arrêter, cependant il ne m'en laissa pas le temps. Il s'empala sur mon membre en gémissant. Ses cheveux tombèrent devant son visage, dissimulant ses traits. Je glissai ma main sur sa joue, voulant le voir. Il avait les yeux fermés et tentait de reprendre son souffle.

— Ezra…

— Ça va… Laisse-moi juste…

Il changea de position, se penchant sur moi, et fit onduler son bassin tout en resserrant ses muscles intimes autour de moi. Je rejetai la tête en arrière sous la sensation enivrante. Mes doigts agrippèrent un peu plus fort la tête de lit tandis qu'un grondement montait dans ma gorge. Ezra commença à bouger doucement, alternant entre différents mouvements qui me rendaient totalement fou.

Je m'abreuvais de ses phéromones et de l'énergie sexuelle qui se dégageait de lui. Je fermai les yeux, mais les rouvris bien vite, ne voulant pas manquer une seule de ses expressions tandis que le plaisir enflait en lui. Il m'embrassa avec passion avant de se redresser complètement. Assis, empalé sur mon érection palpitante, il cessa tout mouvement. Puis, il s'empara de son propre membre et commença à se caresser sur un rythme langoureux. Mon regard alternait entre son visage et sa main qui allait et venait de façon quasi hypnotique.

Il se pencha vers l'arrière, s'appuyant sur son autre main et la sensation fut indescriptible. L'angle que formait mon sexe en lui faisait naître en moi des décharges de plaisir intenses. Des frissons de plus en plus violents me traversaient et je savais qu'il me restait peu de temps avant de craquer. Ezra parut s'en rendre compte, ou alors son propre corps ressentait lui aussi l'urgence du plaisir qui arrivait, inéluctable. Il accéléra le rythme sur son membre et se cambra soudain, déversant sa semence sur mon torse. Ses muscles internes se contractèrent violemment autour de moi, précipitant ma jouissance.

Alors qu'il reprenait son souffle, je me redressai et l'enlaçai avant de le faire basculer. Toujours enfoui en lui, je donnai de légers coups de reins afin d'accompagner les derniers soubresauts du plaisir. Il leva la tête et nos bouches se retrouvèrent, gourmandes. Je finis par me retirer à regret, mais restai étendu sur lui, appuyé sur mes coudes pour ne pas l'écraser. Nos corps et nos respirations se calmèrent peu à peu. J'étais incapable de bouger, refusant de m'éloigner de lui. Il posa ses lèvres dans mon cou avant de souffler :

— Tu peux boire si tu en as besoin.

Je me redressai afin de plonger mon regard dans le sien.

— Je…

— Tes yeux deviennent plus foncés lorsque tu as soif. Et c'est le cas maintenant.

Soupirant, je roulai sur le côté. Il accompagna mon mouvement sans rompre le contact visuel et pencha la tête afin de me donner accès à sa carotide.

— Bois.

Je fixai un instant son cou, mais finis par attraper son poignet et le portai à mes lèvres. Il hoqueta lorsque mes crocs s'enfoncèrent dans sa chair. C'était plus douloureux pour lui, la peau étant très fine à cet endroit, mais beaucoup moins dangereux car, si je perdais le contrôle, il pourrait plus facilement se défaire de mon étreinte dans cette position. Je bus de longues goulées, son sang rassasiant rapidement ma soif. Et je parvins à m'arrêter facilement, conscient que boire plus serait mauvais pour lui. Je me léchai les lèvres en me redressant et fus surpris lorsqu'il se jeta sur moi pour m'embrasser, goûtant son sang dans ma bouche.

— C'est étrange..., souffla-t-il lorsqu'il rompit le baiser. Je pensais que ça me dégoûterait, mais non... c'est juste bizarre.

Je souris, puis me tournai jusqu'à être sur le dos. Il se colla à moi, sa tête sur mon torse, sa main dessinant des volutes sur mon ventre.

— Je ne veux pas que tu y ailles...

— Il n'y a pas d'autre solution.

— Je sais... mais ça ne veut pas dire que j'approuve.

— Je serai prudent. Je te le promets.

Il ne répondit pas, mais sa tristesse et sa peur étaient presque palpables. Je le serrai contre moi un long moment, conscient que nous n'avions plus beaucoup de temps avant de devoir éclater la bulle de sensualité et de tendresse qui nous entourait. Mon cœur était gonflé par les sentiments si puissants que je ressentais pour cet humain blotti dans mes bras. Les mots revinrent effleurer mes lèvres, insistant pour sortir. Pour la première fois de ma vie, j'étais sûr de moi.

— Ezra, j'ai quelque chose d'important à te dire.

Il se redressa, l'air inquiet. Je souris et caressai sa joue tandis que nos regards se soudaient. Je pris une grande inspiration et laissai les mots s'évader dans un souffle.

— Je t'aime.

Il cligna plusieurs fois des yeux et les larmes se mirent subitement à couler sur ses joues. Alors que je commençais à avoir peur de sa réaction si étrange, il m'embrassa avec une tendresse infinie. Et ce fut les lèvres à quelques millimètres des miennes qu'il finit par murmurer :

— Je t'aime, Samaël.

Mon cœur fit un bond dans ma poitrine. Ce n'était que quelques mots, mais ils allaient être ma raison de me battre et de survivre lorsque je me retrouverais en plein danger. Ezra se blottit contre moi, le visage dans mon cou, son corps étendu sur le mien et je le serrai en ayant l'impression que je ne pourrais plus jamais le lâcher.

Chapitre 17

À regret, nous finîmes par nous lever. Après un rapide passage à la salle de bains, nous nous rhabillâmes et descendîmes. Gabriel et Aidan étaient dans le salon. Le premier, penché sur son ordinateur, parcourait les fichiers de la clé USB que Rosa m'avait donnée, tandis que le second lui caressait tendrement le dos. En nous entendant entrer, Gabriel se redressa et nous adressa un immense sourire.

— Alors, on met ce plan en route ?

— Oui, répondis-je, sûr de moi.

Ezra lança :

— Je vais aller voir ce que fait mon Maître en bas et m'assurer qu'il ne vous dérangera pas.

Avant de quitter la pièce, il déposa un léger baiser sur mes lèvres. Je me laissai ensuite tomber sur un fauteuil en soupirant profondément.

— Je suppose qu'il n'a pas vraiment aimé votre plan, intervint Aidan.

— Non. Mais il me soutient.

— Alors, mettons-nous au travail. Premier point à décider : où allez-vous reprendre contact avec votre mère ?

— Au début, je pensais me rendre tout simplement au manoir familial. Mais elle ne fera rien si certains membres de la famille ne sont pas au courant de la machination. La maison où j'ai trouvé Julien ne mènera à rien non plus, ça m'étonnerait qu'elle y renvoie quelqu'un.

— J'ai pensé à l'autre lieu que nous avions retenu, suggéra Gabriel en affichant sur son ordinateur la photo d'une façade.

— C'est ce que j'allais proposer. De toute façon, il faut bien commencer quelque part.

— Alors ça, c'est réglé. Ensuite, il faut que nous trouvions un moyen de placer un micro sur vous pour que vous puissiez enregistrer les aveux de votre mère.

— Elle risque de me faire fouiller, et peut-être même déshabiller.

Gabriel se pencha et ramassa une valisette posée à ses pieds et que je n'avais pas remarquée jusque-là. Lorsqu'il l'ouvrit, je vis qu'elle contenait du matériel de surveillance et des puces GPS.

— Je ne veux pas prendre le risque de vous perdre, expliqua Aidan.

— Et vous comptez que je cache ça où ?

— Nous avons la chance que votre chevelure soit abondante. Vous n'aurez aucun mal, je pense, à fixer le micro et l'émetteur dans votre natte.

— Ils vont les trouver s'ils me passent au détecteur de métaux.

— Aucun risque, sourit Gabriel. Ces petites choses sont des merveilles de technologie, totalement indécelables, notamment par les scanners des aéroports.

Je lui jetai un regard abasourdi.

— C'est un kit du parfait petit terroriste votre truc !

— On peut dire ça, répondit-il en souriant.

— J'ignorais que Scotland Yard avait de tels objets à sa disposition.

Aidan toussota.

— En fait, ceci m'appartient. Cela fait partie d'un groupe de prototypes construits par les ingénieurs de mon père. Il a pensé que cela pourrait m'être utile pour notre enquête.

— Eh bien, si je m'en sors vivant… quand je m'en sortirai vivant, je le remercierai chaleureusement.

***

Il ne me fallut pas bien longtemps pour dissimuler le micro et la puce dans mes cheveux. Il y avait bien sûr toujours un risque qu'ils soient découverts, mais il était minime. Aidan et Gabriel décidèrent que le premier m'accompagnerait jusqu'à l'entrée du tunnel menant au bâtiment qui appartenait à ma mère, tandis que le second resterait là avec Ezra et Remigio. Je n'avais aucune confiance en l'Alchimiste et je refusais de laisser mon compagnon seul avec lui.

Avant de partir, j'aurais aimé embrasser Ezra, mais si j'étais descendu le rejoindre au sous-sol, je n'étais pas sûr d'être capable de mettre en application mon plan. Alors je montai dans la voiture en pensant très fort à lui et à nos retrouvailles prochaines.

Nous étions en plein milieu de l'après-midi lorsque je me garai dans une rue déserte, à quelques mètres du passage où se trouvait l'accès au tunnel. Aidan prit ma place au volant et me souhaita bonne chance avant de redémarrer. Nous avions convenu qu'il se garerait à quelques centaines de mètres de l'endroit où je me rendais afin d'être là en cas de besoin, même si je doutais que son intervention soit efficace contre des vampires déterminés à tuer. Le tunnel était sombre, mais il ne me fallut que quelques minutes pour atteindre ma destination. Je me faufilai dans la petite cour ombragée à l'arrière du bâtiment, puis poussai mon ouïe à son maximum. Il y avait de nombreuses personnes à l'intérieur : des vampires, mais aussi des humains et des êtres que je devinais être en cours de transformation. C'était logique : elle n'avait pas enfermé Julien au même endroit que les autres, car il était plus précieux. Le compagnon du Sire de Paris était un otage de choix, tandis que les autres n'étaient que de pauvres victimes de sa folie.

Je fis le tour jusqu'à trouver une porte non verrouillée. Je parvins à entrer sans bruit et à me faufiler jusqu'à l'escalier menant au sous-sol. C'était de là que provenaient les cris et les gémissements des personnes kidnappées par les sbires de ma mère. Alors que j'allais atteindre la dernière marche, une voix derrière moi me fit sursauter.

— Tiens, tiens, qui voilà ?

Je me retournai et plongeai mon regard dans les yeux couleur sang d'un vampire. Je le connaissais, c'était l'un des chauffeurs de ma mère, Hugo.

— J'avais bien dit à la Signora Valencia que ces deux imbéciles n'étaient que des incapables !

Trois autres vampires apparurent derrière lui. Je reculai, ne les quittant pas du regard. L'un des nouveaux venus me détailla de bas en haut d'un air libidineux qui me donna la nausée.

— Boss, on peut s'amuser un peu avec lui ?

— Non ! Il appartient à la Signora Valencia. Tant qu'elle n'aura pas donné ses ordres le concernant, personne ne le touche. C'est compris, Ignazio ?

Le concerné fit la moue, mais hocha la tête. Cependant, son regard fixé sur moi était plus qu'explicite. Il sourit :

— Il faudrait quand même qu'on s'assure qu'il n'est pas armé… Je peux le fouiller ?

Hugo leva les yeux au ciel, mais il paraissait amusé par la situation.

— Vas-y !

Ignazio s'approcha de moi d'une démarche de prédateur. Je me forçai à l'immobilité, ne voulant pas leur donner la satisfaction de montrer une once de peur. Il posa ses mains sur mes épaules puis commença à me tâter en descendant. Je sentis la bile monter dans ma gorge lorsque ses doigts s'attardèrent un peu trop longtemps sur mon entrejambe. Ce ne fut pas mieux quand il passa derrière moi et me malaxa les fesses.

— Hum… appétissant…

— Ça suffit !

La voix forte d'Hugo mit fin au tripotage que l'autre vampire prenait plaisir à me faire subir. Ignazio recula, visiblement à contrecœur.

— Enfermez-le dans le placard, je vais prévenir la Signora Valencia de sa présence ici.

Les deux vampires qui n'avaient pas bougé jusque-là m'attrapèrent chacun par un bras et me conduisirent jusqu'à une porte ouverte. Ils me jetèrent dans une minuscule pièce puis refermèrent le battant derrière eux. J'entendis le bruit caractéristique d'un verrou et de leurs pas s'éloigner. Je m'assis par terre, frissonnant de dégoût, car je pouvais encore sentir les mains baladeuses d'Ignazio sur moi.

***

Je perdis vite la notion du temps, enfermé dans l'obscurité totale, dans cette petite pièce vide. Assis contre le mur du fond, je gardais les yeux fermés, pensant à Ezra et au bonheur qui m'attendait dehors. Je sursautai lorsque la porte s'ouvrit brutalement. Perdu dans mes pensées, je n'avais pas entendu les pas approcher. Une vague de nausée me submergea lorsque je vis que mon visiteur n'était autre qu'Ignazio. Il était seul et semblait bien décidé à avoir ce qu'il voulait. Je me levai d'un bond, sortant les crocs. Il sourit en refermant la porte derrière lui et en s'y adossant. Malgré l'obscurité, je pouvais distinctement voir l'érection qui tendait son pantalon. Il y posa la main et commença à se caresser à travers le tissu.

— Tu sais que ça fait des années que j'attends ça ? Tu ne m'as sûrement jamais remarqué, mais je t'ai vu plusieurs fois lors de réceptions données par ta mère. Je fais partie de son service de sécurité et j'ai passé beaucoup de temps à t'observer. J'imaginais ce que ça pouvait faire de s'enfoncer dans ta jolie petite bouche…

Tout en parlant, il avait déboutonné sa braguette et sorti son sexe turgescent. Je pouvais sentir son désir malsain s'infiltrer dans mes pores. Je montrai un peu plus mes crocs, même si j'étais conscient qu'il s'en foutait. Il continua à se caresser lentement, me déshabillant du regard.

— Essaye donc de me toucher, sale pervers…

— Allez, ne fais pas ta mijaurée. Tes cousines apprécient beaucoup mes attentions.

— Alors, pourquoi ne retournes-tu pas les voir ?

— Parce que depuis la première fois que je t'ai vu, c'est toi que je veux. Et j'ai enfin la chance de pouvoir m'amuser avec toi… Je ne vais pas laisser passer ça.

— Ma mère…

— … s'en fout bien de ton sort ! Tu crois vraiment que ça va la perturber si je te baise ? N'est-ce pas elle qui t'a envoyé couler au fond de la Méditerranée, il n'y a pas si longtemps ?

Au moment même où il décollait son dos de la porte, celle-ci s'ouvrit et le fit trébucher. Je m'écartai alors qu'il s'écrasait contre le mur à côté de moi.

— Ignazio ! Qu'est-ce que j'ai dit ?

Le vampire grogna et rangea prestement son érection dans son pantalon avant de se tourner vers Hugo.

— Franchement, quel mal ça peut faire ? Je voulais juste m'amuser un peu !

— Tu le feras quand la Signora Valencia en aura fini avec lui. Pour l'instant, elle veut le voir.

Ignazio me jeta un regard concupiscent avant de quitter la pièce. Hugo s'approcha de moi, une paire de menottes épaisses à la main.

— Vas-tu les passer calmement ou dois-je demander à mes collègues de te forcer à les mettre ?

Pour toute réponse, je tendis mes poignets joints. Il sourit, l'air satisfait. Les mains attachées devant moi, je sortis de la pièce et montai l'escalier, Hugo à ma suite. Il y avait là trois autres vampires que je ne connaissais pas. Ils me conduisirent jusqu'au garage et me firent monter dans une berline noire. Assis à l'arrière, tandis que j'étais emmené vers une destination inconnue, j'espérais que le micro et la puce GPS fonctionnaient encore.

***

La voiture se gara devant une maison que je ne connaissais pas. C'était une petite demeure de plain-pied avec trois fenêtres à l'avant et un toit sombre. Les vampires me firent entrer dans un salon richement meublé et m'obligèrent à m'agenouiller devant un fauteuil pour l'instant vide. Je ne tournai pas la tête en entendant une porte s'ouvrir derrière moi, car j'avais reconnu le pas et le parfum de celle qui venait d'arriver. Elle me contourna et se planta devant moi, m'obligeant à lever la tête pour pouvoir la regarder.

— Samaël… Mon cher Samaël… Tu n'es vraiment qu'une source d'ennuis.

Elle alla s'asseoir sur son fauteuil en soupirant.

— Depuis ta naissance, pas un jour ne s'est déroulé sans que je ne regrette ma rencontre avec ton père. J'ai souvent pensé à te tuer afin d'être enfin débarrassée de l'abomination que tu représentes à mes yeux. Mais il aurait vraiment été idiot de gâcher un moyen de pression sur ce cher Remigio. Dommage qu'il ne tienne pas suffisamment à toi... S'il avait obéi correctement à mes ordres, je n'aurais pas eu besoin de m'en prendre à toi. Tu aurais pu vivre heureux, loin d'ici, et j'aurais enfin pu oublier ton existence. Seulement voilà... tu n'es rien pour lui comme tu n'es rien pour moi.

Elle s'interrompit et j'en profitai pour l'interroger.

— C'est toi qui as fait enlever tous ces malheureux ?

— Et pourquoi aurais-je fait ça ?

— Pour avoir ta propre armée de vampires. Des hommes et des femmes non Affiliés à Marchesi et complètement dévoués à leur créatrice.

— Tu es plus intelligent que tu n'en as l'air.

— Tu veux prendre le contrôle de l'Europe, n'est-ce pas ?

— Elle m'appartient ! s'exclama-t-elle soudain d'un air enragé. Les Sires ne sont que des idiots. Il est temps que les succubes occupent la place qui leur est vraiment destinée. L'Ascension de ma chère Sophia est la première pièce de mon échiquier. La mort d'Armand Duvivier, ou au moins sa destitution, devait en être la seconde, mais par la faute de ton imbécile de père, ça a été un échec. J'ai donc dû reprendre les choses en main.

— Et que vas-tu faire ? Lâcher tes nouveaux transformés sur les Protectorats pour les faire tomber ?

— Oh non, c'est bien plus subtil que ça.

Elle s'interrompit, semblant hésiter à en dire plus. Puis son arrogance finit par triompher de sa prudence.

— Je vais envoyer mes chers petits assassiner des humains influents, hommes et femmes politiques ou d'affaires. Et ils feront en sorte que les pistes remontent jusqu'à des Affiliés fidèles à Bowman, Duvivier et Marchesi.

— Tu veux déclencher une guerre entre les humains et les vampires ? m'exclamai-je, horrifié.

— Je veux anéantir la confiance déjà ténue entre les deux races. Et je profiterai de la confusion pour m'imposer comme étant celle qui rétablira la paix en Europe.

— Tu es folle !

Elle me regarda d'un air amusé, puis éclata de rire.

— Oui, je le suis. Et puisque tu m'as fait l'honneur de réapparaître, tu vas m'aider.

— Jamais ! Je préfère mourir que…

— Oh, mais cette possibilité n'est pas inenvisageable. Vois-tu, mes nouveaux transformés sont pour la plupart de très bons soldats… mais ils n'ont aucune expérience du combat. Et je commence à manquer de volontaires pour les entraîner.

L'horreur de ce qu'elle s'apprêtait à me fairc subir mc frappa dc plein fouet. Elle rit à nouveau devant mon expression.

— Rassure-toi, tu t'en sortiras peut-être vivant. Et si c'est le cas, il paraît que ce cher Ignazio sera ravi de prendre soin de toi.

J'avais la tête qui tournait. Je devais sortir de là au plus vite. J'avais obtenu suffisamment de preuves pour que le Sire de Rome accepte de se retourner contre elle. J'espérais vivement que les autres avaient pu enregistrer toute notre discussion, mais j'ignorais de quelle manière j'allais bien pouvoir m'enfuir.

Ma mère se leva et fit signe à un vampire posté à côté de la porte. Il s'approcha de moi, m'obligea à me lever et m'entraîna vers la sortie.

— Amuse-toi bien, Samaël !

La voix de ma mère résonna dans mes oreilles bien après que je sois sorti de la maison.

Chapitre 18

Lorsque je remontai en voiture, la nuit commençait à tomber. Nous roulâmes longtemps, nous éloignant de la ville, jusqu'à arriver dans la cour d'une ferme abandonnée. Là, on me fit entrer dans une immense grange dont le contenu me glaça les veines. Une cage arrondie occupait presque toute la place. Ses côtés montaient jusqu'au toit, ne laissant aucune échappatoire. L'un des vampires qui m'avait accompagné, et qui heureusement n'était pas Ignazio, m'obligea à enlever mes vêtements, ne me laissant que mon boxer. Puis il me poussa dans la cage. Il m'avait ôté mes menottes, mais je n'avais aucun moyen de m'enfuir. Quelques minutes plus tard, la porte se rouvrit sur un autre vampire et je reconnus immédiatement l'un des humains disparus. Ses yeux oscillaient entre le rouge et le rose foncé, preuve que sa transformation était très récente.

Je n'avais aucune envie de me battre contre lui, mais lorsqu'il se jeta sur moi, je n'eus d'autre choix que de me défendre. Je l'esquivai en bondissant sur le côté. Il revint aussitôt à la charge. Comme tous les nouveaux transformés qui avaient été forcés à muter, il était empli de rage et possédait une force bien supérieure à la mienne. Je parvins à éviter la confrontation pendant quelques minutes, mais je savais que je ne pourrais le faire indéfiniment. Le fait qu'il ne parvienne pas à me toucher ne faisait que décupler sa colère.

Il réussit enfin à me frapper, me décochant un coup de pied dans le ventre qui me fit me plier en deux. Il se rua alors sur moi et nous roulâmes sur le sol. Je tentai de me défendre, repoussant ses assauts de mon mieux. Son poing s'écrasa sur mes côtes que j'entendis clairement craquer. Il m'agrippa les cheveux et me tira la tête en arrière avant de me frapper de toutes ses forces à la gorge. Le souffle coupé, je m'écroulai, incapable de respirer. Les coups continuèrent à pleuvoir. Je me recroquevillai en position fœtale, luttant pour trouver un peu d'air tout en essayant de protéger ma tête. Mon corps n'était que douleur et je finis par perdre connaissance.

Je m'éveillai dans un endroit sombre avec l'impression d'avoir été piétiné par un éléphant. Je voulus m'asseoir, mais je poussai un cri de souffrance et retombai allongé. Je me tournai vivement alors que la bile remontait dans ma gorge. Je vomis un liquide rougeâtre avant de laisser reposer ma tête sur le sol. Je fermai les yeux, essayant de repousser la douleur. Et l'inconscience m'emporta à nouveau.

J'entendais une voix familière m'appeler et une main fraîche se poser sur mon front. Je voulais ouvrir les yeux, répondre rapidement, avant que la voix ne s'éloigne, mais j'en étais incapable.

— Samaël… Je suis là… Tout va bien.

Je gémis et me recroquevillai un peu plus. La voix gronda.

— Je vais la tuer !

Une autre personne répondit :

— Pour l'instant, le plus important, c'est de sortir Samaël de là et de l'emmener en sécurité.

Je me sentis soulevé du sol par des mains puissantes. Je voulus me débattre, mais la première voix me rassura.

— Calme-toi, tu ne risques plus rien. Je suis avec toi.

— Ezra ?

Je faillis ne pas reconnaître ma propre voix brisée par la douleur. Et je m'évanouis une fois de plus.

À mon troisième éveil, quelque chose avait changé. J'étais dans un lit moelleux dont je reconnaissais l'odeur. Et je me sentais un peu mieux, même si j'avais encore mal dans tout le corps. J'avais la bouche pâteuse, mais un goût familier tapissait mon palais. Du sang, c'était du sang. Et pas n'importe lequel.

— Ezra ?

— Je suis là.

Il posa une main sur mon front, l'autre sur mon torse nu. J'ouvris enfin les yeux et plongeai dans son regard inquiet.

— Comment te sens-tu ?

— Mieux, mais…

— Je t'ai fait boire un peu pendant que tu dormais. Heureusement que ton réflexe de déglutition fonctionne même pendant le sommeil !

— Que… que s'est-il passé ?

Ezra soupira en caressant tendrement ma joue.

— On a suivi toute ta conversation avec ta mère. Et grâce au GPS, on a pu trouver l'endroit où ils t'avaient emmené. Aidan et Gabriel se sont chargés des vampires qui te surveillaient.

— Les disparus ?

— Ils n'étaient que trois sur place, mais nous avons été obligés de les laisser là-bas. Ils étaient trop enragés pour que nous puissions les faire sortir des cages où ils étaient enfermés.

— Est-ce que… vous avez tout enregistré ?

— Oui, sourit Ezra. Nous avons la preuve que nous voulions pour faire tomber ta mère. Seulement…

Inquiet, je tentai de me redresser, mais il m'en empêcha.

— Reste allongé.

— Finis ta phrase alors.

— Seulement ta mère a fait en sorte de nous empêcher d'avoir accès à Marchesi.

— Je croyais que Bowman et Duvivier s'en occupaient.

— Ils ont fait de leur mieux, mais il a coupé tout contact avec les autres Sires, sous prétexte qu'il est trop occupé à préparer le gala de charité qui aura lieu la semaine prochaine pour récolter des fonds pour les enfants malades.

— C'est n'importe quoi !

— Je sais, soupira Ezra.

— Et la police ?

— Nous les avons prévenus dès que nous t'avons retrouvé. Ils sont allés à la ferme, mais il n'y avait plus rien ; elle avait été complètement nettoyée. Et ils ne s'en prendront pas directement à ta mère, nous pensons qu'elle a hypnotisé le préfet pour empêcher ses hommes de bouger.

Je fermai les yeux en gémissant.

— Qu'allons-nous faire ? À quoi sert d'avoir une preuve contre elle si nous ne pouvons pas l'utiliser ?

— C'est là que Julien entre en jeu.

Je rouvris les paupières, surpris.

— Grâce à ses contacts dans le milieu des médias, il a réussi à savoir qui sera l'animateur musical du gala de Domenico Marchesi. Il ne nous reste plus qu'à trouver le moyen de nous infiltrer à la soirée et à remplacer une partie de la bande-son par notre enregistrement.

J'avais du mal à croire que nous étions si près du but.

— Et Remigio ?

Ezra se rembrunit.

— Qu'a-t-il fait ?

— Il a… tenté une expérience sur le vampire qu'il a ramené, malgré mes protestations.

— Et ?

— Je suis parti de la pièce avant d'en savoir plus. Je n'arrive plus à lui faire confiance. J'ai hâte que toute cette histoire se termine et qu'on puisse enfin s'éloigner de lui.

Je posai mes mains sur ses épaules et l'attirai dans mes bras. Ezra se laissa faire, s'allongeant à côté de moi, son visage dans mon cou. Il glissa ses doigts sur le bandage qui enserrait mon torse.

— J'ai bien cru que ce nouveau transformé t'avait tué.

— Il a essayé. Quel est le bilan des dégâts ?

— De multiples fractures, dont trois côtes. Des hématomes et des bleus un peu partout. Si je ne t'avais pas fait boire un peu de mon sang, tu mettrais des semaines à guérir.

— J'ai beaucoup moins mal… grâce à toi.

— Je n'ai pas fait grand-chose.

Je le fis taire en posant mes lèvres sur les siennes. Les yeux clos, je savourai sa présence et finis par me rendormir d'un sommeil paisible.

***

Il me fallut deux jours entiers pour me remettre de mes blessures. Pendant ce temps-là, je quittai peu la chambre, me reposant et profitant d'avoir Ezra à mes côtés en permanence. Il avait lui aussi besoin de reprendre des forces après m'avoir donné du sang plusieurs jours de suite. Lorsque je fus enfin en état de descendre, je trouvai Aidan et Gabriel en grande discussion dans la cuisine.

— Que se passe-t-il ?

— Mon père a décidé de venir s'incruster au gala de charité de Marchesi. Il a pensé que c'était le seul moyen pour que nous puissions accéder au matériel et diffuser l'enregistrement.

Je m'assis et demandai :

— C'est une bonne idée, non ?

— Sur le principe. Mais ça n'est vraiment pas le moment qu'il quitte Londres, grogna Aidan.

Gabriel lui jeta un regard agacé puis se tourna vers moi.

— Ce qu'il oublie de vous dire, c'est que Walter et votre mère se connaissent bien. Ils ont eu une aventure avant qu'il devienne le Sire de Londres.

Je manquai de m'étrangler avec l'eau que j'étais en train de boire.

— Quoi ?

Aidan leva les yeux au ciel.

— Ils ont été brièvement ensemble il y a plus d'un siècle. Mais quand il a compris qu'elle se servait de lui pour atteindre le Sire de l'époque, il a mis fin à leur relation.

— Pourquoi cela serait-il un problème qu'il vienne au gala ? Il ne risque tout de même pas de lui retomber dans les bras ?

— Non. Seulement elle le connaît suffisamment pour comprendre qu'il n'est pas là juste pour ses beaux yeux. Et cela risque de nuire à notre mission.

Notre discussion fut interrompue par l'arrivée de Remigio, suivi de près par Ezra. L'Alchimiste me jeta à peine un regard.

— Je pense avoir trouvé la clé du mystère concernant le sang de Samaël.

Mon compagnon s'approcha de moi et posa une main sur mon épaule. Remigio reprit :

— J'ai effectué quelques tests sur notre « invité ». Et j'aimerais que vous soyez par vous-même témoins de leurs résultats.

Intrigués, nous le suivîmes au sous-sol. Le vampire était toujours dans son coin, assis par terre. Il avait les yeux clos et respirait un peu trop vite. Alors que nous nous approchions de lui, je remarquai une coupure sur son bras qui semblait ne pas vouloir guérir. Remigio s'agenouilla près de lui, le faisant se recroqueviller un peu plus.

— Ouvre les yeux.

Le vampire obéit. Ses prunelles étaient toujours d'un rouge rubis. Remigio tira un couteau de sa poche et entailla l'autre bras de l'homme qui gémit.

— Vous voyez ? Il ne guérit pas. Ses cellules ne se régénèrent plus comme avant.

Il se releva et se planta devant nous, les mains sur les hanches, l'air satisfait.

— Il est toujours un vampire, mais… il est mortel ? demanda Gabriel, incertain.

— Exactement ! Il garde sa force surhumaine, sa soif de sang, mais il peut être blessé comme n'importe quel humain… Et il peut mourir d'une infection, d'une maladie… de vieillesse.

J'étais à la fois fasciné et horrifié.

— Que lui avez-vous fait ? interrogea Aidan, l'air sombre.

— Je lui ai fait boire le sang de Samaël, tout simplement. Il a fallu une journée entière pour que le changement s'opère.

Je n'entendis pas la suite. Je remontai vivement jusqu'au rez-de-chaussée. J'avais l'impression d'étouffer. Je sortis sur le seuil et fis quelques pas dehors. Il faisait encore jour, mais le ciel était bas, orageux et j'étais suffisamment protégé des rayons du soleil pour ne pas souffrir. De toute façon, j'étais incapable de rester à l'intérieur plus longtemps. Il ne se passa que quelques minutes avant qu'Ezra me rejoigne. Il se glissa contre moi et m'enlaça, sa joue contre mon épaule. Je le serrai contre moi, humant son odeur si familière qui m'apaisa un peu.

— Je suis vraiment un monstre…, soufflai-je.

— Ne dis pas ça !

— Pourtant c'est vrai !

Je m'écartai, m'éloignant de quelques pas.

— Imagine ce qui se passerait si les humains découvraient ce que mon sang peut faire aux vampires ! Imagine ce que ma mère ferait s'il elle l'apprenait !

— Personne n'a besoin de le savoir.

Je soupirai.

— Remigio… Il va se servir de moi pour parvenir à ses fins. Tu… tu aurais mieux fait de me laisser pourrir au fond de la Méditerranée…

— Tu le penses vraiment ?

Ezra me fixait d'un air triste qui me fit immédiatement culpabiliser.

— Non, je… je ne sais plus où j'en suis… Mon sang… est une arme… Je ne peux pas…

Je me laissai tomber à genoux, perdu. Ezra me rejoignit et s'accroupit avant de m'enlacer.

— Je suis là, Samaël. Et je serai toujours là, quoi qu'il se passe. Je t'aime… Pour l'éternité, tu te souviens ?

Une révélation me frappa subitement. Je n'y avais pas pensé avant, mais c'était si absurde que c'était sûrement vrai. Je me redressai, plongeant mon regard dans celui de cet homme que j'aimais plus que ma propre vie.

— Je ne suis pas immortel, Ezra.

— Pourquoi dis-tu ça ?

— Parce que tout est lié ! Tant que je n'ai pas accompli l'Éveil, je continue de vieillir. Et si je n'y parvenais jamais ? Si c'était pour cette raison que mon sang empêche la transformation et rend mortels les vampires ?

Ezra pinça les lèvres, pensif.

— C'est effectivement une hypothèse qui se tient. Elle est difficilement vérifiable…

Nous nous relevâmes et je souris.

— Je veux y croire… Parce que si c'est vrai, ça veut dire que nous pourrons être ensemble toute notre vie : la tienne et la mienne.

— C'est un beau rêve, souffla Ezra avant de m'embrasser tendrement.

J'ignorais si mes suppositions étaient correctes, mais tout ce que je savais, c'était que je ne voulais jamais le quitter. Je priai alors tous ces Dieux en qui je ne croyais pas de m'accorder ce seul souhait.

Chapitre 19

Walter Bowman entra dans la salle de réception, suivi par son fils adoptif et Gabriel. Aidan n'avait pas réussi à convaincre son père de ne pas venir, alors nous avions mis au point un plan utilisant sa présence au gala afin de diffuser l'enregistrement de ma mère avouant ses crimes. Après sa révélation fracassante, Remigio avait disparu plusieurs jours, emportant avec lui plusieurs éprouvettes contenant mon sang. Il avait fini par réapparaître, l'air satisfait, mais il n'avait répondu à aucune de nos questions. Lorsque nous lui avions fait part de notre plan, il s'était contenté de hocher la tête et était parti s'enfermer dans le laboratoire, refusant même la présence de son apprenti à ses côtés.

Assis dans la voiture, Ezra et moi attendions le bon moment pour nous faufiler dans la réception par la porte réservée au personnel. Pendant que Walter, Aidan et Gabriel distrayaient Marchesi et ma mère, nous avions pour mission de remplacer le fichier audio prévu pour le gala par le nôtre. À l'heure prévue, nous nous glissâmes hors du véhicule et entrâmes dans le bâtiment. Je ne voulais pas qu'Ezra participe à l'opération, mais j'avais besoin de quelqu'un pour faire le guet et je n'avais donc pas eu d'autre choix que d'accepter sa présence.

Il ne nous fallut que quelques minutes pour trouver la console du son. Je neutralisai le technicien en lui injectant un somnifère, puis pris sa place. À la porte du local, Ezra surveillait les environs. Deux moniteurs montraient la réception : l'un la scène, l'autre la salle. Je vis le Sire de Rome saluer son homologue britannique, puis rejoindre l'estrade. Il se plaça derrière son micro et commença son discours de remerciement.

Ma mère se trouvait à deux mètres de lui, sur scène, splendide dans une robe bleue qui ne laissait pas beaucoup de place à l'imagination. Son regard était dardé sur Walter Bowman et elle semblait vouloir le séduire à nouveau. Le discours de Domenico Marchesi était si interminable que je faillis l'interrompre en lançant l'enregistrement en avance. Enfin, il le termina et se tourna vers ma mère qu'il présenta comme l'une des principales bienfaitrices. Il sourit ensuite et ouvrit le bal.

Je mis en route la musique, comme prévu par les organisateurs. Des couples se formèrent et se mirent à tournoyer sur la piste. Je leur laissai savourer leur danse quelques minutes avant d'ouvrir le fichier contenant l'enregistrement. Je fis glisser les contrôles du son, réduisant petit à petit la musique au profit de la voix de ma mère et de la mienne :

— C'est toi qui as fait enlever tous ces malheureux ?

— Et pourquoi aurais-je fait ça ?

— Pour avoir ta propre armée de vampires. Des hommes et des femmes non affiliés à Marchesi et complètement dévoués à leur créatrice.

— Tu es plus intelligent que tu n'en as l'air.

— Tu veux prendre le contrôle de l'Europe, n'est-ce pas ?

— Elle m'appartient ! Les Sires ne sont que des idiots. Il est temps que les succubes occupent la place qui leur est vraiment destinée. L'Ascencion de ma chère Sophia est la première pièce de mon échiquier. La mort d'Armand Duvivier, ou au moins sa destitution,

devait en être la seconde, mais par la faute de ton imbécile de père, ça a été un échec. J'ai donc dû reprendre les choses en main.

Dans la salle, tous s'étaient tournés vers l'estrade. Ma mère était figée, les yeux écarquillés d'horreur alors que notre discussion continuait à se déverser par les haut-parleurs.

— Et que vas-tu faire ? Lâcher tes nouveaux transformés sur les Protectorats pour les faire tomber ?

— Oh non, c'est bien plus subtil que ça. Je vais envoyer mes chers petits assassiner des humains influents, hommes et femmes politiques ou d'affaires. Et ils feront en sorte que les pistes remontent jusqu'à des Affiliés fidèles à Bowman, Duvivier et Marchesi.

— Tu veux déclencher une guerre entre les humains et les vampires ?

— Je veux anéantir la confiance déjà ténue entre les deux races. Et je profiterai de la confusion pour m'imposer comme étant celle qui rétablira la paix en Europe.

Le silence se fit soudainement dans la salle. Puis il y eut des murmures qui enflèrent rapidement en une véritable cacophonie. Marchesi fixait ma mère d'un air abasourdi tandis que ses Affiliés s'approchaient d'elle. Je quittai l'écran des yeux et rejoignis Ezra. Il était temps pour nous de sortir de là. Nous partîmes rapidement à travers les couloirs.

Alors que nous allions atteindre la porte, je vis du coin de l'œil une silhouette familière se diriger vers la salle de réception.

— Remigio !

Ezra se figea et se tourna vers moi, l'air surpris.

— Quoi ?

Je me précipitai à sa suite, mon compagnon sur mes talons. Lorsque nous arrivâmes dans la grande pièce, c'était un vrai capharnaüm. Je tentai d'atteindre la scène, mais le temps que j'y parvienne, ma mère ne s'y trouvait plus. Avisant Gabriel, je le rejoignis.

— Où est-elle ?

— Je l'ignore. Elle a disparu d'un seul coup. Aidan et Walter sont partis à sa recherche et ils m'ont demandé de rester là pour protéger Marchesi.

Le Sire de Rome se trouvait toujours sur l'estrade, essayant de ramener le calme parmi la foule. Les gens, aussi bien humains que vampires, hurlaient, demandant s'il était au courant du complot mené par ma mère, l'accusant d'avoir fermé les yeux, etc.

— Remigio est là.

— Merde ! Il faut prévenir Aidan et Walter.

— Par où sont-ils partis ?

— Par là, répondit-il en désignant une porte ouverte.

— OK. Ezra, tu restes là et tu aides Gabriel. Je m'occupe de Remigio.

— Sois prudent !

Je me dépêchai de quitter la salle bruyante. Le silence relatif du couloir me fit du bien et me permit de réfléchir posément. Il fallait que je trouve ma mère avant Remigio. Alors que j'avançais, j'entendis deux voix familières discuter en français. L'une était celle de Walter Bowman, l'autre celle de ma mère. Celle-ci semblait fatiguée, mais pas affolée.

— Mon cher Walter, je te jure qu'il ne s'agit que d'un malentendu. Un petit plaisantin a utilisé une imitatrice pour faire croire je ne sais quoi à ces pauvres crédules !

Je m'approchai encore un peu et, au détour d'un couloir, je tombai sur Aidan qui posa un doigt sur ses lèvres. Je m'arrêtai à côté de lui afin de lui murmurer à l'oreille :

— Remigio est dans le bâtiment.

Il m'adressa un regard surpris, puis soupira avant de reporter son attention sur ce qui se passait de l'autre côté de la porte ouverte. Nous étions dissimulés par le battant, mais nous pouvions parfaitement voir la scène qui se déroulait dans la cuisine. Ma mère s'approcha d'une démarche féline de Bowman qui semblait apprécier ce qu'il voyait.

— Cela fait si longtemps… Et si nous nous retrouvions un peu seuls tous les deux, comme au bon vieux temps ?

Je vis Aidan grimacer, mais il resta immobile et silencieux.

— Pourquoi pas…

Ma mère sourit largement, passant sa langue sur ses lèvres vermillon.

— J'ai justement mis de côté une bonne bouteille de sang conditionné… Je devais la boire avec Domenico, mais cet idiot semble trop occupé pour l'instant. Que dirais-tu que nous la partagions ? Nous pourrions commencer ici même… et finir dans un endroit plus confortable.

Tout en parlant, elle avait servi deux verres de sang. Elle en tendit un à Bowman qui le prit en souriant.

— C'est une excellente idée.

Ma mère porta le verre à ses lèvres et en but une gorgée. Au moment même où je comprenais ce qui se passait, Aidan bondit dans la pièce et fonça sur son père, lui faisant lâcher la coupe qui se brisa au sol. Je les rejoignis tandis que ma mère nous fixait tous les trois, éberluée. Elle porta la main à sa gorge, toussant, essayant de recracher le sang qu'elle venait de boire… mon sang. Au moment où elle commençait à tituber, Remigio entra dans la pièce en souriant.

— Bonsoir, ma chère Antonia.

— Toi ?

— Sais-tu que le sang de notre rejeton a des propriétés extraordinaires ? Oh, rassure-toi, cela ne va pas te tuer, juste te rendre mortelle.

Elle écarquilla tellement les yeux que je crus qu'ils allaient sortir de leurs orbites. Et avant que l'un de nous ait le temps de réagir, elle attrapa un couteau de cuisine et se précipita sur Remigio. Il parvint à dévier partiellement le premier coup qui entailla son bras plutôt que son torse, mais, alors que ma mère revenait à la charge, son pied glissa et le couteau s'enfonça dans son ventre jusqu'à la garde. Ma mère se redressa, un sourire mauvais aux lèvres malgré la souffrance qui la défigurait. Elle ne savoura pas bien longtemps sa victoire, s'effondrant sur le sol, se tordant de douleur alors que mon sang commençait à agir sur son organisme.

Mon regard était fixé sur Remigio qui était étendu sur le dos, son sang coulant en abondance de sa blessure. Walter se pencha vers lui et soupira.

— J'ai une dette envers toi, je peux te sauver.

— Non !

Il était livide et tremblait, mais son regard était déterminé.

— Je refuse... de devenir... un monstre !

— Maître !

Ezra se précipita à ses côtés, s'agenouillant dans la mare carmin qui s'étalait sur le carrelage blanc de la cuisine.

— Maître ! Vous devez laisser Messire Bowman vous sauver.

— Jamais ! Tu… Je t'aime, Ezra… comme un fils...

Ses yeux se posèrent sur moi et je serrai les dents. Avant qu'il ait pu dire quoi que ce soit, son regard se voila et la vie quitta définitivement son corps. Les larmes coulaient sur les joues d'Ezra, mais il se releva et vint se blottir dans mes bras. Gabriel et Marchesi nous rejoignirent. Le Sire de Rome s'approcha de ma mère, incertain, alors qu'elle se tordait toujours de douleur sur le sol.

— Elle va vivre, lança Bowman. Vous devriez la faire enfermer et vous mettre au travail pour retrouver ses complices et les personnes qu'elle a transformées contre leur gré.

Il me jeta un regard et je hochai la tête.

— Nous avons un remède pour rendre leur humanité à ces gens, s'il n'est pas déjà trop tard.

Marchesi parut surpris.

— Nous en avons peu, juste assez pour les sauver. L'homme qui a conçu ce remède est mort, ajouta Bowman en désignant Remigio d'un signe de tête.

Le Sire de Rome sembla enfin se ressaisir. Il nous adressa un geste de remerciement et attrapa son téléphone portable. Après un dernier regard en direction de ma mère qui venait de perdre connaissance, nous quittâmes la pièce et le bâtiment.

***

Depuis la mort de Remigio, Ezra restait silencieux. Installé dans le salon, il était blotti contre moi sur le sofa, le visage enfoui dans mon épaule. Je pouvais entendre la voix forte de Walter Bowman qui, au téléphone, racontait ce qui s'était passé à Julien et Messire Duvivier. Aidan était installé dans l'un des fauteuils, Gabriel assis par terre, adossé à ses jambes. Le contrecoup des événements nous était tombé dessus subitement lorsque nous étions rentrés dans la maison, et aucun de nous n'était capable de parler ou de bouger.

Bowman nous rejoignit et s'affala dans le fauteuil libre, m'arrachant presque un sourire tant il était incongru de le voir se tenir ainsi avachi.

— Julien est en train d'écrire un article sur toute cette histoire. Il le mettra en ligne dès que son rédacteur en chef l'aura approuvé. Je lui ai envoyé une copie de l'enregistrement pour qu'il puisse le retranscrire. Et Armand a parlé à Domenico. Une grande enquête va être menée pour savoir qui, parmi l'entourage d'Antonia, était au courant de ses plans. Nous avons également parlé de vous, Samaël, et nous avons convenu de garder le secret au sujet des propriétés exceptionnelles de votre sang. Si cela s'ébruitait, vous seriez en grand danger. Remigio n'étant plus là pour nous contredire, mieux vaut laisser croire à tout le monde que le remède était de sa création et qu'il a disparu avec lui.

— Merci.

Nous sursautâmes tous lorsqu'une sonnerie de portable retentit soudain.

— C'est le prépayé que tu as utilisé pour contacter Rosa, souffla Ezra, parlant pour la première fois depuis plusieurs heures.

Je pris l'appareil qu'il me tendait et répondis.

— *Tesoro*, tu vas bien ?

— Oui.

— J'ai entendu ce qui s'est passé au gala.

— Tout est fini, Rosa.

— Tu vas revenir à la maison ?

— Je…

J'hésitai suffisamment longtemps pour qu'elle soupire :

— Tu ne rentres pas.

— Je ne sais pas encore ce que je vais faire. Mais je te promets de venir te voir dans quelques jours et de tout te raconter en détail.

— D'accord. Prends soin de toi, Samaël.

— Toi aussi, Rosa. *Ti amo.*

— *Ti amo.*

Je raccrochai et me tournai vers Ezra.

— Je crois que nous avons besoin de nous reposer un peu.

— Bonne idée.

Nous saluâmes les autres et montâmes au premier. Alors qu'Ezra se dirigeait vers la chambre, je l'attirai dans la salle de bains.

— J'ai envie d'une douche, avec toi.

Il sourit, mais je pouvais voir que son esprit était ailleurs. Alors, malgré mon envie de lui, nous fûmes très sages. Et lorsque nous nous couchâmes quelques minutes plus tard, Ezra s'en excusa :

— Je suis désolé… je ne suis pas d'humeur à…

— Je comprends, ne t'en fais pas.

Je le serrai dans mes bras et fermai les yeux. Je me sentais bien, enfin libre de vivre ma vie avec l'homme que mon cœur avait choisi. Enfin libre de visiter le monde…

— Où voudrais-tu aller en premier ? lui demandai-je, espérant détourner son esprit de la mort de son Maître.

Il resta silencieux quelques instants puis finit par répondre :

— Paris. Je n'ai pas eu le temps de visiter la dernière fois. Et ensuite, Londres. Et New York…

— Un tour du monde, ça te dirait ?

— Ça coûte cher.

— Nous ne sommes pas obligés de le faire en quatre-vingts jours comme le héros de Jules Verne. Nous pourrions vivre par-ci par-là et visiter plein d'endroits jusqu'à trouver celui où nous finirons nos jours ensemble.

Il entrelaça ses doigts aux miens et j'entendis le sourire dans sa voix lorsqu'il souffla :

— Ensemble… pour l'éternité…

Épilogue

La nuit commençait à tomber sur New York où nous vivions depuis maintenant trois mois. Après avoir passé une semaine à Paris et une à Londres, nous étions partis pour le nouveau continent. Nous avions loué un petit appartement dans le Bronx et j'avais trouvé un travail de serveur dans un restaurant italien. Ezra, quant à lui, passait ses journées à concevoir des remèdes naturels qu'il vendait sur internet, espérant un jour pouvoir ouvrir une herboristerie.

Depuis que nous vivions ensemble, Ezra avait adopté mon rythme de vie, dormant le jour afin de pouvoir profiter au maximum des nuits en ma compagnie. Nous étions heureux de pouvoir vivre enfin simplement, sans complot ou épée de Damoclès au-dessus de nos têtes.

Après les événements du gala, Domenico Marchesi, assisté par les forces de police humaines, avait lancé une grande enquête qui avait fini de mettre au jour les machinations de ma mère. Les disparus avaient été retrouvés et ils avaient pratiquement tous récupéré leur humanité, grâce à mon sang. Ceux dont la transformation était trop avancée furent enfermés dans un établissement spécialisé pour qu'ils soient « rééduqués », quoi que ce mot signifie, et puissent devenir un jour des Affiliés du Sire de Rome.

Lors des investigations, il apparut que mes deux sœurs, trois de mes tantes et une de mes cousines étaient dans le secret du complot. Notre aînée, Sophia, était bien sûr aussi concernée, mais, grâce à son statut de Dame de Prague, elle put passer au travers des mailles du filet, même si j'étais à peu près certain qu'elle était étroitement surveillée par Bowman, Duvivier et Marchesi. Ma mère et ses complices, qu'ils soient succubes, vampires ou humains, furent incarcérés.

Cependant l'enquête étant toujours en cours, leurs procès n'avaient pas encore eu lieu. Je savais qu'il nous faudrait sûrement rentrer à Rome à cette occasion pour témoigner. J'en profiterais pour revoir Rosa et tante Julietta qui avaient été attristées par mon départ, tout en comprenant les raisons qui m'avaient poussé à quitter mon pays natal.

***

Ce soir-là, alors que je me tournais dans le lit, je sentis que j'étais seul, ce qui termina de me réveiller. Je me levai, enroulai le drap autour de ma taille et me dirigeai vers le salon. Je trouvai Ezra debout devant la fenêtre, perdu dans la contemplation de la rue en contrebas. Il avait juste enfilé un pantalon de pyjama qui tombait bas sur ses hanches, dévoilant sa chute de reins que je ne me lassais jamais d'admirer. Il tenait une feuille de papier un peu froissée dans sa main droite. Je m'approchai puis l'enlaçai, déposant un baiser sur sa nuque. Il frissonna avant de se blottir contre mon torse.

— Il ne fait pas totalement nuit. Tu aurais pu dormir encore un peu.

— Je… j'ai reçu un mail.

Son ton était sérieux et cela m'inquiéta.

— Et que dit-il ?

Ezra se tourna pour me faire face, plongeant son regard dans le mien.

— Je dois te faire un aveu. J'ai… menti par omission…

— Que veux-tu dire ?

— Tu te souviens lorsque tu as supposé que les particularités de ton sang et le fait que tu n'aies pas subi l'Éveil étaient liés ?

— Oui, soufflai-je, perplexe.

Ezra baissa les yeux, les joues rouges.

— J'étais intrigué par cette idée… et j'ai voulu en savoir plus. Alors j'ai contacté Walter Bowman qui m'a aidé à faire analyser ton ADN par un laboratoire lui appartenant.

J'étais à la fois soulagé et inquiet.

— Et qu'ont-ils trouvé ?

— Que tu avais raison. Ton ADN est un mélange entre ceux d'un Alchimiste et d'une succube, ce que nous savions déjà. Par conséquent, tes cellules continuent de vieillir.

— Donc, je suis mortel.

— Oui. Tu garderas toute ta vie les mêmes facultés, le besoin de boire du sang et de te nourrir d'énergie sexuelle. Mais tu vieilliras et tu mourras comme un humain.

Il me fixait d'un air inquiet et je souris.

— C'est une excellente nouvelle !

— Tu en es sûr ?

— Certain !

Il parut enfin se détendre.

— Quoi ? Tu avais peur que je t'en veuille d'avoir demandé ces tests sans m'en parler ?

— Non je… Disons que lorsque ça n'était qu'une hypothèse, ça avait l'air de te plaire, cette idée d'être peut-être mortel. Mais maintenant que c'est confirmé, je pensais que tu pourrais être déçu de ne pas pouvoir vivre pendant des siècles.

— Idiot !

Je l'embrassai fougueusement avant de reprendre :

— Combien de fois vais-je devoir te le répéter ? Je veux être avec toi jusqu'à la fin de ma vie. Je t'aime, Ezra, et savoir que nous allons pouvoir vieillir ensemble est le plus beau des cadeaux que le destin pouvait me faire.

Il m'adressa un sourire lumineux puis me prit la main et m'entraîna dans notre chambre afin de célébrer le bonheur que la vie nous avait offert.

Fin.

Imprimé par Lightning Source France
1 avenue Gutenberg
78410 Maurepas

Imprimé en France
FROC01n1012240418
18863FR00006B/43/P

9 782375 210550